西安交通大学人文社会科学学术著作出版基金资助
反奴隶制文学项目丛书
丛书主编：史鹏路　乔·洛卡德

史鹏路 编译

反奴隶制文学研究

见证：经典奴隶叙事

上海交通大学 出版社
SHANGHAI JIAO TONG UNIVERSITY PRESS

内容提要

　　本书遴选的三部奴隶叙事在国际学界得到广泛教学与持续研究，它们分别是由"英国黑人之父"奥拉达·艾奎亚诺、美国杰出的非裔领袖弗雷德里克·道格拉斯以及汤姆叔叔的原型乔赛亚·亨森撰写的自传。本书从身份杂糅、叙述权威、抗议文学等角度对三部叙事进行讨论。这种译、研并重的做法，一定程度上将作为一种历史还原的作品本身与现代阐释有效结合起来。书中每部译本附有文本导读，为学者、教师与读者提供文本历史、比较文化讨论题、参考文献选读、文本批评与学习的公共资源索引、国内外研究成果汇编以及英美学者在课堂上讲授文本时常采用的方法。本书可作为英美文学尤其是黑人文学研究人员的参考用书。

图书在版编目（CIP）数据

反奴隶制文学研究. 见证：经典奴隶叙事／史鹏路
编译. —上海：上海交通大学出版社，2019
ISBN 978－7－313－20468－4

Ⅰ.①反… Ⅱ.①史… Ⅲ.①英国文学－文学研究②
文学研究－美国 Ⅳ.①I561.06②I712.06

中国版本图书馆 CIP 数据核字（2018）第 269013 号

反奴隶制文学研究
见证：经典奴隶叙事
FANNULIZHI WENXUE YANJIU
JIANZHENG：JINGDIAN NULI XUSHI

编　　译：史鹏路
出版发行：上海交通大学出版社　　　　地　　址：上海市番禺路 951 号
邮政编码：200030　　　　　　　　　　电　　话：021－64071208
印　　制：上海天地海设计印刷有限公司　经　　销：全国新华书店
开　　本：850 mm×1168 mm　1/32　　印　　张：14.25
字　　数：316 千字
版　　次：2019 年 12 月第 1 版　　　　印　　次：2019 年 12 月第 1 次印刷
书　　号：ISBN 978－7－313－20468－4
定　　价：68.00 元

丛书总序

奴隶制在人类社会中近乎普遍存在，但奴隶叙事却并非如此。人类统治人类，这一构成奴役本质的现象几乎阻止、消除、掩盖或抹去了下层人民的反抗之声。从历史上看，奴隶几乎是失声的。他们的声音只有在见诸出版物时才成为罕见的例外。

曾受奴役的人为自己的权利而发声，此为北美奴隶叙事之源起。该文类是抵抗文学的重要组成部分。奴隶叙事涉及儿时记忆、成长过程、人生经历、劳役、奴隶社会、家族故事、奴隶主虐待、宗教观、逃跑或解放以及脱离奴隶制之后的生活。美国内战 1861 年爆发，1865 年结束，在其爆发前的一个世纪，只有 100 多本成书或成册的奴隶叙事文本得以出版。由非裔美国作家出版的奴隶叙事作品极大地推动了反奴隶制思想在美国北部的传播，并深化了对该体制的政治反抗。

美国内战之后，白人至上主义、黑人种族隔离以及对黑人群体的持续经济压迫等社会现象依旧。作为血泪抗争的文化遗产，奴隶叙事这个文类看似被遗忘，实则如同星星之火，以待燎原。

从 20 世纪五六十年代的民权运动开始，奴隶叙事重新进入学校课程体系和公众意识。奴隶叙事之所以被认可，原因之一在于它们长期以来都是非裔美国人要求自由、平等斗争的话语传统中从未断裂的一部分。奴隶叙事在20世纪60年代末和70年代初不曾见诸出版，可如今已广泛存在于美国高中和大学的课堂上。奴隶叙事开始了意义非凡的复兴，尽管这个复兴通常只体现在以弗雷德里克·道格拉斯（Frederick Douglass）和哈丽雅特·雅各布斯（Harriet Jacobs）为代表的屈指可数的选本中。

不管是享誉世界文坛的托妮·莫里森（Toni Morrison）的《宠儿》（*Beloved*），还是科尔森·怀特黑德（Colson Whitehead）的《地下铁道》（*The Underground Railroad*），奴隶叙事为非裔美国文学奠定了根基。如果没有奴隶叙事这般重述历史、不可或缺的存在，很难想象非裔美国文学如今会是怎样一副光景。美国文学作为一个整体，起源于以自由为核心之理念，即奴隶如何致力于实现自我解放和平等的故事。而美国文化中关于"不自由、毋宁死"的概念也深深根植于非裔美国人的经历。

詹姆斯·费尼莫尔·库珀（James Fennimore Cooper）在作品里呈现了西进运动中欧裔美国人的先驱形象，而那些为了自由向北逃亡的奴隶们却代表了另一个截然不同的现实。库珀讲述的白人殖民者追求自由的故事如今读起来似乎不那么真实。而奴隶叙事中对自由的向往，对掌握自己命运的渴求，读来确是真真切切的存在。美国现代主义文学及其所表现的对资本主义社会之逃离的恒久主题——想想20世纪50年代的垮掉派文学——包含着奴隶叙事的印记，这常常通过对非裔美国文化的迷恋或挪用来表达。

托妮·莫里森写道，总是被忽视的非洲在场（African presence）"是潜在的对本国文学最具有冲击性的基本力量之一。针对黑人在场(black presence)的思考对于理解我国民族文学十分重要",她想知道,"我国民族文学中最主要、最优秀的特点——个人主义、男性气质、社会参与同历史隔绝主义的对峙、尖锐却又暧昧的道德困境、纯真的主题同时伴有对死亡和地狱的喻指的沉迷——这一切是否都不是对黑皮肤的、存在已久的、表意的非洲文化在场的回应"①。少有学者对这一观点的表述能像莫里森般入木三分。有证据表明,奴隶叙事清晰地潜伏在马克·吐温(Mark Twain)的《哈克贝利·费恩历险记》(The Adventures of Huckleberry Finn)的表层叙事之下。同时,奴隶叙事还是将欧洲文学转化为美国小说的关键元素。美国现代主义对自我解放和自由主体性等主题的运用从奴隶叙事中吸取了养分。

北美及跨大西洋的奴隶叙事不仅对美国的课堂教学改革和历史启蒙具有重要意义,对世界文学也做出了卓越贡献。奴隶叙事对现代社会中的重大事件提供了历史知识——如"中间航道"及其绵延至今的影响,也启迪了流散中的非洲人为了自由而抗争。奴隶叙事是一个天然的跨国界文类。

不管读者置身哪个国家,阅读奴隶叙事时都应思考这些问题:不同的社会文化背景下,人们如何解决类似的问题——某一阶级通过非法手段来统治或奴役其他阶级?基于种族、民族、性别和性取向的压迫的根源是什么?在抗争过程中发生了哪些社会和个人创伤?在获得解放之后,这些创伤又是如何持续存在的?等等。

---

① Toni Morrison, *Playing in the Dark: Whiteness and the Literary Imagination*. New York: Vintage, 1993, p. 5.

北美奴隶叙事诞生于非洲人与欧洲人对立的跨文化碰撞之中。作为从家乡被掳之非洲人抑或其美国化后裔的故事，奴隶叙事常常对离散生活面临的适应挑战和生存危机给予言说。很多民族在历史上也曾经历离散——加勒比地区的苦力常被用于刚获解放的非裔奴隶的补充、替补劳动力。

这套丛书中的反奴隶制文本与我们当下劳动力全球化时代紧密相关。资本主义带来的迁徙改变了民众与文化。这些文本能够帮助我们理解人类及其劳动的商品化是如何影响个体和群体生活的。

为这套丛书遴选具有代表性的文本堪称巨大的挑战。世上不存在全然满意的选择。出于必要，我们放弃了一些有价值的文本。选择文本的首要原则永远是让奴隶为他们自己发声。这套丛书包括七部 18 世纪到 19 世纪用英语书写的叙事，其中六部的作者曾受到奴役。四部叙事的作者是非裔美国人，两部叙事的作者为非裔英国人，还有一位作者是加拿大黑人。在这七部叙事中，有两部叙事由女性书写：哈丽雅特·雅各布斯在美国课堂中久负盛名，玛丽·普林斯（Mary Prince）更常出现在英国课程中。两部叙事的作者通过他们的故事获得了广泛的政治认同：奥拉达·艾奎亚诺（Olaudah Equiano）如今被称为"英国黑人之父"，而弗雷德里克·道格拉斯则是 19 世纪中后期美国社会最受瞩目的非裔代表性人物。

这些作家的社会声望在历史长河中起起落落。一些过世时无人知晓，但在 20 世纪后半叶却重获推崇。这些作家中唯一一位不是出身奴隶的戴维·沃克（David Walker）是 20 世纪 60 年代黑人民权运动的激进先驱。于 20 世纪 80 年代被重新发现的哈丽雅特·

雅各布斯是非裔美国妇女运动中重要的历史人物。乔塞亚·亨森（Josiah Henson）虽是哈丽雅特·比彻·斯陀（即斯陀夫人，Harriet Beecher Stowe）所著之《汤姆叔叔的小屋》（*Uncle Tom's Cabin*）的原型，但他却不如汤姆叔叔家喻户晓。今天很少有人读过他的自传。《汤姆叔叔的小屋》自 1901 年由林纾删减译介传入中国以来，已有数不胜数的中译本。这本书一直以来被中国读者视为美国奴隶制小说的代表。因此，我们在这套丛书中选入了亨森的自传，以此作为《汤姆叔叔的小屋》的对照。

这套丛书涉及诸多文类，包括五部奴隶叙事、一部小说——威廉·威尔斯·布朗（William Wells Brown）的《总统的女儿》（*Clotel；or The President's Daughter*）被视为第一部非裔美国人创作的小说，以及一则运动宣言。同时，文本内部也混合不同的文类元素。雅各布斯以小说的形式重写其人生经历以掩盖此书的来源。威廉·威尔斯·布朗在他的小说《总统的女儿》中嵌入了许多口述史成分，从而使关于托马斯·杰弗逊（Thomas Jefferson）总统的黑人家庭故事比正史所记载的更加真实。奥拉达·艾奎亚诺、戴维·沃克以及弗雷德里克·道格拉斯则在自己的作品中贡献了成章成段的宗教书写。

这些叙事具有一个惊人的共同点：作者将其劳作与努力视为对家庭或社群的贡献。一部奴隶叙事不仅只为其叙述者发声——它为许许多多有着共同被奴役经历却无法讲述自身故事的人发声。

为更有效地向中国读者阐释这些故事，我们为每一个文本提供了导读和教学指导，这也方便教师将这套丛书用于课堂教学。

这套丛书是反奴隶制文学项目（Antislavery Literature Project）

合作的成果之一。我们由衷地感谢那些愿意和我们一起探索反奴隶制文学的读者。同时，我们特别感谢上海交通大学出版社的诸位编辑，是你们让这一周期绵长的出版项目开花结果。

乔·洛卡德(Joe Lockard)

美国亚利桑那州立大学教授

孙奇锋　史鹏路　译

安德鲁斯序

　　美国非裔奴隶叙事是美国文学中最具影响力的传统之一，它为美国历史上的小说和自传中极负盛名却又饱受争议的书写构建了形式与主题。尽管大部分美国奴隶叙事由非裔美国人写就，但非裔穆斯林——其中有些用阿拉伯语写作、古巴诗人胡安·弗朗西斯·曼萨诺（Juan Francisco Manzano，1797 - 1854）以及若干被北非海盗俘虏的美国白人水手也于 19 世纪上半叶书写了他们的奴役叙事。从 1760 年到美国内战结束，由逃亡者或前美国奴隶撰写的英文自传大约出版了 100 部。从 1865 年的解放伊始直至布克·T.华盛顿（Booker T. Washington）的里程碑式作品《超越奴役》（*Up From Slavery*，1901）的出版，50 多名曾被奴役的男女为他们的人生写下或口述了历史。在 20 世纪 30 年代大萧条期间，联邦作家计划（The Federal Writers Project）收集了 2 500 名曾受奴役之人的口述，这些回忆与见证共集结成 18 卷册。

　　最早受到国际关注的奴隶叙事是两卷本《非洲人奥拉达·艾奎亚诺即古斯塔夫·瓦萨：一个非洲黑奴的自传》（*Interesting Narrative of the Life of Olaudah Equiano，or Gustavus Vassa，the African*，1789）。这部叙事记录了艾奎亚诺从西非的孩童时期到可怕的跨大西洋中间航道，再到最终成为一名英国公民并获得自由与经济成就的历程。《逃奴威廉·格兰姆斯生平》(*Life of William Grimes, the Runaway Slave*，1825)是对作者逃跑前在美国南方所经历的虐待进行生动详细记录的第一部非裔美国奴隶叙事。戴维·沃克的《向全世界有色公民疾呼》(*Appeal to the Colored Citizens of the World*，1829)标志着南方明确公开的激进废奴主义的到来，其运动领导人在 19 世纪 30 年代初就倡导美国应立即彻底废除奴隶制。英美两国的废奴组织借由《玛丽·普林斯：一个西印度群岛奴隶的自传》(*The History of Mary Prince, a West Indian Slave*，1831)的字句行文为公众提供了一份对苦难和斗争的直言不讳的第一手记述。从格兰姆斯、普林斯到奴隶制时代的终结，逃亡奴隶叙事主导了战前的非裔美国文学景观，其数量远远超出非裔美国人创作的小说，如威廉·威尔斯·布朗的《总统的女儿》。1865 年之前非裔美国文学的主要作者大多以书写其为奴经历为起点开始他们的写作生涯，其中包括艾奎亚诺、弗雷德里克·道格拉斯、威廉·威尔斯·布朗及哈丽雅特·雅各布斯。相应的，道格拉斯(1845)、威尔斯·布朗(1847)、亨利·比伯(Henry Bibb，1849)、索杰纳·特鲁斯(Sojourner Truth，1850)、所罗门·诺瑟普(Solomon Northup，1853)、威廉·克拉夫特与埃伦·克拉夫特(William and Ellen Craft，1860)撰写的广为流传的叙事在英美收获了成千上万的读者。

　　1865 年之前的奴隶叙事通常套在白色信封里来传达黑色信息。白人所作的序言类内容(有时是附加的)为叙述者的可信度及良好品行作担保，并呼吁读者注意叙事所揭露的奴隶制中的道德恶行和广泛不公。前奴隶对文本的贡献集中在其从南方到北方、从奴隶到自由人的"成人礼"上。奴隶制被记录为对身体、智力、情感和精神的极端剥削,因此需要人们的抵抗,并唤起对独立和获得自由的机会的渴望。叙述者通常将其对自由的追求追溯为人生转折点:如经历或见证了前所未有的暴行,如亲人被卖等个人危机,或来自顾问、帮手的千载难逢的干预,抑或一个有利的绝不能浪费的逃跑机会。在常常是颇为悲惨的北方诉求之后,不单是到达"自由州"这一事实说明逃亡者获得了自由,取新名、投身激进废奴主义以及在许多著名案例中的社会经济地位的向上流动也是其获取自由的重要体现。

《弗雷德里克·道格拉斯:一个美国奴隶的生平自述》(*The Narrative of the Life of Frederick Douglass, An American Slave, Written by Himself*, 1845)常被视为奴隶叙事典范。该书将道格拉斯在奴役期间对自由和读写能力的追求联系起来。这位曾是船坞工人的作者获得了带薪废奴演说家的职位,就此将自身提升为黑人公共知识分子先驱,《道格拉斯自述》在此达到高潮。《道格拉斯自述》象征了非裔美国文学中一个恒久的理想:以致力于自由表达、社会政治参与和人身自由为代表的黑人英雄主义。

在《道格拉斯自述》取得巨大成功之后,"由他本人书写"这一奴隶叙事副标题对体现叙事者的智性独立和文学自主产生了重要意义。在19世纪40年代末,有名的逃奴如威尔斯·布朗、比伯和詹姆斯·W.C.彭宁顿(James W. C. Pennington)在故事中融入美国非裔民间文化的恶作剧者主题,并广泛运用文学和《圣经》典故,同时对奴隶从奴役到自由这一飞跃的意义赋予流浪汉小说视角,从而增强了奴隶叙事的修辞自我意识。废奴运动为奴隶叙事带来的公众关注并非该文类受到美国读者广泛欢迎的唯一原因。一位评论者称，"我们不知道那些希望写出现代奥德赛的人在哪儿能找到比逃亡奴隶的冒险更好的主题。"对于马萨诸塞州著名超验主义神职人员西奥多·帕克(Theodore Parker)来说，奴隶叙事是美国唯一的本土文学形式，因为"美国人所有最原初的浪漫故事都在其中，而不在白人的小说中"。

1850年《逃奴法案》通过之后，非裔美国人奴隶叙事在全国范围引发了有关奴隶制的激烈争论。斯陀夫人的《汤姆叔叔的小屋》(1852)——这部在19世纪读者最多且争议巨大的美国小说——其作者对包括道格拉斯在内的奴隶叙事的阅读为小说的创作带来深刻影响。斯陀夫人承认她书中许多生动的事件源自奴隶叙事，她塑造的诸多令人印象深刻的人物具有原型。作为斯陀夫人的汤姆叔叔的原型，乔赛亚·亨森凭借第二本自传《亨森神父的传奇一生》(Father Henson's Story of His Own Life，1858)将自身推广为国际名人。道格拉斯也修改并扩展了他的叙事，写出《我的枷锁和我的自由》(My Bondage and My Freedom，1855)。他在书中考察了南方的奴隶制和北方普遍存在的种族歧视，认为两者是白人至上主义制度中相互关联的特征，而正是这两个特征腐蚀了整个美国。1861年，哈丽雅特·雅各布斯——第一位写就自己叙事的非裔美国女奴——出版了《女奴生平》(Incidents in the Life of a Slave Girl)。该书对一位女性抵抗奴隶主性剥削以及最终为自己和两个孩子获得自由的过程进行了开创性的描写。

1865年奴隶制废除之后，受过奴役的非裔美国人继续出版着他们的自传。其书写通常为了展示在奴隶制中遭遇的磨难如何锤炼了他们，使他们可全面参与到内战后的社会经济秩序中去。19世纪末与20世纪初，销量最好的奴隶叙事是布克·T.华盛顿的

《超越奴役》(1901)。这是一本经典的美国成功故事,歌颂了非裔美国人的进步以及 19 世纪最后 25 年中的种族间合作。著名的现代非裔美国人自传,如理查德·赖特(Richard Wright)的《黑小子》(*Black Boy*,1945)和《马尔科姆·X 自传》(*The Autobiography of Malcolm X*,1965),以及一些著名小说,如威廉·斯泰隆(William Styron)的《纳特·特纳的自白》(*The Confessions of Nat Turner*,1967)、欧内斯特·J.盖恩斯(Ernest J. Gaines)的《简·皮特曼小姐自传》(*The Autobiography of Miss Jane Pittman*,1971)、托妮·莫里森的《宠儿》(1987)和爱德华·P.琼斯(Edward P. Jones)的《已知的世界》(*The Known World*,2003),这些作品均镌刻着奴隶叙事延绵不绝的烙印,特别在探索心理和社会经济压迫的源起以及为全世界读者对自由的意义进行深刻质询方面尤是如此。

参考文献

Andrews, William L., and Henry Louis Gates, Jr., eds. *Slave Narratives*. New York: Library of America, 2000.

Andrews, William L. *Slavery and Class in the American South: A Generation of Slave Narrative Testimony*, 1840 - 1865. New York: Oxford University Press, 2019.

——. *To Tell A Free Story: The First Century of Afro-American Autobiography*, 1760 - 1865. Urbana: University of Illinois Press, 1986.

Foster, Frances Smith. *Witnessing Slavery: The Development of Ante-bellum Slave Narratives*, 2nd ed. Madison: University of Wisconsin Press, 1994.

威廉·L.安德鲁斯(William L. Andrews)

美国北卡罗来纳大学教堂山分校教授

史鹏路　译

目 录

第一部分

《非洲人奥拉达·艾奎亚诺即
古斯塔夫·瓦萨：
一个非洲黑奴的自传》

（一）导读：身份杂糅：非洲王子、
　　 奴隶及废奴运动家*

　　50 年前，对艾奎亚诺的《一个非洲黑奴的自传》这部作品有所了解的人大多是历史学家。这部作品在作者的一生中先后九次出版，之后于 1834 年到 1967 年间一度绝版。如今该作品已成为讨论、研究大西洋奴隶史最常用的文本之一。自 1789 年首次出版以来，该作品先后以完整版、删减版、选读等形式出版超过 500 次，其中包括许多译本。过去 20 年间涌现出许多配套教学文献。本书首先回顾在讨论艾奎亚诺时可能出现的教学主题，之后再进一步提出一系列跨文化研究问题。

　　主题：历史传记
　　近几年，艾奎亚诺（1745—1797）不仅博得詹姆斯·沃尔文（James Walvin）及文森特·卡雷塔（Vincent Carretta）分别为其著传，同时，他也在学界引起许多讨论。基于其自传提供的相关依

＊ 本文由乔·洛卡德(Joe Lockard)撰就，代萍、史鹏路译。《非洲人奥拉达·艾奎亚诺即古斯塔夫·瓦萨：一个非洲黑奴的自传》（以下简称《一个非洲黑奴的自传》）。

据，人们普遍认为艾奎亚诺出生于尼日利亚。然而文森特·卡雷塔通过研究其洗礼及海军服役记录，认为艾奎亚诺可能出生于美国南卡罗来纳州。这个问题至今仍未解决，也可能就此作罢。在这个问题上，双方各持己见，但无人质疑这部自传的真实性。此外，结论对理解艾奎亚诺的著作几乎没有影响。

艾奎亚诺的自传按时间顺序展开，叙述了他不同阶段的人生经历：① 青年时期在伊博（今尼日利亚东南部）。这部分讲述了他的民族文化及初期为奴的经历。② 大西洋中央航线（Middle Passage）的旅程①。在加勒比海的迈克尔·亨利·帕斯卡（Michael Henry Pascal）、詹姆斯·多兰（James Doran）和罗伯特·金（Robert King）手下为奴数年的经历。③ 他的解放、解放后的独立生活及精神危机。在讨论这几个阶段的经历时，重点是让学生意识到艾奎亚诺在对这些经历的描述中结合了反对奴隶贸易的政治目的。为强调这一点，艾奎亚诺在结尾给（英国）女王写了请愿书："祈求女王陛下可怜我等百万非洲同胞，他们正在西印度暴虐的鞭子下痛苦呻吟。"他向英国读者讲述了自己的人生故事，借此说明如果大英殖民帝国的奴隶全部获得自由将释放出巨大潜能。为说服读者英国将受益于全面奴隶解放，他讲述了自己的故事。在这方面，他是成功的。

将艾奎亚诺视为自我激励的英国公民并以此为中心的讨论，通常会引出 18 世纪后期黑人在英国的权利及局限等问题。第二次世界大战之后，加勒比及非裔群体的增长为当代多元化的英国

---

① 　大西洋中央航线：旧时自非洲西海岸至加勒比的行程，即奴隶船航行到加勒比或美洲的最长行程。

注入了重要元素，从这点来看，艾奎亚诺堪称"英国黑人之父"。有的学生今后将接触国际社会，他们应该了解多元文化产生于历史长河。艾奎亚诺则亲身示范了一个非洲离散人口是如何在欧洲立足的。

教学主题：自由

奴隶叙事持续吸引读者的原因之一在于该文类引发对自由的本质的解读及讨论。在欧洲启蒙运动中，自由之本质是论辩的永恒话题之一，艾奎亚诺的作品便参与到该论辩当中。奴隶制成为评判自由的否定因素。卢梭（Jean-Jacques Rousseau）鄙视奴隶制，他认为奴隶制是对人类自由的侵犯，是社会不平等的根源之一。他曾写道，奴隶主用"老奴隶换取新奴隶，除了征服和奴役他们的邻居之外，什么也不想；他们就像贪婪的狼，一旦尝过人肉，就轻视其他所有食物，从此只求吞食人类"。然而恰恰是美国第三任总统兼大奴隶主托马斯·杰弗逊，在接受了卢梭关于平等基于自由的观点后，起草了以"人人生而平等"开篇的《独立宣言》。

在与学生探讨艾奎亚诺时，教师可强调语言与现实之间的鸿沟，并指出用种族等概念来框定自由的虚伪性。同时也可提出，全人类平等的概念是一种理想，而艾奎亚诺的叙事则代表着拓宽人类自由疆界的努力。

教学主题：宗教

艾奎亚诺通过描述皈依基督教从而承袭了传统。这一传统习俗可追溯到公元前一世纪早期使徒保罗在前往大马士革的道路上的皈依（参见《使徒行传》第九章）。这些传统包括承认神是至宥的，告别过去，双眼重新获得光明，获得救赎及倾注一生传播耶稣福音。① 艾奎亚诺自传第十章大篇幅描述了艾奎亚诺皈依基督教福音派。他描写了自己当时的精神危机：

> "一想到我这凄惨的处境，我流泪了，在至高无上的自由圣恩面前，我是最大的债务者。现在黑人愿意接受基督的救赎，耶稣基督是罪人唯一的担保人。除此之外，这个黑人不再依靠任何人任何事物去救赎。……那一时刻的圣迹永远难以言喻——这是圣灵的喜悦！我感受到了惊人的变化。之前我一直被罪恶的重担，地狱的大嘴，死亡的恐惧所困扰，现在它们不再使我害怕。事实上，我现在认为死亡是我现世最好的朋友。这些是我少能体会的痛苦和喜悦。我泪如雨下，我何德何能，到底是谁，上帝居然俯瞰我这个最龌龊的罪人？我深深地为我的母亲和朋友感到担忧，这让我用充沛的热情祈祷。在内心深处，我认为世上的未皈正者境遇悲惨，上帝不与他们同在，他们没有希望。"

这一时刻出现在艾奎亚诺叙事的后半部分，这一点很重要。他的自传为这一刻的到来做了充分铺垫。之前他了解过基督教礼拜，也参加过。现在他是一个狂热的福音传道者。

在讲授这部叙事时，有一点需谨记，即艾奎亚诺的宗教信仰始于非洲万物有灵论，这个渊源不容忽视。在针对艾奎亚诺的非洲

---

① 保罗：《圣经》人物，原是一个迫害基督徒的犹太人，后在前往大马士革途中，空中一道强光，保罗摔倒，听到声音，那声音正是耶稣。后来耶稣派使者使保罗复明。此后，保罗成为耶稣福音最强有力的传道者。

宗教思想展开讨论时，课堂讨论通常会面临这样一个问题：他和其他非洲人失去了什么？该问题建构起在种族灭绝、奴隶制、祖祖辈辈受到压迫这一历史环境下发生的宗教皈依现象。非洲人将接纳基督教作为一种武器，用它来组建信仰团体并抵抗压迫。艾奎亚诺描述的是个人的信仰转变，而在 18 世纪后期，美洲的大量非洲奴隶都皈依了基督教。学生讨论艾奎亚诺的信仰转换时常会有这样的反馈："他颠沛流离，无家可归，遭受巨大痛苦，但是他找到了基督，获得了救赎。"此类感想可用一个问题来反驳，即："在基督教中找到精神安慰，这足够为数百万人遭受的种族灭绝及奴役辩解吗？"

跨文化研究问题

（1）英美大学课堂在讨论艾奎亚诺自传时，常用的一种方法是将它作为精神自传进行探讨。用于展开这一讨论的私人叙事元素是显而易见的。艾奎亚诺皈依基督教循道公会，接受洗礼，并逐渐了解 18 世纪后期福音派基督教文化。他开始相信是神指引着他的生活。

然而仅看事实是一种具有欺骗性的简化解读策略。从表面上接受艾奎亚诺的皈依为自由选择，这个看法存在什么问题？在这过程中，他失去了什么？西方社会在催生艾奎亚诺的精神信仰转变时采取了什么强制性手段？艾奎亚诺如何将基督教信仰等同于文明的进步？

从广义上看，随着大量非洲人民转变宗教信仰，西方社会得到或者失去了什么？整个故事是一个关于殖民主义或者帝国主义的故事吗？又或者基督教教义中含有解放思想，而非洲人民或非洲离散人口可借此获得权力并争取解放吗？

　　在思考过这些问题之后，可对比中国现代史。艾奎亚诺皈依基督教及宗教在西方帝国主义中扮演角色的讨论，在中国又如何？譬如，了解并讨论"五四运动"时期兴起的反传教士思想及政治活动。是否有更早的事例，如 1900 年八国联军侵华战争，造成该战争的一个重要因素是本土宗教与国外宗教之间的矛盾？如果艾奎亚诺因为信奉欧洲优越论而皈依宗教是一个令人不安而充满矛盾的案例，那么中国是否存在相似或不同的事例呢？

　　(2)《一个非洲黑奴的自传》属于"黑色大西洋"(The Black Atlantic)文学范畴，这一概念由评论家保罗·吉尔罗伊(Paul Gilroy)提出。吉尔罗伊的著作《黑色大西洋：现代性和双重意识》(*The Black Atlantic: Modernity and Consciousness*)(1993)创造了一种新的范式，该范式将非洲表现性文化的讨论从单一国家转移到广大离散非洲群体，这一群体产生于大西洋中央航线奴隶贸易及其历史后果。自传中写到，艾奎亚诺曾在非洲、加勒比、北美洲、英格兰居住，在军队服役过，旅途也到过其他许多地方。在许多方面艾奎亚诺是现代民工及旅行者的先驱。该群体具有怎样的文学及社会含义？

　　太平洋对岸的中国离散人口是否可以回答同样的问题呢？你了解中国离散作家的作品以及它们跟中国的关系吗？你是否能像保罗·吉尔罗伊一样，思考大规模跨洋移民现象如何催生现代思想意识以及它与新文化的邂逅。在 19 世纪的中国，这种思想意识又是如何诞生的？

　　(3)对于艾奎亚诺而言，写这部自传需要将强烈但又合情合理的愤怒升华到一种境界。毕竟，他曾身陷囹圄，背井离乡，沦为奴隶，漂洋过海；他还遭受背叛，再次被卖，总是被当作一个附属品—

样受到低人一等的待遇。然而，在叙事中他几乎对自己的愤怒只字未提。前言中他对处于统治阶级的读者说道："骇人的奴隶贸易迫使我第一次离开了内心珍视的温柔可亲的家人与朋友。但上帝用一种神秘莫测的方式指引着我，我理应认为自己得到了无限补偿，因为我接触并了解到基督教知识以及这个国家。这个国家的自由主义情操、人文主义情怀、自由政府以及发达的科学及艺术，使人性的尊严上升到了另一个高度。"

与自己的故事相矛盾的是，艾奎亚诺赞扬英国的开明、人性和自由。他为什么要赞扬那个社会的自由？是那个社会奴役他，并赋予殖民地上的奴隶主日夜折磨奴隶的权利（见第五章）。他对"骇人的奴隶贸易"的愤怒去哪了？在叙事中，艾奎亚诺如何又为何抑制表达自己的愤怒？

你能从中国历史或虚拟小说中找出有关处理社会或个人愤怒的描述，并对它进行讨论吗？鉴于艾奎亚诺的个人经历及中国历史都曾受到殖民主义影响，那么两者所表现出的愤怒有何共同之处？我们如何将愤怒化作生产变革力量而非毁灭力量？

（4）回忆录是西方文学的一种体裁，始于贵族阶层。18世纪后期，随着欧洲启蒙运动的兴起，该文学体裁趋于民主化。社会出身卑微的自传作家开始出版自己的生活故事，比如法国作家卢梭于1782年出版了《忏悔录》，美国著名的印刷商、政治家、科学家本杰明·富兰克林（Benjamin Franklin）于1788年出版了《富兰克林自传》。生活故事写作成为一种讲述穷苦人民如何白手起家，并倡导民主社会变革的方法。这类传记通常认为个人的主动性是形成利人利社会的生活的必要因素。

艾奎亚诺的叙事如何与欧美作家使用回忆录体裁的新手法相

呼应,两者又有什么不同之处? 鉴于欧美人普遍对非洲人智力持怀疑态度,种族、作者身份及体裁在艾奎亚诺身上有怎样的交织? 中国的回忆录体裁经历过相应的民主化吗? 你能举出一些例子并将其跟艾奎亚诺的作品进行比较吗?

(5) 不同文化衍生出不同形式的奴隶制度。最普遍的特征即人不能随意离开工作岗位。奴隶主拥有奴隶,不愿将其释放,并通过奴隶的劳动获利。奴隶主是否有权占有奴隶的人身权利视奴隶制形式而定。从第一章开始,艾奎亚诺描述了几种不同类型的奴隶制度。他所描述的非洲奴隶制与美洲的奴隶制有何不同? 中国历史上出现过哪些类型的奴隶制? 这些跟艾奎亚诺自传中的奴隶制有何区别? 在奴隶制产生的过程中,性别扮演着什么样的角色?

(6) 以下是艾奎亚诺作品中经常被引用的一段话,描写了奴隶运输船船舱的情景:

　　"船舱空间狭小,天气炎热,加之船上奴隶人数又多,到了摩肩接踵,难以转身的程度,以至于我们几乎窒息。我们汗如雨下,空气中因此夹杂着各种怪味,难以呼吸。有些奴隶因此生病并大量死亡,成为我所说的其买主缺乏远见又贪得无厌之下的受害者。锁链的摩擦声此刻变得令人难以忍受。小孩时不时会坠入浴盆,几乎淹死。这一切都惨不忍睹。女人的尖叫,濒死之人的哀号,使得这幅景象可怕得难以想象。"(见第二章)

大约有1/10的非洲黑奴在运输途中丧生。然而,历史学家马库斯·瑞迪克(Marcus Rediker)指出,过度关注骇人的死亡率是一种局限的研究方法。死亡只是社会恐怖的一种特征和人类闹剧中的一种元素。他写道："有多少人死亡这个问题可以通过抽象的，实际上是冷冰冰的数据来解答，但是有几个人经得住恐惧，以及有多少人经历恐惧之后又反过来抗拒它，却是数据无法衡量的。"[1]讨论第二章中描写艾奎亚诺绝望的内容，以及他如何走出奴隶运输恐惧的经历。

当代是否存在与 18 世纪奴隶贸易类似的被迫移民现象？这些现象分别是什么？与大西洋奴隶运输相比有什么共同特点或不同之处呢？从这些现象中涌现出了什么样的叙事文学？可登录以下网站查看当代奴隶叙事作品集，见 http://antislavery.eserver.org/narratives/contemporary-slave-narratives。我们该如何将艾奎亚诺及当代奴隶叙事当作无名小人、隐形人物的自传进行解读，尤其在这些人物从不发声的情况下。另外，我们应如何对待文学课程中表述不清的讲话者，怎样才能做得更好？

（7）这部回忆录记录了文化移植、自我重建及西方社会的同化。艾奎亚诺读书识字，学习算数、航海，并将这些新知识应用到经商之中（见第五章与第六章）。他用 3 便士作为本钱起家，赚得 40 英镑，这 40 英镑是他的主人罗伯特·金所开的赎身价格。请讨论在这部作品中文化知识及资本主义是如何相互影响的。

（8）整部小说中，艾奎亚诺都在祈求"天意"保佑他活着，摆脱卑微的奴隶身份并发家致富。"天意"是指相信神可干预世俗之事，保佑个人或群体。艾奎亚诺写道："我能够感受到上帝那隐形

---

[1]　Marcus Rediker. *The Slave Ship: A Human History*. New York: Viking, 2007, p. 354.

之手一直指引并保护着我。"他祈求上帝不只是为了消除灾祸，也是为了生意兴旺，财源滚滚。对艾奎亚诺来说，上帝不只是他的守护者，同时也是一个隐形的生意伙伴。

请讨论艾奎亚诺作品中神的作用。艾奎亚诺成为上百万被押往美洲的非洲人之典范，他获得自由并且取得经济上的成功。艾奎亚诺如何将自身的好运归因于天意眷顾？同样，祈求天意如何掩盖了艾奎亚诺的奴役、解放及自由这一系列事实？

（二）文本：《非洲人奥拉达·艾奎亚诺即古斯塔夫·瓦萨：一个非洲黑奴的自传》[*]

第一章

（作者对故乡和风土人情的描述——司法体系——长老——婚礼和公共娱乐——生活方式——服装——产品——建筑——商业——农业——战争与宗教——当地人的迷信——牧师和魔术师的葬礼——有趣的研制毒药的方法——跟作者同胞的血统有关的线索以及该领域其他作者的看法）

我认为，发表自传的人很难逃脱虚荣的罪名。然而作者承受的压力不止这些，他们的另一种不幸在于自己不同寻常的经历很难取信于读者。显然，人们会满是厌恶并弃之不读，还指责作者鲁莽无礼。人们通常认为，只有那些富于宏大或惊人事件的传

---

* 史鹏路译。

记——简言之，即可引起人们高度膜拜或同情的传记才值得阅读并铭记，除此之外其他传记都应被轻视并遗忘。我承认，这对无名之辈和他乡异客的伤害可不止一点，因此他们才恳求广泛的公众关注。我在此呈现的既非一位圣人、英雄，也非一位暴君的生平，情况更如是。我相信，我人生中的事件在许多人身上都发生过，这类事件不胜枚举。如果把自己视为一个欧洲人，我会说，我苦难深重。而当我将自己的命运与大多数同胞做比较时，我则认为自己是上天的宠儿，我也会承认我生活里的点点滴滴都得到神的眷顾。假如这部叙事的趣味性不足以引起公众注意，那就让我的动机来为这部作品申辩。我不至于愚昧虚荣到希望从中获得不朽或文学声望。它是在无数朋友的请求下完成的，如果能够让这些朋友满意，或是为推动人道主义做出些许贡献，这部书便圆满完成了任务，我内心的所有愿望也都将得到满足。因此，请铭记，我不会为了规避审查而唱颂歌。

　　非洲的那片区域，名为几内亚地区，奴隶买卖就在那儿进行交易。那片区域沿着 3 400 英里的海岸线从塞内加尔蜿蜒至安哥拉，中间还经过不少国家。不论是疆土还是财富，或是丰饶易耕的土壤、国王的权力、人口数量及战略部署等，各方面最强大的属贝宁王国。它地理位置靠南，国界线沿着 170 英里的海岸线延展开去，又折回非洲内陆一截。我认为那个地方迄今人迹未至。贝宁王国的国界线最终止于阿比西尼亚边界处，从起始位置绵延至此约 1 500 英里。这个国家分为多个省份和地区：最偏远但土壤最肥沃的是伊博（Eboe）。我于 1745 年出生在一个盛产水果的宜人的山谷，这个山谷名为伊萨卡（Essaka）。由于我从未听说过白人或欧洲人，也没听说过大海，因此从我们省到贝宁的首都，或是到海边应该非常远。我们对贝宁国王的臣服其实是有名无实的。因为根据我有限的观察，政府一切事务都是由当地的酋长或长老主持的。

不太与他国进行商业往来的民族在风俗和管理方面总体而言是比较简单的。在一个家族或一个村庄中传承下来的历史便可作为这个民族的范本。我的父亲是上文提到过的长老或酋长中的一员，他是最高首领（Embrenche）。我记得这个词意味着最高荣誉，在我们的语言中是"高贵印记"的意思。

有资格的人才会被授予这个印记。方法是割掉额头一圈的皮肤，把它贴在眉毛上方，再用温暖的手掌按住并揉搓它，直到它在额头下方收缩成一条粗厚的痕。许多法官和参议员（judges and senators）就是这样被刻上印记的。父亲很早就拥有它了。我见过一个兄弟被授予该印记，而父母也理应将其授予我。这些首领或长老平定争论、惩处罪行，他们常因这些事务聚集在一起。会议持续时间通常较短，大多数情况下采用报复法惩罚。我记得有个男人因绑架男童被带到我父亲和其他法官面前，尽管他是长老或议员的儿子，仍被罚赔偿对方一个男奴或女奴。通奸有时会被处以奴役或死刑。我相信在非洲大多数国家，犯下这一罪行都会被惩罚。对他们来说，婚姻非常神圣，他们非常珍视妻子的忠贞。说到这儿，我想起一个实例：法官宣判一位妇女犯通奸罪，按照习俗，她被遣送到丈夫那里接受处罚。他依照风俗决定将她处死。就在处决前，却发现她怀中有个嗷嗷待哺的婴儿。其他女人也不愿给这个孩子喂奶，因此看在孩子的份儿上她被免于惩罚。男人希望女人坚贞不屈，但他们自己却不需秉持这一品行。男人实行多妻制，但很少有两个以上的老婆。他们的婚姻模式是这样的：通常在年幼时便由双方家长定下了娃娃亲（但有时男方也会自己挑选新娘）。这种情况下，他们便会摆上一席盛宴，所有朋友齐聚在此，新娘与新郎站在众人面前，新郎宣布从今往后她便是他的妻子，其他人不准再跟她讲话。紧接着会在邻里间正式宣布这个消息，这时新娘便退出集会。她被带到丈夫住处后，便会开设另一轮宴席宴请双方亲属。接着，伴随着祝福，新娘的父母会将她移交给新郎，同时他们会在她的腰间系上一根厚厚的鹅毛棉绳，这是只有已婚妇女才可以佩戴的。至此，她便完全成为他的妻子了。这时，新婚夫妇会得到一笔嫁妆，通常里面包括一片土地、奴隶、牲口、生活用品及耕作工具，这些是由双方朋友提供的。除此之外，新郎父母会赠予新娘父母礼物。婚前新娘被视为其父母所有，婚后她便完全是其丈夫所有了。仪式至此告一段落，庆祝开始。人们围在篝火旁欢呼雀跃，并随着音乐起舞。

我们几乎就是一个舞蹈家、音乐家与诗人的民族。因此，在每一个胜利归来或其他公开欢庆的重大场合，我们都会随着相应的音乐用集体舞蹈庆祝。集会分为四组，这些组或分开舞蹈，或接续舞蹈，每一组都有自己的特色。第一组由已婚男人组成，他们的舞蹈一般是武术，或是对一场战争进行再现。已婚妇女紧随其后，她们在第二组跳舞。青年男子是第三组，少女则是第四组。每一组都展示一些实际生活中的有趣场景，如一项伟大成就、若干家庭活动、一个凄惨的故事或一些郊外运动。表演的主题通常建立在近期发生的事件之上，因此常演常新，这为我们的舞蹈赋予了精神与花样。这在其他地方很少能见到①。

我们有很多乐器，不同种类的鼓尤其多，有一种鼓能演奏出像

———————

① 我在土麦那时常看到希腊人以这种方式舞蹈。

吉他般的乐曲，还有一种能模拟出拇指琴的音色。拇指琴主要由订了婚的姑娘演奏，在每个重大节日她们都会表演。

我们民风简朴，因此奢侈品很少。男女服装几乎一模一样。通常是一片长长的印花布或棉布松垮地缠绕在身上，有点像苏格兰方格纹布披肩的样子。布料大多染成蓝色，这是我们最喜欢的颜色。染料是从一种浆果中提取的，它比我在欧洲见过的所有颜色都鲜艳浓烈。除此之外，本族卓越的妇女会佩戴金色首饰，她们会在自己的胳膊上和腿上戴许多这种配饰。当妇女不需与男人一起耕种时，她们的日常工作是纺纱、织布、再染色，做成衣裳。她们也制作瓦器，我们有许多种类的瓦器。另外还有烟斗，与土耳其烟斗的制造工艺一致，且用法也相同。

我们的生活方式也非常朴素。土著人不了解可使味觉堕落的精细烹饪法。我们的主要食物是小公牛、山羊及家禽，它们同样是国家的主要财富，也是商业活动的主要商品。我们在平底锅里炖肉，有时会用辣椒或其他香料让它鲜美可口。我们还有由木灰制成的盐。我们食用的蔬菜主要是芭蕉、薯类、豆子和玉米。一家之长通常单独吃饭，他的妻妾和奴隶们用不同的饭桌。吃饭前我们总会先洗手。实际上，我们的卫生在各种场合都做到了极致，尽管如此洗手仍是必不可少的一项礼仪。洗手后，呈上祭酒，我们会在特定区域为已故亲戚的亡魂酒下一点儿食物。土著人相信亡魂会掌控他们的行为，也会保护他们免遭灾祸。他们根本不沾烈酒，主要的饮品是棕榈酒。这种酒是从棕榈树上收集来的。人们在树干上方割开一个小口子，再把一个大葫芦固定在下面。有时一夜间一棵树就能流出三或四加仑汁液。树汁刚提取出来时，味道甘甜，几天后便会有股辣味和酒味。尽管如此我也从没见谁喝醉过。这种树也产果子和油。香氛是我们主要的奢侈品。有一种是散发着怡人香气的香木。我们把这种木头研磨成粉，与棕榈油混合。男女都用它让自己香喷喷的。另一种是泥土。在火中撒点儿这种土，便可散发出浓烈的香气①。

　　我们的建筑讲求便利，不重装潢。每家主人都有一大片土地，这片地四周环绕着壕沟或栅栏，或是外围有一堵红土筑成的墙，红土干燥后就会硬得像砖头。这之内的区域便是他的家人与奴隶居住的房屋。如果家眷众多，居住区通常会呈现出一座村庄的景象。主楼伫立在正中间，由主人单独使用。主楼一般由两套房间构成。他和家人白天聚会时用一套，接待朋友时用另一套。除此之外他还有一间完全独立的房间，供他和儿子就寝。两边是妻妾们的房间。她们也有区分开来的属于自己的起居室与卧室。奴隶及其家人则生活在圈用地中的其他区域。这些房子从来都只有一层高，由木头建成，或是把篱笆桩扎进地里，再用灰泥将枝条整齐地编扎进去。屋顶上盖的是茅草。我们的起居室侧边是开放式的，但卧室总会封起来，并在里头糊上牛粪来趋避夜间干扰我们的各种昆虫。卧室的墙和地板一般也用席子遮着。我们的床由一个高于地面三四英尺的台子构成，上面铺着兽皮和从车前草上截取的柔软部分。

　　我们的被子和衣服都是用白棉布或平纹细布做的。凳子一般是几个木桩。但我们有长椅，大多是熏香的，用来招待客人，这是我们家具的重要组成部分。这样建造和装潢房子几乎不需要什么技术。这方面，每个男人都是个称职的建筑师。盖房子时，整个部

---

① 我在士麦那见到了这种泥土，于是便带了一些到英国。它的浓度类似香茅，但又更好闻，气味与玫瑰相近。

落都会齐心协力提供帮助，除了一顿宴请，不需要其他回报。

由于我们生活在一个拥有大自然丰沛馈赠的国度，因此我们需求很少，且容易满足。当然了，我们有一些制造品，主要是白棉布、瓦器、装饰品以及武器和农耕工具，但都不是商品。以我的观察，我们的主要商品是食物和饮品。在这种情况下，政府货币就没什么用了。但我们有一些小硬币，如果我可以这样为它们命名的话。它们铸造得像锚一样，但我既不记得它们的价值，也不记得面额了。我们也有市场，我经常和妈妈一起去市场。有时西南方体格粗壮、肤色红棕的男人会到市场去。我们叫他们 Oye-Ebobe，这个词的意思是"远方的红种人"。他们常为我们带来枪、火药、帽子、小珠子和鱼干。由于我们的水源只有小溪和泉眼，因此我们认为鱼干是格外稀罕的东西。他们用这些商品交换我们的香木、香土和木灰制成的盐。他们总经由我们的领土运送奴隶，但在批准通行之前，我们会要求他们对获得奴隶的方式进行详细说明。实际上，我们有时也将奴隶卖给他们，但那些都是战俘，或是我们中间被定罪为绑架、通奸与犯了其他在我们看来是可耻罪行的人们。这种绑架活动使我想到，尽管我们有各种严苛的戒律，但他们在我们这里的首要任务便是诱拐我们的人。我也记得他们会随身携带大麻袋，不久后我就厄运当头，亲眼见证了麻袋是如何运用在邪恶任务中的。

我们的土地异常肥沃、高产，盛产各种水果。我们有充裕的玉米、棉花和烟叶。菠萝不用栽培，可自行长成，它们的体积相当于最大的棒棒糖，还散发着沁人芬芳。我们也有不同种类的香料，还有辣椒，以及我在欧洲从未见到过的各类甘美水果和品种繁多的树胶和充足的蜂蜜。我们兢兢业业地努力改造大自然的恩赐。农耕是我们的主要工作，每个人，包括儿童和妇女，都要参加劳动。因此我们习惯从小就从事劳动。每个人都为共有财产贡献力量。我们不会赋闲懒惰，所以没有乞丐。西印度的种植园主喜欢贝宁或伊博的奴隶，他们顽强、聪颖、正直和热情，而不喜欢几内亚其他地区的奴隶。本地人普遍健康、精力充沛且充满活力，我们从中感受到这种生活方式的惠益。我还应该再补上一条，那就是他们的俊美。我们中间从没听说过畸形这回事，我是指躯体上的畸形。如今生活在伦敦的伊博人也许会接受这一观点，即对于肤色而言，美的概念完全是相对的。我记得曾在非洲见过三个黑人小孩儿是黄褐色的皮肤，其中一个还相当白。所有本地人，包括我在内都认为单从肤色而言这些孩子是畸形的。在我眼里，我们国家的女人不论是谁都非常优雅、机灵，且谦虚到了异乎羞怯的地步。我也不曾耳闻她们在婚姻中有欲壑难填的情况。她们也非常活泼。实际上，活泼与亲切是我们这个民族最显著的两个特征。

我们在一片辽阔的平原和公地间耕作，距离住处有几小时脚程，邻居们会集体到那儿去。他们不用牲口耕种，仅有的工具是锄头、斧子、铲子、钩子或用来挖掘的弯曲的铁器。有时会有蝗虫来袭，它们成群而来，遮蔽天空，毁掉收成。虽然蝗灾很少发生，然而一旦出现，便会带来一场饥荒。我记得这种情况出现过一两次。公地通常是战场，一旦我们越界到他人的领地，他们不仅全体出动，通常还随身携带武器以防御突袭。当察觉到有人入侵时，他们会把顶端锋利可刺入脚掌且常涂有毒药的枝条扎在地里，以此守卫通向其住处的通道。根据我对那些战役的回忆，他们似乎曾入侵另一边的小部族或地区来获取囚犯和战利品。也许是上述带来欧洲商品的商人们刺激到了他们。在非洲，这种获取奴隶的方式是普遍的，我认为更多的奴隶是以这种方法或绑架得来的。当一个贩子想要奴隶时，他会向族长提出申请，并用自己的商品来引诱他。这种情况下，如果族长毫不犹豫地屈服于诱惑，并以一个明智商人的果断接受对其同胞的自由出价，也不足为奇。于是，族长会对邻近部落发动袭击，接着一场惨烈的战争便爆发了。如果他获胜并擒到俘虏，便会卖掉他们来满足自己的贪欲。然而如果他的部队被征服，且自己也落到了敌人手里，他便会被处死。众所周知是他发起了战争，因此大家认为留他一条性命是很危险的。尽管其他俘虏可被赎回，但他却已是罪不可赦。我们有枪、弓、箭、双刃宽刀和标枪。我们也有可将人从头至脚掩护起来的盾牌。所有人都要接受兵器教育，连我们的妇女都是战士，她们与男人一道英勇作战。我们保持警惕，只要一发信号，如夜间的一声枪响，就披坚执锐、群起攻敌。我们向战场进军时，队伍前方会举着一面红旗或红条幅，也许这是不同寻常的事情。我曾经在我们的公地上目睹过一场战争。一天，我们像平常一样都在地里干活，突然就遭到了袭击。我爬上不远处的一棵树，从那儿观望战斗。双方均有许多妇女、男人出战，我母亲就在其中，拿着一把宽刀。一场恶斗之后，许多人阵亡，我们获得了胜利，并俘虏了敌人的族长。大家押解着他凯旋，尽管他提出用一大笔赎金来换取自己的性命，但他仍被处死了。一位有名的年轻女性在战争中被杀，她的胳膊被放在市场上展览，我们常在市场上展示战利品。战士根据功劳获得战利品。没有被卖掉或赎回的战俘，我们就留作奴隶。但他们的境况和西印度的奴隶们相比是天壤之别！跟我们在一起，他们不会比部落其他成员哪怕是主人多干一点儿活。他们的食物、衣裳和住宿几乎和大家一样（只是他们不能和自由人在一起吃饭）。在我们国家，一家之主拥有较高地位，会在其家庭领域的方方面面行使这种权威，除此之外与其他人几乎没什么差别。有些奴隶甚至自己也有奴隶，这些奴隶是他们的财产，供他们使用。

　　至于宗教信仰，土著人相信万物乃一个造物主创造的。他住在太阳上，腰间系着一条腰带，不吃也不喝。但有些人说他抽着烟管，这是我们最钟爱的奢侈品。人们相信他支配万事，尤其是我们的死亡或囚禁。至于和永生有关的说法，我倒不记得听过哪些。有些人相信灵魂会以某种方式转世。那些没有转世的灵魂，比如我们亲爱的朋友或亲人，人们认为造物主会照料他们，并保护他们不受恶灵或敌人的侵袭。为此，我观察到，人们常常在餐前为他们在地上放一小片肉，或是为他们洒些饮品。人们常在坟前奉上动物血或禽类等祭物。我很依恋妈妈，老是跟着她。外婆的坟是一个幽静的小茅草屋，当妈妈为外婆做祭物时，我有时会打下手。她在那儿制做祭物时，几乎整夜都在伤心、哭泣。在这种场合下，我常常非常恐惧。那处场所的僻静、夜的阴暗以及祭祀的礼节本身就令人害怕，而母亲的恸哭又强化了这些因素。所有这一切，伴随着造访该地的鸟的哀鸣，都为这一场景蒙上了一层难以形容的恐怖。

　　太阳越过线的那一天是我们计算一年的起点的时间。晚上太阳落山时，这片国土上的人都会欢叫，起码按照我的常识，附近的人们都会欢叫。同时，人们会用拨浪鼓弄出很大的声响，很像这儿的小孩玩的藤编拨浪鼓，但要大一些。人们对着天空高举双手祈祷恩典。这时人们呈上最为丰富的供品，接着，人们把由智者预言今后是幸运儿的孩子们介绍给大家。我记得曾经有许多人来看我，为此，我也被带到各个地方让人看。尤其在月圆之时人们呈上许多供品。一般会上两次供，一次在丰收时节采摘水果之前，另一次是在宰杀幼兽之前，有时人们也会用一些幼兽献祭。当家族的某位首领制作这些祭品时，大家都可以吃。我记得我们常常在父亲那儿和叔叔那儿吃到这些食物，他们的家人也在场。有些祭品是伴着苦草药吃下去的，我们会对脾气不好的人说："如果要吃掉他们，得就着苦草药吃。"

我们和犹太人一样行割礼，也同他们一样在该场合以同样的方式献祭、设宴。孩子以某些事件、场合命名，或是取个有吉祥意义的名字。我被取名为奥拉达，在我们的语言里，这个词意指兴衰变迁或财富，也指声音洪亮、口齿伶俐的宠儿。我记得我们从不玷污崇拜之物的名讳，相反，我们谈到它时总是怀着最崇高的敬意。我们从不咒骂，那些轻而易举大规模汇入文明之人语言的一切恶言、责备，我们也从不讲。我印象中唯一属于这类表述的话是："希望你腐烂，或希望你肿胀，或希望野兽抓到你。"

我之前已经讲过，非洲这些地区的土著人非常干净。这一必要的体面的习俗对我们来说是宗教信仰的一部分，因此如果我没记错的话，我们和犹太人一样，在许多相同的场合有多种净化和洗礼的仪式。只要是摸过尸体的人，在进入住所之前必须清洗、洁净自己。妇女在特殊时期不能进入住所，不能触碰别人或食物。我十分依恋妈妈，很难跟她分开，在那些时期难免会碰到她。因此我不得不被带到一间小房子里和她一起隔离，直到准备好了祭品，我们便要接受洗礼。

尽管我们没有公共礼拜的地点，但我们有神父、术士和智者。我记得他们是否执行不同职务，或是多种头衔集于一身，但人们非常尊敬他们。他们根据姓名的含义推算寿命，或预言事件。因此我们称他们为 Ah-affoe-way-cah，意指算命师或岁月先生，我们称一年为 Ah-affoe。他们留着大胡子，去世后他们的职位会由儿子继承。他们的大部分工具或珍贵物品会用来陪葬。经过熏香和点缀的烟管和烟叶也会与尸体一同被埋进坟墓，人们也会宰杀动物向他们献祭。除了同行或同部落的人，其他人不能参加他们的葬礼。人们会在日落之后将他们埋葬，接着会避开前往坟墓时的路另行择路返回。

　　这些术士同时也是我们的医生或大夫。他们用火罐放血。在治愈伤口、逼出毒素方面他们很在行。他们也有一套非同寻常的方法可发现妒忌、盗窃和投毒。他们在这方面的成功毫无疑问来源于他们对人们的愚昧与迷信拥有无限影响力。除了甄别投毒的方法外，我不记得其他方式是什么了。有一两件事给我印象很深。由于西印度的黑人还在用这些方法，所以我希望在此讲述不会显得无礼，这可作为其他方式的范例。一位姑娘被投毒了，但人们不知凶手是谁。医生命令几个人把尸体抬起来，运到坟墓去。枢夫们一把尸体扛上肩头，仿佛立时就被一种突如其来的力量控制住了，他们来回跑动，无法自已。最后，他们毫发无伤地穿过了几片荆棘丛生的灌木丛。接着在一所房子附近，尸体从他们肩上落了下来。房主被带了出来，他即刻对投毒供认不讳。①

----

① 此类事件于 1763 年在西印度的蒙特塞拉特岛也发生过。那时我是多兰船长的奴隶。一天，大副曼斯菲尔德先生与几个水手上了岸，出现在一个被毒死的黑人女孩的葬礼上。尽管他们曾听闻过在这种事件中来回跑动的情况，甚至也亲眼看见过，但他们仍认为这是枢夫们耍的把戏。因此大副要求两个水手把棺材抬到坟墓。和大副看法一致的水手们即刻从命，但他们几乎无法把棺材抬起来，（抬起后）接着便开始无法自制地疯狂跑动。最后，在毫无主观意志的情况下，他们来到了毒死那个女孩儿的凶手的小屋前。棺材立刻对着小屋从他们的肩上落了下来，还砸坏了墙。因此屋主被监禁，并承认了下毒的罪行。由于大副和水手回到船上后讲了这个故事，因此我把它讲给大家听，信与否留给读者判断。

土著人对毒药的警惕性极高。凡购买食物时，卖家都会当着买家的面把食物亲个遍，以展示食物是无毒的。呈上肉或饮品时也会这么做，尤其是在给陌生人时。我们那个地方有各种不同的蛇。屋里出现某些蛇时，尽管我们觉得晦气，但也从未侵扰过它们。我记得有两条不吉利的蛇，每一条都有男人的小腿肚那么粗，颜色与水里的海豚相似。我总是和妈妈一起睡，它们会时不时爬进卧室，盘起来，每次都发出公鸡一般的叫声。有些智者会让我去摸摸它们，他们认为我可能对祥兆感兴趣。由于那些蛇不伤人，我便摸了，它们温顺地让人把玩，接着我们会把它们放进一个陶制的敞口大盘子里，摆在通道的一边。但是，有些蛇却是有毒的。有一天我站在路上，一条蛇穿过路面时从我双脚间爬了过去却丝毫没有伤害我的意思。许多亲眼看见的人感到很惊奇。因此，智者、我妈妈还有其他人都把这些事看成是我特别有福气的征兆。

自我呱呱落地起就一起生活的人们，他们的风俗习惯就是这样，这是我凭印象能记起的不甚完整的概括。在此，我必须提一下到达应许之地前的犹太人与我的同胞在风俗习惯上的相似之处。即使上文是非常粗略的描述，也能体现出这一类似。我很早便为此感到震撼。尤其是《创世记》里描述的他们在田园国度时的族长制——单就这一共同点就使我想到一个民族发源于另一个民族。实际上，这也是吉尔博士（Dr. Gill）在其对《创世记》的评论中表达的观点。他高明地推断出非洲人血统的起源乃亚伯拉罕与其妻妾基土拉的后代（妻、妾两个称呼都适用于她）。这一点与塞勒姆的前任教长约翰·克拉克博士在其《基督教真理》中所表达的观点一致。这两位作者都认为我们应归属于这一血统。《圣经》大事记也进一步印证了这两位先生的论证。如果还需更多佐证，多方面的吻合都可成为支撑这一观点的强有力证据。就像以色列人在他们早期国家时那样，我们的政府由族长、法官、智者或长老管理，就像属于亚伯拉罕和其他家长的权威一般，一家之长对其家眷也拥有相似的权威。以色列人也和我们一样实施报复法。尽管他们的宗教在发展过程中支离破碎、声望不再，在时间、传统和将其封存的愚昧中业已黯然失色，但其信仰似乎仍在我们身上洒下一抹光辉，因为我们实施割礼（我认为这是犹太人特有的习俗），也在与他们相同的场合进行献祭、燔祭、净身和净化。

至于现代犹太人和伊博非洲人肤色上的差别，我就不冒昧地进行说明了。这个话题超出我的能力范围，且天才与渊博之人在这个话题上已做过论述。有才干的克拉克森牧师在其颇受推崇的《论奴役制度与贩卖人类生意》一文中查明了这方面的缘由，旋即对这方面的质疑给予解释，起码为我解了惑。他的文章是最有说服力的论据。我想以米切尔博士为例来谈一谈该理论的体现。"居住在美洲炎热地区的西班牙人，不知何时，肤色变得和我们弗吉尼亚印第安土著人一般黑。对此，我自己就是个证人。"塞拉利昂米托马河域的葡萄牙移民也是个例子。那里的居民是第一批葡萄牙探险者与土著结合后的后代。他们现在的肤色和羊毛般的头发已经完全与黑人无异，但在语言上却保留了一些葡萄牙语。

这些例子以及更多可证实的例子都表现出同一人种在不同气候环境中肤色会产生的变化。我希望这可以消除有些人对非洲人肤色的偏见。西班牙人的头脑自然不会随着他们的肤色改变！不去限制上帝的好意，不去假定他们预先为自己的形象贴上标签。肤色如"刻在乌木上"，为非洲人显著的劣势而找寻的这类借口难道还不够多吗？也许这些都该自然地归于他们的处境。与欧洲人

相处时，他们不懂欧洲人的语言、宗教、礼仪及习俗，但欧洲人可曾
费心教导？他们得到人的待遇了吗？奴隶制本身不就是损人心
智、扑灭一切热情和高贵情操的制度吗？然而最重要的是，文明人
不是占尽了粗野荒蛮之人的便宜吗？让那些文雅有礼、目中无人
的欧洲人回忆一下，他们的祖先曾经也和非洲人一样落后、野蛮。
大自然让他们比后代劣等了吗？他们也曾为奴吗？每一位理性的
人都会回答，没有。在面对黑皮肤兄弟姐妹的痛苦及需要时，让这
些回忆将他们优越的骄傲融化为怜悯吧。让他们承认，相互理解
不应受到相貌或肤色的限制。当他们环顾这个世界觉得不胜欣
喜，就让它柔化为对他人的善举以及对上帝的感恩。"他用一滴血
造出各个种族的人，散落在世界各地，他的智慧并非我们的智慧①，
我们的道路也不是他的道路。"

第二章

（作者的出生与出身——与姐姐一同被绑架——跟姐姐分
离——重逢时的惊喜——最终分离——未上岸时作者对不同地方
和事件的描述——目睹运奴船对他产生的影响——驶往西印
度——运奴船惊魂——抵达巴巴多斯，货物在此被分散贩卖）

　　我希望在做自我介绍并讲述我的国家的风俗习惯时，读者不
会觉得我消磨了他们的耐心。这些事已深深融入我的血液，在我

---

① 《圣经·使徒行传》17：26。

的脑海中留下了无法被时光磨灭的烙印。之后我所经历的一切厄
运与转机都不过是用来强化记忆、用于记录而已。因为，不管一个
人对祖国的热爱是真实的还是想象的，是理性的经验还是天然的
本能，当我回望人生早年的场景时，我仍充满愉悦，尽管这种愉悦
大多已掺杂着忧伤。

　　我已向读者介绍过我的出生时间和地点。我的父亲除了拥有
许多奴隶之外，还有一个庞大的家族。他有七个孩子长大成人，包
括我和姐姐。姐姐是家中唯一的女儿。由于我是小儿子，因此自
然成了最受妈妈宠爱的孩子，我总是在她身边，她极为用心地教育
我。我很小的时候，便接受了武术训练，每天射击和投标枪。妈妈
按照本族最英勇战士的礼数给我佩戴徽章。就这样，我渐渐长大。
然而，到了十一岁，一切快乐化为乌有。事情是这样的：一般大人
们去很远的地方劳动，而孩子们则聚在某个人家里一起玩儿。我
们当中有人爬到树上放哨，以防入侵者来抓我们。因为他们有时
会利用大人不在家的机会来袭击我们，抓住多少就带走多少。有
一天，我在家里院子的一棵树上望风，看到一个人到隔壁院子绑
架。那院子里有许多健壮的少年。我立刻发出坏人来袭的警报，
孩子中身材强壮的几个便把入侵者团团围住，并用绳子捆住，这样
在大人回来抓他之前他就无法逃脱了。但是，唉！不久后，我竟是
在周遭没有大人的情况下被袭击和绑架的。一天，所有人跟往常
一样去干活儿了，只有我和亲爱的姐姐留在家中看门。两个男人
和一个女人翻过墙，很快抓住了我俩。我们还没来得及呼喊或反
抗，他们就堵住了我们的嘴，带着我们逃进了最近的树林中。在那
儿他们把我们的手捆住，继续带我们前行到远处。我们一直走到
了晚上，来到一所小屋，强盗们在此过夜歇脚。我们被松绑，但是

不能吃东西。过度疲惫加之难过，我们唯一的慰藉是些许睡眠，这一小段时间减轻了我们的悲伤。次日一早，我们便离开了那所房子，接着前行了一整天。我们长时间躲在树林中行进，最后来到一条似曾相识的路上。这时我觉得有被解救的希望。走了一会儿，我便发现远处有人，于是向他们大声求助。但我的呼喊没一点儿用，他们堵住我的嘴，并把我捆得更紧，塞进了一个大麻袋。他们也堵住了我姐姐的嘴，将她的手捆了起来。就这样，我们继续前行，直到远离那些人的视野。

第二天晚上休息时，他们给了我们一些食物，但我们拒绝食用。我们唯一的慰藉便是整夜拥抱在一起，以泪洗面。但是，唉！不久后连这点相拥而泣的慰藉也被剥夺了。第二天是我至此体验过的最悲伤的一天。当我和姐姐紧紧抱在一起，他们把我们分开了。我们乞求他们不要把我们分开。然而并没有用，姐姐从我身边被强行拖开，立刻就被带走了，而我则处在莫名的烦躁中。我止不住悲恸大哭，几天里除了他们硬塞进我嘴里的东西，我什么都没吃。最后，经过多日跋涉、几经易主，我落到一个酋长手里。这个人有两房妻子，几个孩子，他们都对我非常好，并竭尽所能安慰我。尤其是他的大老婆，简直就像我的妈妈。尽管这儿距离我父亲的房子有多日脚程，但这些人却与我们族人讲着完全相同的语言。我的第一个老爷（我这么称呼他）是个铁匠。我的主要工作是操作风箱。我家乡的风箱跟这种风箱是同一类，有些部分跟这儿的老爷厨房里的炉子很像。它上面覆盖着皮革，皮革中间固定着一根棍子，一个人站着操作它，方式和用手泵把水从桶里抽出来一样。我认为那是金子，因为它的颜色是动人、闪亮的黄色，妇女们在腰间或踝间戴着的也是这种颜色。我在那儿待了约莫一个月，他们终于愿意让我到距离房子远一点儿的地方去了。我利用这一自由，抓住每个机会探寻回家的路。有时怀着这个动机，我也会在清冷的夜晚和女仆一道去泉边打水回宅子用。沿途，我在太阳早上升起和夜晚降落的方向做了记号。我观察到爸爸的宅子是在太阳升起的方向。我对母亲和朋友的思念化成悲痛，让我不胜其苦。因此我决定抓住第一个逃跑的机会，朝那个方向起程。我一向热爱自由。尽管我相当于那些生而自由的孩子们的伙伴，但无法与他们一起吃饭的耻辱加深了我对自由的热爱。策划出逃之际，有一天不幸降临，干扰了我的计划，并让我希望破灭。我有时会协助一位年迈的女奴做饭，并照顾家禽。一天早晨，我正在喂鸡，刚好把一小颗卵石扔在了一只鸡身上，石头砸在正当中，它立刻就死了。这个老奴不一会儿便发现少了一只鸡，便质询它的下落。我把这个意外告诉了她（我告诉了她实情，因为我的妈妈绝不容许我撒谎），她大发雷霆，威胁说我要因此受罚。主人出来了，她立刻跑去把我的所作所为告诉了太太。这让我非常害怕，我以为会立刻遭受鞭打，这对我来说是异常恐怖的，因为我在家几乎没被打过。因此我决定出逃。我跑到了附近茂盛的灌木丛中，在里头藏了起来。不一会儿，太太与那个奴隶回来了，却没有看到我，他们找遍整所宅子也不见我的踪影。他们喊我时，我也没有作答。他们认为我逃跑了，就发动所有邻里来找我。在这一地区（同我们那里一样），房子和村子一圈是被树林或灌木丛团团围住的。灌木非常茂密，一个人可以轻而易举地藏在里面躲过最细致的搜查。邻居们一整天都在找我，有几次许多人甚至来到了距我藏身之地只有几码的地方。那时我完全放弃了，当我听到树木沙沙作响时，我觉得他们马上就会找到我，好让主人惩罚我。尽管好几次他们就在附近,我甚至听到了他们在搜捕途中的推测,但他们却没有发现我。这时通过他们我才得知,任何回家的尝试都是无望的。他们大多数认为我逃回家了,但是路途遥远、路况复杂,他们认为我绝对无法到家,因此我有可能在丛林中迷了路。听到这儿,我心生强烈的恐慌,陷入绝望。夜晚将至,这更加深了我的恐惧。我曾经对回家充满希望,曾经决定应到天黑时再尝试,但如今我确信这都没用。我开始思索,即使我躲过了所有野兽的袭击,也逃不出人类的搜捕。而且,我迷路了,我一定会在丛林中丧生的。因此,我像一只被追捕的鹿:

> 每片树叶,每声耳语、回响和喘息,
>
> 都是一个敌人,每个敌人,都意味着死亡。

我听到树叶频繁沙沙作响,非常确定那就是蛇,我觉得它们随时会咬我,这令我更加焦虑。我无法招架此刻对处境的恐惧。最终我离开了灌木丛。由于一整天滴水未进,我虚弱不堪、饥饿难耐。我爬进老爷的厨房里,我一开始是从那儿出发的,那是一个敞开的棚子,我躺在灰烬上,迫切地希望一了百了。早上那位老女奴第一个起床,她来到灶间,看到我躺在生火的地方,我还在昏睡。她非常吃惊,简直不敢相信自己的眼睛。这时她答应为我说情。她去找太太,太太不一会儿就来了。轻微责备我之后,太太要求他们好好照顾我,不准虐待我。

不久后,我家老爷的独生女,也是他大房太太的孩子,生病死掉了。这令他颇受打击,有段时间几近疯癫。要不是有人看护并制止他,他就自杀了。但是,不久后他就恢复了,接着我被再次卖掉。这一次，我被带到太阳升起方向的左边，穿越了许多国家和几片大森林。当我疲惫时，买主就把我扛在肩上或装在袋子里。我沿途见到了许多精心建造、间距适宜的棚子。这些棚子是给商旅过客住的。他们和常常陪伴其左右的妻子住在里面，且总是全副武装。

从离开自己的国家，来到沿海，我总能发现能听懂我讲话的人。不同国家的语言并非完全不同，这些语言也不像欧洲国家的语言丰富，尤其是英语，因此很容易学。在我以这种方式穿越非洲期间，我学会了两到三门外语。就这样，我走了好久。一天晚上，令我大吃一惊的是，有个人被带到了我住的房子前。不是别人，正是我的姐姐！她一看到我，便尖叫一声跑过来和我拥抱在一起。我太激动了。我们俩长久依偎在对方的怀抱中，一句话也说不出来，只有抱头痛哭。这次相遇感动了所有目击者。实际上，为了向那些损害黑皮肤人权的人表示敬意，我必须承认，我从未被虐待，也从未见过其他奴隶被虐待，除了必要时被绑起来防止逃跑。那些人知道我们是姐弟后，便允许我俩待在一起。我们的主人和我们睡在一起，他躺在我们中间，我和姐姐横跨他的胸口手牵着手，整晚如此。这样，在还能相互陪伴的喜悦中我们暂时忘记了自己的不幸。但即使是这点小小的慰藉也很快结束了。那个决定命运的早晨到来时，他们再次把她从我身边带走了，这次是永远分离！此刻，我觉得自己比以往更加悲惨。她带给我的慰藉消失了，而对她的命运的担忧令我的恶劣处境进一步恶化。我担心，我不能陪在她身边缓解痛苦，她会比我更加苦难深重。

是的，我亲爱的儿时玩伴！我同甘共苦的家人！如果能奉献出我自己，替你们承受所有苦难，换取你们的自由，那我该多开心！

尽管我们很早便被强行分离,但你们的样子永远刻在我的心中,无论时间还是命运都无法消磨。因此,对你们的苦难的担忧削弱了我的幸福,它们与厄运混合在一起,使其更加苦涩。上天保护弱者不受强者欺凌。如果这纯真和美德还未化为福德,如果稚嫩的你们还没有成为非洲贩奴者、几内亚船只内的恶臭、欧洲殖民地的佐料或残忍无情的监工的鞭子和贪婪的暴力的受害人,我对天起誓要守护你们的纯真和美德。

　　姐姐离开后,我没在那儿停留很久。我再次被卖掉,被带着走过好几处地方。漫长旅途之后,我来到一个名为廷玛(Tinmah)的镇子,这是我在非洲见过的最美丽的国度。这里异常丰饶,有多条小河横穿这片区域,给镇中央的大池塘供给水源。人们在池塘中洗澡。在这儿我第一次看到并尝到了可可坚果,我觉得这是我吃过的最好吃的坚果。坠满果实的树木散布在房子之间,树荫毗连。这里的人与我们一样,用灰泥整洁地粉刷室内。在这儿,我还头一次见到并吃到了甘蔗。他们的货币是指甲盖大小的白色小贝壳。生活在这儿的一个商人以当地货币172元的价格把我卖了。我在他家待了两三天。一天晚上,他的邻居,一个富有的寡妇和她的独生子来到这儿。这位小少爷和我年纪相当,身材相仿。他们看到了我,很是喜欢。那位商人就把我卖了。我跟他们回到家里。她的宅子和土地是我在非洲见过的最豪华的建筑,规模宏大,位于我提到过的小河附近。她有一些伺候她的奴隶。第二天他们为我清洗、熏香。吃饭时我被带到了太太面前,并和她的儿子一起同她用餐。这令我很震惊,这位小少爷居然能容忍我这么个奴隶与他这位自由人一起吃饭,我几乎抑制不住自己的讶异。不仅如此,由于我年龄比较大,因此在吃东西或喝东西时,他都是在我用之后才进食，这与我们的风俗吻合。实际上，这里的一切以及我得到的所有待遇都使我忘记我是个奴隶。这里的语言与我们的语言非常相近，因此我们完全能听懂彼此说话。他们甚至有与我们一模一样的风俗。如同我在家时一般，少爷、我与其他男孩会练习掷飞镖、拉弓、射箭，这时也会有奴隶天天伺候我们。就在这种与我之前的幸福状态相似的境况里，我度过了两个月。当我认为我被这家收养了，开始适应这一处境，且渐渐忘却了我的不幸时，突然间，所有幻想灰飞烟灭。

事情发生得很突然。一天清早，我亲爱的如朋友般的少爷还在熟睡，我从梦中被唤醒，开始面对新的哀伤，被驱赶着走到异乡人当中。

于是，就在我渴望得到最大幸福的时候，我却发现自己身处巨大的悲哀当中。这就好比命运给了我一点甜头，只是为了让不幸更加深刻。此刻我经历的变化如此突如其来、出乎意料且异常惨痛，根本就是从天堂坠入到无可名状之境。因为它让我进入到我从未见过、充满未知的环境，其中困苦与残酷的事件持续发生，使我每每回忆往事时总是充满恐惧。

到目前为止，我经过的所有国家、遇到的所有人都与我们族人的语言和风俗习惯相似。但我终于来到一个国家，当地人的所有细节都跟我们的不一样。这一差异让我非常震惊，尤其当我见到一群不实施割礼且不洗手就吃东西的人时，更是诧异。他们也用铁锅烹饪，还有我没见过的欧式弯刀、十字架和弓。他们用拳头打架。这儿的女人不像我们国家的女人那般谦恭。她们与男人一同吃、喝、睡。但最重要的是，他们没有祭品或供品，这令我很吃惊。有些地区的人用瘢痕来装扮自己，还把牙齿锉得非常锋利。他们有时也想以这种方式打扮我，但我不允许他们这么做。我觉得他们在损毁自己的外形，我希望有一天可以与不这样做的人相处。最后我来到了一条大河边。河面上漂着许多独木舟，看起来人们似乎带着各种各样的家庭用具和食品住在里面。由于从未见过比池塘和小河更大的水域，因此当我看到这些时简直震惊坏了。我被放到船上，船只开始在河面上荡起桨前行，我在惊奇中却丝毫没有掺杂惧怕。我们就这样行进到晚上。上岸后，我们在岸上生起了火。有些人把自己的独木舟拖上岸，有些则留在船上做饭，并整晚睡在里头。岸上的人们有席子，他们用席子做成帐篷，有些看起来像个小房子，我们就睡在里头。早餐后我们再次启程，和之前一样继续前行。当我看到有些女人和男人跳进水里，潜到河底，再浮上来在附近游泳时，我非常吃惊。就这样我时而在陆地，时而在水路继续游历穿越了许多国家和地区。在被绑架了六七个月之后，我来到了海边。

对旅程中所有事件——详述就太乏味无趣了。当然这些我并没忘记，那么多双手将我传递，我生活过的不同国家的人民有着不同的风俗习惯。我只观察到我逗留过的所有地方都土壤肥沃，盛产体积庞大的南瓜、豆类、车前草及各种薯类等，也有大量不同种类的树胶，却毫无用处，随处可见大量的烟草。棉花长势迅猛，还有许多红木。一路上除了我之前提到过的那些，没再见到任何机械。农业是这些国家的主要生产活动。这里的男人女人都和我们的一样，靠农业生活，并学习武术。

我到达海岸时，首先映入我眼帘的是大海和一艘运奴船。那艘船泊在岸边等待货物。这令我很惊奇，但被带上船时，我的惊奇立刻转化为恐惧，直到现在我仍心有余悸。很快，我被推给几个水手以检查我是否健康。此时我相信，我来到了恶灵的世界，他们会杀了我。他们的肤色与我们大为不同，再加上他们的长发还有语言更令我对此深信不疑（他们的语言与我听过的所有语言都大相径庭）。实际上，这就是那时所见所闻给我带来的惧怕与惊恐。如果我拥有无数个世界，我会用它们当筹码，只为将我的国家中奴隶的最恶劣境地与我现在的境地做交换。我在船上四下张望，看到一个大熔炉，也许是铸铜炉，各种类型的黑人被绑在一起，每个人都面露沮丧与哀伤。这时，我不再怀疑自己的命运。出于无法忍受的痛苦和害怕，我在甲板上没法动弹，昏了过去。我清醒一点时，发现有几个黑人在我身边。我觉得他们是收取报酬把我带上船来的那几个人。他们跟我说话，想让我打起精神，但毫无效果。我问他们，我们是不是要被那些凶神恶煞、红脸膛、长着蓬松头发的白人给吃掉了。他们说不会。一个水手递给我一杯酒，但是我很怕他，不肯从他手里接过酒杯。一个黑人从他那儿接过酒杯递给我，我用舌尖尝了一点点。让他们出乎意料的是，由于我从没喝过这种酒，因此这酒非但没令我恢复，那奇怪的味道反倒令我惊慌失措。后来，带我上船的黑人离开了，抛下绝望的我。此时，我明白自己已经完全没有回到家乡的可能了，连回到岸上的最后一丝希望也破灭了。这时我认为陆地上的人们是友好的，与我现在的处境相比，我甚至希望回归之前的奴隶身份。现在的处境令我万分惊恐，对接下来的遭遇的不确定更加剧了这种惊恐。我没有那么多时间沉浸在悲痛中，不一会儿我便被带到了甲板下面。那儿扑鼻而来一股我从未闻过的气味。于是，我一边哭一边忍受着恶臭的刺激，觉得非常恶心，意志极度消沉，无法说话，也毫无食欲。这时我希望最后的朋友——死亡，能令我解脱。过了一会儿，令我难过的是，由于我不愿意吃两位白人给我的食物，其中一个就用手紧紧抓住我，把我双手展开呈十字形吊在辘轳上，我想那是辘轳。他们还捆住我的脚，另一个人狠毒地鞭打我。我从来没经历过这种事情，我还没有适应海水，从我第一次看到海时便自然地惧怕。即使这样，如果我能越过网跳到水里去，我也愿意，但我做不到。另外，水手们严密监视着没有被铐在甲板下的人，防止我们跳进水中。我见过有些可怜的非洲囚徒试图这么做，接着他们便被残忍地割伤。他们因为不吃东西，每小时就要被鞭子抽一顿。实际上这也是我的遭遇。过了一会儿，在被铐起来的可怜的人群中，我发现了几个老乡，这令我略感宽慰。我问他们，那些人会对我们做什么，他们让我明白，我们要被带到那些白人的国家为他们工作。于是我放松了一些，想，如果不会有比工作更糟的事情的话，那么我的处境还不至于让我绝望。但我依然害怕会被处死，因为在我看来，这些白人的长相和行为是如此野蛮。我在任何人身上都没见过这种冷酷与无情。这一点不仅表现在对待我们黑人方面，对他们的白人同胞也是这样。我们获准到甲板上时，见到他们在前桅旁用一条粗大的绳子无情地抽打一个白种男人，后来他就死了。他们把他扔在一边儿，就像处置畜生似的。这令我更加害怕这些人，我希望自己不要受到这种对待。在老乡面前我无法掩饰恐惧与忧虑。我问他们，那些人是不是没有国土，只住在这种空洞的地方（船上），他们告诉我，不是这样，他们来自一个遥远的国家。"那么，"我说，"在我们国家怎么从来没有听说过他们？"老乡们告诉我，因为他们住得太远了。我接着问道："他们的女人在哪里？也是白种人吗？"在我得到肯定答案以后我又问为什么。我说道："怎么没看到她们？"他们回答说因为她们都留在家里。我问船什么时候走，他们说也不清楚。我看到绳子拉着布挂上桅杆后，船就开动了。当白人想停船时，就在水中施些咒或魔法。我被震惊得无以言表，真的相信他们就是精灵。我非常渴望从他们身边逃离，因为我害怕他们会让我成为祭品。但我的希望落空了，因为我们被看得很严，任何人都不可能逃跑。当我们停留在海岸边时，我大部分时间都在甲板上。有一天，我非常震惊地看到有一艘船向我们驶来。白人们一看到它，就发出一阵欢呼，这把我们吓了一跳。船慢慢驶近，看上去越来越大。最后它在我的注视下抛下了锚。我和老乡们看着它，当锚被抛下时，船停了下来，我们都目瞪口呆。这时我们都相信这是靠魔法完成的。不一会儿，另一艘船放下小艇，他们来到我们的船上，两艘船上的人见到对方时看起来都很开心。有几个陌生人也同我们黑人握了握手，并用手比画着，我猜他的意思是说我们要到他们的国家去了，但我们听不懂他们说话。最终，我们所在的船只装载好所有货物，其间，他们制造出许多令人恐惧的噪声，我们被关在甲板下，因此没有看到他们是如何操作的。

　　但这失望只是我的悲伤中微不足道的一点。我们在岸边时，货舱中散发出一种难以忍受的恶心的臭味，在里头多待一会儿都是危险的，我们当中有些人获准留在甲板上呼吸新鲜空气。如今船上的所有货物都置放在一起，那里变得令人极度不适。船舱空间狭小，天气炎热，加之船上奴隶人数又多，到了摩肩接踵，难以转身的程度，以至于我们几乎窒息。我们汗如雨下，空气中因此夹杂着各种怪味，难以呼吸。有些奴隶因此生病并死亡，成为我所说的其买主缺乏远见又贪得无厌之下的受害者。锁链的摩擦声此刻变得令人难以忍受。小孩时不时会坠入浴盆，几乎淹死。这一切都令现状惨不忍睹。女人的尖叫，濒死之人的哀号，使得这幅景象可怕得难以想象。于我而言，幸运的是，由于我情绪低落，他们认为得让我一直待在甲板上。又因我年纪尚幼，所以也被免除镣铐的束缚。几乎每天都有人在断气时被带到甲板上来。在这种情形下，我几乎每时每刻都希望和这些同伴们有相同的命运。我开始希望死亡能立刻结束我的痛苦。我时常想到，深埋在地底的人要比我幸福得多。我羡慕他们享受的自由，也时常希望我能用现在的处境与他们进行交换。我经历的每个环境都令我更加悲惨，忧虑深重，并加深了我对白人的凶残的认识。一天，他们抓了几条鱼。他们把鱼杀了，以他们认为合适的量尽可能喂饱了自己。令在甲板上的我们吃惊的是，他们没有如我们所愿给我们吃一条，反而是把剩下的鱼又扔进了海里。尽管我们全力哀求、恳请让我们吃一点儿，但一切都是徒劳。几个老乡饿急了，在以为没人看到的时候，偷拿了一些，但他们却被发现了，于是挨了狠狠的鞭打。一天，风平浪静，两个被铐在一起的疲惫的老乡（那时我就在他们旁边）面对这种悲惨生活，宁可去死。他们不知怎么穿过了网，跳进了海里。另一个因为生病而获准不戴镣铐的沮丧的伙计也效仿了他们。如果不是警醒的水手们制止，我相信很快便会有更多的人效仿。我们中间情绪最激动的一些人立刻被关到了甲板底下。从船员中传来一阵噪声与骚乱要求停船，那是我从未听到过的嘈杂。他们还要放下小艇去追那几个奴隶。有两个可怜的人淹死了，他们抓到了另一个。他宁死不为奴，因此遭到一顿残忍的鞭打。就这样，我们持续承受了许多我此刻无法一一赘述的艰难。这种艰难与这桩可憎的交易密不可分。我们经常连续几天被关在一起，没有新鲜空气，常常几近窒息。这一情况，再加上浴盆的恶臭，许多人因此丧命。

　　旅途中，我第一次见到了飞鱼，这令我感到惊奇。它们经常飞越船只，还有许多会落在甲板上。那时我还头一回看到了象限仪。我时常惊奇地看着水手们用它进行观测，我不懂这是在干什么。最后他们注意到我的惊奇。为了让我更加惊讶，同时也为了满足我的好奇心，一天其中一位水手让我来看看。云看上去像陆地一样大，漂过去之后就消失不见了。这令我更加惊奇，此刻我深信不疑自己身处另一个世界，周遭的一切都是魔法。最后巴巴多斯岛进入了我们的视野。船上的白人开始欢呼，并向我们比画出许多雀跃的手势。对此我们不知该有何想法。船越驶越近，我们清楚地看到了港口和其他各式各样、大小不一的船只。

　　很快我们在这些船中间靠岸，停泊在布里奇敦。这时，尽管是晚上，许多商人和种植园主还是上了船。他们把我们装进不同的袋子里，仔细检查。他们还让我们跳，并指着一块儿地，示意我们过去。鉴于此，我们以为这些在我们看来很丑的人要吃掉我们了。不一会儿我们就被全部关在了甲板下，许多人吓得瑟瑟发抖。整整一晚，担心的痛哭不绝于耳。后来白人派来一些陆地上的老奴隶来抚慰我们。他们告诉我们，我们不会被吃掉，只是要去干活罢了，不久就会上岸，到时就可见到许多同乡。他们的话令我们轻松了许多。当然，不久我们着陆后，确实见到了许多操着各地方言的非洲人。

　　我们立刻被带到了商人的院子里。在那儿，我们就像羊圈里的羊，不分性别与年龄，全被关在一起。每件事物对我来说都是新鲜的，因此一切都令我充满好奇。令我目瞪口呆的第一样事物便是有楼梯的房子，房子的其他方面也与非洲的不同。看到人们骑在马背上,我感到更加惊异。我不知道这意味着什么,实际上我认为这些人充满魔力。当我正惊异于此时,我的一位狱友与他的同乡讨论起马匹,他说这些马与他们家乡的马是同一种类。尽管他们来自非洲一个遥远的地方,但我听得懂他们讲话。我觉得很奇怪,我在非洲居然从没有见过马。后来,当我得以与更多的非洲人沟通时,才知道他们有许多马,且比那时我见过的马大得多。在商人的监护下我们没过几天就按当地风俗给卖掉了。他们的风俗是这样的:信号一发(有点像鼓声),买家便立刻冲进关押奴隶的院子里,并选择他们最喜欢的袋子。随之发出的噪声和喧哗以及买主脸上显而易见的迫切,让吓坏了的非洲人越发焦虑,他们断定这些人是毁灭者,以为自己要献身于他们了。就这样,这些买主理直气壮地令我们亲友分离,其中大多数再不复相见。我记得在我被带上来的那艘船上的男士住宿区,有几个兄弟给卖到了不同地区。在这种情境下,他们离别时的哭泣令亲眼看见的人感到震撼。哦,你们这些有名无实的基督徒! 也许不会有非洲人问你,你从上帝那里学到这句话了吗? 上帝说:"己所不欲,勿施于人。①"我们离乡背井,为了你们的奢华与贪欲辛苦劳作,这还不够吗? 一定要让每一个脆弱的心灵为你的贪婪献身吗? 由于与亲人分离,亲情如今也变得更加珍贵,但一定得家破人散吗? 不能以相依相伴、互诉悲苦这点慰藉来驱散奴隶制的阴霾吗? 为什么父母会失去孩子,兄弟会失去姐妹,丈夫会失去妻子? 当然,这是极端残暴的最新形态,伸张正义也得不到什么好处,这更加深了悲痛,并为奴隶的恶劣现状增添了新恐惧。

---

① 参见《圣经·路加福音》6:31。

第三章

(作者被带到了弗吉尼亚州——这是他的不幸——一幅画像
和一只表令他感到惊奇——他是被帕斯卡尔船长带来的,接着前
往英格兰——他的旅途惊魂——抵达英格兰——他在一个雪天的
奇遇——被送往戈恩赛,有时与主人一起乘坐战船——一些关于
1758年在海军上将博斯卡文指挥下讨伐路易斯堡的远征的记述)

现在,我彻底失去了跟老乡攀谈的那点慰藉,也与那些曾照顾
我、帮我洗漱的女人们分开了,从那以后我再也没见过她们。

我在这岛上待了几天,大概不超过两周。我和其他几个不好
卖又招人厌的奴隶被送上驶往北美的船。途中我们的待遇比从非
洲来时好,并且有充足的米饭和肥肉吃。我们在河边上岸,远离大
海,大约在弗吉尼亚州附近,在那里几乎见不到我们这样土生土长
的非洲人,也没有任何人可以与我交谈。我在一个种植园里干了
几周除草、捡石头的活儿,最后我的伙伴们被送往各处,唯我一人
留下。我现在非常悲惨,觉得自己比其他同伴都要惨,因为他们还
可以说说话,而我却找不到一个语言相通的人。在这种状态下,我
一直非常伤心、痛苦,别无他愿,只求一死。我过得生不如死。在
种植园时,我猜是园子主人的那位先生病了。有一天我被派到他
的卧房里去给他扇风,当我走进他所在的那个房间时,映入眼帘的
一幕把我吓坏了。我穿过房间看到一个黑人女奴正在做饭,场景
触目惊心。这个可怜的人全身被残忍地铐上各种铁器,头上戴着
一个特殊装置,紧紧地锁着嘴,不能说话,更不能吃喝。我被这个

装置吓得胆战心惊。之后我得知它叫铁嚼子。不多时有人将一把扇子交到我手中，让我在老爷睡觉时为他扇风。我给他扇风时实在是战战兢兢。当他熟睡时我鼓起勇气好好打量了一下这个房间，在我看来这个房间既精美又奇妙。第一件吸引我注意的物品是一只悬挂在烟囱旁正在走着的钟。它发出的声响让我很是惊奇，我生怕它会告诉老爷我做错了什么事情。我马上又看到了一副挂在房间里的画，那幅画似乎也在一直盯着我看。那时我更害怕了，因为从未见过此类物件。我一度认为这跟魔法有关，然后看到它一动未动，我又觉得这也许是白人守护逝去先人的方式，并也像我们供奉庇护神灵一样为他们献祭。在老爷起床前，我一直保持着这种焦灼的状态。当我被打发出去时，我感到异常满足和轻松，因为我觉得他们都不是凡人。在这里，他们叫我雅各布，但是在非洲"白雪号"上他们都叫我迈克。

有一段时间，我就处在这种悲惨痛苦、孤立无援、沮丧失望的状态中。无人倾诉，这令我不堪重负。这时，令我感到慰藉的是，仁慈、神秘的造物主伸出了双手（造物主为迷茫之人指出他们看不到的路）。一天，"勤劳蜜蜂号"商船船长来到老爷家办事。

这位叫迈克·亨利·帕斯卡尔的先生曾经是一位皇家海军上尉，现在是一艘商船的船长。他在老爷家时碰巧看见了我，并且非常喜欢我，就把我买了下来。我记得常听他说花了30还是40英镑买我，但具体是多少我也记不清了。然而，他的原意是把我当成一件礼物送给他在英格兰的某个朋友。因此，我从当时的主人——那个叫坎普贝尔的男人——家中被带走，送到船停靠的地方。我是由一个年长的黑人骑马运送过去的（这种行动方式在我看来很怪异）。到达目的地后，我被带到一个装着烟草、正要驶往英格兰的豪华大船上。

回想起来，我当时的境况较之以前还是好多了。我可以躺在帆布上，有充足、可口的食物饮品，船上的人在差遣我时都很随和，与我之前见过的那些白人完全不同。因此我开始觉得不是所有白人都有同一种秉性。在船上待了几天后，我们启程驶往英格兰。我依然无从推测我的命运。至此，我也只能用英文说些简单语句。我极力想知道我们这是在往哪儿去。船上有些人告诉我他们正送我回家乡，这让我兴奋不已。听到回家的消息我实在是太开心了，并想，如果能回家，我将讲述的事儿该是多么新奇啊。可当英国的海岸线映入眼帘时，我立刻醒悟过来：等待我的原来是另一种命运。

我在船上时，我的船长，也就是我的主人给我取了一个名字：古斯塔夫·瓦萨（Gustavus Vassa）。当时我有点懂他的意思，拒绝被这样称呼，并尽最大努力告诉他应该叫我雅各布。但他不同意，仍然叫我古斯塔夫。起初他叫我这个名字的时候我不理，结果换来一次又一次的拍打。最终我屈服了，不得不接受了自己的新名字。至此之后，我便被一直这样称呼。

这艘船要行驶很长的水路，我们的伙食补贴又非常少。到了最后，我们每周仅有一磅半面包和大约相同分量的肉，每天只有一夸脱水喝。在海上那么长时间，我们只遇到了一艘船。有一次还抓到了几条鱼。在我们极度窘迫的时候，船长和船员们开玩笑说要把我杀掉充饥。

但我觉得他们是认真的，我难过得无以复加，以为他们随时会要了我的命。正当我陷入这种处境时，一天晚上他们用了九牛二虎之力捕到了一只大鲨鱼，把它拖到了船上。这令我极度紧张的心变得无比欢快，因为我觉得它可以代替我去填饱他们的肚子。可不久，令我惊讶的是，他们只是砍下鲨鱼尾巴的一小部分，把其他部分扔在了一边儿。这又让我惊慌失措，我真的搞不明白这些白人，尽管我很害怕他们会生吞活剥了我。

船上有个从没出过海的年轻小伙，比我大个四五岁，叫理查德·贝克。他是美国土著人，受过很好的教育，脾气相当好。我上船没多久他就待我好过别人，特别关照我，因此我也非常喜欢他。后来我们变得形影不离，两年里他不知帮了我多少忙，一直陪着我，还处处提点我。虽然这个好小伙有不少奴隶，但我俩在船上还是吃了不少苦头。我俩依偎在对方的怀中，挨过了许多个痛苦的夜晚。

就这么着，我们的友情逐渐深厚。他生前，我俩都非常看重这份感情。他是1759年走的，死在一条名叫"普勒斯特"的皇家船舰上，当时那船正开往爱琴海。我很是伤心，这事令我终生遗憾。我一下子失去了一个善良的翻译、亲切的伙伴和可靠的朋友。他十五岁，拥有众生平等的胸怀。他照看我这么个没知识、不同肤色的陌生奴隶，与我相识相知，给我指导，却不觉得羞耻。我的主人在美国时借住在贝克妈妈家中，主人敬重他，常请他一起在舱里吃饭。主人有时跟他开玩笑，说要杀了我来吃。主人有时对我说黑人不好吃，还问我们家乡吃不吃人。我说不吃，主人就说他要先杀了迪克（他平时叫他贝克）再杀我。虽说这话稍稍令我对人减少了防备，但我对迪克却牵挂起来，一听到有人叫他名字我就害怕是要杀了他，又是偷看又是观察，想知道他们是不是真要杀他，直到船靠岸我才从这恐惧中解脱。一天夜里有人落海，众人的混乱与喧哗声巨大，要求停船，我不晓得到底出了什么事，和往常一样非常害怕，想到他们可能会拿我做祭品施法术，我到现在都相信他们会做这事。波涛汹涌，我想这定是因为海神在生气，自己怕是要被献出去平他的怒气。我心里满是痛苦，那天夜里再没合过眼。虽然白天的到来使我稍稍放松了心情，后来他们一叫我的名字，我都疑心是要杀我。这件事后过了些日子，我们见着些奇大无比的鱼，后来我才知道它们叫逆戟鲸。对我来说这些鱼异常凶恶，它们只在黄昏出没，离船近到可以往甲板上喷水。我坚信它们就是海神，白人从不祭神，海神发怒了，一时间风渐渐停了，浪也随之静了，因此船就没法前行，这更让我肯定了这个想法。我想这是那些鱼施的法，我藏在船头，真怕要被供出去平它们的怒气。我每分钟都在偷看，怕得直哆嗦，不久我的好朋友迪克过来了，我得了个机会尽我所能地问他，那些鱼到底是何方神圣。我还说不了多少英语，他只能勉强听懂我的问题，我问他是不是要给这些鱼上供，他却告诉我这群鱼随便谁都吞得下，这令我十分惊恐。此时迪克被船长叫走了，船长正靠着后甲板的栏杆看那群鱼，船上的人大多都忙着找沥青来生火，好逗鱼玩儿。船长把我叫到跟前，他从迪克那儿听说我在害怕，而我一怕就又是哭又是抖，蠢相毕露，船长和其他人拿这个取乐了一会儿，接着便放我走了。那桶沥青已经点着，被人丢进了海里，彼时天已全黑，那群鱼便跟着沥青游走了，以后我就没再见过，这让我高兴得很。

第四章

（作者接受洗礼——毫厘之差幸免溺水——继续远征至地中

海——在那儿发生的事——成为英法船只协议的见证人——1759
年8月发生在拉各斯海角的交火——一艘法国船只发生骇人的爆
炸——作者驶往英国——他的主人被任命为一艘火攻船的指
挥——遇到一个黑人男孩，从男孩那里体会到许多爱——准备前
往贝利埃斯尔(Belle-Isle)探险——船上降临的灾难——到达贝利
埃斯尔——上岸、围攻——作者的危险与痛苦以及自我解脱的方
式——贝利埃斯尔的投降——在法国海岸的交易——不同寻常的
绑架事件——作者返回英国——听闻有关和平的谈话，期待自
由——他的船驶往德普特福德，当他到达时，他的主人突然抓住了
他，并强行把他带到了一艘西印度的船上，接着便把他卖掉了）

　　自我到英国来，已经过去两三年了。大部分时间我都在海上
度过，慢慢也就习惯了。我的主人一直对我很好，因此我也开始觉
得自己过得还不错。我对他感情深厚，充满感激。在船上经历的
各类场景让我从处处害怕的异乡人几乎变成了一个英国人，至少
在这个方面来说是这样。我第一次见到欧洲人，看到他们的一言
一行，哪怕是他们最细枝末节的行为都令我惶恐不安。第一次来
到他们中间，还有后来一段时间，我都在惊慌失措中度过。回首往
事我觉得惊奇，在经历无数危险时，我竟从未体会过上文描述的惊
慌。随着我对他们的了解，由愚昧而生的恐惧已逐渐消散。如今
我的英文还过得去，我也能完全听懂他们在说什么。这时，与这些
新同乡相处不仅令我觉得非常安逸，我还开始欣赏他们的社会和
习俗。我不再认为他们是神灵，而是将他们视作比我们优秀的人
类。因此我极其渴望模仿他们，吸收他们的精神，模仿他们的举
止。所以，我抓住每一个进步的机会，并把观察到的每一件新鲜事

物珍藏在记忆里。我一直希望能学会读书、写字。为此，我抓住每个能获得指导的机会，却收效甚微。但是，我和主人去伦敦后，不久我便得到一个提升自我的机会，我欣喜地接受了它。我到达后不久，主人派我去伺候古艾琳斯家的小姐们。我之前在这儿时她们就对我非常好，接着她们便送我去上学。

　　我在伺候这些小姐时，她们的仆人告诉我，如果我不受洗，我就不能上天堂。由于对未来的状况有了一些模糊的概念，这令我非常不安。于是，我把自己的焦虑告诉了古艾琳斯大小姐，我是她最喜欢的仆人，我希望她为我洗礼。令我喜出望外的是，她告诉我应该受洗。早前她曾让我的主人给我施洗，但他拒绝了。如今她坚持这么做，再加上主人要听命于她的哥哥，于是就服从了她的要求。因此，我以现在这个名字，于 1759 年 2 月在威斯敏斯特的圣玛格丽特教堂接受了洗礼。同时，牧师给了我一本由索杜尔和马恩主教著的《印第安人指南》。这时，古艾琳斯小姐帮了我的忙，担任我的教母，之后款待了我。过去，我伺候镇上的小姐们，我非常乐于干这份差事，因为这样我就能得到许多见识伦敦的机会，我渴求伦敦的一切。但有时我会和主人在他位于威斯敏斯特桥头的会所中。在那儿，我常在桥阶上和船夫的摆渡船上，与其他男孩玩得很开心。有一次，我和一个男孩在摆渡船上，在河上划起了船。在河面上，两个强壮的男孩儿乘着另一条摆渡船向我们划来，他们指责我们划走了那条船，要求我们到另一条摆渡船上去。我照他们所说离开所在的船。但正当我将一只脚踏进另一条船上时，那几个男孩把船推开，我掉进了泰晤士河里。由于不会游泳，我不可避免地溺水了，多亏了有如神助的船夫将我救了起来。

　　"那慕尔号"又准备出海了。我的主人与他的伙伴奉命上船。

非常难过的是,我必须离开我的老师了,我非常喜欢他。为了和主人一起回到船上,我在伦敦时经常去上学。我怀着不安与惋惜离开了善良的女恩主——古艾琳斯家的小姐们。她们常常教我读书,且花了大力气将宗教的规则及她们对上帝的理解教导给我。和蔼的小姐们友善地提醒我该如何表现自己,并送给我一些珍贵的礼物,在此之后我依依不舍地与她们告别。

当我来到斯皮特黑德湾(Spithead)时,我发现我们的目的地是地中海。我们要与一个庞大的舰队同往,这个舰队已准备好出海。我们只等着舰队司令的到来了。不一会儿他就上了船,于是我们就起航了,那时正是 1759 年初春。11 天后,我们从兰兹角抵达直布罗陀。在直布罗陀时,我经常待在岸上,能用很便宜的价格买到大量的各种水果。

在岸上短途旅行时,我经常如上所述,给别人讲述自己与姐姐被绑架、分离的故事。我常流露出对她的命运的担心以及与她再未谋面的悲伤。一天,当我在岸上向其他人讲到这些时,其中一个人告诉我他知道我姐姐在哪儿,如果我愿意跟他去,他可以带我见她。尽管这听上去像天方夜谭,但我还是立刻相信了,我欢欣鼓舞,答应与他同去。实际上,当他把我交给一个与姐姐极其相像的年轻黑人女子时,第一眼看去,我真的以为那就是她。但我很快就回过神来,在与她交谈中,我得知她是另外一个国家的人。

我们停留在此时,普雷斯顿号从累范特驶来。船一靠岸,我的主人告诉我,现在我应该去见见随船从土耳其归来的老伙计迪克。听到这个消息,我非常高兴,每一分钟都期待能拥抱他。船长来到了我们的船上。他一上船,我就跑去向他询问我的朋友。然而,我从水手那里得知这位亲爱的年轻人死了,我心中充满了难以言喻的悲伤！他们把他的箱子以及其他所有物品给了我的主人。后来，主人又转交给我。我把它们视为我挚爱的、沉痛缅怀的兄弟、朋友的纪念物。

在直布罗陀时，我看到一个军人脚跟朝上倒挂在防波堤上。我曾在伦敦见过有人绕颈上吊，因此我认为这是个奇怪的场景。在同一艘船上，我还看到一个水手吊在桁端上。

在直布罗陀停留了一段时间，我们启程赶赴目的地。目的地距地中海颇远，要越过利翁湾（the Gulf of Lyons）。一天晚上我们在此处遭遇了一阵猛烈的风，这阵风比我之前遇过的要大得多。巨浪滔天，所有的枪支都被收好。船只摇摆凶猛，大家很是担心枪支会走火。一旦走火，我们就毁了。我们在那儿行驶了一小段时间之后，来到西班牙的一个港口——巴塞罗那，这儿的丝绸制品很有名。这时，所有船只都需要加水。我的主人会讲几种外语，于是常常为监督加水的司令做翻译。为此，他和做同一种工作的其他船只的长官在海湾上搭了帐篷。西班牙士兵沿岸驻扎。我猜他们是在监督，防止我们搞破坏。

我过去一直在伺候我的主人。我被这个地方深深吸引，在那儿我们像是在赶当地人的集市。他们给我们带来品类繁多的水果，并以很便宜的价格卖给我们，比我在英国买到的要便宜得多。他们也会给我们送来盛在猪皮袋和羊皮袋里的酒，这令我享受到不少娱乐。这儿的西班牙长官对我们的长官礼貌有加。尤其有几位长官常到我主人的帐篷中来拜访他。他们有时为了解闷，会把我举到马或骡子背上，不让我掉下来，然后放骡马随意奔驰。我技艺不高的马术总能为他们提供不少笑料。船只加好水之后，我们回到老驻扎地，驶往土伦。因为我们想要拦截停靠在那儿的法国军舰队。一个星期天，我们来到一个地方，那儿有两艘法国军舰停在岸边。我们的舰队司令想要拿下或摧毁它们，他派出了"卡洛登号"和"征服者号"追击。顷刻间两艘军舰就追上了法国人。我目睹了一场激烈的海上战斗。法国军舰覆满了排炮，他们向我们猛烈开炮，我方也强势反击。双方以惊人的速度持续交火了很久。最后，对方一艘军舰沉没了，船上的人万般不易地逃跑了。过了一会儿，对方放弃了另一艘满目疮痍的军舰。但是我们的船只没有冒险去驱赶它，因为排炮的扫射已经令他们无路可逃。他们的中桅被射飞，支离破碎，因此司令不得不派出许多小船将他们拉回舰队。后来我与一个在这场战斗中与法国排炮斗争的人一起出海。他告诉我，那天我们在岸边的船在排炮的攻势下也伤得不轻。

之后，我们驶往直布罗陀，于1759年8月抵达。当舰队在加水或做其他必须事项时，我们所有的船只都未放下帆。一天司令和大多数高官以及各种职位的人都在岸上，大约晚上七点，护卫舰发出信号，这让我们惊慌起来。大家立刻叫嚷道法国舰队出动了，刚刚经过直道部分。司令立刻与其他长官上了船，整个舰队的喧闹、匆忙和骚乱无法用语言描述。人们将帆绑在桁上，放下钢索，慌乱中许多人和小艇被留在了岸上。有两位船长慌慌张张来到了我们的船上，让他们的船只跟随着我们。我们给舷侧到主中桅都点上灯，舰队里的每个上尉都忙着告知：各个船只不要等船长，把帆撑上帆桁，放下钢索，跟着我们走。在一片慌乱中，我们做好了战斗的准备，在夜色中随着法国军舰驶向大海。此时我应和埃阿斯一起呼喊：

哦丘比特！哦我的父！如果这是你的意愿

让我们必须覆灭，我们将遵循，

但让我们在最后一抹晨光中覆灭吧。

法国军舰比我们抢先一步，夜色中我们赶不上他们。但白天我们在前方几英里处看到了七个排成一排的战帆。我们立刻追赶他们，直到下午四点我们的船追上了他们。尽管我们有大约15艘大船，但英勇的船长只用自己队伍中的7艘船与他们对抗，因此双方势均力敌。为了袭击他们的指挥官，我们越过了敌军军舰。指挥官拉克鲁先生在一艘名为"海洋号"的84炮艇上。我们经过时，他们全力向我们开火，有一次三艘齐发，火力持续了一段时间。尽管如此，令我惊奇的是，我们的司令不允许我们向他们开一枪。他让我们趴在甲板上，直到距离前方的"海洋号"非常近时，我们得到命令，立刻把三架梯子抛向它。

这时，双方展开了激烈交锋，"海洋号"立刻还击，交火持续了一段时间。这期间我常常被枪支的剧烈响声吓到。可怕的子弹让许多同伴立刻毙命。最后，法国战舰彻底被摧毁，我们赢得了胜利。大家立刻爆发出响亮的欢呼和喝彩来宣告胜利。我们获得了三件战利品，一艘名为"谦虚号"的64炮艇和两艘名为"勇者"的74炮艇。余下的法国船员挤满所有船只落荒而逃。我们的船遭到了严重破坏没法追赶敌人。司令立刻放弃了它，来到仅有的一艘名为"耐马克"的破船上，与其他几艘船只一起追赶法国人。"海洋号"与另外一艘名为"锐不可当"的法国大船竭尽全力逃跑。他们在葡萄牙海岸的拉各斯海角（Cape Logas）上了岸。法国司令与几个船员上了岸，但我们发现无法让船只离开，便向它们开火。接近午夜时，伴随着一声恐怖的巨响，我看到"海洋号"爆炸了。我从未见过如此惊人的场面。不到一分钟的光景，那个区域的火焰似乎将午夜照亮成了白天。随之还有比雷声更加巨大、可怕的声响，似乎要撕裂周围的一切事物。

交战中，我的岗位在甲板中段，和另一个男孩驻扎在那儿为靠近船尾的枪支运送火药。我在这儿见证了许多同伴的骇人状况。一眨眼的工夫，他们就被撕成了碎片，登时毙命。尽管交战期间枪炮与碎片在我四周纵横交错，但我毫发无伤，这一点很幸运。战斗后半段，我的主人受伤了，我看到他被送到了外科医生处。尽管我非常担心他，希望帮助他，但我不敢离开我的岗位。在这个岗位上，我的战友（为同一支枪运送火药的伙伴）与我用了半个多小时冒着极大的危险去炸船。我们从匣子里取出了所有子弹，底部的一些已经腐烂了，整个甲板上撒的都是火药，都撒到了澡盆旁边。我们最后都没水用澡盆了。职责迫使我们暴露在敌人的枪击下，我们必须从船头走到船尾取火药。因此我每时每刻都以为这将是生命的最后时刻，尤其当我看到同伴们横尸于侧时。一开始为了尽量抵御危险，我认为在法国人漫无目标扫射时不去取弹药是最安全的。接着，等他们装弹药时，我可以去取。但是紧接着，我发现这种警觉是没用的。我激励自己道，"人生自古谁无死"。于是立刻抛开了所有恐惧以及所有与死亡有关的念头，敏捷地全力以赴完成任务。如果能在这场战役中幸存，就可以在回到伦敦后把这场战斗和自己克服的危险讲给古艾琳斯小姐听，我靠这一希望来鼓励自己。

在这场交锋中，我们的船遭到了巨大破坏。除了伤亡惨重，船几乎成了碎片，索具被毁得粉碎，后桅和主帆架挂在船的一侧。因此我们不得不请来许多木匠，维修舰队中的一部分船只，助我们重整旗鼓。尽管如此,我们还是耗费了一段时间才整修完毕。之后我们让布罗德里克司令指挥,与战利品驶往了英格兰。

旅途中,我的主人的身体复原后,司令就任命他为"埃特纳号"火攻船船长。我与他离开了"那慕尔号",乘上此船出海。我非常喜欢这艘小船。这时我成了船长的乘务员,我在这个职位上非常开心。因为船上所有人对我很好,我还拥有读书写字提升自我的闲暇。"那慕尔号"上有学校,离开它之前我已经学了些读书写字。我们到达斯皮特黑德湾时,"埃特纳号"进入朴次茅斯港进行整修。整修完毕后,我们返回斯皮特黑德湾,并加入一支准备驶往哈瓦纳的大舰队。就在那时,国王去世了,我不知道这一事件是否使远征无法成行,但我们的船在怀特岛的考斯驻扎到1761年初。在此,我过着快乐的生活。我常常上岸,在这个美妙的岛屿上四处游览,发现这儿的居民很文雅。

在这儿时,我遇到了一桩令我惊喜的小事。一天,在一位先生的地盘上,我发现他有一个与我身材相仿的黑男孩。这个男孩在他主人的家里注意到了我,见到了同乡令他很激动。他三步并作两步跑来见我。我不知道他要做什么,一开始下意识地躲了他一下。他很快来到我面前,尽管我们素未谋面,但他张开双臂抱住我,仿佛我是他的兄弟一般。我们聊了一会儿,他把我带到他的主人家里,我在那儿受到了友善的对待。这个好心肠的男孩和我经常见面,我们都很高兴。这种状态一直持续到1761年3月,那时我们的船接到再次出征的命令。做好准备后,我们在斯皮特黑德湾加入一支由凯伯尔指挥官指挥、驶往百丽岛的大舰队。同行的还有几艘运输船,船上驻扎着袭击目的地的军队。我们以相同的愿望再次出海。我渴望迎来新冒险、见识新奇遇。

每一件不寻常的事物都在我的脑海中留下了完整的烙印。我认为每起事件都是奇妙的。每次出乎意料的脱逃，或非凡的解脱，不论是我自己的还是旁人的，我都认为是上天的安排。我们在海上不到十天，就发生了一起此类事件。不论读者能信多少，这件事情在我的脑海中留下了深刻的印象。

船上有一位名叫约翰·曼都的枪手，品行不是很好。这个男人的船舱在甲板之间，就在我头上，与后甲板的梯子并列。4月20日晚上，他被噩梦惊醒，由于惊吓过度，他无法在床上多待一刻，也无法在船舱中久留。凌晨四点时，他焦虑不安地来到甲板上，并立刻将那个梦以及由梦引起的心中的痛苦告诉甲板上的人。他说，他在梦中看到了许多恐怖的事物，圣彼得告诫他时日无多，要他进行忏悔。他说这令他非常担心，他决定改变自己的生活。人们居安时，总是会嘲笑旁人的恐惧。几位听了讲述的同船水手只是嘲笑他。他发誓再也不喝烈酒，并立刻点了一把火，扔掉了自己存在船上的酒。但他依然焦虑不休，便开始阅读经文，希望得以缓解。之后，他又躺倒在自己的床上，努力使自己镇静入睡。但他却仍然毫无缘由地备受煎熬。这时已经是早上七点半了，那时我正在平台甲板下的大舱室门口处，突然听到有人恐慌地大叫："请上帝怜悯我们！我们都迷失了！请上帝怜悯我们！"曼都先生听到叫喊声，马上冲出船舱。40炮舰"林恩号"撞上了我们，克拉克船长几乎把我们撞翻。由于风向的原因，这艘船刚刚改变行进方向，没有全速前进，不然这么大的风我们都得丧命。曼都先生迈出自己的舱门才四步，那艘船就撞上了我们，艏柱分水处正好撞在了他的船舱和床的正中间，把东西掀到上层后甲板水上三英尺处。不到一分钟，曼都先生的船舱片甲不留，他的脸被碎片划破，几乎丧命。如果不是他以奇特的方式得到了警告，曼都先生在这场意外中必死无疑。我禁不住将此看作上帝为使他存活而进行的惊人安排。

两艘船并排摇摇摆摆了一会儿。我们的船是火攻船，因此船上的铁杆从各个方向勾住了"林恩号"，帆樯和索具剧烈晃动着，状况骇人，我们都以为它马上就要沉了，于是大家开始逃命，尽全力往"林恩号"上爬。但是上尉是一个挑战者，他绝不可能放弃这艘船。当我们发现它没有立刻沉没后，船长返回船上，鼓励他的手下回来挽救它。于是许多人回来了，但还有一些人不敢冒险。看到我们的情况，舰队中的一些船派出小艇来救援，在他们的帮助下，我们用了一整天拯救这艘船。我们使出浑身解数，用许多锚链将其捆绑在一起，并入水在其破损处涂了大量牛脂，好让它聚合。幸好没有遇到大风，不然我们还是会支离破碎。情况危急，在抵达目的地百丽岛之前我们必须得有其他船只护航。接着，我们把船上所有东西都搬了出来。船得到了妥善的修复。曼都先生和我都把他的逃生视作上帝的非凡之举。我相信这对他的生活有了巨大影响，在此之后该影响一直发挥着效用。

既然我谈到了这个话题，请容许我再讲一两件使我对上天的安排深信不疑的事件，不然就无法穿插进本书了，因为它们挺微不足道的。1758年，有几天在普利茅斯，我在44炮舰"杰森号"上。一天夜里，我在船上时，一个女人怀里抱着个孩子，从上层甲板跌到了靠近龙骨的货舱处。大家以为母子两人一定摔得粉身碎骨了，但令我们大吃一惊，两人竟毫发无伤。一天，船上没有压舱物，我自己一不小心，从"埃特纳号"的上层甲板跌下了后货仓。看到我摔下去的人都喊道我死了，但我没受一点儿伤。同一艘船上，一个男人从樯顶摔到了甲板上，毫发无伤。在这些以及更多的事故中，我认为我可以清晰地发现上帝之手，没有他的许可，麻雀不会跌落。我对人的畏惧渐渐上升到了只对他的畏惧，并每天以敬畏之心呼唤着他的圣名。我相信他听到了我的祈愿，尽管我是最卑微的造物，但他仍仁慈地以其圣言屈尊回应我，在我心中播下虔诚的种子。

当我们整修好船只后，作战准备一切就绪了。运输船的士兵奉命登陆。我的主人，作为青年船长，也参与了登陆指挥。那天是4月8日。法国人被逼到了岸上，他们做了各种部署来阻止我方人员登陆。这一天只有一小部分人成功登陆，大部分人被阻隔了。克劳福德将军与几位战士被俘。在这一天的交战中，我方几位上尉阵亡了。

4月21日，我们重整旗鼓再次登陆。所有战士沿岸驻扎掩护，从早上向法国排炮和防护墙开火，一直持续到下午四点。其间，我方士兵成功安全登陆。他们立刻袭击了法国人。一场激烈的遭遇战之后，他们的排炮被逼退。在敌人撤退之前，他们炸毁了几艘船，唯恐船会落到我们手上。与此同时，我们的人继续前进围攻堡垒。我的主人奉命在岸上主管物资以确保围攻顺利进行，我主要协助他做这个工作。在那儿时，我在岛上四处游走。一天，我的好奇心几乎害死了我。我非常想看炮弹的安装和发射。为此，我来到一个距堡垒围墙只有几码的英国排炮前。其实在那儿我已经有了充分机会满足自己想要观看整个操作过程的愿望了。这是冒了很大风险的，我在那儿时，不仅有英国炮弹爆炸，同时也有法国炮弹。其中一个最大的炮弹就在距我九十码处爆炸。附近只有一个桶大的岩石，我立刻躲在下面，及时躲开了炮弹的攻势。在它的爆炸处，地被炸裂为一个大洞，能轻松容下两三块岩石。大量石头和泥土被炸飞。有三发也射向了同行的男孩儿，尤其是其中一发仿佛"电光火石般飞来"。它在我身边发出一声骇人的声响，击中了附近的石头，那块石头被击得粉碎。我发现险象环生，想要从最近的路返回，于是便来到了英国哨兵与法国哨兵的中间。一位指挥前哨的英国军官看到我在那儿感到非常惊讶（我是沿着海岸偷偷到那儿的）。为此他严厉训斥了我，并立刻因前哨玩忽职守居然让我越过了边界，将其撤离岗位，监禁起来。这时，我发现不远处有一匹法国马，应该是某位岛民的马。我觉得此刻我应该用它踏上逃离此地的归程。我从身边拾起几根绳子做成一支马缰，绕在马头上，这头温驯的牲口安静地让我拴它、骑它。我一跃上马背，就开始踢它，拍它，想尽办法让它跑快点儿，却没什么效果。我没法让它跑起来。就在我缓慢前行，仍处在敌人炮火可及范围时，我遇到了一位正熟练驾驭着一匹英国马的仆人。我立刻停下来呼喊他，告诉他我的状况，请他帮助我。他成功地给我解了围。他有一支不错的大鞭子，他开始狠狠地抽我的马，这样他与我全速向海的方向前进，我几乎无法掌握、操纵这匹马。我就这样飞驰着来到了一个陡峭的悬崖边。此时我刹不住我的马，脑海中满是它跌下悬崖后我对自己悲惨命运的担心，因为看起来它完全可能会这么做。因此我认为自己最好立刻跃下马背。我立刻敏捷地跳了下来，非常幸运毫发无伤得以逃脱。一发现自己不受限制了，我就倾尽全力奔向船只，下决心今后再不会如此莽撞。

我们继续围攻堡垒。敌方直到 6 月才投降。围攻期间，我数过，空中曾同时出现过六十多个炮弹。拿下这个地方之后，我穿过堡垒，看到位于实心岩石中的地下防空洞都被炸开了。尽管我们的枪炮已经对它造成了巨大破坏，四下残垣断壁。

在拿下这个岛屿之后，我们的船与"斯威夫茨尔号"以及斯坦霍普准将指挥的几艘船去了巴斯路。我们在那儿堵住了一支法国舰队。我的船在那儿从 6 月一直停留到来年 2 月。其间，我目睹了大量战争场面以及双方为了摧毁对方舰队所使用的阴谋诡计。有时我们用舰队中的船只攻击法国人，有时又用小艇。我们常常夺取战利品。有一两次，法国舰队用岸轰艇向我们投射炮弹发动进攻。一天，在艾德拉岛后面，一艘法国舰向我们投射炮弹时，船坏了。海浪汹涌，船漂到了"拿骚号"的射程内。但"拿骚号"没法开枪，法国人就这么逃脱了。我们两次遭到他们的火攻艇的袭击。他们把小艇绑在一起，让它们随波漂流，每次我们都派出小艇应付它们，将它们安全拖离舰队。

我们在那个地方时，有几个指挥官——斯坦霍普准将、丹尼斯准将和罗德·豪等。在西班牙战争爆发前，斯坦霍普准将将我们的船和"黄蜂号"单桅纵帆船派往西班牙圣塞巴斯蒂安。之后，丹尼斯准将把我们的船结成一队派往法国巴约讷①。之后我们于 1762 年 2 月前往百丽岛，在那儿一直待到夏天。离开后，我们回到了朴次茅斯②。

我们的船再次装备完毕准备出发，9 月去了根西岛。在那儿，

---

① 我们从巴约讷带回来的人当中有两位是曾在西印度贩卖奴隶的先生。他们承认有一次做了一笔错误的交易，将两个葡萄牙白人混在许多奴隶当中卖掉了。
② 有些人认为，人死之前不久，他们的"ward"会现身，也就是与他们长得一模一样的灵魂，但同时他们自己却在另一个地方。一天，我们在巴约讷时，曼都先生以为在炮房看到了我们中的一个人。过了一会他来到后甲板，与几位长官说起了那个男人的情况。几位长官告诉他，那个男人那时不在船上，而是与上尉一起在小艇上。但曼都先生不相信，于是我们便在船上找那个男人，人果真不在船上。过了一会儿，小艇回来了，我们发现那个男人在曼都先生以为看到他的那个时间淹死了。

我很高兴见到了曾经的女主人，如今她已是个寡妇，还见到了她的女儿——我的可爱的儿时小伙伴。我与她们度过了一段快乐的时光，直到10月我们接到命令准备起程前往朴次茅斯。我与她们依依惜别，并答应很快就会回来与她们相见，但却不知道命运早已注定。在抵达朴次茅斯后，我们进入港口，在那儿停留到11月下旬。那会儿我们听闻许多有关和平的谈论。12月初，我们奉命前往伦敦领报酬，这令我们喜出望外。我们欢呼着，以各种各样表现喜悦的方式庆祝。船上的每个角落充满欢笑。在这种场合下，我也有属于自己的欢乐。此时，我只想得到自由，为自己工作，这样便可赚钱使自己得到良好的教育。我一直充满渴望，希望自己起码能读书写字。在船上时，我竭尽全力使自己在这两个领域有所提高。尤其是在"埃特纳号"时，水手教我写字，并传授给我一些粗浅的数学知识，我只学到比例运算法。

还有一位男人，他也负责伺候船长的衣食起居。他四十几岁，受过良好教育，名叫丹尼尔·奎恩。在船上时他总是戏弄我。还好这个男人不久就与我非常亲近，并煞费苦心教了我许多事情。他教我剃须、打理头发，还教我读《圣经》，为我讲解许多理解不了的篇章。看到我的国家的规矩和习惯竟然和《圣经》中的记载几乎别无二致，我又惊又喜。这使我对我们的风俗习惯更加记忆深刻。我曾向奎恩讲过这一相似之处。我们曾多次整夜长谈。简言之，他就像是我的父亲。有些人甚至用他的名字来称呼我。他们还将我称为黑皮肤的基督徒。实际上，我几乎用一个儿子的情感来爱戴他。有些东西我自己舍不得买，却会送给他。我玩弹子或其他游戏时能赢半个便士，或有时给别人剃胡子能赚几个小钱，我都会倾囊给他买点儿糖或烟叶。他会说，我和他要永不分离。等我们的船领到报酬,我和他或船上其他人一样成为自由人时,他会教我干他那一行,这样我就能有个好营生。这赋予了我新的生命与精神。在我长久向往自由的日子里,我内心澎湃。许多人确信我的主人无权扣留我,除此之外,主人对我极好,且给予我毫无保留的信心。他甚至注意培养我的道德,绝不容许我撒谎、欺骗他。他告诉我撒谎的后果是,一旦这么做,上帝就不爱我了。因此,基于这所有的柔情,尽管他并没向我做出许诺,但在对自由的憧憬中,我没料到他会在违背我意愿的情况下多扣留我一天。

为执行任务,我们从朴次茅斯驶往泰晤士河,于 12 月 10 日抵达德特福德。刚刚涨潮,我们就在此地下锚停泊。半个小时后船要启程,这时我的主人下令备好一艘大平底船。突然间,在毫无预警的情况下,他逼我上这艘平底船。他说我想离开,所以他要小心提防着我。这突如其来的状况让我目瞪口呆,一时间竟说不出话,只提出要去取我的衣箱和书。他警告我不许离开他的视线范围,如果我敢,他就割了我的喉咙,说话的同时他就拿出了挂钩。我渐渐镇定下来,鼓足勇气告诉他我是自由的,依照法律他不能这样对我。但这样做反而激怒了他,他接着咒骂,说他很快就会让我知道他能不能这样做。令船上所有人吃惊且悲伤的是,他瞬间从那艘船跃上了平底船。海潮刚刚退去,这对我而言是不幸的。我们随潮水快速顺流而下,一直来到一群出海的西印度人中间。他决意将我送上第一艘愿意接收我的船。被迫划船的船员们有时头晕,想要上岸去,但他不准他们上岸。其中有些人鼓励我,说主人不会卖了我,他们站在我这边。这令我稍稍振奋,我依然抱有希望,因为他们沿途询问了几艘船愿不愿意要我,没有愿意的。但是,我们刚到格雷夫森德下游,就与一艘顺着下一次涨潮前往西印度的船同行了。它是"迷人莎莉号"，船长是詹姆士·多伦。我的主人上了船，就我的事宜与他达成一致意见。我立刻被送进了船舱。到了那儿，多伦船长问我是否认识他，我回答不认识。"那么，"他说，"现在你是我的奴隶了。"我告诉他我的主人不会把我卖给他，他不会把我卖给任何人。"为什么?"他问，"你的主人买下你了吗?"我承认我是他买的。我说："但我已经伺候他很多年了。他拿了我所有的工资和奖金。我在战争中只得到了一枚六便士银币。除此之外，我接受过洗礼，根据当地法律，没人有权利卖掉我。"我补充道，我曾听一位律师和其他人屡次这样跟我的主人讲。多伦船长说我讲了太多话，如果我不好好表现，并安静下来，在船上他有办法让我安静。我太清楚他对我能行使哪些权利了，因此我没怀疑他的话。我的脑海中浮现出早前在贩奴船上经历的折磨，这些回忆令我战栗。但是，在我放弃之前，我告诉他们，既然我在这儿得不到任何权利，我希望今后能在天堂得到。我满怀愤懑与悲伤，立刻离开了船舱。主人带走了我唯一的一艘小艇。他说："如果你的奖金有一万英镑，我对这笔钱有所有权，我会拿走这笔钱的。"在漫长的航海生涯中，我靠琐碎的额外收入和小历险积攒下大约九个几尼。我立刻藏了起来，防止被主人夺走。我仍旧希望有什么方法可以逃到岸上去。几位老船友告诉我不要绝望，因为他们会把我再带回去的。这艘船开往朴次茅斯，一拿到工资，他们就会立刻来朴次茅斯找我。但是，唉! 我的所有希望都落空了。我得到解脱的时刻还很远。我的主人与船长爽快成交后，走出船舱，他和随行的人乘小艇离去。我用心痛的眼神尽力目送直到他们消失在我的视野范围之外。我倒在甲板上，悲伤，痛苦，内心几欲裂开。

第五章

（作者对自身情况的回忆——承诺将其送回，却被骗——驶往西印度群岛时的绝望——到达蒙特塞拉特岛，他被卖给了金先生——作者于1763至1766年被囚禁时见证了西印度群岛奴隶遭受的压迫、酷刑和勒索）

就这样，我原以为自己的苦难将要终结，却又陷入新一轮的奴役。与之相比，我之前的劳动可以说是"完美的自由"。我脑海中总是浮现出对它的恐惧，如今这种恐惧加倍袭来。有时我悲伤，并开始认为我一定是做了触怒上帝的事情，他才会这样严厉地惩罚我。这令我痛苦地回忆起过去的行为。我想起在抵达德特福德那天清早，我鲁莽地发誓，我们一到达伦敦，我就要用上一整天来散步、做运动。这种尖刻的表述鞭笞着我的良心。我觉得上帝有能力令我在所有事情上幻灭。因此我立刻将自己现在的处境视为老天爷对我冒昧起誓的惩罚。于是，我以一颗悔罪之心，承认我对上帝的罪过。我真诚地忏悔，对他推心置腹，并诚挚地祷告，乞求他不要弃我于困境之中，不要永远将我放逐于他的慈悲之外。不久，我沉痛的悲伤消耗殆尽，渐渐平息。一番乱如麻的思绪结束后，我开始更加平静地反思当下的处境。我将这些考验和失望看作是为我好。我认为上帝允许它的存在，也许是为了教导我智慧与顺从。迄今为止，我一直受护于他慈悲的羽翼之下，他的隐形却强大的手将我引领到未知的路上。这些回忆让我略感安慰。最后我从甲板上站起来，面露沮丧、悲伤，却又掺杂着微弱的希望，也许上帝会显灵,将我解救。

　　不一会儿,我的新主人上了岸,他把我叫到他面前,告诉我要好好表现,和其他男孩一样在船上干活儿,就能得到好待遇。但我没有回答他。接着他问我是否会游泳。我说,不会。但我还是被派到了甲板下面,并被严密监视。船随着涨潮开始航行,不久抵达了朴次茅斯的马瑟班克。在那儿,船等了几天西印度群岛的护航队。由于小艇不能靠着船边,所以我想尽办法让船上的人从岸上给我搞来一艘小艇。而他们自己的小艇,每次用完后都会立刻升起。船上的一个水手谎称能为我搞来一艘小艇,向我索要了一个几尼。他一次又一次地向我许诺1小时后就会成功。他在甲板上眺望时,我也眺望着,张望了很久,却一片枉然。不管是小艇还是几尼,我都再没见过。最糟糕的是,后来我发现,那个家伙居然一直向伙伴们透露我要设法逃跑的想法。他还像个无赖一般,没有告诉他们他许诺帮我逃跑并向我索要了一几尼。然而在航行途中船员们都知道了他的把戏。他对我的所作所为导致大家憎恶、鄙视他,这让我有了些许满足。我仍希望我的老船友没有忘记来朴次茅斯找我的许诺。实际上,在我们出海的前一天,他们来到了这儿,给我送了些橘子以及问候物品。他们还对我说,隔天或第三天他们会再来找我。在戈斯波特居住的一位女士也写信给我,说届时她会来把我带离这艘船。这位女士曾与我的前任主人非常亲密。过去我常在不同的船上为她贩卖并照看大量财产。作为回报,她总是向我表现出深厚的友谊,也常告诉我的主人,她要把我带走与她一起生活。但不久,他们之间就发生了分歧,另一位女士取代了她在我主人心中的地位。这对我而言太不幸了。她是"埃特纳号"唯一的女主人,大多数时间都住在船上。这位女士不像上位女士那般喜欢我。当她在船上时，对我怀有不满，于是她不忘鼓动我的主人以他的方式对待我①。

但是，第二天，也就是 12 月 30 日的早晨，风向朝东，清新凉爽。护送船队的"埃俄罗斯号"快速军舰发出了出海信号。还没等我的朋友们找到机会来宽慰我，所有船扬帆起锚，我们的船也上了路。这给我带来无以言喻的痛心。当护航队起航时，我心中五味杂陈。我是船上的一个囚犯，如今已毫无希望了！我以难以形容的悲伤，双眼游离在陆地上，不知道要做什么，绝望地不知该如何自救。当我处在这种状态时，舰队继续前行着。一天的工夫，我就看不到心向往之的陆地了。为表达我的哀伤，我先责备了自己的命运，并希望自己从未在这世上出生。我愿意诅咒承载着我们的潮水、损耗着我的监狱大风、甚至是引领着我们的船。我希望死亡能将我从恐惧中解救，并害怕待在这个地方：

> 在这儿，奴隶得到解放，人们不再压迫。
>
> 我曾经是个傻瓜，习惯了痛苦。
>
> 再次相信希望或欢乐的梦想。
>
> 如今被再次拖拽越过大西洋，
>
> 在怯懦的农场主的锁链下呻吟，
>
> 我可怜的老乡们在奴役中等待
>
> 漫漫人生的漫长解放：

---

① 由于这个女人知道那位女士有计划让我为她服务，因此我成了这个女人的嫉妒与憎恨的牺牲品。如果我能上岸，那一定是她没法制止。她的对手被一个黑人仆人伺候，这等优越性令她深感焦虑。阻止这一事件的发生和报复在我身上的效果差不多。因此她让船长残忍地对待我。

　　艰辛的漫漫人生！那么，在天亮之前，

　　被鞭打唤起，走上凄凉的道路。

　　他们的灵魂饱受屈辱与痛苦的煎熬，

　　呻吟着行礼，拒绝悲痛重返，

　　并且，每时每刻都在责骂步伐缓慢的太阳。

　　剥削他们的劳作，直到他的整个种族灭亡。

　　没有哪双眼睛满含热泪见证他们的苦难，

　　没有安慰的朋友，没有令人鼓舞的希望。

　　接着，就像迟钝的不被怜悯的畜生，修补。

　　住畜栏，吃糙食。

　　感谢上帝，有一天悲惨终将结束，

　　然后陷入沉睡，乞求不再醒来。①

　　但是，我波动的情绪自然而然地被平静的想法取而代之。不一会儿我便领悟到，世上没有哪个人能够阻止命运做出的裁决。护航队一帆风顺继续前行了六周。直到 2 月的一天早晨，"埃俄罗斯号"撞到了舰队中的一艘双桅船。它立刻翻了，被大海的暗流吞没。护航队立时陷入了巨大的恐慌，这种情况一直持续到晚上。大家为"埃俄罗斯号"明灯照路，防止它再出什么差错。1763 年 2 月 13 日，我们在桅顶处对目的地蒙特塞拉特岛进行了描述，不一

---

① 《濒死的黑鬼》最早是一首发表于 1773 的诗。有一则广告缀加在它的前面。接下来的事件带出了这首优雅、伤感的小诗，也许大家不会认为这是不切题的。"一个黑人在几天前从主人处逃跑，自己接受了洗礼，有意娶同为仆人的一位白人妇女为妻。他被逮捕，送到了泰晤士河的一艘船上。他抓住机会朝自己头上开了一枪。"

会儿，我就看到了这个场景：

> 悲痛、阴郁的暮色地带
> 安宁与平静无法驻足。
> 希望永不降临
> 降临的，只是永无止境的折磨
> 依旧驱赶逼促。

我看到这片奴役的土地，惊恐得一个激灵穿过全身，直逼心脏。早前我经受奴役的可怕回忆如今重新浮现在脑海中。它展示出苦难、鞭痕与铁链。我的悲伤突然迸发，我呼唤着上帝的复仇之力，请他用雷电将我一击毙命，而不是让我成为一个奴隶，让一个主人卖给另一个主人。

我陷入这种状态时，船已经下锚了。不一会儿开始卸货。现在我知道了何谓辛苦工作。我被安排做卸货、装货的工作。我已经非常习惯欧洲的气候了，因此一开始我觉得西印度群岛的酷热非常难熬。翻腾的浪花总是位于高水位线上方，船和人在浪中摇荡颠簸。有时，它会弄伤我们的四肢，甚至会造成猝死。每一天我都遍体鳞伤。

5 月中旬左右，当船做好准备驶往英格兰时，我始终相信命运中最阴沉的乌云就要集结在我的天空了，我希望它们爆发时可让我与死者为伍。一天早晨，多伦船长把我叫到岸上。一个报信人告诉我，我的命运已定。迈着紧张不安的步伐，我内心颤抖着来到船长面前，发现他与一位名叫罗伯特·金的先生在一起。这位先生是个贵格会教徒，是这个地区的一位商人。船长告诉我，我的前任主人把我送到这儿来卖掉，但说我是一个非常值得帮助的男孩，因此要求将我卖给他能找到的最好的主人。多伦船长还说他发现我的确是一个值得帮助的男孩。如果他要留在西印度群岛的话，他将非常乐意把我留在身边。但他不敢冒险带我去伦敦，因为他非常肯定，我到了那儿之后会离开他。我立刻号啕大哭，拼命乞求他带我去英国，但却一点儿用都没有。他告诉我他为我找了整个岛上最好的主人，和新主人在一起，我会像在英国一样快乐的。为此，尽管他能把我卖给他的姐夫，且报价比那位先生优厚许多，但他仍选择让那位先生拥有我。

接着，我的新主人金先生做出了回应。他说因为我品质好，他才买下我的，他对我的良好德行毫不质疑，因此我跟他在一起日子会蒸蒸日上。他还告诉我，他不住在西印度群岛，而是住在费城，不久他便会去费城。由于我多少懂些算术，因此当他到那儿后，他会让我上学，将我训练成一名文书。这番对话让我略感轻松。我离开这位先生时，比来时自在多了。我非常感激多伦船长，甚至也感激我的老主人，他们赋予了我受益终生的品质。我又上船去与所有船友告别，第二天船启航了。当它放下锚时，我来到岸边，心中充满期待又满是痛苦，眼含热泪一直目送它，直到完全看不见为止。我被哀伤击垮了，好几个月都垂头丧气。要不是我的新主人待我很好，我觉得自己最终会抑郁而死。实际上，我很快就发现他完全值得拥有多伦船长赋予我的好品质。因为他有最和善的性格和脾气，也非常慈悲、仁爱。如果他的哪个奴隶行事有偏差，他不会打他们或虐待他们，而是会与他们分道扬镳。这令他们很担心会辜负他。由于他是岛上待奴隶最好的主人，因此奴隶们相应也更加忠诚、贴心地侍奉他。由于他的善待，我最终尽力让自己平静下来。尽管没有酬劳，但我坚强地做出决定，要直面命运为我安排的一切。不久，金先生问我会做什么，同时还说他不打算把我当成一个普通奴隶。我告诉他我多少懂些航海技术，剃头、梳头干得也不错，我还会酿酒，这是在船上学的手艺，我常干这活儿。我还会写字，数学也还过得去，懂比例运算法则。他接着问我是否懂测量，我回答不懂，他说他的一名文书会教我测量。

金先生卖各种各样的商品，他有六名文书。他一年中买卖的货物能装满许多艘船。他与其出生地费城的来往尤其多，并与那个城市的一个大商行有关系。他还有许多大小各异的船和拖网渔船，这些船过去在岛屿四周作业，剩下的船收集朗姆酒、糖和其他商品。我划船，对船的掌控非常在行。这是他安排给我的第一份辛苦活儿。在蔗糖收获的季节，这通常就是我的工作。我划船，一天 24 小时中从一个小时奋力摆桨到 16 个小时……在此期间，我一天靠 15 个便士为生，尽管有时只有 10 便士，然而，这已经比岛上与我共事的其他先生的奴隶们的收入高多了。尽管那些可怜的人为他们的老爷和主人赚了三四个匹斯德林，但主子给奴隶一天开的工资从没多过 9 便士，通常不到 6 便士①。西印度群岛通行的做法是，即使人们没有自己的种植园，但也会买奴隶，以这个价钱让他们外出为种植园主和商人工作。他们从奴隶每日劳作的收益中挤出些零用钱让他们勉强过活，这个零用钱一般情况下是绝对不够用的。我的主人通常每天给那些奴隶主们两个半匹斯德林，并为那些可怜人提供食物。因为他发现他们的主人没有根据他们的工作表现为他们提供好的伙食。奴隶们为此很开心，因为他们

———————————

① 相当于 1 先令。

知道我的主人是一个富有感情的人，与其他先生相比，他们总是更乐于为他工作。有些人在拿到那些可怜人的辛苦钱后，不愿从中分出他们的零用钱来。我甚至见过许多次这些不幸的人因为索要自己的工资而被打。如果他们不严格按照规定及时上缴自己的日薪或周薪，就会被主人狠狠鞭打。有时这些可怜的人不得不多为自己的主人工作半天，才能领到酬劳。而那半天又通常是在周日，这是他们希望拥有自己时间的日子。我有个老乡，有一次他领到薪水之后没有直接上交。尽管他在当天把薪水交给了主人，但仍因故意疏忽被捆上鞭刑柱。正在他要挨 100 记鞭刑的当口，有位先生替他求情，惩罚便被减到了 50 下。这个可怜的人非常勤快，他在船上工作，省吃俭用攒了很多钱。他让一个白人给他买了一艘船，这事儿没让他的主人知道。在他拥有这一小笔资产后不久，地方长官想用这艘船把蔗糖从岛屿各个地方运来。得知这是一个黑人的船后，地方长官自己开起了船，且拒绝向船主付钱。为此，这个男人去找他的主人，抱怨这个长官的行径。然而他得到的唯一补偿竟是主人恶狠狠的咒骂。他问道，他手下哪个黑人胆大包天敢买艘船。如果那位长官罪有应得的财产损失能够成为这个可怜人被抢劫后的些许安慰，那么他也并非毫无慰藉。敲诈和劫掠是糟糕的维持生计之法。我得知，这件事过去后不久，这位长官便穷困潦倒地死在了英格兰的王座法庭。最后一战垂青于这位可怜的黑人，他发现了可从他的基督徒主人手下逃走的方法。他来到英格兰，后来我见过他几次。像这样的待遇常常把这些悲惨的可怜人逼到绝境，于是他们会冒着生命危险从主人身边逃走。在这儿，许多人赚到钱后都无法领到酬劳，和往常一样，由于害怕回家时没有钱而被鞭打，便会逃到可以得到庇护的地方。通常他们的主人会提出，不论生死，只要把他们带回来便有赏。这种情况下，我的主人有时会与他们的主人协商，由他亲自安顿他们。如此一来他救了很多人，使他们免受鞭刑。

有一次，我被放出去修一艘船。两方都不给我吃的。最后我把这一遭遇告诉了主人，他立刻将我带走了。我奉命到不同的岛屿收朗姆酒或蔗糖。但许多庄园不肯把货物交给我或任何一个黑人。于是他不得不派一个白人跟着我到那些地方去。他每日付给他6到10匹斯德林。伺候金先生期间，我便以这种方式往返于岛上各个庄园之间。我得到了许多希望得到的机会，见证了对穷人的虐待。这些对待使我向自己的现状妥协，让我求神赐福于掌控我的那双手。

我运气很好，主人布置给我的每一件差事，我的表现都令他满意。因此，我几乎参与了他的生意或家务的方方面面。我常做文书的工作，还会接收货物并向船只发送货物。我也会看店面、送货。除此之外，方便时我还会为主人剃须、伺候他的穿戴、照顾马匹。需要时，我也常常在他的各个船上工作。就这样，我成了一个对主人极为有用的人。他曾承认过，我一年为他节省了一百多镑的开支。尽管在西印度群岛，他手下文书们的普遍年薪从60到100英镑不等，但他竟安心地说我比他的任何一个文书都有用。

有几次我听到有人言之凿凿地说，一个黑人为主人赚的钱不可能与开销持平。没有比这更荒谬的了。我认为整个西印度群岛十分之九的工人都是黑人奴隶。我非常清楚地知道，其中制桶工人的日薪是2美元，木匠的工资与他们一样，有时更多。砖瓦匠、铁匠、渔夫等也是一样的。我认识许多奴隶，有人出价1 000英镑要买他们，他们的主人都不肯。

　　可以肯定的是，这一论断是自相矛盾的。如果它是真的，种植园主和商人们为何要花大价钱买下奴隶呢？最重要的是，做出这种论断的人们为什么要极力声讨抵制废除奴隶贸易呢？人们如此盲目，竟要靠这种前后矛盾的观点来追逐不道德的利益！我承认，奴隶们食不果腹、衣不蔽体、过度劳动、伤痕累累，被践踏地如此卑微，使他们不再适合服务，于是便被丢在树林自生自灭，或被弃至粪堆等断气。

　　有好几次，几位先生向我的主人出价100几尼想买下我。但令我高兴的是，他总是告诉他们，他是不会卖掉我的。我害怕落在那些不为一个值钱的奴隶提供基本生活的人手里，于是我便加倍勤劳、体贴。由于我的主人给奴隶们提供的伙食很好，许多人为此还找他麻烦。尽管我还是常常挨饿，而且英国人对我的事情也不怎么感兴趣。但他告诉他们，他会一直这么做的，因为这样奴隶们看起来气色更好，也能干更多活。

　　这期间，我常目睹施加在不幸的奴隶同伴身上的各种暴行。我过去经常要照看待售的新奴。文书跟其他白人会残忍践踏女奴的贞洁，这几乎是一个惯例。尽管百般不愿，但我爱莫能助，每次都不得不屈服。我甚至还知道他们在未满十岁的女童身上发泄兽欲。他们的恶行令人愤慨得无以复加，为此一位船长解雇了那个家伙。但在蒙特塞拉特岛，我看到他们把一个黑人钉在地上，以极其骇人的方式划割他，他的耳朵被一片一片切下来。原因是他和一个白人女性有染，而这个女人是个普通的妓女。白人夺去一个无辜非洲女孩的贞操好像不是犯罪似的。但当施展诱惑的是一个肤色不同的人，哪怕她是个被同类唾弃的女人，一个黑人男子为了满足自然欲望，竟也成了极为可耻的事情。

　　有一位 D 先生告诉我，他已经卖掉 41 万个黑人了。有一次，一个黑人逃跑，他就砍了他一条腿。我问他，在这个过程中，那个黑人死了吗？作为一名基督徒，在上帝面前他要怎么交代这种暴行？他告诉我，到另一个世界再交代吧，他的所思所为都是上策。我说，基督教义教导我们"己所不欲，勿施于人"。接着他说，他的阴谋收到了预想的成效——令这个男人和其他人不再妄想逃跑。

　　还有一个黑人因为试图投毒谋害残忍的监工而被半吊起来处以烫刑。就是这些持续不断的暴行，让这些可怜人先被逼绝望，再谋杀，因为他们依旧保有许多人性，希望能结束悲惨，或报复暴君！实际上，大部分监工是西印度群岛的人里最坏的角色。不幸的是，许多仁慈的绅士并不住在自己的庄园里，他们不得不把奴隶交给这些屠夫管理。他们在最琐碎的事情上也要以惊人的方式砍伤、残害奴隶。总的来说在各个方面都像对待畜生那样对待他们。他们对怀孕的女人漠不关心，也毫不在意在田野工作的黑人的居住条件。奴隶们的休息场所本是干燥的可挡风避雨的棚屋，但事实却常常是建在潮湿处的开放式棚子。因此，当这些可怜的人从田间的辛苦劳作中疲惫返回时，当他们发热时，毛孔会张开，因此会染上许多疾病。这一疏忽与许多其他因素一同导致了黑人出生率及成年黑人存活率的下降。当先生们住在西印度群岛的庄园中时，情形就大不相同了，黑人们得到慈悲的对待、体面的照顾，我可以举出许多这样的例子。我认识一些先生，出于人性的光辉，他们发现仁爱才是他们真正的利益。我在多个岛屿认识许多这样的先生，其中一个在蒙特塞拉特岛①，他的奴隶看上去非常健康，他也从

---

① 　督卜力先生与许多在蒙特塞拉特上的先生。

不需要补充新奴隶。还有许多庄园，尤其在巴贝多斯，由于有理性的待遇，他们从来不需要补充新奴隶。我有幸认识一位非常仁慈、值得尊敬的先生，他是巴贝多斯当地人，在那儿有几处庄园。[①] 这位先生写了一篇奴隶使用方法的专著。他允许他们中午休息两小时，还为他们提供诸多舒适安闲，在睡眠方面尤为如此。除此之外，他在庄园种的粮食比奴隶们能破坏掉的多。有了这些关怀，他救了手下黑人们的性命，让他们保持健康，并为他们提供奴隶状况能允许的最大限度的快乐。在后面的故事中会提到，我自己管理了一处庄园。有了这些关怀，那儿的黑人们非常欢乐、健康，比一般待遇下做的活儿要多出一倍。要么给可怜的黑人这种关心与爱护，要么就是节衣缩食。怪不得需要每年 2 万名新黑奴来填补人口减少中死亡人数的空缺。

　　在巴贝多斯，尽管有我提到的那些仁慈的例外，我还知道其他地方的情况，可以勉强把西印度群岛的这些地方视为奴隶们能得到最好待遇且几乎不需要吸收新成员的所在。这个岛屿原有奴隶数量为 8 万名，但每年依旧需要 1000 个黑人来维持这一水平。因此，据说一个黑人在那儿的寿命只有 16 年！这里的气候各个方面与他们的家乡一模一样，且更有益健康。英国殖民地的人口会这样缩减吗？难道英国的气候与西印度群岛的气候存在巨大差异吗？

　　我在蒙特塞拉特岛时，认识一个名叫伊曼纽尔·桑基的黑人。他躲在一艘伦敦船上，拼命想从悲惨的奴役中逃脱。但命运并没有青睐这个可怜的受迫害的人。船启航时，他被发现了。他被再

---

① 巴贝多斯准男爵菲利普吉布斯先生。

次遣送回主人那里。这个基督徒主人立刻将这个可怜虫的四肢关节钉在地上，拿起几支浸满了封口蜡的棍子，将其点燃后投掷在他的背上。还有一位以残忍著称的主人，我相信他的每一个奴隶都被他砍过，而且都有肉刚被砍下来。在这样惩罚他们之后，他会把他们关进一个特意为此设计的长方形木箱子或木盒子里，在消遣时把他们锁起来。箱子与一个人的身高、身宽相当。在箱子里头，可怜的人没有空间移动。

有些岛屿，尤其是圣基茨，把主人名字的首字母烙在奴隶身上是很普遍的。他们的脖子上还挂着沉重的铁钩。实际上，哪怕是无足轻重的场合他也要戴着锁链，常常还身负刑具。铁口套、夹指板等众人皆知，无须赘言，他们犯了一丁点儿错就要用上。我见过一个黑人因为把锅煮沸了，就被打得骨头断掉。这种用人之法把可怜的人逼到绝境，使他们宁死也要从让其生不如死的魔鬼手中得以解脱，这令人惊奇吗？这时——

> 吓得面如死灰，目瞪口呆，
> 他们看着自己可悲的命运，发现
> 无法安息！

他们常这样做。我还在船上时，我的主人船上有黑人由于犯了小错而被铐起来了几天。他厌倦了生活，抓住机会就跳海了。但他被救了上来，没有溺水。还有一个人，生活于他而言也是一种负担，他决定绝食自杀，不吃任何食物。这让他狠狠挨了顿鞭子。在查尔斯镇，一瞅准机会他又跳海了，但也被救了起来。

对黑人本身及其生命的关注还不如对不值钱的财产那么在

意。在我见过的许多压迫中，我已经讲了一两个典型事例。以下情境在所有岛屿都是常见的。可怜的耕地奴隶为无情的、不给他们饭吃的主人劳作一整天后，在时间允许的情况下，有时会在休息间隙摘些草。通常他们会把草扎在一个包裹里（价值六便士的一小把或半把那么多），带到镇上或市场上去卖。白人不付钱就把草拿走是司空见惯的事了。不仅如此，依我所见，我们的文书和其他许多人还经常对穷苦、可怜、无助的女性施以暴力。我见她们站在那儿徒劳无益地哭上几个钟头，也得不到任何补偿或付款。这一普遍的滔天罪行还不够将上帝的裁决带到岛上吗？上帝告诉我们，压迫者与受压迫者都在他手上。如果他们不是救世主口中的穷人、伤心人、迷途者、俘虏、伤痕累累者，那么他们是谁？

有一次，在圣尤斯特歇斯，一个强盗上了我们的船。他从我这儿买了几只家禽和猪。带着东西离开一天后他又回来找我退钱。我不给他，他看到船长没在船上，就开始对我施展惯常的恶作剧，他咒骂说要打我的胸腔，拿走我的钱。由于船长不在，我甚至希望他说到做到。强盗正要接着打我，幸运的是船上有一位英国水手，他的心还没有在西印度群岛的风气中败坏掉。他出面阻止了。如果这个残酷的男人打我的话，在危及生命时我一定会自卫。对于一个被如此压迫的人来说，生命是什么呢？他走了，但是骂骂咧咧的，并威胁说不论何时他在岸上逮到我，都会向我开枪，之后再赔偿我。

在西印度群岛，黑人的生命如此短暂是众所周知的。如果有些人还没有坚强到敢于声称黑人与欧洲人是平等的，那么引用以下摘录也许会有些无礼。根据巴贝多斯议会第 125 页第 329 条法案所述，法律规定"如果任何一个黑人或其他奴隶因逃跑而受到主人的惩罚或被主人下令惩罚的，或对其所谓的主人犯下任何罪行或小错，非常不幸的，他们将被处决或被切掉某个身体部位，无人幸免。但如果有人肆意妄为或起了杀心或恶念，故意杀了一个黑人或手下的奴隶，他只需向公共财库支付50镑。"如果不是所有地区，那么起码在西印度群岛大多数地区都是这样的。岛上的这些暴行还不足以引起强烈的改正吗？难道制定这些法律的议会不是野蛮人、禽兽吗？他们配得上基督徒或人类的称号吗？这是一个非常残忍、不公、愚昧的行为。因为残忍会让那些被称为野蛮人的议会丢脸，连霍屯督人的道德和常识都会受到这种邪恶和疯狂的震撼。

　　类似这样血腥的西印度法规让人一看就觉得震惊，当想到它们涉及哪些人时，就更觉不公。在葡萄园工作的一位热情的工人詹姆斯·托宾先生为我们描述了他认识的一位马丁尼克岛的法国农场主。农场主向托宾先生展示了许多在田间像负重的牲口般工作的黑白混血儿。他告诉托宾先生，他们全部都是他生的孩子！我自己也知道类似的事情。读者们，祈祷吧。黑人妇女为法国农场主生的儿女们难道就不是他的孩子了吗？不管孩子是怎么生的，那些给自己的儿子估价不过15镑的父亲有感情吗？那些立法者有道德吗？正如法令所说，他们应因荒淫无度和心狠手辣被杀掉！奴隶贸易不就是一场人心之战吗？究其本源，正是破除了道德壁垒才产生了奴隶贸易，它在不断摧毁一切道义、把所有情感付之一炬的过程中得到了发展！

　　我在各个岛上经常看到奴隶被放到秤上称重，尤其是那些羸弱瘦小的奴隶，以3便士到6便士不等的价钱被卖掉。我家老爷卖奴隶是以人为单位的，这种卖法让他的慈心受到了冲击。在买卖中或买卖后，黑人家庭被强行拆得妻离子散的情景比比皆是。他们被送到其他岛上，或被送到无情的老爷们决定的地点，此生与家人不复相见！这些分离常常令我心如刀割。离开的人已经乘船启程，朋友们叹息连连，眼眶含泪，直直地盯着船只直到它驶出视野之外。

我认识一个可怜的克里奥尔黑人。在频繁地从一个岛屿被运往另一个岛屿之后，最终在蒙特塞拉特岛居住下来。这个男人给我讲了他的许多悲惨遭遇。他通常给主人干完活儿后会利用很少的闲暇去钓鱼。主人经常把他钓到的鱼拿走，却不付钱给他。有时其他白人也会以相同的方式对待他。一天，他非常动情地对我说："有时一个白人抢了我的鱼，我去找主人，他会为我主持公道。但当我的主人强行夺走我的鱼时，我能做什么呢？我找不到能替我申冤的人。"接着，这个可怜的人抬头看着天空，说道："我得指望天上全能的上帝为我主持公道。"这则单纯的故事令我深受感动，我不禁感觉到了摩西为兄弟对抗埃及人时伸张的正义。我劝这个男人依旧仰望上苍，因为人间没有公平。尽管当时我没想到自己将不止一次经历这种强迫，日后自己在岛屿间被买卖时也读到了同样的劝诫。之后，这个可怜的人和我一起蒙受相同的苦难，在后面会讲到这一点。

这种用人之法不限于特定地区或个人。在我去过的所有岛屿中（我去过不下 15 个岛屿），奴隶待遇几乎是一样的。实际上，由于没什么差别，因此一座岛屿，甚至一个种植园的历史都可成为所有岛屿的历史。奴隶贸易中的这种趋势腐蚀了人们的头脑，泯灭了他们的所有人性！我不认为奴隶商贩们生来就高人一等——不。是这误入歧途的贪婪的恶果，玷污了人类善心的琼脂，将它化为苦水。如果那些人拥有不同的工作,他们慷慨、慈悲且公正的程度也许会和现在的无情、贪婪及残忍的程度相匹敌。毫无疑问,这种交易不可能是好的,它像瘟疫一般玷污其染指的一切! 它侵犯了人类最根本的天赋之权——公平与独立。它赋予一个族群对同胞的统治权,这绝不是上帝的意愿! 它将主子提升到一个远远凌驾于人类之上的地位,将奴隶狠狠压迫到不为人的地步。它用人类尊严的一切假定,为他们划定出一个程度上无法估量、持续时间永无止境的区别! 种植园主是何等是非不分? 如果奴隶们能够享受做人的权益,那不是比被贬低到畜生的境地更能施展才能吗? 在英国广泛流传的健康与繁荣之自由为你做出回答——不。当你有奴隶时,把他们的美德剥夺掉一半。你用欺诈、抢夺和残酷以身作则,逼他们和你生活在战争状态中,而你还要抱怨他们不诚实,不忠诚! 你用暴力愚化他们,认为必须让他们停留在无知状态,同时你却声称他们没有学习能力,他们的头脑是一片贫瘠的土壤或荒原,结不出文化的果实来。你声称他们家乡的气候得天独厚,大自然给予的富饶馈赠超乎你的想象,但它却偏偏没有滋养那儿的人,而让他们变得不足、野蛮,他们享受不了自然浇灌的甘露! 这是个既不敬又荒谬的论断。你为什么要用那些刑具? 一个有理智的人能把它用在另一个有理智的人身上吗? 看到同类被践踏到如此低贱,你不会因耻辱而自惭形秽吗? 最重要的是,实施这种管理模式就没有一点危险吗? 你没有分分钟都在担心暴乱吗? 因此以下情况也就不足为奇了:

不给我等为奴者一丝安宁

然监管严厉

实施鞭刑,随意处罚

我们要回报怎样的安宁?

在我们的能力范围之内,敌意和仇恨

无法驯服的违抗和复仇,尽管缓慢

但从设计陷害征服者

愿收获他的征服,愿能在

我们的苦难中体会到一丝快乐。

改变你的行为,把你的奴隶当人看,这样所有恐惧都会烟消云散。他们会变得忠诚、诚实、聪明、精力充沛,同时你也会过上祥和、繁荣、幸福的日子。

第六章

(对蒙特塞拉特的布林石山的介绍——作者的境遇得到很好的改善——他从3便士起家开始做生意——他的生意在美洲及多个岛屿都取得了成功;在和欧洲人做生意时,他受到不公正对待——一个罕见的对人性的践踏——在西印度群岛冲浪时遇到了危险——一桩不寻常的绑架,自由身黑白混血儿事件——作者在萨凡纳差点儿被柏金斯医生杀害)

上一章为读者描述了我在西印度群岛亲眼看见的压迫、勒索、残酷等诸多暴行中的一部分。如果一一道来,这将是张令人作呕的冗长清单。奴隶要因微不足道的琐事而频频受罚,虐待他们的刑具各式各样，这些事情人尽皆知，老生常谈，毫无新意。况且这些事过于惊悚，会让作者或读者不适，因此下文我只讲在旅途中偶然遭遇的亲身经历。

给老爷工作时，我在不同部门效力过，这让我有机会到不同岛屿见识了许多奇妙的景致。著名奇景布林石山尤其令我震撼。这座山高耸险峻，位于蒙特塞拉特岛普利茅斯城镇几英里开外之处。我常听人们说起在这座山上发生的奇遇，于是我和几个白人、黑人一道去了一次。到达山顶时，我看到峭壁下有硫黄，许多小水塘冒着热气，靠地壳的温度自然沸腾着。有些水塘像牛奶一样雪白，有些是湛蓝的，大多水塘色彩斑斓。我把随身带着的土豆分别放进不同的水塘，几分钟工夫土豆就煮熟了。我尝了尝，硫黄味很重。身上银鞋扣之类的金属制品不一会儿就像铅一样黑。

1763 年中有一段时间，仁慈的上帝似乎对我特别关照。我家老爷有一艘 60 吨的百慕大单桅纵帆船。托马斯·法墨船长指挥着这艘船。他是一位机警、活跃的英国人，通过在岛屿间运送旅客为我家老爷赚了很多钱。但他的船员经常醉酒后逃离岗位，这让他的生意受到不少冲击。这个人对我颇为赏识，多次跟老爷提起让我当他的船员随他出一次海。由于这个岛上水手稀缺，因此有时船只甚至因为人手短缺而无法出海，但老爷却说他不能放我走。最后不知出于需要还是压力，尽管老爷百般不愿，但还是被说服同意让我和船长出海。他向船长开出天价，以确保我不会逃跑，如果我逃了，船长就得赔他钱。正因如此，有段时间只要船一停，他就死死盯紧我。船返程后，我就会立刻被送上岸。就这样，我仿佛要终身为奴了，有时做这个，有时忙那个。我和船长大概是老爷手下最有用的人。我也成了船长在海上的得力助手。他总是向老爷讨我跟他一道出海，虽然只是到附近岛屿，只需 24 小时而已，老爷也不放我走。这时船长就会骂骂咧咧，拒不出海。他跟老爷说，在船上我比他手下三个白人的用处都大，那三个白人品行不端，尤其是酗酒这一点尤为可恶，他们经常毁坏船体，阻碍船只按时返航。老爷非常清楚这一情况。我和船长出海几次后，在船长的百般恳求下，最终老爷说，船长让他一刻不得安宁，他问我是愿意做一名水手，还是愿意待在岸上照看店铺，他再也受不了这般凄凄苦求了。这一提议很是让我开心，我立刻想到马上就有机会在船上赚点小钱，如果他们虐待我，也许我就能逃跑了。虽然在我看来我家老爷对奴隶们已是不同寻常的优待了，但我仍老是饥肠辘辘，因此我也希望吃到更好的伙食，能有充裕的食物。于是我不假思索地回答，如果他同意，我想做一名水手。就这样，他直接任命我在船上工作。不过，不管是在海上还是船靠岸时在陆地上，我几乎没有时间休息，因为老爷总希望我能在他身边伺候。实际上他是位非常友善的绅士，只是我对出海有所图，不然我不该想着离开他。然而船长也非常喜欢我，我完全成了他的左膀右臂。我使出浑身解数讨他欢心，相应地他也对我挺好。我想我的待遇比我在西印度群岛见过的所有和我处境相同的人都要好。

　　和船长一起出海了一段时间后，我一心想试试运气开始做生意。我的启动资金很少，只有半比特，在英国相当于 3 便士，这便是我的全部家产，但我相信主与我同在。有一次去一个荷属小岛圣尤斯特歇斯，我用我的半比特买了一个玻璃杯。回到蒙特塞拉特岛之后，我以 1 比特，也就是 6 便士的价格把杯子卖了出去。我们连续去了好几趟圣尤斯特歇斯（这是西印度群岛的一个商业中心，距蒙特塞拉特约 20 里格①）。我发现玻璃杯这么赚钱，就在第二次去那里时用 1 比特又买了两个玻璃杯。回来后卖了 2 比特，相当于 1 先令。再去时我用这 2 比特买了四个杯子，回到蒙特塞拉特后卖了 4 比特。之后再航行到圣尤斯特歇斯时，我用 1 比特买了两个杯子，用另外 3 比特买了大约 3 品脱杜松子酒。回到蒙特塞拉特岛，酒卖了 8 比特，玻璃杯卖了 2 比特，就这样我的资产累计到了 1 美元。这 1 美元是在一个月或六周的时间里勤俭节约辛苦赚来的，我感谢主让我如此富裕。在不同岛屿往返期间，我时不时用这些钱置办各种各样的物品并发现收益颇丰，尤其在瓜德罗普、格林纳达和其他法属岛屿上。就这样，我在岛屿间穿梭交易了四年多，并在做生意的过程中经历了许多苛待，在和欧洲人的接触中也见证了黑人受到的诸多伤害。我们在消遣时，手舞足蹈、尽情欢乐。但他们会毫无来由的骚扰、羞辱我们。我之前建议那位可怜的渔夫无助时就祈求上苍，实际上我自己也时常这样做。上文提到的生财之道没能持续多久，我就和他一道经历了一桩类似考验的遭遇：这个人水性极好，他家老爷在紧要关头派他到船上协助我们完成圣塔克鲁兹之旅。启程时，他要用随身带着的全部家当作投资，那是一袋橙子和橘子，值 6 比特。我也带着所有存货。我把约值 12 比特的一种商品分装在了两个袋子里。我们很早就听说这些水果在那个岛上销路不错。到了那儿，我们见缝插针上岸卖水果。刚一着陆，两个白人就把我们的三个袋子抢走了。一开始我们不知道他们要做什么，还以为他们在开玩笑，很快就明白他们是认真的。他们立刻带着我们的东西到了附近的一栋房子

---

① 里格(league)，长度单位，1 里格约等于 5.56 千米。

里，我们一路跟随，哀求他们把水果还给我们，但都无济于事。他们不仅不归还水果，还咒骂我们。他们威胁道，如果不立刻离开，就要狠狠地鞭打我们。我们说，我们在这个世界上的全部家当就是那三个袋子，那是我们从蒙特塞拉特岛带来卖的，还给他们看了我们的船。说了这些反而更坏事，这时他们明白我们不仅是外地人，还是奴隶。于是他们接着辱骂我们，让我们快走开，还用棍子打我们。看到他们是当真的，我们糊里糊涂、满心绝望地离开了。就这样，在马上赚到比之前任何一笔生意都要多出三倍多利润的当口，我被抢得分文不剩。这是让人难以承受的打击！然而我们却不知道该如何给自己解围。惊慌失措之下，我们找到这个地区的首领，向他讲述了我们的遭遇。但我们却没得到丝毫补偿。他对我们恶语相向，抄起马鞭就要严惩我们，我们转身就跑，逃得比来时还快。此刻我悲愤难耐，希望这些残酷的压迫者遭天打五雷轰。我们坚持不懈，又回到那栋房子，一遍又一遍地恳切哀求他们把水果还给我们。直到最后，房子里的几个人说，他们留下一个袋子，把另外两个还给我们行不行。眼看无论如何都于事无补，我们就答应了。他们看到有个袋子里有两种水果，就扣了下来，那是我同伴的袋子。他们把我的两个袋子还了回来。拿到袋子我撒腿就跑，看到一个黑人就赶紧让他帮我脱身。但我的同伴还留在那儿继续哀求。他说他们拿走的那个袋子是他的，和我一样，他在这个世界上的所有资产都在那个袋子里。然而一切徒劳，他只好空手而归。这个可怜的贫穷的老人，两手紧紧绞着，为自己的损失失声痛哭。接着，他开始祈求上苍，我为之动容，带着对他的同情，我把自己水果的三分之一分给了他。然后我们到市场把水果卖掉了。主比我们预想的更怜惜我们，水果销路非同寻常的好。我的那一份卖了37比特。短时间内竟发生如此大的反转，就像做了场梦一样，这令今后我无论发生什么都更加坚定了对主的信仰。之后，船长常常站在我这一边。在那些温和的基督徒强盗欺负我、抢我东西时，他常为我出头。那些人亵渎神明的咒骂不绝于耳，吓得我直发抖。有时毫无来由，有时甚至在他们肆意狂欢时，各种年纪、地位的人都能脏话连篇。

有次去圣基茨，我自己带了11比特，善良的船长又借给了我5比特，我用这些钱买了一部《圣经》。在其他地方很难遇到这本书，因此我很高兴。在蒙特塞拉特买不到《圣经》。令我伤心的是，上文中我讲过自己是怎样被驱赶出"埃特纳号"的，因此没能带走我最爱的两本书——《圣经》和《印第安人指南》。

在圣基茨时，发生了一件罕见的不同常理的事情。一位白人男子想在教堂和一个在蒙特塞拉特拥有土地、奴隶的自由黑人女子结婚。但牧师告诉他，白人和黑人在教堂结为夫妻是违反当地法律的。于是这位男子要求在水上结婚，并获得了教区长的许可。后来两位新人在船上，教区长和牧师在另一艘船上举行了典礼。仪式结束后，新婚夫妇来到了我们的船上，船长热情款待了他们，并把他们安全送回了蒙特塞拉特。

我见识过多种优越的日子，也在自由、富裕的国度生活过，然而每天却还要面对新的困难和压迫，读者一定能够体会在这种处境下我心灵的苦楚。再加上在我看来，我去过的世界上的各个地方和西印度群岛比都像天堂，所以我脑海里想的全是获得自由，每时每刻都在琢磨怎么才能得到解放。我一直记得一句老话，它也是我的座右铭，即诚实才是上上策。我还记得另一金句——己所不欲，勿施于人。因此，如果可能，我希望通过正当途径获得自由。

我从小就相信命由天定，我认为不管命运为你安排了什么，迟早都会来的。尽管那时我无法获得自由，也看不到任何希望，但如果我注定能得自由，谁都阻挡不了。然而如果我命中注定不得自由，我也绝不该强求，我的所有努力也会付诸流水。这些思绪萦绕在脑海中，我急切地向上帝祷告祈求自由，同时我用了一切正当方法，使出浑身解数获得自由。随着时间流逝，我已经赚到了几英镑，并且朝着更富有的方向迈进。友好的船长最清楚这一点。这让他开始对我随心所欲起来。每当他待我刻薄时，我都会把自己的想法直接告诉他。我宁可死，也不愿像其他黑人那样被压迫。于我而言，没有自由的生命了无生趣。尽管我预见到我今后的好日子和获得自由的希望（按常理推断）都得靠这个人，但我还是如实说了。他一想到我不跟他出海就受不了，所以他总会屈服于我的威胁。于是我继续跟随他。我对他敬谨如命，并兢兢业业料理他的生意，就这样得到了他的赞许。凭借他对我的好感，我最终获得了自由。我满脑子想的都是自由，并极尽所能抵抗压迫，这种生活态度让我时时刻刻命悬一线，尤其是在前文提到过的海域上时更是如此。因为我不识水性，西印度群岛一带海浪又极其猛烈，在那里的每一个岛上我都遭遇过怒海狂波。我曾亲眼见过一艘船直挺挺地被海浪抛到高空，导致船上数人伤残。有一次在格林纳达岛，我和另外八个人正在拖一艘里头有两大桶水的大船，一个浪头打来，把船连同船里的所有物品卷到几步开外比最高水位线还要高的树林里。我们不得不召集了所有支援来修缮这艘船，最后它又可以在水上航行了。另一个晚上，在蒙特塞拉特，我们使劲压着船好驶离岸边，可那平底船连带着我们翻了四次。第一次翻船时我差点溺水，好在身上穿的那件夹克使我在水面上浮了一会儿，让我有时间向旁边一位熟悉水性的人求救，我告诉他我不会游泳，他赶紧朝我游来，就在我往下沉的时候，他抓住了我，把我带回到船板，接着他又去把船拖了回来。为了不被以旷工的名义受罚，我们把船里的水放完后，立刻又试了三次，但每次都和第一次一样被浪头打翻。我们冒着生命危险，第五次尝试终于成功了。还有一次在蒙特塞拉特旧罗德，我、船长和另外三个人乘着一艘独木舟去找酒和糖。一个海浪把独木舟抛向高空，有几个人被甩到八丈远，我们都磕的满身淤青。因此我们常说，天底下没有比这儿更糟糕的地方了。实际上我们确实是这么想的。所以我渴望离开这里，每天都希望老爷能履行前往费城的承诺。在这里逗留期间，船上发生了一件残忍的事情，这让我非常害怕，但我后来发现这种做法很普遍。有一个聪明、体面的黑白混血儿随我们出海有一段时日了，他娶了个自由身女人做老婆，还生了个孩子。那时他老婆住在岸上，一家人其乐融融。船长、大副、船员和其他人，包括百慕大群岛当地的人，都是看着这个年轻人长大的，他们知道他总是来往自由，从没谁声称他是他们的财产。然而在这些地区，权力总是高过正义。一艘来自百慕大的船刚好要在罗德停上几天。那位船长来到我们船上，见到这位名叫约瑟夫·克里普逊的黑白混血儿，告诉他他并不是自由人，说自己奉老爷之命要把他带回百慕大。这个可怜的人不敢相信这位船长是认真的，船长手下的人把他暴打了一顿，他才明白这不是闹着玩儿的。他出示了自己在圣基德岛的自由人出生证明，船上许多人知道他是靠造船谋生的，而且一直受的是自由人待遇，但船长强行把他从我们船上带走了。克里普逊要求他们把他带到岸上，去见部长或地方法官，那些良心泯灭的人虽然答应了他，却直接把他带到了另一艘船上。第二天，没给他上岸参加听证会的机会，也免去了他和老婆孩子见上一面的"痛苦"，就把他带走了，他此生注定不会再见到妻儿。我亲眼看见的残暴行径可不只这一桩。我在美洲就认识的自由人，到了牙买加和其他岛上就被恶意欺骗，挟制为奴。我听说费城居然也发生过两起类似事件。多亏那座城市中的贵格会教徒仁爱慈悲，那许许多多的黑色皮肤的人如今才呼吸到自由的空气，不至在农场主的枷锁下哀吟。这些经历让我对恐怖这一概念有了新的认识，而以前我对此是一无所知的。以前我只觉得奴隶制非常可怕，如今在我看来，自由黑人的处境和奴隶并无二致，从某些方面而言甚至更惨，因为他们为了保卫自由，日日夜夜处在警惕状态。这种自由是有名无实的。他们处处受辱，却无人为他们伸张正义，因为西印度群岛的法律规定自由黑人的证明不可作为呈堂证供。在这种情况下，得到和善待遇的奴隶宁可忍受奴隶制的痛苦，也不要充满讽刺的自由，这不足以为奇吧？此刻我对西印度群岛厌恶到了骨子里，不离开这里，我将永远得不到完整的自由。

> 思绪万千，我焦灼的心
> 回想起过去的幸福乡
> 在那儿，正义自由之光普照
> 驱走黑暗，点亮生活
> 在那儿，不论你肤色深浅、贫穷富有，不论你来自何方
> 都无法阻挡使人为奴的可怜虫
> 被绳之以法。

我决心使出浑身解数获得自由，回到老英格兰去。为此，我认

为航海技能有助于实现这一目标。如果不受虐待,我并不打算逃
跑。假如一旦出现这种情况,如果我会开船,我就能用单桅船逃
跑。我们的单桅船是西印度群岛速度最快的。有很多人想加入
我。如果我必须做这样的尝试,我计划逃到英国。但正如我说过
的,我只会在遭到虐待时才会实施这一计划。因此,我请船上的大
副教我航海,并答应给他 24 美元作为报酬。不久后船长发现大副
靠教我航海赚钱,他指责他管我要钱实在太可耻了,因此最后我只
付给了他一部分学费。由于工作繁忙,我在这门有用技术方面的
进步非常缓慢。要是我想逃跑,机会多了去了,可我不想利用它
们。其实这件事不久后就出现了一个逃跑的机会。有一次我们在
瓜德罗普岛,有一支庞大的商船队要驶往法兰西,但水手不够数,
他们开出每人 15 到 20 镑的酬劳跑这趟船。为此,我们的大副和
所有白人水手都上了法国人的船。他们挺看重我的,想让我一道
去,如果我愿意去,他们发誓会保护我。船队第二天启程,我敢肯
定那时我将安全抵达欧洲。但是,我家老爷很善良,我不会离开
他。而且我谨记那句老话,"做人以诚信为本",因此我忍痛没有和
他们同去。这个机会绝佳,因此那时船长实际上也很害怕我离开
他和船队。感谢上帝,后来在我压根不想这件事时,我的忠诚给我
带来很大帮助。鉴于我的忠诚,船长特别赏识我,因此有时会手把
手教我开船。有些乘客和其他人看到这一幕,说教一个黑人开船
太危险了,指责他这么做大错特错。于是我的努力又受到了阻碍。
1764 年末,老爷买了一艘大点儿的单桅帆船,载重约七八十吨,取
名叫"普罗维登斯",由船长负责指挥。我和他一起跑船,把一批新
奴隶运到了佐治亚州和查尔斯镇。那时老爷虽然还想让我陪着
他,却已然完全把我交付给了船长。我根本不想再看西印度群岛

一眼，所以一想到能去见识其他国家，就喜不自胜。就这样，全仗船长善良，我为每一个小旅程都做好了准备。船只准备就绪，我们扬帆启航，我心花怒放。当到达目的地佐治亚州和查尔斯镇后，我还指望着能有机会把我的小物什么卖出去些。但那儿的白人买家跟其他地方的人一样欺骗我，这一情况在查尔斯镇尤为严重。一想到大限将是美好的天堂，不论哪种命运或考验都不在话下了，于是我决意勇敢面对。船很快上满了货，我们回到了蒙特塞拉特。在那一带的岛屿之间，我的生意红红火火。1764 年我一直以这种方式做生意，和平常一样遇到过各种各样的霸凌。在这之后的1765 年，为往费城跑船，老爷开始装备船只。在给船上货，为行程做准备时，我兴致勃勃，干劲十足。我希望能在这些旅程中赚到足够的钱，如果能让上帝满意，我便可早日赎回自由。过去几年听到了许多有关费城的故事，能到那儿去也令我很是兴奋。除了这些，我一直希望老爷能履行第一天我到他身边时他做出的承诺。我脑海中尽是这些令人振奋的念头。一个周日，我正要备好我的小商品，老爷派人把我叫到了他家中。到了那儿，我发现他和船长在一起。我一进门，他告诉我，他听（大副）说我到了费城后打算逃跑，我一下就懵了。他说："所以，我必须再跟你讲一次，你可花了我一大笔钱，有四十多镑呢。但要是把你丢了，损失可就不止这么多钱了。你是个值钱的家伙。"他接着说道："你一天能给我赚 100 几尼，岛上好多位先生都愿意出这个钱买你。"接着他告诉我多兰船长的姐夫曾想把我买下做他的监工，他可是位凶狠的老爷。船长还说，在加州，我一天能给他赚的钱可比 100 几尼多多了。我知道这是事实。那位想买我的先生来我们船上好几次，劝说我去和他一起生活，还说他会善待我。当我问他他会让我干什么活儿时，他说，既然我是个水手，他会让我当粮船船长。但我拒绝了。同时我注意到船长的脸色大变，我担心他打算卖掉我，于是就告诉那位先生，无论如何我都不会去和他一起生活，而且我一定会开着他的船逃走。但他说他不担心这一点，因为他会抓到我的。接着他告诉我，如果我这么做了，他会怎样凶残地待我。后来我们船长让他了解到我多多少少会开船，他仔细想了想，就离开了，这让我很是高兴。这时我告诉老爷，我没说过我会在费城逃跑，即使说过，我也不是认真的。他没虐待我，船长也没有，如果他们虐待过我，我肯定早就试着逃走了。但我认为如果我无法获得自由是上帝的旨意，那一切就该如此。相反，如果他的旨意并非如此，也就什么都不会发生。所以我希望，在我得到善待的时候，假如我能获得自由，那么应该是以诚实的方式获得。但是，上帝可以由着性子来，所以我是无法拯救自己的，我只能心怀希望，并相信天上的神。那一刻，我脑海中全是逃跑的计划和方案。接着我质问船长是否发现我有一丝逃跑的迹象，并问他，我是不是总是按时上船，因此他给了我一定的自由。尤其是，那时全部人马都跟着法国舰队走了，把我们留在瓜德罗普岛，他们还劝说我一起去，我是不是没有去，如果我去了，他就抓不到我了。令我喜出望外的是，船长证实了我说的每一个字都是真的。不仅如此，他还说在圣尤斯特歇斯和美洲曾几次考验我是否有逃跑的意图，结果发现我一点儿都没有。反之，我总是遵照他的指令上船。因此他深信，如果我有意逃跑，大副和所有人把我们的船留在瓜德罗普岛那天晚上我就应该逃走，那天可是千载难逢的机会。船长把这些话都讲给了老爷听。尽管我不知道我的仇人是谁，但老爷是上了大副的当。大副之所以扯这个谎，是因为他把船上的粮食拿走给了别人，而我把这事告诉了船长。船长的话让我置之死地而后生，我立刻开始感谢上帝。接下来老爷说的话让我更加感谢上苍。老爷接下话茬说我是个通情达理的伙计，他从没打算把我当个普通的奴隶看待。要不是船长的殷殷恳求和对我好评有加，他是不会让我这几年如此辗转于店铺之间的。他这样做，是觉得带些小东西到外地去卖，我也许能赚些钱。他还说，他打算一次给我半桶朗姆酒和半桶糖去卖，这样，如果够仔细，我未来也许能赚到足够的钱为自己赎身。如果是这样，他要是能以 40 英镑的价钱把那些货物卖给我，也就是他买我时出的价钱，我也许就能指望上这笔钱了。我悲苦的心情顿时明媚。这跟我脑海中长久以来对老爷的认识如出一辙。我立刻回答道："先生，我一直以来都知道您是这样的人，真的。所以我才拼命为您效力。"接着他给了我一个很大的银币，我从没见过，也从没拥有过这么大的银币。他告诉我让我为航程做好准备，他会赊给我一份中号桶那么多的糖和相同分量的朗姆酒①。他还说他在费城有两个和蔼可亲的姐妹，她们可以为我提供一些我需要的东西。在这种情况下，品格高贵的船长让我上了船，他知道我为人正直，便要求我不要对任何人提起这件事。他还许诺不会再和那个扯谎的大副一起工作。这确实是一个转变。前一刻还痛苦难当，一瞬间又变得满心喜悦。我内心翻江倒海，只能在表情上有所体现。实际上我充满感激，甚至可以去亲吻他们二人的脚。我一离开那间房，就三步并作两步，可以说是逃到船上的。船已经装备完毕。老爷谨守诺言，赊给了我一份中号桶朗姆酒和相同分量的糖。接着我们启航，并安全到达了高贵之城费城。我的货品在这儿卖得

———————————

① 一个中号桶的容量相当于 158.98 升。

又快又好。我发现这个迷人的地方物质充裕，价格低廉。

在费城，我遇到了一桩非常奇特的事情。我听说有一位名叫达维斯太太的已婚妇女能够透露秘事，预知未来。一开始我不太信这种故事，因为我不相信有哪个凡人可以预见上帝为未来做出的安排，而且除了《圣经》之外，我也不信任何其他启示。但是有一天夜里我居然梦见了这个女人，而我压根就没见过她，这让我大吃一惊。我对这件事的印象太过深刻，第二天一直对此念念不忘。我一改之前冷漠的态度，这时反而急于想见。因此晚上我们收工后，我打听到她的住址，靠问路找到了她。她正是我梦中见到的那个女人，她穿的裙子和梦里看到的一样，这让我目瞪口呆。她立刻告诉我，前一天晚上我梦到了她，还准确无误地讲了许多以前发生过的事情，这更让我惊讶。接着她准确描述了我的过去，我对她越发信任。最后，她说，我做奴隶的日子快结束了。这真是个好消息。她说，未来18个月我会遭遇两次致命危险。如果我能过了这一劫，之后的人生会一帆风顺。接着，她为我祈祷，我们就告别了。船只上货期间，我们在此地逗留了一段时间，我为自己的小生意进了些商品，接着我们告别这个宜人的地方，驶回蒙特塞拉特，此间又遭遇了一次怒浪。

我们安全抵达蒙特塞拉特，在那儿卸了货。不久便载着奴隶驶往圣依斯特歇斯，从那儿又去往佐治亚州。为了让旅程尽早结束，我不遗余力加倍工作。由于过度操劳，在佐治亚州我染上疟疾，还发了烧。我病倒了11天，濒临死亡。来生在我脑海中留下了深深的烙印，我非常害怕这种惨剧真的发生。我向上帝祈祷，希望他饶恕我。我在心里向上帝许下诺言，如果我能康复，我会好好做人。最后，在一个有名的医生的治疗下，我得以痊愈。不久后我们又给船装满货物，启程前往蒙特塞拉特。由于我已完全康复，旅途中又有许多事要操心，我之前对上帝作出的许诺开始逐渐消散。令我无能为力的是，当我们距离蒙特塞拉特岛越来越近时，我的意志也越来越薄弱，仿佛那个国度的空气或风土对虔诚之心有巨大杀伤力。我们安全抵达蒙特塞拉特，我上岸时依然忘记了先前的决定。唉！我的心渴望爱戴上帝，却又如此容易动摇想要离开上帝。世间事物多么强烈地在混淆视听，迷惑心窍！船卸货后，我们很快备船就绪，和往常一样载着几个可怜的受压迫的非洲土著人和几个黑人，再次启程前往佐治亚州和查尔斯镇。我们到达佐治亚州，让部分"货物"登岸，接着载着剩下的人前往查尔斯镇。到达目的地时，我看到镇上灯火通明。人们点着篝火，鸣起枪，还以其他方式来庆祝废除印花税法。我在这儿卖掉了些自己的商品。白人顾客买东西时信誓旦旦，满嘴恭维，付钱时却漫不经心。尤其有位先生从我这儿买了一桶朗姆酒，却给我找了很多麻烦。虽然我请来友好的船长调解，却从中未获取分文。作为一个黑人，我没权利要求他给我付钱。这令我非常恼怒，无从应对。我还浪费了些时间找这位基督徒。安息日那天（这一天黑人通常会过节），我特别想去公共场合庆祝，却不得不雇了几个黑人开船帮忙找这位先生。找到他后，在我和可敬的船长的苦苦哀求之下，最后他付给我几美元，其中有些还是铜币，毫无价值。我提出抗议，但他利用我是黑人这一点，要求我要么接受，要么一个子儿都拿不到。稍后，当我在市场上试着把这些硬币找给白人时，他们辱骂我，说我找的都是劣质硬币。尽管我给他们指了指这些钱是从那位先生那来的，我还是差点被绑起来在没有法官和陪审团的裁定下遭鞭刑。好在我一看形势不妙跑了，才逃过一场杖刑。我一溜烟儿上了船，开船前还一直处在对他们的惧怕中，感谢上帝不一会儿我们就启程了，从此之后就再也没见过他们。

我们很快来到佐治亚州，要在这儿装货。这时更悲惨的命运降临到我身上。一个周日的晚上，我在萨凡纳镇和几个黑人在他们老爷的院子里待着。他们的老爷珀金斯医生是个非常残忍凶狠的人。他醉了酒走了进来，看到院子里有陌生的黑人，大为不悦，马上就和手下的一个俄国白人一起围攻我。两个人手边有什么就抄起什么打我。我尽全力求饶求救，但尽管我明确说明自己是谁，我们船长就住在他附近，他也认识，却依旧于事无补。他们丧心病狂打我、砍我，我几乎丧命。伤口失血过多，我躺在地上一动不动，全身麻木，丧失知觉长达数小时。第二天一大早，他们把我带到监狱。我彻夜未归，船长不清楚我的去向，发现我第二天也没露面，他就开始找我。一打听到我在哪儿，他就立刻赶来。这个善良的人一看到我被砍成这副样子，忍不住哭了起来。他很快把我从监狱带回到他的住处，并立即请来当地最好的医生。一开始医生宣布，照他们看来，我是不会好起来了。于是船长寻遍镇上每一位律师，向他们征求意见。但他们说由于我是黑人，他们无能为力。接着，他找到那位将我打伤的"英雄"——珀金斯医生。船长威胁他，发誓一定要为我报仇，并向他发出战帖。然而懦弱和凶残永远是天生一对——医生拒绝了战书。最后，当地布雷迪医生的精湛医术使我渐渐恢复。我遍体鳞伤，浑身酸痛，不论哪个姿势都休息不得。船长对我的担心却让我体会到了前所未有的痛苦。这位值得尊敬的男人彻夜护理照看着我，在他和医生的照顾下，16 还是 18 天后，我能下床了。卧病期间，船上非常需要我。我过去总是沿河上下找木筏和其他船货配件，大副生病或不在时我也会把它们装载好。大约四周后，我就能工作了。又过了两周，在全部货物装船完毕后，我们起航驶向蒙特塞拉特。不到三周，在接近年末时我们安全抵达目的地。直到第二年年初我才再次离开蒙特塞拉特。我于1764年的历险到此画上了句号。

第七章

（作者对西印度群岛的厌恶——谋划获得自由——他和船长在佐治亚州遭遇的啼笑皆非的失望——几次成功的航程让他赚够了赎回自由的钱——向老爷提出请求，老爷接受了，同意解放他，他非常高兴——他以自由人的身份登上金先生的船，驶往佐治亚州——和往常一样遭遇对自由黑人的欺凌——他在土耳其的历险——驶往蒙特塞拉特，这段行程中他的好友船长患病去世）

　　如今我获得自由的日子一天天临近。我迫不及待，这种心情直到我们再次出海才平静下来。我也许有机会能赚够钱赎回自由，但不久后我就不满足了。1766年初，老爷又买了艘单桅帆船，取名为"南希号"。这是我见过的最大的船。这艘船装了一部分货物，计划驶往费城。船长可在三艘船中选一艘，我很高兴他选了最大的这艘。因为他开大船的话我就能有更宽敞的地方，装运更多货物。就这样，我们把老船"普鲁登斯号"交付后，给"南希号"装完货，获得三倍盈利，带了三桶我从查尔斯镇捎回来的猪肉。我能装多少就装多少，我相信天意会让我生意兴隆。带着这些念想，我驶向了费城。途中，在靠近陆地时，我第一次惊讶地看到鲸鱼打斗，我以前从没见过这么大的海怪。一天早晨，我们在陆地附近行驶，我在船边看到一只小鲸鱼，大约有摆渡舟那么长，它一整天都跟着我们，直到我们驶进海角才离去。我们在一个合适的时间安全抵达费城。在那儿，我的货物主要卖给了贵格会教徒。那群人总是一副极其诚实、谨慎的样子，从来不欺骗我。因此我喜欢他们，从那以后与其他人相比，我更愿意和他们打交道。在那儿时，一个周日早晨，我去吃午饭，恰好路过一个会议室。门是开着的，屋里挤满了人，这激起了我想进去看看的好奇心。室内的场景令我很吃惊。我看到一个非常高的妇女站在他们中间，以洪亮的嗓音在讲些我听不懂的东西。由于从没见过这种情景，我就站在那儿盯着看了一会儿，好奇这奇怪的场面到底是怎么回事。聚会一结束，我就找机会询问这些人在这里做什么，他们告诉我他们是贵格会教徒。我特意询问站在中间的那位妇女说了些什么，但没有人愿意满足我的好奇心，所以我就走开了。不一会儿我在回来的路上看到一个人山人海的教堂。教堂前的院子里也是人头攒动，甚至还有些人攀在梯子上透过窗户向里张望。我觉得这场面好奇怪，因为不论在英国还是西印度群岛，我都没见过如此拥挤的教堂。所以我壮着胆子问别人是怎么回事，他们说乔治·怀特菲尔德牧师正在布道。我时常听说这位先生，也一直希望能见到他，听他布道，但从没碰上这样的机会。所以此时我决定满足自己，要去看看。我挤进人群。进入教堂后，我看到这位敬业的先生一腔热忱极其认真地在劝诫人们。他流的汗比我在蒙特塞拉特海岸做苦工时还要多。这让我大受触动，印象很深。我觉得奇怪，我从没见过如此投入的牧师，但却数得过来其布道受众的教徒有多少。我们在这儿卸货又装货后，再次离开这片盛产水果的土地，驶往蒙特塞拉特。到目前为止,我的生意特别兴隆。我就想,到蒙特塞拉特再卖出些货品,我就有足够的钱赎回自由了。但是我们一靠岸,老爷就来到船上发号施令,让我们去圣尤斯特歇斯,在那里卸货,然后从那儿再继续前往佐治亚州。我非常失望,但和往常一样觉得不认命也没用,就毫无怨言地服从了。接着我们去了圣尤斯特歇斯。在那儿卸了货后,我们接了一批活物,我们称之为奴隶船货。我的商品在那儿卖得相当好。我在其他许多地方都能获利,所以不能把全部资产都投放在这个小岛上,因此我只拿出一部分商品,余下的妥善保管。接着我们从这儿驶往佐治亚州。虽然上次在萨凡纳的经历让我没什么理由喜欢这个地方,但到达时我却很高兴。我还是希望回到蒙特塞拉特赎回自由,我预计下次回去时就可以了。我们一到这儿,我就去服侍细心的医生布莱迪先生,尽我所能对他在我卧病期间给予的善待和关照表达了最诚挚的谢意。在这儿停留时,我和船长遇到了一件奇怪的事情,这件事让我们两个非常丧气。在过去一次行程中,我们把一个银器匠带到了这儿。他和船长商量好要和我们一起返回西印度群岛,同时答应给船长一大笔钱。他装成喜欢船长的样子,我们也以为他很富有。但就在我们等着装船时,这个人在工作地点病倒了,一周之后病情加重了。他病得越重,就越常跟船长谈起之前的承诺。由于这个人无妻无子,所以船长希望能从这个人的离世中获得一笔不错的收益。于是他不分日夜地照顾他。在船长的要求下,我也常去照顾他。尤其发现他毫无好转迹象时,他就让我去得更勤。为了补偿给我带来的麻烦,船长答应在得到这个人的财产后会给我分 10 英镑。如果我这次能安全回到蒙特塞拉特,那么我赎回自由的钱其实已经快赚够了,但我还是觉得这笔钱将对我大有帮助。有了这种念想,我就自掏腰包以比 8 英镑还多的价钱买了一套极好的行头，打算在获得自由那天穿上它起舞庆祝。我以为这笔钱马上就能赚回来。我们一直照顾这个人，在他去世那天还陪着他，直到深夜我们才回到船上。那天大概凌晨一两点的样子，我们都睡着了，有人来喊船长，说那个人死了。于是船长来到我床前，把我叫醒，告诉我这个消息，让我起床拿盏灯立刻和他一道过去。我说我特别困，希望他能带别人和他一起去，或者是，反正他已经死了，不再需要护理，就让那儿的所有东西保持原样，我们明天早上再去。他说："不行，不行。我们今晚就要拿到钱，我不能等到明天。咱们走吧。"于是我就起床点上灯，和他同去，并看到那个人如我们所愿死掉了。船长说为报答他留给他的财产，他会为他办一个盛大的葬礼，并要求逝者的所有物品都要上交。在这些物品中有一组箱子，那人抱病时船长保管着钥匙。我们找到箱子后心急火燎、满心期待地打开来。这些箱子是许多个套在一起的，我们迫不及待地把它们一个个拿出来。最后终于轮到最小的箱子，我们打开它，里面全是纸张，我们以为是纸钞，看到后高兴得心扑通扑通直跳。这时船长拍着手欢呼道："感谢上帝，找到了。"但当我们拿起箱子开始检视原本应是财产和久觅而得的赏金时，（唉！唉！人之间的事情真是太不可靠，太虚伪了！）我们找到的是什么呀！我们以为得到了一笔切切实实的财产，结果却扑了个空。那套箱子里的钱只有 1.5 美元，这个人的所有财产还不够付他的棺材板钱。突如其来的强烈喜悦此刻被突如其来的强烈痛苦取而代之。船长和我羞愧难当地离去，留那位亡人听之任之。他活着的时候我们悉心照顾他，到头来却一场空。我们再一次驶往蒙特塞拉特，并安全抵达，但因为那个银匠的事情而情绪低落。我们卸了货，我卖了商品，发现自己已经是身价 47 英镑的人了。我向我真正的朋友船长先生征求意见，我该怎样向老爷开口用这笔钱赎回自由。他说某天早晨他会和老爷一起吃早餐，让我就在那时去。于是，在他指定的那天早晨我就去了，在那儿见到了船长。进门后，我向老爷行礼，我手里拿着钱，心里很是忐忑。当时他爽快答应我一有钱就能赎身，我祈祷他这会儿能跟他许诺时一样干脆。但这番话似乎让他很不高兴，他开始出尔反尔，我的心一下沉到了谷底。他说："什么？给你自由？为什么？你的钱是从哪儿来的？你赚够 40 英镑了吗？"我答道："先生，我赚到了。"他回答说："你的钱是怎么来的？"我一五一十地告诉了他。这时船长说，他知道我的钱来路正当，都是辛苦钱，而且我还非常节俭。听到这儿，老爷回答道，我赚钱可比他快多了。要是知道我这么快就能赚到这笔钱，当初就不会做出那样的许诺。可敬的船长拍着老爷的背说："嘿，嘿，嘿，罗伯特（他的名字），我觉得你得让他得到自由。你做的投资很好啊，这段时间你已经赚到可观的利息了，现在是最后的本金了。我知道古斯塔夫一年帮你赚的钱可不止 100 英镑，他会继续为你存钱的，因为他不会离开你啊——嘿，罗伯特，收下这笔钱。"接着，老爷说他不会食言。他收下钱，让我去找户籍登记处的文书起草赎身契。老爷的这番话仿佛天籁之音，我的惊恐瞬间化为不可名状的喜悦，我满心感激向他致以最恭敬的一鞠躬。我无法表达自己的感情，只是热泪盈眶。这时真诚、可敬的朋友船长先生衷心为我俩道贺。我极尽所能向可敬的朋友们充分表达了谢意，最初的喜悦之情一过，我就怀着一颗充满敬畏的心起身离开了那个房间去执行老爷发出的令人兴奋的指令——前往户籍登记处。我离开那栋房时，脑海里回想起《赞美诗》作者在第 126 篇中的歌词，我像他一样，"在心里赞美我信仰的上帝"。从被迫离开德特福德到现在，这些话一直印在我脑海里。我认为，此刻我见证这些话变成了现实。我奔向户籍登记处的路上浮想联翩，这一点倒和信徒彼得类似（他是那么突然、离奇地从监狱获释，让他以为自己在做梦）。我也不敢相信自己是清醒的。天啊！这时谁能准确形容出我的感受！既不是取得胜利的战争英雄，也不是将失而复得的婴儿拥入怀中的温柔的母亲，不是疲惫、饥饿，正在夺取有利的目标港口的水手，也不是与曾被夺走的情人再次拥抱的爱人！骚动、狂热、神魂颠倒充盈了我的内心。我步履生风，几乎腾空，就像以利亚升上天堂时那样，"行走宛若光速"。我向遇到的每一个人讲述自己的欢乐，传播老爷和船长的和蔼可亲。

　　到了登记处，我向办事员介绍了此行的目的，他向我道贺，告诉他会以半价，也就是 1 几尼的价格为我起草赎身契。我感谢他的好意，收到契约，付了钱后，就赶紧回到老爷那里请他签字，这样我才能完全自由。他当天签署了赎身契。于是，前一天晚上我还是个仰人鼻息的奴隶，到了早上就成了自己的主人，完全自由了。这是我有生以来最开心的一天。在黑人伙伴的祷告和祝福下，我的喜悦得到了升华。尤其那些年长者，我对他们的尊敬油然而生。

　　我的赎身契里有些特别的内容，它显示了个体声称其享有对同胞的绝对统治权。请允许我为读者完整呈现：

蒙特塞拉特——致本文件各相关方：

　　本人，上述岛屿圣安东尼教区的罗伯特·金、商人，向大家致以问候。如您所知，本人鉴于亲付予我之本岛通行货币 70 英镑，特命名曰古斯塔夫·瓦萨的黑人奴隶，当成为自由身，当予以解放、准许释放、给予自治、获得自由。根据本文件，该黑人奴隶古斯塔夫·瓦萨从今往后必须予以解放、准许释放、给予自治、获得自由。在此以该古斯塔夫·瓦萨的老爷和主人之名宣布，过去、现在或今后不论以何种手段所享有的对该奴隶的一切权利、头衔、支配权、统治权和财富，从今往后全部给予、授予并下放给该古斯塔夫·瓦萨。本人罗伯特于一七六六年七月十日亲手签署该文件，以兹证明。

罗伯特·金

在蒙特塞拉特的特里拉吉见证下签字、加封并递交。释放书全文于 1766 年 7 月 11 日登记在册，获得自由。

登记员，特里拉吉

简言之，这件事之后，黑人同胞很快为我冠以新称呼，"自由人"，这是我在这个世界上最渴望的东西。表演舞蹈时，我觉得身上这套来自佐治亚州的高级蓝色服装大放异彩。有几位之前旁观的黑人女性此刻放松了下来，不再那么腼腆。但我却心系伦敦，我希望不久后就能到那里。可敬的船长和他的雇主——我过去的老爷，发现我对伦敦心向往之，便对我说："我们希望你不会离开我们，希望你照旧出海。"这时报恩的心让我为难，在愿望与责任之间挣扎，只有宽宏大量的人才能理解我的感情。虽然我向往伦敦，但我顺从地答应恩人我不会离开他们，我会继续出海。从那天起，我以一级水手的身份上船工作，除了额外的津贴，每月工资是 36 先令。我打算出一两次海，让可敬的恩人们心满意足。但我决定，如果上帝开恩，我将在下一年重返英格兰，给我过去的老爷和帕斯卡尔船长一个惊喜。我每时每刻都惦记着过去的老爷。尽管他对我有不妥之处，但我依旧敬爱他，我自顾自高兴地设想，他或许以为我还在农场主的枷锁下生存，如果他看到上帝在这么短的时间里为我做了些什么，他会说什么？我常靠这些幻想来自娱自乐，打发回归之前的时间。此刻，我恢复了自我本初的自由非洲人状态，在一切准备就绪后，我登上了"南希号"。我们在风和日丽中驶往圣尤斯特歇斯，一路上风平浪静，我们很快到达了目的地。船只装货后，我们于1877年8月继续驶向佐治亚州萨凡纳市。

在萨凡纳市期间，和往常一样，我乘船到上游搜集货物。在那片海岸有不计其数的短吻鳄，我在搜集货物时常常被它们包围。我们非常害怕这些鳄鱼。想要远离它们是很难的。有时它们几乎就要爬进我们的船里了，于是我射杀了许多只。在佐治亚州我见过有人以6便士的价格卖了一只小鳄鱼。在此停留期间，一天晚上，萨凡纳市的商人里德先生手下的一名奴隶来到我们船上对我不敬。我知道这里没有一条法律是保障自由黑人的，所以我拿出所有的耐心恳求他停手。但这伙计听不进我的话，对我的辱骂变本加厉，还动手打了我。这时我爆发了，我把他扑倒，对他一顿痛打。第二天一早，我们靠岸时，他家老爷来到船上要惩罚我揍了他的黑奴，他要求我随他上岸，游街示众。我告诉他，是他辱骂我并先动手打我寻衅滋事。那天早晨我把事情的经过告诉了船长，希望他能跟我一道去找里德先生，大事化小。但他说这是一桩小事，如果里德先生有微词，他会扯些谎。接着他让我去工作，我就遵命了。里德先生来时船长也在船上。船长告诉里德我是个自由人，当里德先生要求船长把我交出来时，他说他对此事一无所知。听到这里我大惊失色，非常害怕，心想我最好待在原地，不要在没有法官和陪审团的情况下上岸游街示众。我拒绝跟他走，里德先生发誓会把镇上所有警察都喊来，一定要赶我下船，接着他就离开

了。他走了之后，我觉得他的威胁也许印证了我的伤心事。我见
过自由黑人所受的诸多遭遇，再加上不久前我的亲身经历，我的这
个想法成真了。我认识一个做木匠的自由黑人，因他向一位先生
索要工钱而锒铛入狱。后来这个受压迫的人被诬告有意烧毁那位
先生的住所并联合他的奴隶们逃窜，于是他被送离了佐治亚州。
我非常不安，特别担心游街这件事。最让我害怕的是鞭刑，我这辈
子还没受过那种暴力。这时我怒火中烧，即刻下定决心一定要反
抗率先对我动粗或卑鄙地对我用私刑的人。我宁像自由人一样马
上死去，也不愿像奴隶一样被敲骨吸髓，受暴徒折磨。船长和其他
人更加谨慎，他们让我赶紧藏起来，因为他们说里德先生是一个恶
毒的人，他很快会和警察来把我带走。一开始我拒绝接受这个建
议，执意坚持自己的立场。最后，在船长和他的临时室友狄克森先
生的殷殷恳求下，我去了狄克森先生家里。他家在城外不远一个
叫伊玛士拉郊区的地方。我前脚刚走，里德先生就带着警察来抓
我了。他们搜了船，没找到我。他发誓活要见人死要见尸，一定会
抓到我。我藏了五天。船长和其他认识我的先生传授给我的好品
行让我交到了一些朋友。最后，有几个人告诉船长他没有善待我，
让我这样受欺负。他们说要为我主持正义，要把我安排在其他船
上工作。鉴于此，船长立刻去找里德先生，告诉里德自从我从船上
逃走后，我的工作事务就没人打理了。我不能继续上货，这让他和
大副都不好过。由于之前是我在为他们料理船上事务，我的缺席
妨碍到了他的行程，也伤害了他的利益。船长恳求他原谅我，他说
我和他共事多年，从没接到与我有关的投诉。在百般恳求下，里德
先生说我应该去死，他不会再骚扰我了。于是船长立刻到狄克森
的住处来找我，告诉我一切进展顺利，让我上船去。接着，几个朋

友问他有没有从警察那里拿到保证书，船长说没有。于是他们让我待在屋里，他们说晚上之前会把我安排到其他船上去。一听到这个，船长就慌了。他立刻动身，使出浑身解数，最终从我的追捕者那里拿到了保证书。但所有费用都是我支付的。我谢过每位朋友的关心，回到船上继续工作，一直以来我的活都很多。我们很快上完了货，运了20头牛到西印度群岛去，在那里牛很值钱。为了鼓励我好好工作，并弥补我浪费掉的时间，船长准许我自己带两头小牛，这让我干劲十足。我给船上了货，实际上我既干了分内的活儿，又担负了大副的职责。上货后就该运牛上船了，这时我请船长照他的许诺把属于我的两头牛牵来。令我意外的是，他告诉我船上没地方了。接着我让他准许我带一头，但他说不行。遭到这种对待令我倍感屈辱，我告诉他我没想到他居然会这样欺负我，他是我见过的最不守信的人。这时，我们产生了争执。我跟他说我打算离开这艘船，对此他很沮丧。我们的大副重病有一阵子了，这期间他把工作移交给了我。他建议船长劝我留下。因此，船长对我好言好语，许了很多好听的承诺。他说，大副病得这么厉害，所以他不能没有我。船只和货物的安全几乎全靠我在负责，因此他希望我不要介意我俩之间的嫌隙，并发誓说等我们到了西印度群岛，他会全部补偿给我。于是我同意和以前一样继续拼命工作。之后不久，他们赶牛群上船时，一头牛冲向船长，凶猛地用头撞向他的胸口。之后他的伤一直就没好。他没有处理好牛的事情，为了弥补我，这时他硬让我拿走几只火鸡和家禽，并批准我能找到多大的地方存放，就拿多少只。但我告诉他，他非常清楚我之前从没运过火鸡，因为我一直觉得这种柔弱的禽类不适合越洋跨海。但是他照样敦促我就买这一次吧。让我非常讶异的是，我越反抗，他催得越紧。接着他保证不管发生什么，一切损失由他负责。在他的劝说下我就带上了那些禽类。不管怎样我都处理不掉，这让我最终带了 48 只上路。我对这些火鸡大为不满，决定再也不会到这儿来，也再也不跟这个船长一起出海了。我的自由身行程竟是有史以来最糟糕的一次，这让我非常不安。我们启程前往蒙特塞拉特。船长和大副都抱怨犯恶心，航行途中他们恶心得更厉害了。这时大约是 11 月，我们启程没多久就遇上了凛冽北风和汹涌波涛。七八天的功夫，所有牛都差不多快淹死了，有四五头已经死了。我们的船本来就不坚固，这会儿更是摇摇欲坠。包括我和五名水手在内，每隔半小时或三刻钟我们就得去检查下水泵。船长和大副平时一得空就来甲板上，现在却不怎么出现了。因为他们的身体状况恶化得厉害，没有足够的体力在航行中上来检查四五次。

于是，船上的一切事务都落在我的肩上，我只好依照以往的经验操控船只，可是我连走 Z 字都不会。这时船长才为没有早教我开船而感到遗憾。他言之凿凿地说如果他还能康复一定要教我。大约 17 天之后，他病情加重，卧床不起，但还有意识。尽管如此，直到最后，他都记挂着老板的利益。这位正直、仁慈的人一直都非常关心别人交付给他的事项。当这个亲厚的朋友发觉死之将至时，他呼唤我的名字，我来到他面前，他问道（几乎是气息奄奄）他有没有伤害过我。我回答道："上帝不许我这么想，不然我就是最大恩人的最忘恩负义的卑鄙之人。"当我在他的床边表达我的感情和悲伤时，他默默地离去了。第二天我们把他的遗体海葬。船上每个人都爱戴他，为他的去世感到惋惜。他的死对我的影响极大。我发现他走了之后，我才明白我对他的敬意有多深。实际上，我有充分的理由对他怀有深厚的感情。他是一个温和、友善、大方、可靠、仁慈并正直的人。除此之外，他还是我的朋友、父亲。多亏上天眷顾，如果他是五个月前去世的，我敢肯定我争取自由是不会成功的，很有可能在那之后不管怎样都不会成功。

船长死了，大副来到船上好好视察了一番，却徒劳无益。几天的工夫，我们发现剩下的几头牛也死了。但是我带的几只火鸡虽然在甲板上饱受潮湿和恶劣天气的侵袭，却安然无恙。后来我把这些火鸡卖掉时利润翻了三倍。我没能遂了自己心意买到牛，对我来说反倒是好事一桩，因为他们一定会跟那些牛一样死掉。尽管这件事微不足道，我却不禁把它看作是上帝特殊的恩典，所以我很感恩。照看这艘船占去了我全部时间和全部精力。这会儿风已经停了，我觉得我不至于迷糊到撞上岛上去。我坚信自己正朝着安提瓜岛的方向前进，这是我想到达的地方，因为这个岛离我们最近。九十天之后，我们抵达该岛，大家很是高兴。第二天，我们安全抵达蒙特塞拉特。许多人听说这艘船是在我的指挥下驶进口岸，感到非常意外。于是我有了个新称呼，他们叫我船长。我颇是得意。这是自由人在这个地方能获得的最尊贵头衔，被冠以这个称呼，我的虚荣心得到了极大满足。大家得知船长的死讯后，纷纷表示惋惜。在这里，人人敬重他。同时，我获得的成功大大加深了朋友们对我的感情，黑人船长有了名声。

第八章

（作者为了给金先生帮忙，再一次乘船前往佐治亚州——任命了一位新船长——他们启航开始了新旅程——三个奇特的梦——

船只在巴哈马海岸失事，主要靠作者船员才得以幸存——他和船长乘坐小舟从那个岛出发寻找船只——他们的危难——遇到一艘打捞船——驶往普罗维登斯——再次遭遇强风暴，几乎全军覆没——到达普罗维登斯——过了一段时间，作者从那里驶往佐治亚州——又遇上一场风暴，不得不推迟行程，整修船只——到达佐治亚州——再次被欺负——两个白人男子试图绑架他——主持葬礼——告别佐治亚州，驶向马丁尼科）

　　船长死了，我失去了一个大恩人，一个好朋友。此刻在西印度群岛，我除了对金先生心怀感激，其他没什么好眷恋的。我把他的船安全开了回来，交了货，让他非常满意。我觉得如此已经算是对他很好的报答了。我开始想办法离开这方角落，我对这里早就腻了。我一直心系英国，想要回去。但金先生还是逼得很紧，让我留在他的船上。他为我做了那么多事，我发现自己没法拒绝他的要求。由于大副的身体欠佳，于是我同意再去一趟佐治亚州。

　　就这样，威廉·菲利普斯被任命为新船长，他是我的老熟人了。我们整修了船只，把几个奴隶带上船，驶往圣尤斯特歇斯，在那里停留了几天。在1767年1月30日，我们驶往佐治亚州。新船长对自己的航海和驾船技术自吹自擂，于是他选择了新航线，比我们以前的路线靠西好几个点。在我看来这可非同寻常。

　　2月4日，我们刚进入新航线不久，我梦到船在海浪和礁石中失事，而我承担起救助船上所有人的任务。第二天夜里，我又做了一模一样的梦。我没对这些梦留下太多印象。第三天夜里，轮到我值班。离开甲板前，在8点刚过那会儿我按照惯例给船上水。工作一天下来已经筋疲力尽了，抽水又抽得很累（因为我们攒了很多水），于是我流露出烦躁，喃喃咒骂道："可恶，船底破了。"我的良心立刻因这句话感到自责。离开甲板后我就去睡觉了。刚睡着，就又做了和前两夜一样的沉船梦。12点，值班人换岗，我一直替船长值班，于是我来到甲板上。凌晨一点半时，掌舵人在逆风的、被海浪冲撞的船帮底下看到了些什么。他立刻喊我，说那里有只鲸鱼，并要我去看下。所以我起身观察了一会儿。我看到海水一次又一次撞击着那个东西，我说那不是鱼，是礁石。为了确认，我下去找到船长，满心疑惑地告诉他刚才遇到的危险，并要他立刻到甲板上去。他说一切顺利，我就又上去了。原本风很大，我一到甲板上，风力就减弱了，船只在洋流中左右摇摆，向礁石的方向撞去。但是船长仍然没有出现。因此我又去找他，告诉他船刚才紧邻一块大礁石，并要求他速速上去。他说他会上去，于是我回到甲板上。我再回到甲板上时，看到我们距礁石一箭之遥，并听到了周遭碎浪的声音。这令我极度警觉，发现船长还没到甲板上来，我的耐心耗尽了。我又冲下去找他，问他为什么不上来，他这么做是什么意思？"我们周围就是碎浪，"我说，"船几乎就要撞到礁石上了。"听到这儿他才跟我一起到甲板上，我们试着转向，让船脱离那股洋流的控制，但风太小了，于事无补。接着我们立刻召集全体成员来帮忙。过了一会儿，我们抓住缆线的一头，把它绑在锚上。这时，我们周围的海浪起了泡沫，拍击碎浪发出恐怖的声音。我们抛下锚的那一刻，船撞上了礁石。浪头蜂拥而至仿佛在邀朋引伴。巨浪的咆哮愈加高声，一个波涛袭来，正中船心，船被钉在了礁石中间！有那么一瞬间，凄惨之象自动浮现在我的脑海里，我还从来没体验或经历过这种感觉。我犯下的罪行——浮现在我眼前。我罪恶的头脑里曾诅咒过那艘让我命悬一线的船，我觉得上帝在通过

这件事对我进行可怕的报复。想到这儿，我精神崩溃了。我一心
一意希望自己沉到海底，我决定如果我能获救，我绝不会再说脏
话。恐怖的怒海狂涛不断拍打在礁石上。悲痛之时，我想起了上
帝。尽管担心自己不配得到他的宽恕，但他之前救过我，也许他会
再次施以援手。回忆起过去他施与我的诸多仁慈，我又燃起一丝
希望，也许他会救我。接着我开始想办法我们要怎么获救。尽管
我不知道如何逃生，但我相信没人能像我当时那样，头脑中满是想
法却又对这些想法感到困惑。船长立刻下令把关押奴隶的船舱钉
住。一共有二十多个奴隶，如果他的命令得到执行，他们必死无
疑。当他命令那个人钉上船舱时，我想到我犯下的罪是这一切的
源头，上帝会让我来偿这些人的命。那一刻我的脑海中猛然闪过
这个念头，这个念头指引了我，我变成了圣徒。就在那些人要钉住
船舱的关头，我恢复了体力。我看穿了他们要做什么，便要求他们
停手。船长说必须这么做，我问他为什么。他说，每个人都会拼命
挤进小船，而那艘船很小，我们势必淹死，因为那艘船最多只能载
十个人。我再也抑制不住情绪了，我告诉他，他不懂开船，活该淹
死，只要我稍微给大家一点暗示，他们就会把他扔进海里。于是，
他们没有把船舱钉起来。由于天黑，没人能离开船，我们也不知道
去哪儿，再加上我们相信那艘小船也撑不过海浪的袭击，大家都说
要留在这艘船的干燥位置。在天亮之前，知道怎么做更好之前，我
们把一切交托给上帝。

接着我建议大家把那艘小船准备好，迎接白天的到来。有些
人开始着手干活，有些人则放弃了对船和自己的一切希望，开始喝
酒。我们的船底掉了一块儿，那个洞差不多有两英尺长，但我们没
有材料去补它。有需要就会有创造。我拿水泵上的皮革钉在破掉

的地方，用牛脂油把它糊好，就这样给小船做了准备。我们焦急万分地等待天亮，每分每秒都在思考，直到天色发亮。最后，天空终于满足了我们渴望的眼睛，善良的上帝携着奇异恩典降临，那可怕的洋流开始消退。接下来令大家士气大涨的事情是，我们发现了一个小礁岛，就在五六英里以外。但随即又出现了障碍，海水不充足，我们的船划不出礁石，这让我们再一次陷入了困顿。但没有其他选择，于是我们被迫一次只让几个人上船。更糟糕的是，我们每个人都得时不时跳下来拖船，把船抬过礁石。这十分耗体力，让我们疲惫不堪。更令人痛苦的是，我们的腿不可避免地被礁石割破、刮伤。只有四个人愿意和我一起划船，其中三个是黑人，还有一个是荷兰克里奥尔水手。那天我们开船来回了五趟，竟没有其他人帮我们。要不是我们这样卖力，我相信那些人绝不可能生还。那些白人完全没有自救，实际情况是，他们没一会儿就烂醉如泥，像头猪一样躺在甲板上，最后我们还得把他们抬到小船上，强行把他们运到岸上。由于严重缺少帮手，我们的任务变得尤为艰巨。那天运人上岸往返太多次，我手上的皮肤竟全都脱落了。

我们用尽办法辛苦了一整天，最后把船上所有人都安全运上了岸。32个人全部生还。这时，我猛地一惊想起了那个梦，梦中的每一个环节都应验了。我们遭遇的危险和梦中一样，我不禁觉得自己就是大家获救的最主要原因。由于我们当中有些人喝醉了，其余人不得不加倍出力。好在我们成功了，船上的那块儿皮革马上就要磨穿了，再拖久一点这艘船就不能用了。以我们当时的处境，谁会想到人们竟然对自己所处的危险如此漠不关心？如果风和沉船时那样猛烈，令洋流再凶猛些，我们都得对生还的一切希望说再见。尽管我警告了那些喝酒的人，并恳求他们抓住生还的时机，但他们我行我素，好像完全丧失了理智。我不禁去想，如果丢了任何一个人，上帝都得要我为他们的性命负责。这也许是我如此卖力救他们的一个原因。实际上后来每个人都深刻认识到我对他们的帮助，因此，在礁岛上时，我就像他们的首领一样。我带了些橙子、橘子和柠檬到岸上，发现我们到达的这个地方土壤肥沃。我种下了些水果，为以后可能漂流到这儿的人做下标记。我们后来发现，这个礁岛是巴哈马群岛中的一个。巴哈马群岛由诸多大岛组成，若干小岛和被称为礁岛的岛屿散落其间。这个小岛周长约一英里，一圈形状规则的白色沙滩环绕岛周。我们一开始尝试着陆的地方有一些体型硕大的鸟，名叫火烈鸟。在阳光的映照下，这些鸟远距离看起来和人差不多高。它们前前后后行走时，我们不知道它们到底是什么。船长说它们是食人族。这让大家极为恐慌，我们开始商量该如何应对。船长想到视野可见的那个礁岛上去，但距离很远，我反对这个做法，因为这么做的话我们就没法救助所有人。我说："所以，咱们就在这儿上岸吧，也许那些食人族会往海里走的。"因此，我们向他们开过去。靠近它们时，它们谨慎地一个接一个走开了，这让我们非常惊喜。最后它们飞走了，我们才完全放心。在礁岛周围，有海龟，还有许多各种各样的鱼，我们不用鱼饵就抓到了它们。在船上吃了几天干粮，这对我们来说已经是一个很大的安慰。岸上还有巨大的岩石，大约十英尺高，顶部是个大酒杯的形状。我们不禁联想上帝设定好这个就是为我们提供雨水用的。奇妙的是，下雨时如果我们没把水盛出来，一会儿它就会变得和海水一样咸。

稍作休整后，我们做的第一件事就是搭起帐篷，好有个栖身之地。我们极尽所能用从船上带来的残余品做帐篷。这个地方荒无人烟，接着我们开始考虑能在这个地方取得哪些可用的东西。我们的小船破败不堪，我们决定修好它，乘它出海寻找其他船或有人居住的岛屿。我们用了 11 天时间，才把船修整到符合预想、可以出海的状态。船上有了帆和其他必需品。一切准备就绪后，船长希望我能留在岛上，他出海寻船好把大伙儿救离这个礁岛，但我拒绝了。于是，船长、我和另外五个人乘着小船驶往新普罗维登斯岛的方向。除了两线膛步枪量的火药用作防身，我们什么都没有。我们的存粮只有 3 加仑朗姆酒、4 加仑水、咸牛肉和一些饼干。就这样，我们驶向了大海。

航行中的第二天，我们到达一个叫作奥比科的岛屿，它是巴哈马群岛中最大的岛。我们非常想喝水，那时我们的水已一滴不剩了，并已在烈日炎炎下行驶了两天，我们极度疲乏。深夜，我们把船拖到岸上，试着找水，并打算在那儿过夜。上岸后我们就开始找水，但一无所获。夜色凝重，我们在周围点起一簇火堆，防范野兽的侵袭。这个地方被茂密的树林全然覆盖。我们轮流守夜。在这种情况下，我们几乎没怎么休息，大伙儿焦急地等待天亮。天一亮，我们就乘小船再次出发，希望当天能获得救助。那时我们已经非常灰心了。由于我们的帆不能用，划船这体力活儿让大家变得非常虚弱，并且我们快渴死了，非常渴望喝到淡水。除了咸牛肉，我们什么吃的都没了，但没有水，咸牛肉也不能吃。在这种情况下，我们劳累了一天，看到一个小岛。到了晚上，还是没一点儿希望，我们就又上岸，系好船。接着我们去找淡水。由于太想找到水了，接下来那一晚我们一直在到处挖坑找水，却一滴都没找到。这时，我们的沮丧达到了顶峰，心中无比恐惧，除了以死解脱，我们别无所求。没有淡水，牛肉就跟盐水一样咸，碰都碰不得。我们还笼罩在对野兽的极大恐惧之中。令人厌烦的夜晚降临时，我们和前一晚的做法一样。第二天一早我们又从该岛出发，希望遇到其他船。就这样，我们辛辛苦苦直到四点钟。这期间我们经过了几个礁岛，却没遇到一艘船。我们依旧口渴难当，就在一个礁岛处上岸，希望找到水。我们在这儿找到几片叶子，上面有几滴水，我们迫不及待地把水舔下来。接着我们到处挖掘，都没能成功。

　　我们挖洞找水时，挖出了一些浓稠的黑东西，没人敢碰它，除了那位可怜的荷兰克里奥尔人。他像喝酒似的把那黑东西喝了1夸脱。我们试着捕鱼，也没能捕到。这时我们开始抱怨命运，自暴自弃。就在我们喃喃自语的时候，船长惊呼道："船！船！船！"听到这充满喜悦的声音，我们如同获得缓刑的囚犯。我们立刻转身张望，过了一会儿，有些人开始担心不是船。我们冒险上了小船去追它。半小时后，我们清清楚楚地看到，它就是一艘船，这给我们带来不可名状的喜悦。这时，我们低落的士气重新高涨了起来，我们朝着它全速前进，还发现那是艘小型单桅帆船，大概有格雷夫森德平底船的大小，船上载满了人。这一点令我们非常不解。我们的船长是威尔士人，他发誓说他们是海盗，会杀了我们的。我说，就算是这样，就算我们是死路一条，也要登上他们的船。如果他们不友好接待我们，我们必须尽全力反抗，不是你死就是我活，没有选择。大家立刻接受了这个建议。我着实认为，船长、我和那个荷兰人，接下来可能要面对20个人。我们有两把弯刀和一把滑膛枪，都是我带到船上的。在这个情况下，我们和那艘船平行航行，一下就登了上去。我觉得船上大概有40人。我们一上船，就发现他们中大多数人居然和我们处在一样的困境！真让我们大吃一惊。

　　他们是一艘捕鲸船上的人。在我们失事前两天他们的船也翻了，失事地点就在距离我们的船靠北九英里的地方。失事后，有几个人和我们一样，把其他人和物品留在一个礁岛上，乘着小船驶往新普罗维登斯的方向找救援船。他们遇到一艘打捞船，这艘单桅帆船在这片海域的任务就是救助失事船只。接着这艘打捞船把捕鲸船上的其他人都接了上来，接手了失事船只上的所有物品。被救助船员也会帮助他们获得失事船只上的东西。接着，他们会把船员都送到新普罗维登斯去。

　　我们把本船的状况告诉打捞船上的人，也和捕鲸船上的人一样同他们做了约定。他们同意后，我们求他们直接去我们所在的礁岛，因为我们的人严重缺水。他们同意先随我们去。我们出海期间，留守的人已经到了严重缺水的极限。两天后，我们到达了礁岛，这令他们喜出望外。这时，打捞船已经超载，食物供应也支持不了几天，对我们而言这是一桩幸事。我们付钱给捕鲸船上的人，让他们修缮我们的船骸。我们把自己的小船留给他们之后，便踏上了去往新普罗维登斯的路。

　　遇到这艘打捞船是我们有生以来最幸运的事情，因为新普罗维登斯的位置是我们的小船永远无法抵达的。奥比科岛比我们想象中要狭长得多，我们航行了三四天才安全抵达朝着新普罗旺斯岛的那一端。到达后，我们喝水，吃了许多大龙虾和其他贝类海鲜，这让我们如释重负，因为我们的存粮和饮用水已经快用完了。接着我们继续前行。就在我们离开这座岛的第二天深夜，还在巴哈马礁岛群之间的时候，一场大风袭来，我们不得不砍断了桅杆。船没了锚，撞上浅滩好几次，差一点儿就沉了。我们那会儿以为它随时会支离破碎，以为每分钟都是我们活在这世上的最后一刻。

由于太过惊恐，船长、病恹恹且一无是处的大副还有其他几个人都
昏了过去。死亡从各个角度直视着我们。船上骂骂咧咧的那些人
现在全都开始祈求上帝帮助他们。毫无疑问，上帝不动声色地帮
助了我们，并用一种神奇的方式拯救了我们！就在我们深陷绝境
时，风停了一会儿。虽然海浪还是高得离谱，但两位游泳高手决定
到锚的浮标那里去。我们仍能在水面上看到浮标，就在打捞船附
属的一个小平底船那里，这个小平底船还不够载两个人。他们试
着爬进小船让它和我们的船并驾齐驱时，它进了好多次水。除了
死亡，他们眼前看不到别的，我们也是。他们说无论如何他们都会
死。他们抓到了一小截绳子，绳子上带着个小浮标。最后，冒着极
大的危险，他们把那艘平底船剥离出打捞船。为了保命，两位无畏
的水中英雄乘着小船向锚的浮标划去。全体人一直紧紧盯着他
们，以为他们随时会丧命。有良心的人都代表他们祈祷，祈求上帝
快点帮助他们，也为我们自己祈祷，因为我们全靠他们了。上帝听
到了祈祷，并回答了我们！这两个人最后划到了浮标那里。他们
先把平底船绑在了浮标上，接着把绳子的一端绑在了平底船自带
的小锚上，让它朝着打捞船的方向漂去。我们在船上的人看到这
一幕，赶忙把船钩和固定在柱子上的引线扔出去，试着去够那个
锚，而且够到了。我们把那条绳子的一端绑在了系船索上，接着示
意他们开始拉，他们把系船索拉了过去，把它绑在锚上。我们费了
九牛二虎之力才做到了这件事。上帝仁慈，我们再次从浅滩到了
深水中，平底船安全到了打捞船那里。其他人无法体会到这一秒
钟我们浴火重生后的衷心喜悦，只有那些经历过相同苦难的人才
能理解。那些筋疲力尽、失去理智的人这会儿有了精神，他们之前
有多沮丧，此刻就有多振奋。两天后，风平浪静了。平底船靠了

岸，我们砍了几棵树，找到了桅杆。修好它之后，我们把它搬到了船上立起来。我们一做好，就起航再次前往新普罗维登斯，三天后我们安全抵达目的地。彼时我们已在无望生还的处境中坚持了三个多星期。

　　那儿的居民对我们非常好。他们了解到我们的情况后，盛情款待了我们，对我们十分热忱。这之后不久，难兄难弟中那些自由身人士就和我们分开了，他们奔向了心向往之的地方。一个拥有一艘大船的商人看到了我们的情况，他知道我们想去佐治亚州，于是他告诉我们他的船就是去那儿的，如果我们愿意到他船上工作并负责装货，他可以免费捎我们过去。反正我们不管怎样也赚不到其他薪资，同时也发现离开这个地方挺不容易的，于是不得不同意了他的提议。我们上船，帮忙装货，但是报酬只有自己的口粮而已。上好货后，他告诉我们，他要先去牙买加，如果我们要搭船，就必须先去那儿。我拒绝了，但我的难兄难弟们身无分文，尽管不情不愿，但为了生存还是接受了这个要求，踏上了这个旅程。

　　我们在新普罗维登斯岛待了十七八天，在此期间我结识了许多朋友，他们鼓励我和他们一起留在那儿。但我心系英格兰，因此我拒绝了。我应该留下的，因为我非常喜欢那里。那儿有些非常幸福的自由黑人，我们在橙树和柠檬树下，在美妙的音乐声中共同度过了欢乐的时光。最后，菲利普船长雇下一艘船，载他和几个他的奴隶上路。我同意和他一道走，这就意味着我要和这个地方说再见了。船准备就绪后，我们都上了船，我头也不回地离开了新普罗维登斯。我们大约在凌晨4点启程，顺风驶往佐治亚州。当天上午11点左右，突然间狂风大作，虽然持续时间不长，但绝大多数帆都被刮跑了。由于我们还在礁岛群地带，几分钟工夫，风就把船卷起扔到了岩石上。幸运的是，水很深，海浪也不是特别汹涌，我们人数众多，又都在拼命救援，全靠上帝仁慈，我们成功自救了。我们使出浑身解数，让船开了起来。第二天，我们回到了新普罗维登斯，我们在那儿把船整修一番。有些人发誓说一定是蒙特塞拉特的某人给我们下了咒，还有些人说我们运送的可怜无助的奴隶里有巫女和魔法师，我们永远别想安全到达佐治亚州了。但这些事情没有吓倒我。我说："让我们再次面对'风和海'，不要咒骂，要'相信上帝，他会解救我们'。"于是，我们再次起航。我们千辛万苦，在七天后安全到达了佐治亚。

抵达后，我们前往一个叫萨凡纳的镇子。当天晚上，我在一个名叫摩萨的朋友家借宿，他是一个黑人。见到彼此我们都很高兴。晚饭后，我们点起一盏灯，灯一直亮着到晚上九十点钟。大约就在那个时候，不知道是看守还是巡逻官看到了屋里的亮光，他们就上前敲门。我们打开门，他们进来坐下，和我们一起喝了些潘趣酒。他们知道我有橙子，还向我讨了几个，我欣然给了他们。不一会儿，他们告诉我，我必须随他们去看守所。这让我大吃一惊，我们明明对他们那么好。我问他们为什么？他们说9点后还在家里点灯的黑人都要被拘留，不付钱就要被揍。他们中有些人知道我是自由身，但这间房的主人不是。由于他得到主人的保护，因此他们对他没像对我一样无礼。我告诉他们我是自由身，且刚刚从普罗维登斯来，我们刚才没发出一点儿噪声，我在普罗维登斯不是个外地人，我很有名。"另外，"我说，"你们要把我怎么样？""你到时候就知道了，"他们回答道，"你必须跟我们去看守所。"他们是不是想管我要钱，此刻我茫然不知，但我立刻想到了圣克鲁兹的橘子和橙子。看到不管怎样都说动不了他们，我就跟他们去了看守所，并在那儿过了夜。第二天一早，这些欺负人的恶棍殴打了看守所里的一个黑人男性和黑人妇女，接着他们告诉我，我也得挨揍。我问为什么？这里有没有保障自由人的法律？我告诉他们，如果有，我会对他们采取法律手段。但这让他们更加恼怒，他们立刻骂道，他们会像珀金斯医生那样"伺候"我，他们要对我施以暴力。这时，其中一个比其余人仁慈点的人说，我是自由人，他们不能依法解释鞭打我的行为。接着我立刻喊人去找布雷迪医生，他的诚实和品格人尽皆知。他赶来救我，他们才放我走。

这不是我在这儿唯一一次不悦的遭遇。一天，我在萨凡纳镇子外不远的地方被两个白人男子包围。他们想以惯用的花招戏弄我，然后绑架我。他们一和我搭上话，其中一个就对他的同伴说，"这不就是'我们正在找的你丢了的'那个家伙。"另一个人立刻发誓说我就是那个人。接着，他们开始逼近我，准备抓我。我告诉他们站着别动，离我远点，我可是见过别人在自由黑人身上用这种招数的，他们别想在我身上得逞。于是，他们犹豫了一下。一个对另外一个说，这样不行。另一个回答道，他的英文说太好了。我回答道，我也这么觉得，我随身带了能应付这种情况的复仇棍子，我的心肠和英文一样好。令我高兴的是，棍子没派上用场，我们就这样说了会儿话，这两个恶棍便走了。我在萨凡纳停了些时日，焦急地想再回到蒙特塞拉特去见金先生和我的老主人，然后对这个地球上的美洲地区做个最终告别。最后，我遇到了一艘"虎尾草号"帆船，船长是约翰·班顿，这是格林纳达的船，格林纳达是附属于法国岛屿马丁尼科岛的一个地区。这艘船只运送大米，我上了这艘船。离开佐治亚之前，我遇到一个黑人妇女，她的孩子死掉了，她非常坚持要给孩子一个教堂葬礼，但是却请不到白人来主持，于是她恳请我来做这件事。我告诉她我不是牧师，另外，这种为死人举办的仪式对灵魂没什么影响的。但她却不满意，依然极力劝说我。于是我依从了她的殷殷恳求，最后同意当一次牧师，这是我人生第一次。由于她是个备受尊敬的女性，许多白人和黑人都来到了墓地。接着，我开始执行我的新工作，主持了葬礼，让每个出席的人都很满意。在这之后，我向佐治亚告别，驶向了马丁尼科岛。

第九章

（作者到达马丁尼科岛——遇到新困难——到达蒙特塞拉特，向老主人告别，驶往英格兰——遇见帕斯卡尔船长——学吹圆号——受雇于欧文医生，在那儿学会了净化海水——离开医生，踏上前往土耳其和葡萄牙的旅程，后来去了格林纳达，又去了牙买加——回到医生那里，二人和菲普斯船长踏上了前往北极的旅程——对这个旅程及作者遇到的危险的描述——他回到了英格兰）

就这样，我向佐治亚做了最后告别。我在那儿的待遇让我对那个地方极其厌恶。离开该地，前往马丁尼科岛时，我下定决心再也不回来了。新船长的航海技术比前一个船长好得多。一段愉快的旅程之后，我们安全到达了目的地港口。在这个岛上时，我四处游览，觉得很不错。我尤其喜欢圣皮埃尔镇，它是这个岛上最大的镇子，建筑风格比我在西印度群岛见过的房子要更接近欧式。总体而言，奴隶的处境也更好些。他们有节假日，看上去也比英国岛屿上的奴隶们健康。我们在这里办完事情之后，我想要离职，这是有必要的，因为那时已是五月份了。我非常希望能去蒙特塞拉特向金先生和我的其他老朋友们告别，这样就能在七月份按时乘船驶往老英格兰。可是，啊！我在自己的道路上设了太多绊脚石，这让我差点没能在那个季节去英国。我曾经借了些钱给船长，这时我希望这些钱能助我一臂之力。我就告诉了他，但当我要钱时，尽管我重申目前急需这笔钱，但他还是推三阻四。最后我开始担心这笔钱要泡汤了，因为我无法通过法律要回这笔钱。我已经说过，整个西印度群岛无论在什么情况下都不接受任何黑人对白人提起的各种指控。因此，我自己的誓言一点儿用都没有。于是，我不得不留在他身边等他把钱还给我。就这样，我们从马丁尼科岛驶往了格林内德。我经常敦促船长还钱，让我更为难的是，我们到了那儿之后，船长和他的老板吵了起来，这让我的处境每况愈下。我们这些在船上的人不仅得不到食物供应，还领不到工资。如果我能接受之前的情况的话，这会儿我应该已经踏上前往蒙特塞拉特的免费旅程了。最糟糕的是，那时已经到了 7 月底，岛上的船只必须在 7 月 26 日之前起航。最后，在我费尽口舌的恳求之下，船长把钱还给了我，于是我搭上遇到的第一艘船去了圣尤斯特歇斯。我于 7 月 19 日再次造访了圣基茨岛的巴斯特尔。在 22 日遇到了一艘前往蒙特塞拉特的船，我想搭顺风船，但是船长和其他人让我登出告示，告诉大家我离开了这个岛后，才愿意收我上船。我告诉他们我着急去蒙特塞拉特，没有时间去登告示。当时天色已晚，船长已经准备起航了，但他坚持说有必要这么做，不然他不会带我走。这让我陷入极大的困境，如果我被迫屈服于这种可耻的要求，即每个自由黑人都要像奴隶一样，在离岛时登告示，我认为这对任何一个自由人来说都是让人恶心的欺侮，但我又担心会错过去蒙特塞拉特的机会，这样在年内我就到不了英国了。眼看船就要启航，一分一秒都耽误不起了，我立刻心情沉重地出发去找人来帮我完成船长的要求。幸运的是，几分钟后我就找到了几位我认识的从蒙特塞拉特来的先生。我把我的处境告诉了他们，希望他们能帮助我离开这座岛。其中几个人就跟我去找船长，证明我是自由身。于是他就让我上了船，这令我喜出望外。接着我们就出发了，第二天，也就是 23 日，在离开了六个月之后，我终于又回到了心向往之的地方。在这六个月当中，在我穷极人类一切可利用的方法也无法逃出死亡的魔爪时，上帝不止一次解救了我。由于离开很久，又死里逃生，我见到朋友时心里充满了喜悦，他们全都用满满的友情来迎接我，金先生对我尤为热情。我向他讲述了他的"南希号"帆船的命运以及失事的原因。这时我悲痛欲绝地发现，我不在的这段时间，普利茅斯镇对面的山顶上有个水库崩塌了，把他的房子冲走了。大水还冲毁了镇上的大多数建筑。在这次水灾中，金先生失去了许多财产，也几乎丧命。当我告诉他我打算这个季节去伦敦，我这趟来是临行前向他告别之时，这位善良的先生向我表达了深厚的感情，还表示若我离开他，他会非常悲伤，他热忱地建议我留下来。他坚持认为，这儿的每位先生都尊敬我，我会过得不错，不久之后就会拥有自己的土地和奴隶。我谢过他，但我非常希望去伦敦，因此我不太想在这儿多作逗留，我请求他原谅我。接着我恳请他行行好，给我在他身边工作期间的表现写个证明。他欣然答应，为我写了如下证明：

致有关人士：

　　持信人古斯塔夫·瓦萨曾为本人做了三年多奴隶。在此期间他一贯表现出众，诚实勤勉，恪尽职守。

罗伯特·金

蒙特塞拉特，1767 年 1 月 26 日

　　拿到这封信之后，我向他表达了真挚的感激和问候。为伦敦之行做好准备之后，我便和善良的老爷告别了。我立刻答应约翰·汉莫船长，他给我 7 几尼，我到他的"安德洛玛克号"工作，顺路去伦敦。临行之前，我在 24 日和 25 日和几个同胞跳了自由舞，这是一种舞蹈的名字。在那之后，我向所有朋友告别，于 26 日前往伦敦。发现自己又在船上了，我很高兴。更让我高兴的是，我正奔向自己向往已久的地方。我心情愉快地和蒙特塞拉特告别，从那之后再也没有踏上这片土地。就这样，我和残酷的鞭子以及所有可怕的刑具做了告别，向黑人妇女贞洁遭侵害的无礼场景做了告别，这些场景总是入侵我的视野；向压迫做了告别（虽然我比大多数同胞遭受的压迫要小得多）；向怒海波涛做了告别。我希望用充满感恩的心来颂扬天上的主给予我的所有恩慈！

　　七周后，我们踏上了樱桃园码头的台阶。就这样，在离开四年多以后，伦敦的景象又一次满足了我期盼的双眼。我立刻收到了工资，之前还从没以这种速度赚过 7 几尼。我下船时，身上一共有 37 几尼。此刻，我进入一个场景，一个对我来说很新但却充满希望的场景。在这种情况下，我的第一反应是去找我的老朋友们，希望能最先找到古艾琳斯小姐。我好生犒劳自己之后，就立刻开始寻找善良的女士们，我迫不及待见到她们。虽然遇到些困难，但我坚

持不懈，终于在格林威治的五月山找到了她们。她们见到我既高兴又惊讶，而我见到她们则喜不自胜。我把自己的故事告诉给了她们，她们对我的遭遇表示出极大好奇，并直率地承认他们的表亲帕斯卡尔船长的所作所为很无耻。之后帕斯卡尔常来这里造访，四五天之后我在格林威治公园见过他。看到我时，他显得很吃惊，并问我是如何回来的？我答道："乘'船'。"他冷冰冰地回应说："我猜你也不是'从水面上走回'伦敦的。"通过他的举止，我看得出他并不为对我做过的事情感到抱歉，因此我不应该觉得他欠我什么。我告诉他，我曾经忠心为他效力多年，但他却严重虐待我。听到这儿，他没再说话，转身走了。几天后，我在古艾琳斯小姐家遇到了帕斯卡尔船长，并向他询问我的奖金。他说没有一分钱归我。如果我有一万奖金，那也应该归他。我告诉他我听说的可不是这样。于是他指责我反抗他，他用嘲弄的口气让我上法院告他。"这儿有的是律师，"他说，"'他们会接手'这件事，你最好'试一下'。"我告诉他我会试的，这让他气不打一处来。但是，出于对女士们的尊重，我点到为止，没再为自己的权利做更多抗争。过了一会儿，友善的女士们问我打算怎么办，她们怎样才能帮助我。我谢过她们，说，如果她们乐意，我愿意做她们的仆人；如果她们不愿意，我还有37 几尼，够我生活一段时间，如果她们能举荐我，让我跟着谁学门足以谋生的手艺，我将感激不尽。她们彬彬有礼地做出回答，说她们很抱歉，不方便收我为仆人，并问我想学哪门手艺？我说，理发。然后她们答应会帮我。不久后，她们把我推荐给一位我以前就认识的先生，奥哈拉船长。他待我很好，给我在黑马克街区考文垂路找了位理发师，将我安置在那儿。我从 9 月到次年 2 月都跟着这个人。那时，在同一条路上，有个邻居是教圆号的。他吹得太好

了，我非常着迷，就跟他商量教我吹号。于是他收我为徒，开始教
我，我很快就掌握了圆号的三个部分。夜晚漫长，演奏乐器令我非
常享受。我不仅喜欢圆号，而且不愿虚度光阴。我靠它清心寡欲
地度过了闲暇时光。同时，我和住在同一片辖区、掌管着一所学校
和一间夜校的格雷戈里神父达成协议，由他来帮我提高算术。我
一直跟他学到以物易物和混合法，因此在那儿的那段时间我把每
一分钟都利用了起来。1768 年 2 月，我在铁圈球场为查尔斯医生
工作。他因净化海水的实验取得成功而名声大噪。在这里，我有
很多机会剪发来精进手艺。这位先生是个很棒的老爷。他非常善
良，脾气又好，他允许我晚上上学，我觉得这是一个很大的福分。
为此，我感谢上帝，也感谢他。我极尽勤勉地让这个机会发挥效
用。这种勤奋和用心让我的三位老师对我特别注意和关照，他们
下了苦功夫指导我。除此之外，他们还对我特别好。但是，我的工
资却还不到以往的三分之二（我每年只有 121 镑），我很快就发现
这不够支付请老师产生的额外费用，也不够自己的日常花销。我
之前的 37 几尼这时已只剩 1 几尼了。我就想，最好还是再出次海
去赚钱吧。我以前就是靠海谋生的，到目前为止做这个工作也算
成功。另外我还特别想去看看土耳其，这时刚好可以下决心满足
这个愿望。于是，1768 年 5 月，我把自己想要再次出海的想法告诉
给了医生，他毫无异议，接着我们就友好告别了。当日，我就进城
寻找一名船长。寻觅过程非常幸运，很快我就听说有位拥有一艘
船的先生要去意大利和土耳其，他需要一个理发理得不错的伙计。
我喜出望外，在别人的指引下，立刻来到了他的船上。我发现这艘
船的装配非常有品位，我已然预见到乘它出海将是非同一般的享
受。那位先生没在船上，于是在别人的指引下来到他的住所。第

二天我在那儿见到了他，并为他展示了我的理发样本。他非常欣赏我，立刻就把我招录了，这让我无比开心。船、船主和行程通通合我心意。这艘船是"德拉瓦号"，船主名叫约翰·乔利，是个利索、聪明、善良、幽默的男人，恰好就是我希望服务的那类人。我们7月从英格兰出发，旅程非常愉快。我们去了维罗纳自由镇、尼斯和莱戈恩。每到一个地方，这些地方的富饶美丽都令我深深着迷，大量优美的建筑也让我震撼。在那些地方时，我们总能喝到大量极品好酒，吃到诸多鲜美的水果，这一点深得我心。船长总是在那些地方靠岸，我能趁机在这些国家到处转转，因此我有许多机会来满足自己的好奇心。我喜欢航海，就和船主学了起来。离开意大利时，我们在爱琴海群岛间畅快周游了一番，接着从那儿到了土耳其的士麦那。这是一个非常古老的城市，房子都是石头造的，许多房子毗邻坟墓，因此有时看上去像教堂墓地。这个城市食品丰裕，好酒1品脱不到1便士。葡萄、石榴和其他许多水果是我吃过最大、最多汁的那种。当地人外形俊美，体格健硕，且对我总是彬彬有礼。总之，我觉得他们喜欢黑人。虽然他们对欧洲人或基督徒实行隔离政策，并且会驱赶他们，但还是有一些人极力邀请我留下来和他们在一起。我惊奇地发现，在商店里看不到妇女，在路上也很少见到妇女的踪影。每次看到她们时，她们从头到脚都裹在袍子里，因此我看不到她们的脸，只有当她们出于好奇揭下面纱看我时，我才能看到她们的脸。我很吃惊地发现，从某种程度而言，希腊人矮土耳其人一截的程度就像西印度群岛黑人与白人的关系那样。我已经注意到，在这儿，希腊人当中的粗人和我们家乡人跳舞的方式都是一样的。整体而言，我们在这儿的五个月间，我非常喜欢土耳其人和这个地方。我注意到一件非常独特的事情：这儿的羊尾巴是方的，还特别大，几乎相当于我见过的约 11 到 13 磅那么重的羊尾。它们的脂肪肥美白厚，是做布丁的上佳材料，且大量用于布丁的生产。最后，我们的船载满丝绸和其他货品，驶往了英国。

1769 年 5 月，从土耳其回来后不久，我们便到葡萄牙的波尔图市做了一次愉快的航行。我们抵达时恰逢狂欢节。到了之后，当地人把 36 项条款送上船供我们阅读，如果我们违反任何一项，就要接受非常严重的处罚。宗教法庭派人到船上搜查违禁物品，重点在搜《圣经》。在此之前，我们没人敢到其他船上去，也不敢上岸。《圣经》都交了出来，其他物品被送上岸，直到船走。任何私藏《圣经》的人都要被关进监狱，遭受鞭刑，然后当十年奴隶。我很好奇，想去他们的教堂，但是在入口没有被洒圣水，所以进不去。出于好奇，也是为了庄重起见，我遵守了这个规矩，但它的美德却没有体现在我身上，因为我发现它一点好处都没有。这个地方粮产丰裕，城镇构筑坚固优美，景色动人。我们的船载了酒和其他商品，就驶往了伦敦，于 7 月抵达。我们的下一个旅程是地中海。船只再次准备妥当，我们于 9 月前往热那亚。这是我见过的最美丽的城市之一，高大的建筑雄伟壮丽，有着极为庄严的外观，许多建筑物前面还有颇具生趣的喷泉。教堂富丽堂皇，内外都有巧夺天工的装饰。但在我眼里，这一切的宏伟都因船奴的存在而蒙上了阴影。这个城市和意大利其他地区的奴隶境遇极其悲惨。

我们在那儿待了几周，以低廉的价格买到了各种各样需要的东西，接着我们驶向那不勒斯，这是一座有魅力的城市，非常干净。这儿的海湾是我见过的最美丽的海湾，码头也很宏伟。我看到了在周日晚上上演的大型戏剧，连王室都出席了，我觉得无与伦比。

我也像那些大人物一样去了那些场合，晚上全然在拜金，白天徒劳地侍奉上帝。我们在那儿的时候，维苏威火山爆发了，我完整观看了整个过程。那情景非常可怕，我们距离太近，火山爆发生成的灰烬在桌子上积了厚厚一层。我们在那不勒斯做完生意之后，借着顺风再次驶往士麦那，于12月份抵达。那儿有位土耳其将军很赏识我，想让我留下，还答应给我娶两个老婆，但我拒绝了这个诱惑。这儿的商人随驼队出行或结伙出行。我看到许多来自印度的驼队，有几百头骆驼驮着各种各样的商品。驼队的人是棕色皮肤。他们随身带着很多洋槐，这是一种豆类，味道香甜，形状和四季豆差不多，但比四季豆要长一些。每种商品在其专属品类的大街上出售。我发现土耳其人做生意很老实。他们不准基督徒进入他们的清真寺或教堂，这一点令我感到非常遗憾，因为我每到一处都喜欢去观摩当地人不同的礼拜方式。我在士麦那时爆发了瘟疫，我们直到疫情结束才继续采购。船只装满货物之后，我们于1770年3月驶往英国。返程途中，有一天我们遭遇了一场事故，船差点儿被烧毁。一位黑人厨师在融化动物脂肪时把锅打翻了，锅子掉到甲板下面的火中，立刻烧了起来，火焰一直烧到前桅楼下头。可怜的厨师吓得面色发白，张口结舌。但幸运的是我们轻松把火扑灭了。我们遭遇了好几次延误，旅程冗长烦闷，最后在7月抵达桑盖特附近水域。当年年末，发生了一些新事件，于是我和高尚的船长以及那艘船分道扬镳。

1771年4月，我以乘务员的身份和威廉·罗伯森船长随格林纳达种植园的一艘船出海，再次前往西印度群岛碰运气。我们从伦敦出发，途经马德拉群岛、巴巴多斯和格林纳达群岛。我们在最后一站时卖了些货品，我又遇到了和西印度群岛的顾客一样的人。

一个白人，是个岛民，从我这儿买了几磅物品，和平时一样跟我许了很多好听的承诺，但实际上却毫无付钱的意思。他也从我们同伴那里买了东西，并打算以一样的方式赖账，却还在用许诺耍我们。当我们的船装好货，准备出发时，这位实诚的买家依然没有任何迹象显示要为他买下的东西付款。相反，当我向他要钱时，他威胁我和另一个他买过东西的黑人。这时我们才发现我们要到的不是付款，而是一顿揍。于是，我们去找麦金托什先生，他是和平法官。我们把那个男人的恶毒把戏讲给他听，求他行行好，帮我们主持公道。但我们是黑人，尽管是自由身，却依然得不到任何赔偿。船马上就要开了，虽然我们认为以这种方式丢了钱很难过，但却不知道该怎么办。幸运的是，这个男人也欠了三个白人水手的钱，并且一分钱都没付给他们，于是他们很快加入我们，我们一起去找他。我们找到他后，我把他带到屋子外面，威胁他我一定会报复。他发现他有可能会被暴力对待，于是这个恶棍就给了我们一人一笔很少的零用钱，远远低于我们要求的金额。这让我们更加恼火，有几个人要把他的耳朵割下来，他就苦苦哀求。我们把他剥了个精光，才答应了他的要求。然后我们让他走，他谢了我们，庆幸居然这么容易就逃脱了。他祝我们有个愉快的旅程，然后就跑进了灌木丛里。接着，我们上船整修，不一会儿就启程前往英格兰。我不得不在这里提一句，由于我的疏忽，我们差一点儿翻船，好在死里逃生了。船扬帆航行时，我下到船舱去办点事。我手里拿了一支点燃的蜡烛。慌忙中，我什么也没想就把它插进了一桶火药里。蜡烛一直在火药里放着，差点儿起火。好在我及时发现，一把将它拿了起来，如有神助般没有发生任何危险。但我吓坏了，立刻把这个救助奉为神意。

　　28 天后，我们到达英格兰，我便离开了这艘船。但是，我还是有一颗不安定的心，想要尽可能多看看这个世界。于是，就在同一年，不久后我就又出海了。我在一艘名为"牙买加号"的豪华大船上做乘务员，船长是大卫·瓦特。我们于 1771 年 12 月从英格兰出发，驶往尼维斯和牙买加。我发现牙买加是一个辽阔、美丽的岛屿，人口众多，是西印度群岛中最宜人的一个岛。那儿的黑人数量可观，但和其他地方一样，黑人受到白人的严重剥削，那儿的奴隶也和其他岛屿一样受尽责罚。那儿有一些黑人，他们的工作就是揍奴隶。他们四处找工作，平均报酬在 50 美分到 2 美元之间。在那里短暂停留期间，我见过奴隶遭受的诸多酷刑。有一个可怜的家伙手腕捆着被离地吊起来，脚踝上绑着 50 磅重物，以这种姿势被狠狠痛打。当时我在现场，对这件事情记忆尤深。我听说，岛上有两个老爷以残忍闻名。他们把两个黑人裸体绑在桩上，不到两小时的功夫，他们就被虫子蜇死了。我听我熟识的一位先生跟船长讲，有一个黑人试图给监工投毒，被判活活烧死。为了给读者展示暴徒们比较温和的一面，使你们宽心，其他不计其数的事件我就忽略不讲了。我到岛上不久，莫兰特港的史密斯先生从我这儿买了 25 英镑的东西，但当我向他要钱时，他每次都作势打我，还威胁要把我关进监狱。有一次，他说我准备放火烧他的房子。还有一次，他言之凿凿说我要跟他的奴隶们逃跑。一位绅士居然有这样的行为，这让我惊呆了。但我别无选择，因此不得不屈服。我来到金斯顿后，惊讶地发现一群非洲人周日会聚集在一起。他们通常聚集在一个名叫"春之路"的宽敞场所。在这儿，来自非洲不同国家的人们按照自己家乡的传统聚会、舞蹈。他们保持着家乡的大部分习俗：埋葬亡者，用食物、管乐、烟草和其他东西随遗体陪葬，和非洲的传统一模一样。

　　船装好货之后，我们驶往伦敦。我们在 8 月抵达目的地。回到伦敦后，我善良的老主子欧文医生再次提出让我去给他干活，于是我便去服侍他。我厌倦出海了，就欣然接受这个工作。能跟这位先生再次生活在一起，我感到很高兴。在此期间，我们每天都致力于净化海水这项工作。我们去除海水中的盐分，让它变成淡水，我一直做到 1773 年 5 月。之后对名望的渴望将我唤醒，我想寻找新的历险，想朝北极走，看看能否找到造物主从未打算让我们找到的通向印度的路。尊敬的约翰·康斯坦丁·菲普斯-马尔格雷夫勋爵指挥的探险队整装待发，他们乘着国王陛下的"赛马号"军用帆船，将去探索一条东北方向的通路。老爷非常在意这次探险的成败，因此我们为旅程做了万全准备。我在 1773 年 5 月 24 日和他一起上了"赛马号"。我们前往希尔内斯，在那儿和国王陛下的"卡克斯号"帆船相会，这艘船由路特维奇船长指挥。6 月 4 日，我们驶向目的地北极，当月 15 日驶往设得兰群岛。就在这一天，我们遭遇了一场事故，船几乎被掀翻，船员们生死就在一线之间，但是我得到了意料之外的大救赎。这场事故让我在之后的航行中都特别警惕。这艘船装得太满了，大家在船上几乎没什么空间，这让我处在非常尴尬的境地。我一开始就决定在日记中记下这次唯一却有趣的航行，但是没有地方，除了一间小船舱或是医生的储藏间，也就是我睡觉的地方，可以记日记。这一小块地方堆满了各种各样的可燃物，麻绳和硝酸尤其多，还有许多其他危险物品。倒霉的是，有一天晚上我正在写日记，不知什么原因我得把蜡烛从提灯里取出来，这时一丝火花溅到了麻绳的一根线上，火苗蔓延到整条麻绳，登时全部麻绳燃起一片火光。我眼前空无一物，只看到了近在咫尺的死亡，我觉得自己会先被烧死。很快警报就传开了，附近许多人跑来灭火。整个过程中，我都在熊熊大火的正中心，我的上衣和脖子上围的手绢都烧着了，我差点被烟雾呛死。但是，上帝仁慈，就在我放弃一切希望时，几个人拿来几条毯子和床垫，把它们扔在了火焰上。就这样，不一会儿火就被扑灭了。几位了解情况的军官痛斥了我，并严格规定以后再也不允许携灯到那里去。尽管恐惧让我遵守命令了一段时间，但最后，由于在船上其他地方我没法记日记，虽然心里很害怕，我忍不住又偷偷在那个船舱里点起了灯。6月20日，我们开始用欧文医生的设备淡化海水，我负责蒸馏室。我常常在一天内净化26到40加仑水。用这种方法净化过的水非常纯净，好喝，且不含盐，船上许多地方都用得到。6月28日，我们进入了北纬78度的地区，来到了格陵兰岛。在这里，太阳从不落山，这让我很惊讶。天气变得异常寒冷，我们朝着北向和东向继续前进，这是我们的航线。我们看到了许多高大奇幻的冰山，还见到了许多庞大的鲸鱼。它们会和我们的船靠很近，然后向天空喷出高高的水柱。一天早晨，船四周聚集了许多海马，它们的叫声和马一模一样。我们想逮几只，就朝它们开了捕鲸炮，但一只也没逮到。30日，一艘格陵兰岛船只的船长来到我们的船上，告诉我们有三艘船都在冰里消失了。但我们依旧按着航线走，一直航行到7月11日。那天，一堵坚不可摧的冰山挡住了我们的去路。我们沿着它从东向西行驶了10°。27日那天我们已经到了北边80°37″的地方，即距离伦敦东经19°到20°的方位。7月29日和30日，我们遇到了一片平整的冰川，连绵不绝，与地平线相连。我们把船固定在一片8码11英寸厚的冰面上。这里总是有阳光，令这派震慑人心、宏伟罕见的场景笼罩上了欢快、新奇的气氛。冰面将阳光反射到云朵上，让云朵呈现出绝美的光辉，令这光景更加迷人。这一次，我们杀了许多各种各样的动物，其中有九只熊。虽然它们肚子里除了水之外什么都没有，但它们还是十分肥硕。我们有时会把羽毛或动物皮点燃来诱捕它们。我觉得熊肉粗劣难食，但船上有些人非常喜欢吃。有一次，我们当中有几个人在船上朝着一只海豚开火，打伤了它，它立刻潜到了海底。不一会儿，它带了另外几只海豚回来。他们开始在船上合力围攻它们，快要把船打透掀翻。好在"卡克斯号"的一艘小船前来协助，并加入战局，它们这才散去了，但是它们从一个人手里抢走了一只桨。船队中有一只小船曾以相同的方式被袭击过，还好没造成什么损失。虽然我们伤到了几只海豚，但也只逮到其中一只。我们在这一带停留到 8月 1 日。那时，伴随着从海里而来的浮冰，两艘帆船已经完全固定在冰层上了。这让我们的处境凶险可怖。7 日那天，我们深感忧惧，唯恐船被挤成碎片。于是军官们召开了协商会，讨论保住性命的最佳方案是什么。最后决定，我们应该把船沿着冰面朝大海的方向拖，这样才能尽量生还。但是，大海比我们想象的要远得多。这个决定让我们很是沮丧，我们也因绝望而不知所措，我们生还的可能性太小了。我们把帆船周围的冰锯下来了一些，好让帆船不被冰层划伤，就这样，我们在船周围凿出个池塘。接着我们开始竭尽全力把小船往海里拖，但使了两三天的劲儿，收效微乎其微。我们当中有些人的心都沉到了谷底。我环顾四下的恶劣处境，也开始自暴自弃。在做这项苦力时，我还掉进了我们在浮冰中挖出的池塘，差点淹死。但幸运的是，旁边的人立刻救援，我才保住了性命。这一惨状令我们时刻处在死在冰上的恐惧中，让我逐渐开始考虑来世。我之前还从未这般思考过这个问题。死亡的恐惧每分每秒笼罩着我。一想到将在这种自然环境下与冷酷的死神会面，我就不寒而栗。我也怀疑，如果我死在这种环境中，是否会有幸福的来世。我们知道，离开帆船之后，我们在冰上将命不久矣。此时帆船早已不在视野所及的范围，与小船有几英里的距离，因此我对生命的持续已不抱任何希望。此时我们看上去非常可怜，每个人都面容苍白，神情沮丧。许多之前骂骂咧咧的人，在绝望中开始呼唤天上善良的上帝来救救我们。在我们迫切需要帮助时，他听到了我们的祷告，在毫无希望，已超出人类能力的情况下，他拯救了我们！那时，帆船已经在冰上搁浅了 11 天，我们辛苦拖船拖了四天，风向变成了东北风。天气立刻暖和起来，冰川开始顺着大海的方向融化，也就是在我们的西南方。于是，我们当中许多人又上了船，开始用尽全力划桨。这时，有了成功的希望，我们向其他小船和其余人打了信号。这对我们来说好像死缓。第一个上了帆船或小船的人非常开心。接着我们就这样继续前行。三十多个小时之后，我们再次进入无冰水面，这令大家满心欢喜，非常快乐。我们一脱离危险，就停船整修。8 月 19 日，我们从世界尽头的这片不毛之地启航。在那里，严酷的气候让我们食宿不能，不管什么样的树或灌木丛都无法在贫瘠的岩石间生长。茫茫遍野尽是荒凉辽阔而毫无一用的冰川，每年长达六个月的持续光照都无法将其穿透、消融。我们向南行驶时，白昼已缩短，太阳也在衰退当中。28 日，在纬度 73°地区，晚上 10 点天黑。9 月 10 日，在纬度 58°—59°地区，我们遭遇了劲风强浪，10 小时的工夫船里进了好多水。于是我们用所有水泵抽了一整天的水。有一片海域以前所未见的力量击打船只，船在水里沉了一段时间，我们以为它就要沉下去了。两艘小船从帆桁处被海水冲刷，还有一艘小长艇从卡盘那里被海水扫荡，甲板上所有能移动的东西都被冲走了，许多是我们从格陵兰岛带来的各种各样的稀奇物件。为了给船减重，我们不得不把枪支扔进海里。当时，我们看到一艘船境遇窘迫，船帆都没了，但我们却没法帮他们。此时，我们已经看不到"卡克斯号"了。26日，奥福德岬周边的陆地映入我们眼帘，那艘船在那儿开始和我们一道航行。我们从那儿驶往伦敦，于30日来到德特福德。在离开了四个月之后，我们的北极之旅终于结束了，船上每个人都欢欣鼓舞。这四个月里，我们的生命受到极大威胁，我们的极地探险几乎深入到北纬81°、东经20°的地区。这比任何一位航海先驱走得都要远。通过这段旅程，我们充分证明，在那条路上绝不可能找到去往印度的通途。

第十章

（作者离开欧文医生，加入一艘土耳其轮船——一个黑人在船上被绑架后送到了西印度群岛，作者不遗余力为他争取自由——作者对耶稣基督的信仰的转变）

北极之旅结束后，我回到了伦敦，回到了欧文医生身边，在他那里继续工作。在此期间，我开始认真回想我逃过的危险，尤其是上次旅程发生的那些给我留下了深刻的印象。上帝慈悲，后来证明逃过的危险都是对我的眷顾，这令我开始深刻思索我的永恒境遇。趁一切还来得及，我开始全心全意感知上帝的存在。我好好庆祝了一番，真心感谢上帝把我引领到伦敦。在这儿，我决定为自己的救赎努力工作，这样做，是混杂了无知和罪恶的心灵的结果，也许能在天堂获得一席之地。

后来，我离开了我的老爷、海水净化师欧文医生。我在黑马克的考文垂路住下。在那儿，我非常关心自己的灵魂救赎，于是决定（靠自己的力量）成为一流的基督徒。我为此用尽了各种方法。我认识的人里头没有谁的宗教观点与我契合，用《圣经》的话说就是，没人"能为我指路"，因此我特别沮丧，不知道该去哪儿寻找信仰。我先是常常出入附近的教堂，圣詹姆士教堂还有其他教堂。一天去两三次，持续了很多周。后来我失望地离开了，因为我得不到自己想要的东西。我发现在家自己阅读《圣经》得到的内心慰藉要比去教堂得到得多。我决心得到救赎，也尝试了其他方法。首先我去接触贵格会教徒，他们既不朗读上帝之言，也不布道，因此我和以前一样尽量低调。接着我们研究了罗马天主教教条，也让我很不满意。最后我找到了一些犹太人的资料，依旧一点儿启发都没有。对来世的恐惧让我每天都很烦忧，我不知道该去哪儿寻求解决日后愤怒的方法。最后，我得出的结论是，无论如何，我都要读四部福音，一旦发现和它们相吻合的宗派或教会，我都会加入。就这样，在没有任何对来世的指引下，我开始进行大量的咨询工作。我向不同的人询问上天堂的方法是什么，得到了不同的答案。我在这一点上困步难行。那时，我找不到比我正直的人，也找不到实实在在热爱上帝、愿意献身的人。我认为不是每个人都能得到救赎（这个观点和《圣经》一致），也不是每个人都会下地狱。在我的交际圈中我找不到任何一个能完全遵守十诫的人。在我看来，我自己是相当正直的，十诫当中我遵守了八诫，因此我相信在这一点上我比许多人都做得好。我发现很多喜欢自称基督徒的人和土耳其人一样，在道德方面并非那么诚实、高尚。我反而觉得土耳其人甚至比我的邻居们更容易上天堂。我时而充满希望，时而又很担心。就这样，我继续探索。那时我一边练习圆号，一边给人剪头发，我在圆号的旋律中得到些许慰藉。这就是我几个月以来的处境，我见识了这儿许多人的不诚实。最后我决定去土耳其，在那儿结束我的人生。那时正值1774年春天。我开始寻找雇主，最后找到了约翰·休斯船长，他是"昂立卡尼亚号"的指挥官。"昂立卡尼亚号"停泊在泰晤士河，将要启程前往土耳其士麦那。我到他船上做了一名乘务员，同时我向他推荐了一位非常聪明的黑人做厨师，他叫约翰·安尼斯。这个人在船上工作了近两个月。他之前和圣基茨岛一位叫威廉·柯克帕特里克先生一起生活了许多年。这位先生同意他离开，但后来却使了许多招数诱拐这个可怜的人。柯克帕特里克和许多到圣基茨岛做生意的船长商量，让他们去骗安尼斯，但所有绑架他的尝试和计谋都落空了。复活节后的周一，也就是4月4日，柯克帕特里克先生和六个男人乘着两艘小舟来到我们船上。大副得知他们会来，于是事先把那个人扣留下来。他们得知那个人在船上，就把他绑起来，当着全体船员和大副的面把他强行带走了。我认为这是合谋。虽然大副和船长要求这个被压迫的人应当留在船上，但他们毫无疑问非常丢脸，并且一点儿都没帮忙讨他回来的意思，也没有把他的工资交给我的意思，工资大概5镑。我是他唯一的朋友，我自己渴望自由，因此如果可能，我打算为他争取自由。我立刻去了格雷夫森德，并打听到他在哪艘船。不幸的是他被送上船后，他们就赶着第一波潮汐离开了。我立即打算去逮捕柯克帕特里克先生，那时他正准备启程前往苏格兰。得到他的拘捕令后，我找到一位法警和我一同前往圣保罗教堂，也就是他的住址。他觉察到风声，就派了个看守放哨。他们认识我，于是我使用了以下骗术：我把自己的脸涂白，这样他们就认不出我来，这一招达到了预期效果。那天晚上他没出门。尽管他请一位先生在家里假扮他，但第二天一早我还是精心策划出了一个计谋。法警获准进到他家里，我给法警的指令是，根据法院命令，把他送到法官那里。到了法院后，他的托词是他并没有关押那个人，因此他获准保释。我立刻去找了位善人——格兰维尔·夏普先生。他非常友善地接待了我，并详细教了我该怎么处理这种情况。我向他告别，心中暖暖的，充满对他的感激，并胸有成竹地认为我会为那个不幸的人争取到自由。但是，啊！我的律师却是个不忠之人。他拿了我的钱，让我等了好几个月，却在这件事上没帮上一点儿忙。那个可怜的人到达圣基德时，根据习俗，人们用四根针穿过绳子，两根扎在他的手腕，两根扎在他的脚踝，就这么把他钉在了地上。他们毫不留情地用刀割他，用鞭子抽他，然后残忍地把铁链挂在他的脖子上。他在这种处境之下给我寄来两封感人至深的信。伦敦有几户可敬的人家在圣基德时见过他，并把他的情况告诉了我。他身陷这种境遇，直到善良的死神把他从暴君手中解救出来。在这个令人痛心的过程中，我有深深的负罪感，我觉得自己的状态比任何人都糟。我心绪烦躁，常想轻生，但同时又认为自己还没为这个可怕的召唤做好准备。在这件事上恶棍们让我饱受痛苦，再加上我对我的人格状态感到非常忧虑，这些事情（尤其是后者）让我很低落，因此我成了自己的负担。我把身边的一切都视为空洞无用，但这对不安的良心毫无裨益。我决定重返土耳其。那时，我下定决心不再回到英格兰。我到一艘土耳其的船上做乘务员，但我的上一任船长休斯先生和其他人采取手段阻止了我。我似乎事事不顺。我阅读《圣经》时，在《训道篇》第九章读到，"乐趣之下原无新意"，我必须服从为我安排好了的命运，这成了我唯一的安慰。于是我继续心情沉重地到处游走，还常喃喃地向万能的上帝抱怨，尤其对他做出的天意安排抱怨颇多。不敢想象！我开始咒骂，还常希望当什么都好，就是别当人。就在我痛苦挣扎的时候，"人躺在床上沉睡的时候，神就用梦和夜间的异象"回应了我（《约伯记》33：15）。他慈悲地让我看到，并让我多多少少懂得审判日当天宏大庄严的场景，不洁净之人、不圣洁之人是无法进入主的国度的（《以弗所书》5：5）。如果可能，我愿意拿自己的本性和世上最卑劣的蠕虫交换，也愿意向山和岩石说，"倒在我的身上"（《启示录》16：6），但这些都没用。接着我请求神圣的造物主给我一点时间来忏悔我的愚蠢和罪行，因为我觉得自己罪孽深重。主有无限的仁慈，他答应了我的请求。那段时间上帝的仁慈在我心中产生强烈的回响，我醒来时居然会浑身无力很久，非常虚弱，这是我第一次感知到神的恩典。我体力恢复了一些就立刻起床穿好衣服跪在地上祈祷，我唤醒了内心深处的天国，并真挚地祈求上帝别再让我亵渎他的圣名了。主长久遭受磨难，并对我等忤逆之子怀有深切的同情，他屈尊俯就聆听并回应了我。我认为自己罪大恶极，清楚认识到自己滥用了神赋予我的能力，这些能力是让我来荣耀神的。因此我想，我这时更需要这些能力，这样就可以获得永恒的生命，而不是滥用它们然后自己坠入炼狱之火。如果我认识的人当中有圣洁之人，我祈祷上帝为我指出他们。我向洞察人心的基督祷告，我希望能更加爱戴他，更好侍奉他。如果读者是信徒，也许很容易就能看出，尽管如此，我的灵魂仍深陷幽暗。后来我开始厌恶自己住的房子，因为在那儿我亵渎了神的圣名。接着我看到上帝的话应验了，即"他们尚未求告，我就应允。正说话的时候，我就垂听"。

我特别想一整天都在家读《圣经》，但苦于没一个清净地方，因此我白天外出，不和那些邪恶的人待在一起。有一天我正走在路上，上帝大悦，指引我来到一栋房子前，里面有一位老水手，上帝在他的心灵投射过许多爱。他开始和我聊天。我渴望爱戴主，因此他的谈话让我很高兴。实际上，在此之前我从没听说过基督对信徒的爱会以这种方式表现出来，他讲述的观点也非常清晰。我有很多问题问他，但他没有时间一一解答。在这令人难忘的一小时中，来了一个持不同意见的牧师。他加入我们的谈话，还问了我几个问题。他问我在哪儿听福音布道的。我不明白"听福音"是什么意思，我告诉他我读过《圣经》。接着他问我去不去教堂，去哪儿的教堂。我回答道："我去圣詹姆士教堂、圣马丁教堂和苏豪区的圣安教堂。"他说："所以你是个喜欢去教堂的人。"我说我是，接着他邀请我参加当晚他的教堂举办的爱宴。我接受了这个邀约，并感谢了他。不一会儿他就走了，我和那位老基督徒又谈了一会儿，还聊了有益的阅读，这让我十分开心。我离开时他还提醒我要赴约，我保证一定会到。就这样我们道了别，我细细思量着和这两个人进行的天籁般的对话，这比过去几个月任何一件事情都更能激励我沉重低落的心情。但是我思索良久要不要赴宴。我希望跟那些友好的人在一起，他们的陪伴让我很高兴。我觉得那位先生很善良，邀请我这么个陌生人去赴宴。但去教堂吃饭令我觉得很奇怪！到了赴宴时间，我还是去了，幸运的是那位老先生在那儿。因为那是他的地方，所以他热情地引我入座。我惊讶地发现这个地方全是人，但没有任何要吃吃喝喝的迹象。席间有许多牧师，他们开始唱赞美诗，歌唱之间一位牧师开始祷告。简言之，这个场景是我前所未见的，我不知该怎么形容。一些宾客开始讲述自己的经历，他们的经历和我在《圣经》上读到的一致。每位发言人都讲了许多上帝的旨意以及他们亲身经历的无法用言语表达的上帝的仁慈。这方面我深有感触，跃跃欲试想要加入他们的发言。但当他们谈到未来的状况时，他们似乎一致确信自己是上帝召唤的选民，没人能让他们和基督的爱分离，也没人能从基督手中把他们夺走，这让我心中充满敬畏。我太吃惊了，不知道该如何评价这些人。我被他们深深吸引，感情也丰富了起来。我希望能像他们一样开心，并深信他们和"都伏在那恶者之下"的世人不一样（《约翰一书》5：19）。他们的语言和歌唱非常和谐，我完全被征服了，希望就这样活着然后死去。最后，有几个人拿出干净的篮子，里面盛满了餐包，他们开始四处分发。每位在场的人分得了一个马克杯，大家都在和身旁的人交谈，并用不同的马克杯小口喝着水。我从没见过基督徒之间这种类型的友谊，也没想到能在现实生活中遇到。这一切让我回忆起在《圣经》中看过的那些原始基督徒，他们互相友爱，一起进餐。吃饭过程中，从一间房到另一间房，人们开始歌唱和祷告，这项活动就这样结束了（活动持续了约四小时）。过去这一天给我带来了许多感触——精神的、世俗的；睡梦中抑或清醒时；审判及慈悲。这些感触让我更加膜拜上帝的好，虽然我与正直之人生活在一起，但他仍将我这个迷途者和亵渎神灵的罪人引上新路。他没有做出审判，反倒是大发慈悲聆听并回应每个祷告，聆听并回应每一位迷途知返的浪子的恳求：

哦！神恩浩大，我欠了太多
我每天都是欠了恩情的人！

在这之后，我决心尽力赢得进入天堂的机会，如果我消亡了，我觉得我应该匍匐在耶稣的脚下祈求救赎。在亲眼见证了敬畏上帝的人享有的快乐之后，我不知道该怎样得体地回到我的住处，上帝的名号在那里不断被玷污，这让我深感恐惧。我大脑停滞了，不知道该怎么办，不知是该在别处租张床还是回家。最后，由于担心引来恶名，我还是回家了。我戒掉了打牌，也不再漫无边际地开玩笑。我认识到生命短暂而永恒无穷且近在咫尺。在我看来，只有当死亡来临时做好准备，当评判生者与亡者的上帝来临时做好准备的人才是得到庇佑的人。

第二天，我鼓起勇气去霍尔本看望那位老人——我新结识的益友 C 先生。他的妻子是位亲切的女人，两人在一起编织丝线，看起来都很开心。他们见到我也很高兴，我比他们还要高兴。我坐下，和他们谈了很多和灵魂有关的话题。他们的言谈让人如沐春风，具有启迪意义并令人愉悦。最后我和这对和蔼的夫妇依依不舍，一直待到不得不走的时间。临走时，他们借给我一本小书，名为《和一位印第安人的对话》。这本书采取问答形式，主人公是一个可怜人，他横渡大海来到伦敦追寻基督上帝。他蒙受宽厚的慈悲，最后不虚此行找到了上帝。这本书让我受益匪浅。那时，这是让我加深信念的方式。临别时，二人邀请我方便时来拜访他们。这让我很高兴，我从中得到全方位的进步，直到今天我都感谢上帝给我派来这样的伙伴并让我产生这样的渴望。我祈祷灵魂深处的诸多罪恶已离我远去，祈祷我能和那些世俗的老相识分道扬镳。祷告很快传到了上帝耳中并应验了。不久我就和《圣经》里描述的那些"世上又善又美"的人有了交往。我聆听布道，在牧师的指引下，我坦白了内心的想法和行为，也清楚了解了基督的救赎之道。

就这样我愉快地过了将近两个月。这期间我听一位尊敬的先生谈到一个人，他说这个人怀着确信自己会上天堂的信念告别了这个世界。听到这个论断我非常吃惊，下意识地去追问他怎么知道这件事。他耐心地回答了我的问题。他的解答和我在真理预言中读到的一致。他也告诉我，如果我在临死前没有经历新生，没有用基督的血让自己的罪得到赦免，那我就无法进入天国。想到十条戒律中我遵守了八条，我不知道该如何理解这条规定。我尊敬的导师告诉我我没有完全遵守戒律，我也不可能完全遵守戒律。他进一步解释道，没人能在毫不破戒的情况下完全遵守戒律。我觉得这听上去很奇怪，是个很难理解的说法，因此迷惑了好几个星期。之后我询问我的朋友 Ld 先生，他是教士。我说如果上帝的戒律不能拯救我们，那么为什么还要列出那些戒律？他回答道："'规则是引领我们靠近基督的教师'，只有基督可以并确实遵守了戒律，他替选民满足了所有条件，其中有被上帝赋予了强烈信心的人，这些选民已经赎罪，上帝在他们活着时就宽恕了他们。如果我在离世前没有相同的经历，在那神圣的一天，主会对我说'去吧，被诅咒的人'。主会如实审判邪恶之人，就像他会如实对注定受恩之人开恩一般。因此，对那个人的灵魂来说，耶稣基督就是一切。"这番言论让我很受伤，我没料到这些话会让我陷入两难。我问他，如果此时他将死去，他是否确信自己会升入上帝的国度？我还问道，你知道上帝宽恕了你的罪吗？他给出了肯定回答。我被困惑、愤怒和不满冲昏了头脑。这种教义让我很是吃惊，我处在一种不知道该相信什么的窘境，不知道辛勤工作就可以得到救赎，还是只靠信仰上帝便可得救赎。我要求他告诉我，我该如何知道自己的罪什么时候得到了宽恕。他向我保证他不知道，除了上帝以外没人知道。

我告诉他这事儿太神秘了，但他说这是事实，并立刻援引了许多《圣经》里的话来支持这一观点，这让我哑口无言。接着他鼓励我祈祷让上帝向我展示这些事情。我回答道，我需要每天向上帝祷告吗？他说："我猜你喜欢去教堂。"我说我喜欢。接着他要求我向上帝请求告诉自己是谁，我灵魂的真实状态是什么。我觉得这个祷告很短，又很怪，于是我们就告别了。我反复思量这些事儿，怎么也想不通一个人是如何在活着的时候就知道自己的罪得到了宽恕。我希望上帝可以向我揭示这件事。这之后不久我去了威斯敏斯特教堂，P牧师从《耶利米哀歌》第3章第39节开始讲起。那是一场精彩的布道，他明确告诉大家活着的人没理由抱怨自己因犯罪而遭到的惩罚，他清楚说明上帝是如何对待人类子孙的，也展示了上帝很公正，他会永远惩罚那些邪恶之人和不知悔改的人。这番言论对我而言就像一把双刃剑，让我五味杂陈。我对自己的灵魂感到喜悦，同时也夹杂着许多恐惧。布道结束时他宣布打算下周对每位计划参加圣餐的人进行考查。我想到了自己做的很多功德，同时也怀疑自己是不是一个适合接受圣餐的对象。一直到接受审核那一天我都心事重重，但最后还是去了教堂。我很低落，愁云惨淡，我跟那位牧师说，如果我不合适，他一定得好好说服我。我和他交谈时，他问我的第一件事是，我对基督有多了解？我告诉他我信仰基督，并以他之名受过洗。"那么，"他说，"你是什么时候知道上帝的？你是怎么开始信仰上帝的？"我不知道他问这些问题是什么意思，我告诉他十条戒律中我遵守了八条，我出海时偶尔会骂人，在陆地上有时候会不守安息日。接着他问我认字吗？我回答道："我认字。""那么，"他说道，"你没在《圣经》里看到吗？'破一点戒的人就彻底有罪'。"我说："是的。"然后他肯定地告诉我，一桩没有弥补的罪足以让一个灵魂被诅咒，就像一个漏洞足以沉船一般。听到这儿，我凛然生畏。这位牧师提醒我生命很短，但永恒很长，未得再生的灵魂或任何不洁的食物都不能踏入天国。他不承认我是可接领圣餐的人，但他推荐我阅读《圣经》，聆听布道，并切记要热忱地向上帝祈祷，上帝答应会倾听那些敬神虔恭之人的恳求。我向他致谢并道了别，决心遵照他的建议直到主愿意降临帮助我。这段时间我没工作，也几乎找不到适合我的环境，于是我不得不再次出海。之后我到"希望号"上做了乘务员，理查德·斯特郎船长从伦敦启程到西班牙卡迪斯去。上船后没多久我就听到人们大肆亵渎上帝之名，我感到很痛苦，就走开了，怕自己再沾染上可怕的恶习。我想，生与死已经明晰地摆在了我的眼前，如果我再犯罪，必定得下地狱。我极其烦恼，絮絮叨叨埋怨上帝对我做出的天意安排，还对戒律很不满，我不能被做过的事情所拯救了。我厌恶一切，希望自己压根没出生。我充满困惑，希望自己被毁灭。一天，我站在船尾边缘想投海自尽，但《圣经》里的一句话立时出现在我的脑海——"凡杀人的，没有永生存在他里面"（《约翰一书》3：15）。于是我犹豫了，觉得自己是世上最不幸的人。我再次相信主眷顾我，我比世界上很多人都过得好。在这之后，我开始惧怕死亡。我烦躁，哀怨，祈祷，最后不仅成了别人的累赘，更变成了自己的累赘。最终我决定要在岸上讨生活，不再出海和那群亵渎上帝的人在一起。我三次请求船长让我走，但他不愿意，每次都给我越来越大的鼓励，希望我继续留在他身边。船上每个人也都对我礼遇有加，尽管如此我还是不愿意出海。最后几位教会朋友给我建议，他们说这是我的合法工作，因此我有责任完成，而且上帝不受地域所限，等等。尤其是感化院院长 G.S 先生非常同情我的遭遇，他给我朗读了《希伯来书》第 11 章，并对我进行了劝解。他为我祷告，我相信他成功地代表了我，因为在此之后我就如释重负，也发自内心愿意顺从上帝的意志。这个好人给了我一本口袋《圣经》，还给了我一本《艾伦对未皈正者的警钟》。我们告了别，第二天我又上了船。我们驶向西班牙，我开始喜欢这位船长。9 月 4 日我们离开伦敦，一段愉快的航行后在 9 月 23 日到达卡迪斯。这个地方生机勃勃，也很富饶。西班牙油轮常去那个港口，我们在那儿时就有几艘抵达了。我有许多机会阅读《圣经》。上帝宣称他能听到温顺谦和的人的呻吟和哀叹，于是我热切地祷告，绞尽脑汁和上帝对话。令我大吃一惊并深感安慰的是，我发现应验了，具体表现如下：

10 月 6 日早上，也许是一整天，我祈祷他在那天显灵，我觉得我应该看见或听到一些灵异的事情。我脑海中有一种神秘的冲动，觉得会有事情发生，这个冲动让我不断来到施恩的宝座前。这取悦了上帝，他允许我和他对话，正如雅各布所说：我祈祷，如果我突然死去，就此消亡，那我应该死在基督脚下。

同一天晚上，我在阅读并思考《使徒行传》第 4 章第 12 节，我对永生产生了肃穆的理解，也回顾了我的过往。这时我开始觉得自己的生活是有道德的，我有充分的理由相信我在神的眷顾中拥有一席之地。但我还在思索这个问题，我不知道到底是依靠我们自己的良好德行才能获得救赎，还是救赎仅仅是上帝至高无上的恩赐。在我极度困惑的时候，上帝开恩，一束明亮的天堂之光照进了我的灵魂。突然之间，光亮照进阴暗之地，我豁然开朗，用信仰之眼清楚地看到救世主被钉在骷髅头底座的十字架上，还流着鲜血。《圣经》变成了浅显易懂的书，神律强烈地冲击着我的头脑，我意识到自己在神律下是个该死的罪人，当"有了戒律，罪就活跃起来，我却在罪中死了"。我看到了主耶稣的羞辱，他背负着我的耻辱、罪和愧。接着我清楚地意识到，根据神律，没有哪个活着的人是正直的。我接着认识到，亚当犯下第一宗罪，第二个人——耶稣基督，拯救所有将被拯救的人。那时我了解到再生意味着什么（《约翰书》3：5）。我看了《罗马书》第 8 章，也看了上帝规定的教义，这些都和他的永恒、亘古不变的目标一致。上帝的言语如此香甜，比蜂蜜和蜂巢还香甜，他在芸芸众生中挑选了我显灵。这些神圣的时刻让我起死回生，也是约翰所说的圣灵作凭证。（《约翰书》16：13、14 等）。

这的确不可言喻，许多人也都毋庸置疑地信服我。自我从父母身边被绑架直到那一刻为止，发生在我身上的每一个重要的幸运时刻在我看来都像刚刚发生过那样。我感觉到了上帝的不可见之手，在我一无所知的时候它引领我，保护我。在我对它不敬且蔑视的时候，主没有放弃我，这一恩典把我融化了。一想到我这凄惨的处境，我流泪了，在至高无上的自由圣恩面前，我是最大的债务者。现在黑人愿意接受基督的救赎，耶稣基督是罪人唯一的担保人。除此之外，这个黑人不再依靠任何人任何事物去救赎。自我是可憎的，他做了很多好事，因为上帝在意愿和行为上引导我们。那一时刻的圣迹永远难以言喻——这是圣灵的喜悦！我感受到了惊人的变化。之前我一直被罪恶的重担，地狱的大嘴，死亡的恐惧所困扰，现在它们不再使我害怕。事实上，我现在认为死亡是我现世最好的朋友。这些是我很少能体会的痛苦和喜悦。我泪如雨下，并说，我何德何能，到底是谁，上帝居然俯瞰我这个最醍醐的罪人？我深深地为我的母亲及朋友感到担忧，这促使我用充沛的热情祈祷。在内心深处，我认为世上的未皈正者境遇悲惨，上帝不与他们同在，他们没有希望。

　　这让上帝喜悦，倾注给我祈祷的精神和恳求的恩惠，因此在喧闹的欢呼声中，我可以赞美并荣耀他的圣名。我出了船舱后，把主对我做的事情告诉一些人，啊，谁能理解我并相信我的见证啊！主没有对他们显灵。我讨论着主的爱，在他们看来我是个无知的人。对我来说，主的名是倒出来的香膏，但对他们而言却是绊脚石。我以为自己的经历是不同寻常的，在到达伦敦之前的每时每刻我都希望能找到人来倾诉发生在我身上的神迹，并和他们一起祷告，我的灵魂爱戴并追求着主。我内心有着不同寻常的骚动，却又很难说清楚。如今《圣经》是我唯一的陪伴和安慰，我非常珍视它，非常感谢上帝能让我依靠自己的力量阅读它。我没有被抛弃，也没有被人误导。一个灵魂的价值无法言喻。愿上帝让读者们理解这一点。每次我读《圣经》时，都能发现一些新事物，许多文本也能立刻给我很大安慰，因为我知道那是我的救赎之言。创造了那些言语的圣灵打开了我的心扉，让我接受这个真理，是基督——同一个圣灵让我把信仰贯彻到许诺上，这些许诺对我弥足珍贵，也是圣灵让我相信我灵魂的救赎。在自由的恩典之下我相信我在第一次复活中有一席之地，并“使他被光照耀，与活人一样”（《约伯记》33：30）。我希望能和一位信仰上帝的人交谈，我的灵魂就像阿米纳达布战车（《赞美诗》6：12）。这是对我产生了巨大影响的珍贵的许诺，“你们祷告，无论求什么，只要信，必得着”（《马太福音》21：22）。“我留下平安给你们；我将我的平安赐给你们。我所赐的，不像世人所赐的。你们心里不要忧愁，也不要胆怯”（《约翰福音》14：27）。我把神圣的救世主看成是我生命的源泉。总而言之，我体会到了他，他以一种我不知道的方式带领我，他让天堑变坦途。在他的名下，我建立起自己的信仰之石,我说,他一直帮助我,也可以跟那些罪人们说,看啊,我有这样一位救世主!于是,在荣耀的神,三位一体的真神的教育下,我更加坚定《圣经》里的真理,那些永恒真理的神谕。和《使徒行传》第4章第12节里讲的一致,每个活着的人都必须在那些真理上站立,要么就会永远堕落,"除他以外,别无获救,因为在天下人间,除了耶稣基督,没有赐下别的名,我们可以靠着得救"。愿上帝让读者能正确理解这些事实!(《提多书》1:15)这段时间我们一直在卡迪斯,直到船又装好了货。我们在11月4日启航,一路顺风,让我欣慰的是在12月份到达了伦敦,我对上帝宽厚又难以言喻的恩典怀有衷心的感激。我回去的时候,只有一段《罗马书》第6章第6节的文字让我困惑,或许是魔鬼在努力和我斗争。我听说过罗曼牧师,也听说他对《圣经》非常精通,我希望能听他布道。一天我去布莱克法尔教堂,让我喜出望外的是,他正在讲那一段。他非常清楚地列举了人类的工作和自由拣选的区别。自由拣选是根据上帝神圣的意志和喜好。这些福音让我完全自由了,我高兴地走出教堂,看到自己是上帝的子民。我去了西斯敏斯特教堂,见到几位老朋友。看到我在上帝的指引下发生的可喜变化,他们很高兴。尤其是GS先生,一位益友,他相信神的选择,因此对敬奉神非常热忱。他于1784年逝世,在此之前我一直享受着和他的通信。我在同一家教堂再次接受了审查之后被收为教会成员。我心灵愉悦,心里在对上帝施与我的一切恩典唱赞歌。如今我的全部愿望实现了,也和基督在一起了,但,啊!我必须等着我的派遣时间。

杂 诗

初次确立信念时我的心理活动

相信真理的必要性
体验无价的基督教的好处

也许我会说我的生活
是一派凄苦；
早年自知愁苦，
那愁苦也随着年岁而增长：

路途险象环生；
惧怕愤怒，惧怕死亡；
惨淡的沮丧挟持我，
愁苦让我常常哭泣。

自我被一群邪恶残忍的人
从家乡绑架，
无穷的恐惧在弥散！
我掩饰不住自己的叹息。

我奋斗，好让自己平心静气，
并费尽心力去除烦恼：
我歌唱，叹息——
尝试以罪制罪。

哦！不管我做什么
都抑制不了我的哀叹；

定罪后我的卑劣依旧显现；
我罪孽深重——我离上帝太远！

他阻止了，因此我不会死，
却也没有慈悲的避难所；
一个孤儿的处境令我大为忧伤；
被世界抛弃，被众人遗忘。

那些看到我萎靡模样的人
猜不到没有显露出的悲伤：
从表面上他们不知道
我曾经历过的痛苦。

欲望、愤怒、亵渎和骄傲，
除了这些罗马军团的毛病，
我的思想也很混乱，疑惑和恐惧
如乌云密布笼罩我多年。

再也抑制不住哀叹了——
它们显露出我心中的苦恼：
我渴望死亡，但抑制不求死亡，
并常向主祈祷。

比世上很多人都凄惨，
我想到出生地——

奇怪的想法袭来——
我说"为什么在埃塞俄比亚时没有死？"

与地狱一线之隔，为什么被拯救
只有上帝知道——我不知道！
一个岌岌可危的篱笆，一面摇摇欲坠的墙，
我想我在这以前就堕落了。

我时常沉思，近乎绝望，
空中回荡着悦耳的鸟鸣声：
它们是比我快乐三倍的歌手，一向自由，
和我相比，它们多么幸运！

所有的一切都让我更加痛苦，
悲伤让我抱怨；
当寓言的云朵密布，
我的心情比天空还阴暗。

英国人逼我离开，
我悲伤地不能自已！
我渴望休憩——我呼喊道"主啊，救救我！"
"主啊，减轻些我的痛苦吧！"

但是，我被拒绝了，我还是走了——
淤积了让人心悸的痛苦；

没有哪片土地或海域可以给我安慰，
没有任何事物可以减轻我的烦恼。

辛苦劳作筋疲力尽，但没人知道，
只有上帝和我知道，
无数个日子我渴求平静，
却需要鉴别无数个敌人。

被危险、伤心和痛苦所伤，
我说"必须要这样吗？"
"不给我一点安宁。"

时运不济，命运多舛！
我向主祈祷"不要忘记我——"
"您规定的事情我都会承担；"
"哦！救我脱离绝望！"

努力和搏斗看起来徒劳无功；
不管做什么都不能减轻我的痛苦：
接着我放弃了工作和意志，
承认并接受我的命运是地狱！

就像酒吧里可怜的囚犯，
知道自己的罪恶和恐惧，
我站在那儿，遭受指责，也自我谴责——

"在世界里迷失，在我的血里迷失！"

但是在这儿，在乌云密布之中，
基督发出一束光，一颗晨星在闪耀；
当然，我觉得，如果基督愿意
他可以立刻让我解脱。

我不知道他的正义，
就在这个地方开始干活；
忘记了他为何流血，
反而祈祷、追问圣恩。

他为罪人们而死——我就是其中之一！
他的血不能让我获赦吗？
虽然除了罪人之外我什么都不是，
但他一定能让我洁净！

就这样有了光明，我相信了；
忘记了自己，受到了帮助！
然后我知道自己找到了救世主，
因为消除罪恶感之后，我不再哀怨了。

哦，在快乐的时光中，我停止了呻吟，
因为我找到了安息！
我的灵魂和基督合为一体——

哦,耶稣的光照耀着我!

祝福他的圣名,我现在知道了
我和我的工作不算什么;
"仅凭主的力量就可以挽救世人——"
"因为纯洁无瑕的羊羔被宰杀了!"

当祭祀、工作和祷告
都没用,都没效果时,
"看,我来了!"救世主喊道,
他流血,他垂下了头,死了!

那些看不到帮助、依靠神律也得不到帮助的人
他为他们而死——
我曾看到,也幸运的拥有
"救赎唯有基督!"

第十一章

(作者随一艘开往卡迪斯的船出海——几乎翻船——去了马拉加——那儿有座宏伟的教堂——作者和一位天主教牧师争辩——在回英国的路上收留了十一位可怜的人——再次和欧文医生合作,陪他去牙买加和莫斯基托海岸——在船上遇到一位印度王子——作者试图把《圣经》里的真理教导给他——船上的一些坏

榜样让作者很受挫——他们带着几个在牙买加买下的奴隶来到莫斯基托海岸，开始建立种植园——对马斯基托印第安人的描述——作者成功平息了一场动乱——他们为欧文医生及作者表演新奇的娱乐，作者离开海岸前往牙买加——遭到一位同行的人的野蛮对待——逃离并投奔一位莫斯基托将军，这位将军待他很好——被虐待的事例——见到欧文医生——到达牙买加——被船长欺骗——离开医生，前往英国）

我们的船准备好启程了，船长请求我随他再次出海。但我觉得自己此刻正处在一生中最幸福的时候，因此拒绝了几次。最后朋友们说服了我，我完全服从上帝的意志，于是在 1775 年 3 月再次出海前往卡迪斯。

我们一路顺风，在抵达卡迪斯海湾前都没遇到任何实质性的事故。一个周日，我们正准备开进海港，船撞上了礁石，撞翻了一块龙骨翼板，这块板恰好就在龙骨旁边。顷刻间所有人陷入巨大的混乱，纷纷开始大声呼喊请求上帝怜悯他们。虽然我不会游泳，也看不到任何生还的希望，在当时的情况下我却毫不惧怕，也没有想活下去的愿望。想到这时死去将是突如其来的荣耀，我甚至还在高兴。但是时机未到。旁边的人看到我的镇静和顺从大吃一惊，但我告诉他们是上帝的安宁给我带来了让我欢喜的神圣恩典。我脑海中立刻浮现出这些话：

> 他是我的领航员伴侣，他的话是我的指南针；
> 我的灵魂公然对抗每一场暴风雨，但我有这样一个主。
> 我相信他的真诚和力量，可以在千钧一发时救我于危难。

尽管我的每一条道路布满岩石和流沙,

但基督会稳稳地用他的眼睛保护并指引我。

他支撑了整个世界和万事万物,

在他的庇护下我怎能堕落?

这一次有许多大型西班牙船只和载满了渡海游客的邮轮在边上。他们看到我们的状况,就有几个人来帮助。现在工作人员满额了,有些在三个抽水泵那里工作,剩下的在尽快卸货。我们只撞上了一块叫珀波斯的岩石,幸运的是那时是高水位,于是我们很快脱险。正因如此我们才在最近的地方靠岸,避免了沉船。在多个潮汐过去之后,我们小心谨慎地又把船修好了。我们在卡迪斯做了买卖之后,驶往直布罗陀,又从那儿去了马拉加。马拉加是一个非常宜人且富庶的城市,那儿有一座教堂,是我见过的最宏伟的教堂。我听说自修建至今这座教堂已经有五十多年了,虽然那时还没完工,但内部已基本建成,有富丽堂皇的大理石柱子和许多华丽的画卷做装饰。许许多多大小不一的烛台装点其间,一些烛台几乎和人的大腿一样粗,当然这些烛台只在重大节日时使用。

放狗咬牛这个习俗让我大吃一惊。周日的晚上这儿还有其他形式的娱乐是有悖于基督徒道德,引起基督徒公愤的。我常向遇到的一位牧师文森特表达我的厌恶。我和那位牧师常常就宗教问题进行辩论。他费了很大劲让我知道我在他的教会是个异教徒,我也没能成功地让他皈依我的信仰。在这些场合,我就会拿出我的《圣经》,向他指出他的教会哪一点错了。他说他在英格兰待过,那儿的每一个人都读《圣经》,这是非常错误的。但我告诉他基督希望我们寻找箴言。他在热心的交谈中鼓励我去西班牙的一所大

学，并声称我在那儿可以得到免费教育。他还告诉我，如果让自己
成为一个牧师，我以后也许会成为主教，本尼迪克主教就是一个黑
人。我一向好学，就认真考虑了一下这个诱惑，还想到如果狡猾一
些便能抓住一些机会。但我转念又想，如果我接受了他的请求，那
便是我的虚伪作祟，因为我内心不能认同他的教会的观点。因此
我想到上帝的话，"你要从他们中间出来"，于是我拒绝了文森特牧
师的提议。我们谁都没有皈依对方的信仰，就这样道了别。

我们带上了产自此地的美酒、水果和钱，继续前往卡迪斯，在
那儿我们又带上了两吨货，接着在 6 月驶往英格兰。我们在北纬
42 度逆风航行了好几天，船没能按计划直线行驶六七千米，这让船
长烦躁易怒。听到他总是亵渎上帝的圣名，这让我很难受。一天，
他又处在大不敬的状态，船上的一位年轻乘客斥责了他。这位年
轻人说他这么做不对，我们应该感恩上帝给予的一切，我们在船上
什么都不缺，虽然略有逆风，但对其他人来说则是顺风，也许他们
比我们更需要风向的帮助。我立刻斗胆附议了这位年轻人，我说
我们没有任何埋怨的理由，上帝对我们厚爱有加，他的一切安排都
很好。我以为我说了这些话船长会大发雷霆，但他竟不发一语。
第二天到来之前，也就是在 6 月 21 日当天，我们见证了神圣造物
主的神迹，这一神迹是以迷了眼的人类远不可知的方式达成的，这
让我们喜出望外。前一天晚上我梦见自己看到一艘船上右舷主要
的侧支索断掉了，第二天中午准一点半，我们刚在船舱吃过饭，我
下面就听到一个人呼喊道，有船！我立刻想起自己做的梦。我第
一个跳上甲板，朝侧支索的方向望去，并看到不远处有一艘小船。
由于风高浪急，我们看不太清楚。我们让自己的船停了下来，那艘
船非常小，上面有 11 个可怜的人，我们立刻把他们接了上来。根

据大家的经验，那艘船太小，载不了这么多人，这些人不到一小时就会葬身大海。我们展开营救时，他们已经快要淹死了。他们既没有食物、指南针和水，也没有任何必需品，他们靠一只残缺不全的船桨控制方向。在起风前，他们只能把自己全权交托给仁慈的海浪。我们一把他们接上船，他们就立刻跪在地上，举起双手对着天空感恩，感谢上帝解救了他们。我觉得此时他们也需要我的祷告。主的仁慈感化了我，我回想起上帝的话，恰恰印证了《诗篇》第107章里讲的："你们要赞美耶和华。要称谢耶和华，因他本为善。他的慈爱永远长存。又饥又渴，心里发昏。于是，他们在苦难中哀求耶和华，他从他们的祸患中搭救他们。又领他们行走直路，使他们往可居住的城邑。但愿人因耶和华的慈爱和他向人所行的奇事，都称赞他。因他使心里渴慕的人得以知足，使心里饥饿的人得饱美物。那些坐在黑暗中死荫里的人，被困苦和铁链捆锁。于是，他们在苦难中哀求耶和华，他从他们的祸患中搭救他们。在海上坐船，在水中经理事务的，他们看见耶和华的作为，并他在深水中的奇事。凡有智慧的，必在这些事上留心，也必思想耶和华的慈爱。"

可怜困苦的小船船长说，主是善良的；因为他看到"我没有坐以待毙，因此他给我时间去忏悔"。听到这些话我非常高兴，于是我找了个机会在方便的时候跟他谈了谈上帝的天意。他们告诉我们他们是葡萄牙人，船上装满了玉米。船在那天早晨五点时转向后立刻沉了，两名水手葬身大海。他们还告诉我没人能说清楚他们11个人怎么上的那艘小船（那艘小船是被甩到甲板上的）。我们为他们提供了一切必需品，还把他们安全送达伦敦。我希望主让他们对生命永恒这件事情产生悔悟。

和朋友弟兄们再团圆令我很开心。到了11月，我的老朋友——著名的欧文医生买了艘大单桅帆船，可载重 150 吨。他想进行新冒险，去牙买加和马斯基多海岸开发种植园。他让我和他一起去，说他的财产只愿意托付给我。根据朋友的建议，我接受了这个提议。我知道那些地区五谷丰登，也希望能成为上帝的工具，带几个可怜的罪人到我挚爱的主人耶稣基督膝下。出发前，我发现有马斯基多印第安人，他们曾经是自己国家的长老，后来被几个英国商人出于一己私欲带到这儿来。其中一个是马斯基多国王的儿子，一个大约 18 岁的年轻人。他在这儿时，以乔治的名字接受了洗礼。他们在这儿待了 12 个月，英文学得特别好，之后政府出资遣返他们。起航前八天，我去找他们聊天。我发现他们来这儿后居然没去过教堂，没受过洗礼，也没得到过任何道德指导，让我大惊。这种精神让我难过，启程前我找机会带他们去了一次教堂。我们在 1775 年 11 月乘"晨星号"跟随大卫米勒船长启程前往牙买加。路上，我用尽全力为印第安王子讲授基督教义，这方面他一无所知。他非常专注，满心喜悦地接受主让我传授给他的真理，这令我很高兴。我用 11 天教他字母表，他能把两三个字母拼在一起读出来。我有删减版的《福克斯殉教者史》，他特别喜欢看，还会就书里描述的教皇的残忍问很多问题，我会回答他。和这个年轻人在一起我取得了长足进步，尤其在宗教方面。我睡觉时间不定，如果他已经睡了，也会特意起来只穿着衬衫和我一起祷告。在去船舱和其他人一起吃饭聊天之前，他会先来我这儿祷告，他是这么说的。这让我很满意，也很喜欢他，所以我长久祈求上帝让他皈依。我每天都热切盼望能看到我想要的变化，但却不知道撒旦的伎俩，我撒好种有多快，他的诸多密使撒稗子的速度就有多快，我建造多快，他们拆毁就有多快。在行程接近五分之四时，撒旦终于占了上风。几个信使看到这个可怜的异教徒在虔诚中大有进步，便询问他是不是我让他皈依基督教，他们哈哈笑，还捉弄他，我尽全力斥责他们。但这一遭遇让王子在两种观念间摇摆不定。几个恶魔的真子全然不信有来世，他们告诉他不要惧怕魔鬼，因为魔鬼压根不存在。如果有魔鬼上门找他，他们希望自己能见见魔鬼。他们取笑这个可怜、无知的年轻人，他便不肯再学习了！他不跟这些亵渎神的戏子们吃喝玩乐，也不跟我有交集，哪怕在祷告时也是这样。这让我很难过。我使出浑身解数劝他，但他不为所动。我费尽心力想知道他为什么要这样。终于，他问我："除了你之外，为什么船上的每个白人男子都能读会写，识天文，知万物，但却骂人、撒谎、酗酒？"我回答道："因为他们不畏惧神，如果他们死了，他们不能去到神的身边，也不会对神满意。"他回答说如果这些人下了地狱，他也会下地狱。听了这话我很难过。他有牙疼的毛病，有时船上几个人会同时犯牙疼，我问他，其他人的牙痛会让他好受一些吗，他说，不会。接着我告诉他，如果他和那些人一起下地狱，他们的痛苦不会让他少受些罪。这个回答让他很有触动，他因此精神压力很大，在之后的航程中变得更加孤僻。快要抵达马提尼克岛时的一天早晨，我们遇到了一阵大风，帆扬得太足，主桅杆被刮歪了。当时很多人在甲板、帆桁和桅杆周围装帆具，摔的我们脚边儿都是人。虽然有些人险些丧命，但最后全体毫发无伤。多亏上帝及时相救，我看到两个人奇迹般地免遭被撕裂。1月5日，我们抵达安提瓜和蒙特塞拉，环岛航行后于15日抵达牙买加。在牙买加的一个周日，我带马斯基多王子乔治去了教堂。他在那儿看到了圣餐礼。出来时我们看到从教堂门口到半英里以外的海边挤满了各色人等在买卖商品。这位年轻人看得目瞪口呆，这刚好让我对他好生劝导了一番。我们的船准备驶往马斯基多海岸了，我和船上的一个几内亚医生一起为种植园买了几个奴隶，我选的全是我的同乡。2月12日，我们从牙买加出发，18日抵达马斯基多海岸一个叫杜派皮的地方。之前我给这些印第安客人做过劝导，医生又给了他们几箱酒，此刻他们依依不舍地上了岸，受到马斯基多国王的接见。之后我们再也没有见过他们。接着我们向南走，要去一个叫格拉提斯萨帝奥斯海角①的地方。那儿有一个大环礁湖，两三条长河在此汇流，盛产鱼类和陆龟。船上来了几个当地土著人，我们合作得很愉快，还告诉他们今后我们将定居在这儿，这让他们很高兴。医生、我及另外几个人和他们一道上了岸，他们带我们在岛上四处参观，好让我们选择建立种植园的地点。我们看中了河堤附近的一片肥沃土地。接着我们从船上拿来必需品，便开始清理树木，种植各种蔬菜。这些菜长得飞快。我们忙着做这些事时，船舶开到北边的黑河做贸易去了。他们在那儿遇到了一支西班牙海岸警卫队，船被没收了，这让我们很尴尬。但我们接着种地。天一黑，野兽就会发出让人惊恐的咆哮，因此我们每天晚上都在四周生火以抵御野兽袭击。我们的栖息地在森林深处，因此常能看到各种各样的动物。除了毒蛇，其他动物都没伤害过我们。医生会以最快的速度用半杯混了大量辣椒粉的朗姆酒为伤员治疗。土著人非常喜欢医生，理由很多，我认为他们从前从没见过这么能干的人。他们从四面八方来到我们的住处。有些伍尔沃（woolwow），也就是平头土著人，他们住在五六十英里的上游，有些来自南海这边。他们会用很多银器来换取我们的东西。从周围的土著人那里

———————————

① 中美洲洪都拉斯，格拉西亚斯-阿迪奥斯省。

我们得到的物什主要是龟油、贝壳、丝尾草和一些食物，但除了钓鱼，他们不愿为我们做任何事情。有几次他们帮着砍树给我们盖房子。他们干活的方法和非洲人一模一样，靠男人、女人和孩子们齐心协力。我不记得他们谁有两个以上老婆。她们总是陪着丈夫来到我们这儿，带来的东西也基本上是她们在拿，她们总蹲在丈夫背后。我们给他们东西吃时，男人和老婆是分开吃的。我从没见过她们任何人有失禁的症状。女人用珠子装扮自己，还喜欢用颜料涂抹自己。男人也喜欢涂颜料，甚至更夸张，脸上和上半身涂的都是。他们最喜欢的颜色是红色。女人们大多种地，男人则全在打鱼和造船。总的来说，我从没见过其他国家的人像他们这样礼节简约，住所朴素。据我所知，他们也是最重承诺的人。他们吵架时我听过最粗俗的话是"你这个无赖！"，这是他们从英语学来的。我从没见他们做过任何形式的崇拜，这一点他们倒和欧洲那里差不多。让我遗憾的是，我们居住地上的白人或是岛上其他地方我见过的人，都不如那些未开化的土著人虔诚，只是他们在周日会工作或睡觉。更让我难过的是，周日我们太忙于工作了，搞得分不清哪天是哪天。这种生活方式为我最终潜逃埋下了伏笔。土著人身材健美如同斗士，让他们尤其自豪的是，西班牙人从没打赢过他们。有烈酒时，他们可牛饮。那儿盛产菠萝，我们会从菠萝中萃取朗姆酒，接下来就赶也赶不走他们了。就诚实而言，他们也显得很与众不同，比我见过的任何国家的人都诚实。他们国家很热，所以我们住的是露天棚子。我们把所有东西都放在里头，没有门，也没给任何一样东西上锁。但我们夜可安寝，从未失窃，也从没被侵扰过。这让我们很吃惊。医生、我和其他人会说，如果我们住在欧洲那样的环境中，大概第一天晚上就被割喉了。土著人首领每隔一段时间会带着仆人和助手四下巡视一遍这个地区。他就像个法官一样为人们解决纷争，颇受敬重。来营地前他会及时告知我们，标志是送来他的拐杖。他会要一些朗姆酒、糖和火药，我们都欣然赠予。同时，我们也会为迎接他的大驾和仪仗队做万全的准备。

　　他和部落成员以及附近酋长一同前来时，我们还以为他是个尊贵的法官，可靠而睿智。但之后我们听到异常的喧闹声，接着他和同伙居然打了起来。他们喝了我们的酒，酩酊大醉，还掠夺了附近善良的土著人。这些新客人刚来时我们不了解他们，本希望他们大可不必特意拜访，现在倒被逼的只好从早到晚宴请他们。首领喝醉后就不受控制了，不仅打了和我们交情最好、离得最近的一个酋长，还抢了他镶着金边的帽子。骚乱发生后，医生出面调停，但他们怒火滔天，医生担心自己惹上麻烦，就离开住处抄最近的路去了林子里，丢下我跟他们在那儿。我被首领激怒了，恨不得他因该举止被绑在树上挨鞭子。但我人手不够，打不过他那伙儿人。接着我想到了平息骚乱的计策。我想起在哥伦布，当时他在墨西哥或秘鲁，特殊情况下他讲了些天堂的故事来恫吓他们。我必须用它应对同样的紧急情况，结果出乎我意料，这一招很管用。我下定决心，走到他们中间，抓住那个首领，并指着天空。我对着他和其他人威胁道，上帝住在那儿，对他们大为不悦，他们必须停止这种吵闹。他们所有人都是兄弟，如果他们安安静静地离开，我就会拿起书来朗读（我指着《圣经》），告诉上帝让他们死掉。这就像魔法一样，喧闹立刻消散了。我给了他们一些朗姆酒和小东西，他们就平静地离开了。后来首领把帽子还给了我们的邻居普莱斯米亚船长。医生回来见到我们成功驱散了麻烦的客人，喜出望外。出于对医生、我和我们这些人的尊敬，附近的马斯基多人大兴庆祝，该庆典在他们的语言里叫图里（tourrie）干克波特（dryckbot），英文意思是敞开豪饮，看着像是对语言的亵渎。饮品用烤菠萝和在钵里捣碎的菠萝做成，放置一段时间后，发酵成烈酒，喝一口就能醉。我们及时收到了庆典通知。五英里外的一家白人告诉我们酿酒法，于是我和另外两个人提前到了村庄，来到举办聚会的地方，我们在那儿看到了整个造酒工艺，还有要吃的品种。不得不说不管是酒还是肉对我都很有诱惑力。他们烤着几千只菠萝，然后把泥土和其他东西挤进一只备好的独木舟。菠萝饮品在牛皮桶和其他容器里，看上去和泔水一模一样。男人、女人和小孩就这样用手挤着菠萝，品尝着烤菠萝。他们以淡水龟和海龟为食，还有一些干乌龟和三只活的短吻鳄被绑在树上。我问他们要短吻鳄做什么，他们说是拿来吃的。这让我很吃惊，接着就回了家，对这种准备反胃。宴请当天，我们带上朗姆酒，来到约定地点，那儿已经聚集了一大群人，他们热情地接待了我们。我们到来之前那里已经满是欢声笑语，他们随着音乐起舞，乐器和其他黑人差不多。但是，我认为没有我见过的其他国家的乐器那么悦耳，他们有许多奇怪的舞姿，身体扭出各种各样的姿势，我觉得一点都不好看。和我们一起跳舞时，男人们自己跳自己的，女人们也是。在没有征求她们同意的情况下，医生立时加入女人们的队伍，给手下人做了个示范。他发现这让那些女人很反感，于是加入了男人们的队伍。晚上，他们点燃许多松树，火光烛天，并用加拉巴木和葫芦作容器，开怀畅饮，更确切地说他们不是在喝酒，而是吃酒。附近最年长的一位父亲，穿着奇异惊悚的服装。他围着一圈动物皮，上面装点着各种羽毛，头戴一顶又大又高的帽子，跟英国士兵的帽子差不多，只是多了像豪猪一样的刺，他还发出像短吻鳄一样的叫声。我们出于礼貌在他们中间跳来跳去,有些人不能喝他们的图里,却是我们的朗姆酒大受欢迎,不一会儿就被喝光了。他们杀了短吻鳄,并烤了一部分。他们做烧烤的方法是先在地上挖一个洞,里面填上木头,把木头烧成炭,然后用木棍搭成架子,把肉放在架子上。我拿了一块儿短吻鳄肉,特别肥,我觉得它看起来像新鲜的三文鱼。它香气扑鼻,但我一口都吃不下。这一欢乐派对最后圆满结束,尽管大家民族不同,肤色不一,但却相处得非常融洽。5月底我们迎来了雨季,雨天持续到8月,河流泛滥,我们在平原上的供需品全被冲走了。我认为某种程度上这是对我们在周日还工作的惩罚,这让我心灵颇受煎熬。我们这种行为模式以及异教徒般的生活方式让我备受煎熬,因此我总希望能离开这个地方去欧洲。正如信仰上帝之言,"如果一个人失去了自己的灵魂,就算赢得了全世界,又有什么用呢?"这让我压力很大。虽然我不知道该怎么跟医生谈我离职的事情,但我肯定不适合再待下去了。6月中旬前后,我鼓起勇气问了他。一开始他百般不愿批准我的请求,但我给他讲了很多原因,最后他同意让我走,还给了我一份表现鉴定书,内容如下:

> 鉴定书持有人,古斯塔夫·瓦萨,多年来侍奉我左右,克己诚实,清醒理智,忠诚不弃。因此,我可公正评判他具有以上品质,实际上我认为从各个方面而言他都是一名出色的仆人。我在此鉴定,他是个一向行为端正,值得充分信赖的人。
>
> 查尔斯·欧文
>
> 马斯基多海岸
>
> 1767年6月15日

　　虽然我对医生很有感情,但他同意时我还是很高兴的。我为辞别做好了一切准备,还雇了几个土著人,我要乘坐一艘大独木舟离开。那些可怜的老乡、奴隶们,他们听说我要离去很难过,因为我一直都对他们关爱有加,尽力安慰这些可怜的生灵,使他们日子好过些。我于6月18日和老朋友老伙伴们告了别,在医生的陪同下,我离开了这世界一隅,顺河朝北驶向20英里以外的地方。在那儿我遇上了一艘帆船,船长告诉我他要去牙买加。他愿意让我和他以及同船一位名叫休斯的老板一同前往,于是我和医生道了别,双方都没有落泪。接着,船只沿河行进到晚上,在河里的一个环礁湖处停了下来。晚上,老板持有的一艘纵帆船开了过来。这艘船缺人手,帆船的主人休斯请我到纵帆船上去当水手,还说他会付我工资。我谢了他,但我说我想去牙买加。他立刻变了腔调,对我大肆辱骂,还问我是怎么获得自由的。我告诉他,我和欧文医生一起来到这里,前几天他们碰上面。这个解释一点儿用都没有,他还是喋喋不休地骂我,还咒骂给我自由的主人,说他是个傻瓜,咒骂让我从他身边离开的医生。我说这太难挨了,并求他把我放回岸上。但他继续咒骂,说我不能上岸。我说我跟土耳其人相处过两次,也从没见过他们这般行事,我从不曾料想基督徒里还能有这种人。这让他大为光火,连珠炮似的骂了起来,他说:"基督徒!去你的,你是圣保罗的人,但是上帝,除非你有圣保罗和圣彼得的信仰,能从水面走到岸上去,你是下不了这艘船的。"这时我发现船上都是西班牙人,船是驶往卡萨赫纳的,他说到了那儿就卖掉我。我直接问他有什么权利卖我? 他什么都没说,就让手下几个人用绳子把我的手腕脚腕绑了起来,又拿了一条绳子绑住了躯干,把我吊起来,让我脚悬空什么都踩不到。我什么罪都没犯,没有法官没有陪审团裁定的情况下就这样被吊着，仅仅因为我是一个自由人，而世界上一些地区的法律不许我向一个白人申冤。在这样的处境下我非常痛苦，哭着喊着乞求怜悯，但于事无补。这个暴君，盛怒之下从船舱里取出一部火枪，威胁我再喊就崩了我。我此刻别无选择，只好静了下来，船上没有一个白人愿意替我说话。我就这样从晚上 10 点被吊到凌晨一点。当残酷的施暴者沉睡后，我求他的奴隶替我解开绑在身上的绳子，这样我的脚就能踩在东西上。他们冒着被主人毒打的危险这么做了，其中几个因为一开始没有奉命绑我而挨过主人的打。在这种处境中，早晨五六点时我还祈祷上帝原谅这个亵渎神灵的人，这个人毫不在意自己的所作所为。然而早晨他从睡梦中醒来时，却还是和昨晚一模一样的脾气秉性。他们起锚开船时，我再次哭喊哀求他们给我松绑，后来他们在扬帆的时候居然真的放开了我。被放下来之后，我跟船上认识的一位考克斯先生讲了这一不得体行径。他也认识医生，知道医生对我评价很高。接着，这位先生找到船长，告诉他不能这样把我带走，我是医生的水手，医生非常重视我，如果他知道这件事一定会反对的。接着，他让一个年轻人用我来时的小独木舟把我送上岸。这令我非常开心，我迅速上了独木舟离开。当时那个暴君在船舱里，但他立刻就发现我不见了，不过那时我已经在三四十码以外了。他拿着一只上了膛的火枪跑上甲板，瞄准我，大肆威胁辱骂，说如果我不回到船上他就立刻向我开枪。我知道这个卑鄙的人说得出做得到，眼都不用眨，我只好往回划。然而，天助我也，就在我跟他们并行时，他正在咒骂船长怎么能把我放走，恰好船长回来了，于是两人吵得不可开交。和我一起的年轻人这时已经下了独木舟，而大船顺风快速开远了。机不可失，为了自己的性命，我立时乘着独木舟朝岸边再次出发。幸运的是,船上那群人闹成一团,没人注意到我已经驶出火枪的射程范围。风向推动着大船往另一个方向开去,除非他们掉转方向,不然不可能追上我。即使他们真的这么做,那时我已经在岸上了。我没一会儿就上了岸,为这出乎意料的解放万分感谢上帝。后来我把自己的遭遇告诉了住在岸边的一位船主(我同意和他一起出海),他感到很吃惊,也表现出替我难过的样子。他对我很好,给了我些食物,还有三根印第安烤玉米,让我向北开 18 英里去找另一艘船。接着他向我引介了一位土著人地区首领,他也是个马斯基多船长,曾经去过我们的住宅区。之后我乘独木舟独自横穿了一个大海峡(我找不到一个能帮我的人)。我筋疲力尽,并因前一天晚上搭绳子搞得肚子疼。我常常无法驾驭这艘独木舟,因为划桨太消耗体力了。快天黑时我抵达了目的地,那儿有些土著人认识我,他们盛情款待了我。我问那个船长在哪儿,他们带我来到他的住所。他见到我很高兴,用当地特产招待了我,我还可以睡在吊床上。和昨晚那群白人相比,他们对待我的方式更像基督徒该有的样子,虽然他们都没有受洗。我告诉船长我想在下一个港口弄到一艘大船,然后乘大船到牙买加去。我请他把运我过去的独木舟再划回来,我会付钱给他。他同意帮我,还派了五个有能力的土著人用一艘大独木舟把我的东西运到指定地点,那地方在 50 英里以外。我们于第二天上午出发。在我们出了海峡沿着海岸行驶时,海浪很大,好几次独木舟都险些翻船。我们不得不上了岸,拽着船到处走,我们还在沼泽地里待了两个晚上,那儿全是蚊子苍蝇,害我们受了大苦。这一水陆两栖的疲惫旅程终于在第三天告一段落,这让我很是开心。我来到詹宁船长的小帆船上。那时船已经装了一部分货物了,他告诉我他每天都期待着驶往牙买加。他同意让我靠打工来支付旅费，于是我就去工作了。我到船上没几天就开船了。然而让我难过又失望的是，他们故伎重演，没有驶往牙买加，而是沿着马斯基多海岸往北开。船沿海岸平稳航行期间，我被迫到岸上帮忙砍伐了许多红木，并在开船前运到船上。这让我很苦恼，但我不知道同这些骗子为伍该如何自救，我觉得耐心是我唯一的出路，即使这个耐心是被迫的。船上重活儿很多，食物很少，除非撞大运能逮到海龟。这片海岸有一种独特的鱼类叫海牛，非常美味，吃起来不像鱼肉，口感更接近牛肉，鱼鳞足有 1 先令那么大，皮比我见过的所有鱼都要厚。沿岸微咸的水域中似乎有大量短吻鳄，因此鱼群稀少。我在这艘帆船上待了 16 天。航行期间，我们来到一个地方，那儿有艘更小的帆船，叫"印第安皇后号"，船长是约翰·贝克。他也是一个英国人，常年在附近海岸做贩卖龟壳和银子的生意，船上有不少存货。他急需人手，当他知道我是自由人，想去牙买加之后，他告诉我如果他能招募到一两个人，他将即刻前往那座海岛。他还摆出一副重视且尊重的样子来，并许诺如果我跟他走，就每月给我 55 先令为薪金。我觉得这比免费砍木头可要好多了。于是我告诉那个船长，我要跟着另一艘船去牙买加，但他不听我的。看到我铁了心一两天之内就要走，他竟开了船，要强行把我带走。这一行径让我如坐针毡。根据我和"印第安皇后号"船长达成的协议，我立刻呼叫它，它就停在我们附近，开了过来。我用船上一个北极船员的方法把行李搬到了小船上，接着登上了"印第安皇后号"，这一天是 7 月 10 日。上船几天后，我们一切准备就绪，扬帆起航。然而令我极度愤怒的是，这艘船居然还是往南边走的，几乎开到了卡塔赫纳，一路上贸易往来，并没有像船长许诺的那样前往牙买加。最糟糕的是，他是一个非常残酷冷血的人，是一个恐怖的亵渎神灵的人。

　　船上有个白人水手名叫斯托克，船长常常凶残地殴打他，就像殴打船上的黑人一样。有天夜里，他先异常残暴地揍了这个男人，然后把他放在小船上，让两个黑人把他运到一个偏远的小岛上。船长带上两把上了膛的手枪，恶狠狠地诅咒说，如果他们把斯托克再带回船上，他就开枪杀了他们。毫无疑问他说得出做得到。两个可怜的兄弟不得不执行这个残忍的命令。船长睡着之后，两个黑人给不幸的斯托克拿去了一张毯子，我觉得正是这张毯子让他在蚊虫叮咬中活了下来。第二天，大家好说歹求，他才同意让斯托克回到船上。这个可怜的家伙被带回船上时已经病重了。从那晚开始他就一直病着，不久后他被扔水里淹死了。我们一路向南，途中遇到许多荒无人烟的岛屿，岛上生长着茂密高大的椰子树。我急需各种必需品，于是用艘小船装了许多椰子，这让我们撑了好几个星期，在物资匮乏时使我们能吃到许多美味佳肴。在此之前，有一天我真的体察到上帝的援助之手，他总是用我们不知道的方式满足一切所需。当时我已经一天没吃东西了，还向小船发了求救信号，但都没用。于是我开始恳切地乞求上帝满足我的需要。快到晚上时，我下了甲板。就在我躺下的那一刻，我听到甲板上有动静。毫不知情的我又回到甲板上，居然看到一条七八磅重的大鱼跳到了船上！我抓住它，仔细打量，对上帝的援助充满感谢。更加不可思议的是，贪得无厌的船长也没有想把鱼夺走。当时只有我和他在船上，其他人都上岸做买卖了。有时人们会好多天不回来，这会让船长恼怒，他就会靠打我来撒气，或是对我施以其他折磨。尤其是有一天，他穷凶极恶发了狂，先是用不同工具打我，还用一支在火里烧红了的铁棍划过我的嘴，接着他搬了一桶火药到甲板上,赌咒说要把船炸了。我当时已经无计可施,只好恳求上帝指引我。导火线已经在炸药桶外头,船长拿了一根在火里点燃的棍子要让我和他同归于尽。当时我们看到有一艘船正开过来,他认为那是西班牙人,他害怕落在他们手里。看到这场景,我拿起一把斧子,趁他不注意,走到了他和炸药中间,我决定在他点火的那一刻当机立断把他砍倒。在这处境中我们僵持了近一个小时,其间,他不断打我,手里一直攥着火源要炸船。在世界上任何地方杀了他,我都是要找到正当理由的,我当时真的应该想到这一点。我向上帝祈祷,他让我决定一心一意依赖于他。我祈祷救赎,祈祷他的意志得到贯彻,然后想起了他的两句圣言,让我振作起精神,并打消了杀掉这个邪恶的人的念头。"他预先定准他们的年限,和所住的疆界。"(《使徒行传》17:26)"你们中间谁敬畏耶和华,听从他仆人的声音,而行在暗中没有亮光? 他当信靠耶和华的名,依赖自己的神。"(《以赛亚书》1:10)。就这样,在神的光辉下,我做到了。在需要帮助的时候,我见证了他实实在在的帮助。夜幕降临时,船长开始息怒,但我发现:

> "不能遏制自己怒火的人
>   就像一匹脱了缰的野马。"

第二天早上,我们发现引起船长盛怒的那艘船是艘英国帆船。他们很快在我们旁边停下来,让我大吃一惊的是,欧文医生竟然在船上,他正要从马斯基多海岸到牙买加去。我想立刻去见这位老主人、老朋友,但是船长不能容忍我离开船。我写信告诉医生自己遭到如何的对待,并求他带我离开这艘船。但他告诉我自己也只是个乘客，因此无能为力。但他送来了一些朗姆酒和糖给我用。我这时才了解到，我在马斯基多海岸帮这位先生监管那片地区时，奴隶们都衣食无忧，生活安逸。在我离开之后，一个白人工头递补进我的位置。这个人毫无人性，贪得无厌，残忍地殴打虐待可怜的奴隶们。结果是，他们打算集体乘一艘大独木舟逃跑，但漫无目的，也不会划船，最后都溺水身亡了。这一事故导致医生的种植园无人耕种，他此行就是要去牙买加购买囤积更多的奴隶。10 月 14 日，"印第安皇后号"抵达牙买加金斯顿。卸货时，我索要工资，共计 80 英镑 5 先令。这是我此生赚过的最辛苦的钱，但贝克船长一分都不愿给我。我发现欧文医生在这儿，就把船长的欺诈行径告诉了他。他竭尽全力帮我讨要薪资。我们找遍了金斯顿的法官（共 9 位），但他们都拒绝为我做任何事情，还说我的誓言不能对质一个白人男子的誓言。不仅如此，贝克还威胁道如果我再索要工资，他会狠狠地打我。他本要这么做的，但欧文医生帮助我得到了"松鼠号"道格拉斯船长的庇护。我原以为这是超乎寻常的虐待，后来发现那儿根本没有给自由人支付工资的传统。一天，我和一个叫乔·戴蒙德的自由黑人裁缝去找柯兰先生，柯兰先生欠他一点钱。但他没有拿到属于自己的钱，于是哭了起来。而柯兰先生居然立刻抄起马鞭以打还债。好在鞋子合脚，裁缝逃脱了。这些压迫让我开始找船离开这个岛，越远越好。上帝慈悲，11 月我找到一艘开往英格兰的船。和欧文医生做了最后的告别，我在他的护送下上了船。我离开牙买加时，他正在做蔗糖生意。我到达英格兰几个月之后，悲伤地得知这位亲切的朋友因为吃了有毒的鱼去世了。旅途遭遇了几次大风，但没有发生危险事件，只有一艘美国私掠船来到船队当中，被女王陛下的"松鼠号"擒获并烧毁了。

1777 年 1 月 7 日，我们抵达普利茅斯。能再次踏上英国国土，我非常开心。我很开心见到几个虔诚的朋友，在普利茅斯和埃克塞特和他们待了一阵子。上帝过去给予我的所有慈悲，我都铭记在心，之后我踏上了前往伦敦的旅途。

第十二章

（作者迄今经历的交易——向过世的伦敦主教申请任命他为赴非洲传教士——对近期在塞拉利昂执行任务的描述——向女王进言——结尾）

以上是我的亲身遭遇（1777 年之前我经历过的事）。之后，我的人生便平静多了，事情也少多了。于是我快速写完了这部叙事，我担心读者会觉得非常无聊。

我已在世界各地遭遇了太多经商贸易方面的不公，这让我发自内心厌恶航海生涯。我决心再也不碰它，起码一段时间内是不会了。因此在我回来后，我又投身到服务业，一直持续到 1784 年。

到达伦敦不久，我经历了一件和非洲人肤色有关的意义非凡的事件，我认为极为不同寻常，所以请容我赘言两句：有个肤色很白的黑人妇女，之前我在伦敦和其他地区见过她。她嫁给了一位白人男子，两人育有三子，都是黑白混血儿，但肤色很浅。1779 年，我在侍奉马克纳马拉长官，他曾在非洲海岸生活过很长时间。服务期间，我时常请其他佣人和我一起加入家庭祷告，但这只招来他们的嘲笑。长官在知道我有宗教信仰之后，想知道我的宗教是什么。我告诉他我是英格兰教堂的新教徒，接受教堂的 39 项信条。不管遇到谁按照这一教义布道，我都会听的。几天后，我们又就这一话题进行了交谈。长官再次跟我谈这件事，他说他觉得也许我能胜任让老乡们皈依基督教这个使命，如果我愿意，他可以安排我到非洲去当传教士。我一开始不愿意去，并把上次牙买加旅程中类似情境下白人对我做的事都告诉了他，当时我试图（也许这是上帝的意志）让印第安王子信上帝。我说，如果我要在非洲和他们共处，我觉得他们将对我做的事会比铜匠亚历山大对圣徒保罗做过的还恶劣。他跟我说不用害怕，他会向伦敦主教申请把我任命为牧师的。以此为前提，我答应了远赴非洲的提议，并希望如果可能的话，能为我的乡亲们做些好事。为了能妥当地把我派出，我们立刻起草了给伦敦主教的信，如下：

致大主教罗伯特、伦敦主教：

　　如《古斯塔夫·瓦萨回忆录》中所说，该回忆录撰写者是一个非洲人，他熟知这个国家的风俗人情。

　　该回忆录撰写者在过去 22 年里在欧洲不同地区生活过，并于 1759 年皈依基督教。

　　如主教大人准许，该回忆录撰写者渴望以传教士的身份回到非洲，并向同胞布道使之成为基督徒。葡萄牙人和荷兰人在非洲海岸各处建立定居点时成功执行了类似的任务，两国政府均鼓励具备恰当资质的黑人执行该任务，因为他们比人生地不熟又语言不通的欧洲人更适合担此重任，因此我们更加倾向派这位回忆录撰写者去完成这个任务。

　　该回忆录撰写者获取传教士一职的唯一动机是，他希望在神明之下，自己能为改造同胞、说服他们皈依基督教做出贡献。因此，该回忆录撰写者谦卑地请示主教大人对该任命的鼓励和支持。

古斯塔夫·瓦萨

于古斯里牧师家

树篱街 17 号

大人：

　　我在非洲海岸生活了近七年，期间主要是做指挥官。据我对该国及其居民的了解，我认为如能得到主教大人的支持，那么这个计划将会非常成功。请允许我进一步向主教大人进言。类似的计划，在得到其他国家政府支持之后，都取得了非凡的成功。就在那时我在海岸角城堡结识了一位值得尊敬的黑人牧师。我知道他名叫古斯塔夫·瓦萨，我相信他是一个善良有道德的人。

大人，主教大人，

成为您卑微顺驯的仆人，

我感到荣幸。

马特·马克纳马拉

1779 年 3 月 11 日，于格罗夫

　　这封信和下面这封华莱士医生的信附在一起。华莱士医生在非洲生活多年，在赴非洲传教这一议题上，他的态度和马克纳马拉长官一致。

大人：

我在非洲海岸塞内冈比亚生活了近五年，并有幸在该地区出任要职。我赞同该计划，并认为该任务恰如其分、值得鼓励，它应当获得主教大人的拥趸和鼓励，如此，该任务势必旗开得胜。

大人、主教大人的卑微驯顺的仆人，

托马斯·华莱士 敬上

1779 年 3 月 13 日

带着这些信，我按照长官的意愿前去拜访主教，并将信呈给大人。他接见了我，但出于若干微妙的顾虑，他拒绝对我进行任命。

我想执行该任务并呈上这些文件的唯一动机是，我认为，如果这一尝试能得到立法机构的支持，那么一位理智、受过教育并熟悉非洲的绅士，是有可能让非洲人皈依基督教信仰的。

在此之后不久我就离开了长官，到德文郡民兵组织侍奉一位贵族。我随他在肯特郡安营扎寨了一段时间，但这一行动太微不足道，也了无乐趣，在此就不多着墨。

1783 年，出于好奇，我在威尔士游历了八个县。其间，我被带到什罗普郡的煤矿井里，好奇心差点害我丢了性命。我人还在井里，煤就倒了进来，埋掉了一个可怜的人，他就在离我不远的地方。我立刻尽全力逃了出来，觉得地面才是最安全的地方。

1784 年春天，我又想重返海洋了。于是，我以水手的身份登上了一艘很大的新船"伦敦号"，船长是马丁·霍普金，船开往纽约，我久闻这座城市盛名。船大而坚固，物资充裕。船没开的时候发生了一件十分离奇的事：一天，一个罪犯要上绞刑架，但有一个条件，即如果哪个只穿了连筒裙的女人嫁给将被绞死的这个人，他便可免遭死刑。这个特殊待遇公布后，一个女人走上前，就这么举行了婚礼。1785年1月我们满载而归返回伦敦。当它再次准备启程时，因为船长人很好，我决定同他一道在春天，也就是1785年3月前往费城。4月5日，我们搭着顺风告别陆地。那晚9点左右，月光皎洁，风平浪静，船以每小时四到五千米的速度顺风而行。这时，一艘船以相同的速度向我们迎面开来，两艘船上的人都没有注意到这个情况，两船迎头狠狠地撞上了，双方船员大惊失色。对方给我们造成了很大损伤，但我觉得他们的损失更惨重。我们很快开了过去，经过他们时，他们让我们把自己的小船升起来给他们，但我招呼自己都够忙的了，八分钟之后我们就再也没看到那艘船。第二天我们尽力调整，继续上路，于5月抵达费城。再次看到最爱的老城我很是欢欣。发现可敬的贵格教徒们解放并减轻了我等受压迫非洲兄弟姐妹的重担，我更加欢欣鼓舞。一个友善的人带我参观了他们给各教派黑人建立的免费学校，黑人的情操在这儿得到陶冶，转化成美德，最终成为对社会有用的人才，这让我心情大悦。这种政策的成功不正是用《圣经》之言对农场主们大声疾呼"你去，也这么做"吗？

1785年10月，我在几个非洲人的陪同下给这个地址的先生们发去了感谢信，他们的名字是"朋友"或"贵格教徒"，地址为朗伯德街圣恩教堂法院：

各位先生：

拜读了阁下《大英帝国及其殖民地之谏言》，这本书与被奴役黑人的苦难境遇相关。我等贫穷、受压迫、需要帮助、惨遭羞辱的黑人，以我们最真诚的爱、最炽热的感谢，向您献上这封感谢信。为解放奴隶，为给千千万受苦受难枷锁沉重的黑人带来一点慰藉，您广施善行、勤劳不息，我们对此表示最诚挚的感谢。

先生们，神明在上，可否请您坚持不懈再为受苦的人减轻一点肩上的重担？毫无疑问，神明在上，这也终将拯救许多压迫者的灵魂。若能如此，我们一定能做到，那么上帝，眼望每个人的上帝，将会奖赏每桩真正的义举并考虑受压迫者的每个祷告，上帝将会保佑您和您的家人，这些庇佑将以我们无法表达或参透的方式出现，但我们作为被奴役、压迫并受难之人，将会以最诚挚的方式为您祈祷庇佑的降临。

这几位先生友好地接待了我们，并答应将尽力为被压迫的非洲人发声，然后我们道了别。

在城里时，我碰巧受邀参加了一个贵格教徒的婚礼。他们的庄严仪式简洁却富有表现力，值得一提：

大家见面后，几位成员会献上恰如其分的敦促，接着新郎新娘起立，庄严地挽起对方，男士大声宣读："朋友们，上帝在上，在大家的见证下，你们是我的证人，我娶 M.N 为妻子，并承诺，上帝助我，成为她关爱、忠贞的丈夫，直到死亡将我们分离。"接着女士也做出类似的宣誓。然后在许多人的见证下，两位在证书上签下自己的名字。我有幸在朗伯德街圣恩教堂将自己姓名登记在册。

我们于 8 月返回伦敦。我们的船没有立刻出海，于是我在约翰·维勒船长掌舵的美国船"和谐号"上做水手，于 1786 年 3 月离开了伦敦，驶往费城。航行 11 天之后，我们收起了前桅。有一段路共用了九周，让我们的旅程不是很圆满，我们的商品销路不好，更糟的是，船长也开始跟之前那些人一样，对我耍起了西印度群岛人总对自由身黑人耍的手段。我感谢上帝，让我在这儿结交了许多朋友，他们从一定程度上对此进行了干预。8 月返回伦敦时，我欣喜地发现仁慈的政府接受了几位慈善家的提案，今后要把非洲人送回故土。为此，要派些船来运送他们到塞拉利昂。所有相关人员都将受到该举措的帮助，这也让我心怀感恩和喜悦。市里有个为穷苦黑人建立的名流委员会，我有幸认识其中几位。他们一听说我回来，就立刻召我到委员会。到了那儿，他们把政府的意思告诉我，并认为我适合做这项任务的主管。他们让我随同穷苦黑人一道去非洲。我向他们列举了不愿去的理由，并特意指出在奴隶贩卖方面将会遭遇的困难，因为我势必会竭力反对人口贩卖。但名流委员会否定了我的意见，他们劝我去，并把我推荐给了皇家海军的长官们，说我适合代表政府完成这一远征。于是，他们在1786 年 11 月对我进行任命，并赋予我充分的权力，在委员的能力范围内可代表政府行动。我接受了授权令及以下命令。

皇家海军首席干事及行政长官书

　　授予古斯塔夫·瓦萨先生穷苦黑人赴塞拉利昂之旅物资储备委员。

　　根据上月 4 日的授权令指示，您将从欧文先生处接手为该航程准备的额外物资，并接手政府为支持穷苦黑人在塞拉利昂着陆后的衣食住行提供的物资。由于旅程物资将在两个月后到位，着陆后物资将于四个月后到位，但乘船人数却比预计中少得多，因此将会有大量多余物资及衣物等。您要对这些多余物资连同前期抵达物资进行合理配置，代表政府利益将多余物资物尽其用，并为我们保存、上交最客观的记录。有些白人并非目标乘客，为帮助您阻止他们登船，我们给你发一份穷苦黑人名流委员会的推荐名单，名单上的人员方可登船。并告知您，您不可为任何未持有穷苦黑人名流委员会证书或未得到其许可的人放行。以上为您的授权书。

海军办公室，1787 年 1 月 16 日

J. 温斯洛

G.E.O.玛士

W.帕默

我即刻登上航行船只履行职责，直到 3 月。

在为政府执行公务期间，我被中间商实施的骇人听闻的暴行震惊了。我努力修正他们，却于事无补。在我能讲的许许多多事件中，有一桩很典型。政府下令为 750 人提供所有必需品（也包括马桶，这是他们的叫法），但集结到的人还不够 426 个，于是我奉命把多出来的马桶送到朴次茅斯的皇家商店。当我向代理商索要这些物品时，尽管政府已经付了钱，但他们好像压根就没买。这还没完，他们不只侵吞政府公款，还让这些可怜的人陷入无穷无尽的折磨。黑人的伙食住宿极度恶劣，很多人想要张床，还想要更多的衣物及其他必需品。为保证上述以及其他证词的真实性，我不指望大家信我所言。我征求"鹦鹉螺号"汤姆森船长的证词，他护送了我们。我在 1787 年 2 月向他申请过一次补偿，在此之前我向中间人抗议过一次，但抗议无效。我还带他亲眼见识过我抱怨过的那些不公与压迫。另外我早在 1 月初就请求将这些可怜人写的信刊

登在当月 4 日的《先驱报》上，落款是 20 位部落首领。

他们如此欺诈政府，同胞们被这般劫掠压迫，连维持生存的生活必需品都被压榨一空，我不能袖手旁观。于是，我把中间商的所作所为尽数告诉了海军长官们，但我很快离职了。多亏城里的一位先生，中间商被信骗到了。中间商清楚自己盗用公款的行径，也清楚自己利用政府公款让一些人冒充乘客登船。这与我接到的订单不一致，并让我在经济上蒙受重大损失。然而长官们对我的工作很满意，他们写信给汤姆森船长，表达了对我的欣赏。

在这种条件供给下，他们继续航行。最终，在不友善的对待下，黑人们筋疲力尽，再加上药品、衣物和床具都短缺，他们疾病缠身。他们在大雨到来之际抵达塞拉利昂。一年中的这个时节是无法耕地的。在可从农业中获取任何收益之前，他们的供给会消耗殆尽。很多人，尤其是东印度水手，体质羸弱，几个月都被关在船上，食宿条件像我描述的那样。他们在监禁中身体已经被掏空，在这艰苦的环境活不下来。

颇费笔墨的塞拉利昂之行结束了，此行虽然是一桩悲剧，但其初衷是充满人道关怀和政治关怀的。计划的失败也不是政府的责任，他们做了分内所有事，但显然有太多管理和执行不当之处，这足以击溃政府方面的努力。

如果我在任务中扮演的角色没招致来非议，那我就不该对这次任务做过多描述。甚至有人认为我的离职也值得被当作大众的胜利。什么动机能让一个人屈尊和一个无名非洲人进行琐碎的竞争，并从他的痛苦中获得满足。也许这事儿不适合在这儿进行追问或联想，即便结果能证明我的无辜。但我感谢上帝它不能。我希望能靠自己的人品立足，不用藏身于他人的不当行为背后。我

信任海军长官们的行为，他们授予我做出这一陈述。在 3 月 24 日
我离职后，我起草了下面这份备忘录：

致尊敬的财政部长官：

古斯塔夫·瓦萨备忘录及请愿书，一个黑人，穷苦黑人赴
非洲行动。

谦卑地呈上：

本备忘录撰写者奉尊敬的海军长官之命，于 12 月 4 日登
船。本人奉命在"弗农号"上执行任务，这艘船恰好是被派往
载上述可怜人到非洲去的船。撰写者收到了一封来自尊敬的
海军长官的免职信，该决定是奉您之令的，这让本人悲伤又吃
惊。本人行事忠诚、勤勤勉勉，然不受信于您。本人全然不知
乃何故使您改变了曾经对他抱持的好感。本人认为大人不会
不明原因地施以惩戒。因此，本人有理由相信，有人向您恶意
扭曲了本人的行为。本人确信，行程中有些人的所作所为损
害到大人仁慈的用意，并给政府带来一大笔额外开销，本人对
此予以还击，因此树敌若干。本人有充分理由相信，正是这些
人的诽谤导致了本人的离职。无友人支援，又无良好教育背
景，本人只能寄希望于从本人从事事业之公正性中得到补偿，
解除由罢免带来的屈辱，并依旧获得应得的好处。在购置自
用必需品并处理由该采购带来的开销上，本人已不幸地把自
己的微薄财产耗去大半，随信附上详单。本人不会叨扰大人
为其正名，因为我不知道别人对自己的指控是什么。但我诚
挚恳求大人对我出任公职期间的行为进行调查，如果发现是

虚假指控造成他被罢免,我相信大人会匡扶正义,为我申冤。

请愿人谦卑祈愿大人对我的案件予以考虑。我极尽谦卑地向您提出申请,并相信您会欣然给上述账户支付321.4英镑及工资。

1787年5月12日,伦敦

这封请愿书送到了官员们手中。他们非常善良,没几个月就悄无声息地给我寄了501先令,其中181先令是我为期四个月忠诚履职期间的工资。这笔钱比一个自由黑人在西方殖民地应得的还要多!

1788年3月21日,我有幸代表非洲同胞向女王请愿,女王大人亲切地接受了请愿书。

在几位意义特别朋友的要求下,我做主把请愿书附在这里。

致尊贵的女王陛下、女士:

众人皆知女王陛下仁义慈悲,这让我有勇气接近尊贵的您,并相信您将不会因我籍籍无名而无视我请愿书中所述之苦难。

我自己的艰苦遭遇虽不计其数,并已被世人遗忘,但我并非代表自己向您博取同情。祈求女王陛下可怜我等百万非洲同胞,他们正在西印度暴虐的鞭子下痛苦呻吟。

在痛苦黑人身上施加的压迫的残暴已经触犯到了大英法律,如今他们在申冤。几位西印度群岛身为他人财产的奴隶已向议会请愿终止这一行径。他们意识到此举既荒唐也有失公允,非人道之举势必愚蠢。

女王的统治一向以仁慈宽厚的亲民之风闻名，苦难越深，女王的同情就越浓，女王将越发乐于解决此事。

仁慈的女王陛下，为了可怜的非洲人，我恳求您动用王权介入此事。陛下慈悲之心，也许能为他们的苦难画上一个句号，让他们从自身倍加折损的残酷境况中脱身，拥有一个自由人的权利和生活，并享受女王幸福安康治理下的各种福祉。那么女王将会享受到为千万人谋福祉带来的发自内心的喜悦，并在千秋万代的感恩祝祷中得到回报。愿万能的造物主光耀女王和皇室，为您献上这个世界所有的祝福，以及神启许诺给我们的每一份喜悦。

女王最尽忠职守的仆人，敬上。

古斯塔夫·瓦萨

被压迫的黑人

鲍德温花园路 53 号

去年由牙买加立法机构制定的《黑人团结条例》以及修正法新条例均包含我们对种植园主的奴隶待遇方面做出的指控。

我希望看到英国政府方面就自由与正义做出修正，捍卫我们共同本性之尊严。此类事宜也许不是任何一个政府机关的职责，但和每一位有良知的人认真谈谈此事，这将会为未来奠定公正、坚实的基础。拨乱反正也许遥远，但却是高尚之人怀玉于心的抱负。正是在这样的基础上，我希望并期待有权之士的关注。这些企划旨在提高他们的地位，提升他们的身份和尊严。这些目的合乎一个自由、慷慨政府的本质，与其疆土及帝国视野相匹配，并与其立法之慈厚，稳固之特性相吻合。这是对伟大宏愿的诉求。愿黑人感恩纪念实现全面自由时代的这一天早日到来——起码这种推测令我高兴。希望这些人赞誉、荣耀加身，他们在自由、新政和人道主义事业中挺身而出，向法律制定者谏言。愿上帝让英国参议员们成为向世界各地播撒光明、自由和科学的使者：为每一个品行端正的人带来荣耀、荣誉和和平。英国为先，再普度各国。"荣耀造物主的人对贫穷之人有怜悯之心。""公义使邦国高举；罪恶是人民的羞辱；秉公行义，使义人喜乐，使作孽的人败坏。"愿每一位为被压迫黑人伸张正义的人都得到主的祝福，对主的畏惧让他们延年益寿。愿他们心想事成。"高明人却谋高明事，在高明事上，也必永存。"（《以撒亚书》38：8）他们可以引用虔诚的《约伯书》，"人遭难，我岂不为他哭泣呢？人穷乏，我岂不为他忧愁呢？"（《约伯书》30：25）

随着英国立法将非人道的奴隶贩卖纳入考量，我认为，如果非洲建立起商业体系，那么对工业品的需求将迅速增加，因为当地居民将不知不觉地吸收英国风气、习俗和传统。对英国工业品的消费将与文明水平呈正比。

该大陆的面积几乎是欧洲的两倍，它盛产水果和矿产，其消耗量难以计算，只能靠想象。

在安全的基础上，这是贸易。与非洲缔结商业合作为大不列颠的工业生产带来取之不尽的财富，也为所有反对奴隶贸易的人带来利益。

如果我的消息无误，那么工业收益就算不比土地收益高，起码也是相当的，工业价值也是如此，原因很快就会揭晓。和有些利益既得者所宣称的截然不同，废除万恶的奴隶制反而会为工业制造带来强有力的推动。

本国的工业，受其本质及事物因果的驱动，为了满足非洲市场所需，必须也必将带来全面、持续的就业机会。

人口、非洲的内外体系，将产生极具价值的有益回馈。隐藏了几世纪的宝藏将见之于世，投入生产。工业、商业及矿产业将和文明程度相得益彰，得以充分利用。一言以蔽之，对英国的工业和商业拓展来说，它是一片开采不尽的贸易宝地。工业利益等同于总体盈利。废奴将切切实实带来全方位的共赢。

折磨、谋杀及每一桩每一件难以想象的野蛮和不公，都有恃无恐地施加在可怜的奴隶身上。我希望废除奴隶贸易。我祈祷此事马到成功。在此事业中团结起来的诸多工业生产者将大大加快其进程。正如我说的，随着这个国家得到全面解放，这将给他们带来极大的利益和益处（除了生产奴隶贸易用品的人，比如颈轭、颈锁、锁链、手铐、脚铐、牵索、拇指夹、铁口套、棺材、九尾鞭、鞭子及其他刑具）。不久，出于利益驱动，同时也是正义及人道主义的原因，只会流行一种态度。欧洲拥有 1.2 亿居民。非洲有多少亿人？假设文明化之后，全体非洲人人均在衣物和家具上每年消费 51 先令，这个市场大得超乎想象！

这是我基于事实得出的结论，绝对可靠。如果黑人可以留在自己国家，人口将每 15 年翻一番。在这种增长基础上，随之增加的是对工业品的需求。同时，非洲大多数地区棉花和染料的需求也将增加，这将给大不列颠的生产重镇带来巨大变化。它带来了一个无尽光辉的美好前景——一个边界辽阔达 1 万英里的大陆对衣物的需求等，这个大陆各方面的物资都极为富饶，可用来交换工业用品。

由此，请读者容我做出结论。我没有功利地设想这本叙事会带来任何利益。如果有人认为本书作者是不愿意也不能够靠想象力的着色来装点朴素事实时，那么我希望谴责能告一段落。我已经历了太多大起大落和人生无常，我的经历非常丰富。即使是我讲述的事情，通常也都大幅删减了。如果这本小书中有任何一件事让大多数读者感到味如嚼蜡，作为解释，我只能说，我人生中几乎每一件事都给我留下了深刻印象并影响了我的行为举止。我很早就学会了在细小的事情中摸索上帝的痕迹，并从中收获了道德和信仰。从这点而言，我讲述的每一件事都对我意义重大。毕竟，让我们变得更好、更有智慧，学会"公正做事，仁义爱人，在上帝面前谦卑行走"才是让一件事情具有意义的原因。对具备这种情怀的人来说，几乎可从所有书籍或事件中受益，没有什么是无足轻重的。但对其他人来说，这多年的经历却毫无用处，即使对他们畅谈智慧的妙用，也是白费口舌。

第二部分

《弗雷德里克·道格拉斯： 一个美国奴隶的生平自述》

（一）导读：弗雷德里克·道格拉斯、 美国内战前奴隶叙事与抗议文学[*]

在美国，很难想象一个受过良好教育的人没有接触过 1845 年出版的《弗雷德里克·道格拉斯：一个美国奴隶的生平自述》。该书是美国学生最常阅读的奴隶叙事。对多数学生来说，该书也是他们读过的唯一一本奴隶叙事。

但是很长一段时间里，很少有人阅读它，直到 20 世纪 60 年代民权运动兴起，才激起了读者对美国黑人历史的兴趣。在美国从 1895 年到 20 世纪 60 年代，这本书仅有两个版本，分别由国际出版公司（International Publishers）和存在时间较短的路途出版社（Pathway Press）出版。1941 年，该叙事的第三本《弗雷德里克·道格拉斯的生平和时代》出版，非裔美国学者阿兰·洛克（Alain Locke）在书的简介中写道，虽然这本书已经停印四十多年，但是面临着种族歧视和社会挑战的黑人青年仍需要以道格拉斯的事迹为榜样。马克思主义史学家菲利普·方纳（Philip Foner）编辑的道格拉斯作品是几十年来基本的版本来源。

------

[*] 本部分由乔·洛卡德撰写，蔡蓓菱译。

对这种现象的一些解释，在内容上有些交集，其中包括吉姆·克劳法影响下针对黑人的种族歧视，大众对非裔美国人历史的无知和漠不关心，以及美国左派认为黑人受到的压迫使他们成为左派的支持者。还有一个动因是，弗雷德里克·道格拉斯代表了一种革命性的潜质，这正是方纳和赫伯特·阿普特克（Herbert Aptheker）之类的马克思主义史学家所欣赏的。在20世纪60年代以前，美国白人和黑人群体的阅读兴趣更多集中在布克·T.华盛顿（Booker T. Washington）的自传《超越奴役》（1901）上。华盛顿主张黑人应该适应白人至上主义，他关注的是职业培训、工作及社会地位的逐步提升。华盛顿没有直接挑战吉姆·克劳法的种族隔离，因此获得了白人的赞许。相反，在道格拉斯和"驯奴人"科维那场著名的打斗中。他描述了和奴隶制直接的身体对抗。道格拉斯是位斗士，他吸引了那些希望美国社会发生巨大变革的人。

因为华盛顿强调政治适应，关注经济上的成就，他所传达的信息更容易在美国国内外被接受。1920年，华盛顿的《超越奴役》第一次由孟承宪译成中文版——《黑伟人》。此后，又先后出现了六个版本的译文，并且多次重印。在非洲及印度次大陆，《超越奴役》陆续被译成马拉地语（1913）、信德语（1918）、乌尔都语（1936）、斯瓦希里语（1947）、索托语（1947）、南非语（1951）、科萨语（1951）、绍纳语（1953）、约鲁巴语（1966）、泰卢固语（1981）、孟加拉语（1984）和伊朗语（1990）出版。尤其值得注意的一点是，华盛顿的译本怎么会在反殖民动乱时期（马拉地语、信德语、乌尔都语、斯瓦希里语）出现，并且在南非和罗得西亚的种族隔离制度下（索托语、南非语、科萨语、绍纳语）被允许阅读。

相比之下，曾经更激进，现在却更受欢迎的道格拉斯的大多译本是欧洲语，翻译时间也更迟些。道格拉斯写于美国内战前的著作在 1986 年才在德国被翻译。1988 年首次出版了中文版（译者李文俊），此外还有三个日本语版本和一个韩国语版本。曾经华盛顿在全球是非裔美国现实主义的代表，而现在弗雷德里克·道格拉斯代表了美国历史上一位抗争到底的人物。

道格拉斯的叙事是美国内战前最畅销的奴隶叙事。这是它第一次受到大众欢迎。它在 1845 年出版，几个月内初版就销售一空，当年又加印了四次才满足了市场需求。初版在 1848 年和 1849 年分别重印，到 1850 年，在美国和英国共售出 3 万册。到 1895 年，道格拉斯先后出版了三本自传；他的人生就是一本写了又写的书。这些书的版本可以在英国买到，译本在法国、德国、瑞典等国出现。事实上，道格拉斯向全世界代表了美国的奴隶。

在出版个人叙事这一点上，道格拉斯并不是孤例。在美国内战前，约有 120 本奴隶叙事出现。从 19 世纪 30 年代初开始，逃亡的奴隶流入北部的自由州，并且往往继续北上远到加拿大，其中出现了一群愿意讲述自己奴隶故事的人。当他们到那些反奴隶制协会的办公室寻求帮助时，会把自己的经历告诉他人。一个例子就是威廉·斯蒂尔（William Still）编撰的《地下铁路》（*The Underground Railroad*，1872），这本书收集的逃亡奴隶的故事就来自他在费城一家反奴隶制办公室工作的经历，他当时负责采访刚刚逃脱的奴隶。

反奴隶制协会雇了一些口才较佳的前奴隶进行演讲。道格拉斯就是其中一员，并且是位杰出的、有说服力的公共演说家。1845 年出版的叙事与道格拉斯在舞台上、演讲台上和教堂里讲述的生平非常相似。最初，这本叙事以小册子的形式出现，在道格拉斯演讲期间和演讲后出售，用来补贴巡回演讲的开销。

在 19 世纪三四十年代，逃亡奴隶的叙事首次在北方图书市场大量出现，废奴组织资助了这些书，有时还给予指引、进行印刷甚至代写。这些叙事将自传和冒险故事这两种类型加入废奴主义作品中，当时大部分废奴主义文章的类型主要是布道、小册子、演讲和散文。

它们塑造了黑人作为抗争主体的新形象，将南方的种植制度描述成恐怖的场景，这些都挑战了当时的刻板印象。它们改造了由白人作家创作的小说本身，其中最出名的恐怕就是为斯陀夫人提供了所需的模型和素材，使她创作出 19 世纪对美国奴隶制最具影响力、最受欢迎的控诉——《汤姆叔叔的小屋》(1852)。如今对斯陀夫人作品的评价已经发生了巨大变化，读者往往更关注她主张的非洲殖民，即把所有的黑人安置在利比亚从而让美国变成纯白人国家。尽管如此，不可否认的是《汤姆叔叔的小屋》对 19 世纪美国人的想象力产生了极大的影响。

我想要提出的是，斯陀夫人和莉迪亚·玛丽亚·查尔德(Lydia Maria Child)等人所著的令人伤感的反奴隶制小说达到了文化影响的顶峰，而它们其实是对黑人所著的奴隶叙事的转述。之后人们在审美上对这些感伤的反奴隶制小说产生了不满，可能很大程度上是因为人们意识到它们对黑人故事进行了美化、戏剧化和女性化的改写。美国伤感文学把奴隶叙事和黑人作为感伤的主题，使自己成为批评的对象，也受到男权主义的谴责，尽管它和 19 世纪的现实主义一样对创造文学现实主义功不可没。奴隶叙事因为本身作为审美创造和社会伦理的来源对美国文学做出了贡献。

美国黑人奴隶叙事是在美国内战前几十年才受到关注的。1831年至1851年间，从威廉·劳埃德·加里森创立著名的废奴报纸《解放者报》(*The Liberator*)，到斯陀夫人创作《汤姆叔叔的小屋》这段时期内，奴隶问题造成了不可避免的国家危机。越来越多的逃亡奴隶到反奴隶制协会的办公室寻求帮助。很多人亲自向组织成员或公众作证；一些人经常被雇来演讲、筹集资金或宣传废除奴隶制。包括道格拉斯在内的一些前奴隶以演讲为职业，讲述自己的亲身经历，揭露奴隶制度。他们出版的叙事是他们公开演讲的成果，用来出售，并且进一步发行。演讲后，书的销售往往成为废奴主义演讲人急需的收入来源。詹姆斯·彭宁顿(James W. C. Pennington)在他书中所写的序言颇为典型：

> 本人在此对公众发表简短叙事，内容包括我最初关于奴隶制演讲时所作的概要。(Bontemps, 196)

对于白人读者，奴隶叙事有两个主要目的，第三个目的则是针对黑人读者。针对白人读者，重点在于通过记录奴隶制造成的困苦、磨难和残忍来揭露奴隶制的运作方式。第二个目的是为叙述者描绘出一幅令人同情的景象。《威廉·威尔斯·布朗自述》(*Narrative of William Wells Brown*)的前言中写道："这本小册子是来自监狱的声音，揭露了黑暗的所作所为。"

为了出版，为了获得大众的同情，这些叙事往往刻意煽情或者耸人听闻——不过，当时出版界限制了奴隶生存的实际情况对白人读者的展现程度，这些叙事必须在这些范围内。这样，一本名为

《"箱中人"亨利·布朗自述》(*Narrative of Henry "Box" Brown*)
的奴隶叙事受到了大众的欢迎,书中主人公"从奴隶制逃脱出来的
时候,被困在一个3英尺长、2英尺宽、2.5英尺高的箱子里"。

对许多白人读者来说,布朗的逃跑叙事只是另一种冒险故事。
这种"来自监狱的观点",虽然有非常明显的缺陷,但也带来了一些
好处,让北方的人们在不受情感支配的情况下去看待这个所谓的
"父权"制度如何运作。

北方的黑人读者和社区对奴隶制的本质并没有这样的幻想,
因此这些叙事有了第三个目的。这个目的是为了向北方的自由黑
人社区报告,并且为他们创造出一个纪实的历史记录(尽管南方也
存在自由的黑人社区,但反奴隶制文学在那里是非法的,自由黑人
藏有反奴隶制文学作品是冒着极大风险的)。与白人读者不同,黑
人读者不需要被说服去相信奴隶制的弊端,也不需要怎么动员就
能反对奴隶制,并且能组织起来。正如19世纪20年代初,在很多
州,黑人不需要说服就加入了"有色人种公约"。相反,这些文学证
实了他们自己个人的认知、家族的故事或者是逃脱奴隶制的邻居
的故事。

曾经为奴的叙事者们知道在19世纪四五十年代,大多数北方
白人读者并没有形成对奴隶制的反感,虽然他们也认为这是一个
并不文明的制度。这类读者认为奴隶制基本上还算一个健全的制
度,虽然不幸有时会被滥用,所以叙事者们不得不打破这样的认
知。他们的叙事计划是要让白人读者相信整个奴隶制体系都是恐
怖的。为了完成这个计划,如上所述,前奴隶叙事者们着重于描述
出一幅让人同情的自传肖像,以使自己更具说服力。这就提出了
一个问题:为什么主张自由就必须先让别人喜欢呢? 面对一个主

要是白人资产阶级的读者群，这些作家试图通过典范人格的完整性行为和持久的毅力来重新塑造自己对自由的主张。

白人至上的术语和政治权力要求礼节和自我克制。奴隶制的受害者变成了有礼貌的叙述者，以便用一种带有政治力量的方式来传播他们的经历。很明显这么做扭曲了事实和正义，因为根据现代人权准则，奴隶制是犯罪行为，而奴隶主阶级是犯罪阶级。但在19世纪中叶，人们并不这么认为，这一点在分析叙事主体立场时需要记住。一个逃跑的黑奴在北方只是获得了相对自由；这不是无条件的自由。

曾经为奴的叙事者们试图展示自己的愿望如何与同时代的白人一致，那就是他们有望成为好的公民。他们描述了对自由的渴望，以及为奴时为了获得独立工作、受到教育、加入教会、维护家庭稳定等所做出的努力，而他们一到北方，就努力投入到一个更加自由的社会，并按照这个社会的规则努力。成功的自由黑人试图把自己的个人成就作为对奴隶制最有效的控诉。

教学主题：道格拉斯的故事

在1845年的叙事中，弗雷德里克·道格拉斯呈现的主要形象是一个有智慧、富有战斗精神的改革者；面对生活中是非模糊或危险的情况，他采取的方法是对抗。

他的叙事可以总结如下：他的母亲是一个奴隶，他一生只见过她两次，而他的父亲是个他从未谋面的白人；道格拉斯在年轻的时候被派往巴尔的摩市接受训练，成为所谓的工作轻松点的仆人；他的主人休·奥尔德夫妇，一开始对这个小男孩相当友好，但是主人们这种善意并不长久。奥尔德先生发现他的妻子试图教导年轻的弗雷德里克识字，就教育她，告诫她让道格拉斯识字"是非法的、不安全的"，学习会毁掉任何奴隶，使他们"难以管教""不满足""不开心"(33)。

道格拉斯正在门外偷听。他意识到识字的力量，产生了以下想法：

> 长久以来，一些神秘黑暗的事物令年纪尚浅的我百思不得其解，而这一特别的新启示解释了那些问题。我现在理解了一个令自己非常困惑的难题——原来拥有智慧才是白人奴役黑人的武器。我非常珍视这一重大发现。从那时起，我明白了从奴隶制通往自由的道路是什么样子。(33)

道格拉斯走上街头继续去学(识字)。他用面包贿赂街头白人儿童(这些人和他在阶级上没多大差别)，设法让他们教自己他们在学校的课程。他用了有名的教科书《哥伦比亚的演说家》来学习。

到奥尔德家七年后，他被派到一家种植园干活。在这里，因为他常常惹祸，就被送到附近的"驯奴人"爱德华·科维处受管教。他常常挨鞭打，干着繁重的活计，道格拉斯承认科维几乎成功地驯服了他：

> 我刚到那儿的时候，不服管教，但是几个月下来，这样的管制让我没了脾气。科维先生成功地驯化了我。我的身体、灵魂和精神都受到了破坏。我天生的乐观被碾碎，智力变得迟钝，想要读书的决心不复存在……把我从人变成一头牲畜。(63)

　　最后几个字展现了道格拉斯对社会批判的本质："把我从人变成一头牲畜！"他早年被迫和母亲分开，以此来"妨碍孩子对母亲的爱"；目睹阿姨受到残暴的鞭打；奥尔德试图阻止他学习读书写字；和种植园里的猪牛马相提并论，而遭受屈辱；科维先生费尽心思去驯服他——所有这些都指向相同的领悟。白人声称奴隶制是所让非洲人变成文明人的学校，实际上这所学校却把黑人变为奴隶，以便剥削他们的劳动，把他们的存在变成商品。

　　道格拉斯的发现解释了他在叙事中的愤怒。对于道格拉斯来说，对付想把他驯服的企图，方法就是对抗，奋力反抗。正如他告诉读者的："你已经看到他们怎样把人变成奴隶；你也应该看看奴隶怎样变回人。"（65—66）。

　　在受到科维鞭打后，道格拉斯奋起反抗，抓住了他的喉咙，和他对打了两个小时。结果是科维甚至碰都不敢碰十六岁的道格拉斯。道格拉斯写道：

　　　　和科维先生打的那场架是我奴隶生活的转折点。对自由的些许渴望行将熄灭，此刻又被重新点燃，我自己的男子汉气魄也被唤醒。它让我想起久违的自信，让我再次下定决心去获取自由。胜利所带来的成就感足以补偿任何可能的后果，哪怕是死亡。只有被血淋淋的奴隶制压迫过的人才能理解我深深的满足感。这种感觉我从未体验过——从奴隶制的坟墓中华丽地复活，然后通往自由的天堂。（72—73）

　　1838年初在巴尔的摩，就在所有活下去的努力失败后，道格拉斯终于逃脱。在马萨诸塞州的著名港口新贝德福德，他发现造船厂的工作，逃亡的奴隶们"逃离禁锢还不到七年，但是跟马里兰州一般的奴隶主相比"，他们过得更好。(114)。新英格兰的航海业体现了工业革命，在支持工业革命的工人阶级中，逃奴们成了最新的加入者。逃奴们欢迎这种"工资奴隶"所带来的机会，就像此前以及后来很多逃离恶劣工作条件的工人一样。道格拉斯大力批评利用种族来剥夺劳工的自主权、自我管理、工资的全部收益及改善自我的机会，但他对经济条件的批评却没有这么强烈。

道格拉斯有成为牧师的打算，他的演讲能力和潜在的领导能力已经非常明显。到1841年，白人废奴主义者们注意到了他的才华，使他成为马萨诸塞州反奴隶制协会的演讲人。此后，道格拉斯作为巡回演讲家、作家、出版人、筹款人和政治组织者投入到反奴隶制的事业中。他因此经常受到白人暴徒的暴力威胁。

美国历史上很少有人在长期反奴隶制的斗争中做出如此多的贡献。1859年，约翰·布朗企图在弗吉尼亚州的哈普斯渡口袭击联邦军的一个军械库，以此来发动奴隶起义，但以失败告终。道格拉斯受到此事牵连，逃往加拿大躲避抓捕。美国内战开始时，虽然战争进程缓慢，但是非常血腥，道格拉斯游说非洲裔美国人入伍，随后为联邦军队招募黑人士兵。

战后，道格拉斯作为非裔美国人的领导者享誉全国。他作为一个高薪的演讲者巡回演讲，接受了一系列政府任命的职务，并发行了一份报纸。1874年的几个月里，他担任了弗里德曼储蓄和信托公司的最后一任总裁，这是为了在该银行破产之前稳定银行的形象。这是第一家由非裔美国人创立的银行，它的破产给非裔美国人的社区和教会都造成了巨大的经济损失。

1889年，道格拉斯接受任命，成为美国驻海地公使，也是第一位黑人外交官。1891 年初,他因与美国政府的政策出现分歧而辞职。道格拉斯指责美国政府强迫海地同意在太子港建立一个美国海军基地。回到美国后,道格拉斯再次活跃,积极投入全国妇女选举权协会及其组织的妇女投票权运动。

道格拉斯一直活跃到他的生命结束,成为非裔美国人社区一位伟大的长者。当他去世的时候,《纽约时报》(1895 年 2 月 21 日)写道：

> 弗雷德里克·道格拉斯经常被描述成非裔美国人中最重要的一位。他虽然生而为奴,却凭借自身的毅力和精力,为自己争得一席之地,不仅深受美国黑人同胞敬爱,也赢得了所有公平正义人士的尊敬和爱戴,不论是在美国还是在欧洲。

教学主题：道格拉斯与中国移民

弗雷德里克·道格拉斯和许多美国人面临着同样的问题,即如何去理解内战对美国的改变。随着美国黑人奴隶制被宪法废除,关于公民本质和社会平等程度的问题出现。美国宪法赋予非裔美国人和女性的公民权和投票权是否充分、是否平等? 重建修正法案的辩论中,道格拉斯在面临政治选择时,决定仅支持黑人男子的投票权,而不包括女性。这个决定使许多女性支持者疏远了他,并让他此后饱受批评。

道格拉斯倡导亚裔移民的公民权和合法权利,但这一点没有得到相应重视(95—106)。自 19 世纪 50 年代中国移民潮爆发以来,中国移民遭遇了带有仇外心理和种族主义的"黄祸"论。这种论调表明了白人对有竞争力、低薪的中国劳工的恐惧及对中国文化的仇恨。1862 年，美国国会通过了《反苦力法案》，对中国矿工和商人每月征税，并最终导致了后来在 1882 年通过的禁止中国移民的《排华法案》。1885 至 1886 年间，美国西海岸的一系列暴力冲突波及中国社区。数百人死亡，数千人失去家园；多个社区全部消失。

弗雷德里克·道格拉斯是美国少数拒绝反华偏见的一员，他希望的是一个包容的社会。1869 年在波士顿发表的《我们复合的国民性》讲话中，道格拉斯详细阐述了对美国社会的一个愿景，即在不考虑种族或民族血统的情况下，平等接受一切。他说：

> 我希望黑人、黑白混血儿和拉丁民族在这里安家，我也希望亚洲人在美国找到一个家，能够在这里感到自在，不仅是为了他们，也是为了我们自己。公平不会错待好人。如果只有多数人才有资格获得尊重，那么白人只占全球人口的五分之一，五分之四的人口是有色人种，这个事实应该影响对这一问题以及类似问题的处理。如果说五分之四的人口被剥夺了移民的权利，来为五分之一的人腾出空间，那么这将是对自然法则和正义观念的曲解，更别提我们共同的造物主。
>
> ……
>
> 文明之声明确地反对家庭、民族和种族的孤立，并呼吁复合国民性，因为这对文明的胜利至关重要。

道格拉斯相信美国会像从欧洲吸引大规模移民一样从中国吸引大量移民。一部分原因是人们企图将华人作为廉价劳工来取代黑人，但是道格拉斯认为这样的企图将会失败，因为"中国人不愿意穿黑人扔掉的鞋子……"。相反，道格拉斯把中国移民看作美利坚合众国未来繁荣和力量的来源。

电子资源

《弗雷德里克·道格拉斯：一个美国奴隶的生平自述》的电子资源来自"记录美国南方"（北卡罗来纳大学）。该网址有许多其他补充文本。

研究问题

（1）本叙事一开始是两篇分别由威廉·劳埃德·加里森和温德尔·菲利普斯撰写的篇幅较长的序言。加里森是"加里森废奴主义"的领导人，他号召立即解放奴隶，与所有蓄奴州决裂，提倡基督教和平主义。菲利普斯是波士顿的一位律师，也是位废奴主义者，并提倡妇女权利，几乎和加里森齐名。请在阅读这两篇序言之后，讨论他们这么做的目的是什么？他们的证词如何证实了弗雷德里克·道格拉斯所说的话？为什么一位黑人作家不仅需要一位，而且还需要两位有名的白人来为他的故事作证？如今，有人可能认为让两名自由人为一个奴隶的故事作证是种冒犯，但是弗雷德里克·道格拉斯这么做是有政治上的实用性的。他加上这些序言的理由有哪些？一些译本不包括这些序言：为什么我们也可以选择不翻译这些序言？

（2）道格拉斯在叙事正文开头写道："我不知道自己确切的年纪，因为我从未见过任何可靠的相关记录。目前，绝大多数奴隶就像马儿一样，对自己的年纪一无所知。让自己的奴隶一直如此无知，正是大多数我所认识的奴隶主们的愿望。我从未遇到过一位能说出自己生日的奴隶。"(2)道格拉斯开始讲故事时,他的自我认知是怎样的? 为什么奴隶对自己的基本信息一无所知会对奴隶主有利?

(3) 道格拉斯小时候很少和他的母亲接触。他写道:"她去世很久以后,我才得知这个消息。我从未享受过她分毫的安抚、温柔和照料,得知她死讯时也没有太大触动,就像去世的只是一个陌生人。"(3)在 1855 年的自传《我的枷锁和我的自由》一书中,道格拉斯试图去详述他所拥有的零星记忆,但记得的事仍然有限:"她的侧颜印在我记忆中;我刚学会走路,走了几步,没有感觉到她的存在;但是这个印象是没有声音的,而且我不记得她说过什么话。"请在通读全文后讨论,道格拉斯小时候和母亲分离,也没有明确的父亲,这两点可能对他和现有家庭的关系有哪些影响? 譬如,他只是一笔带过他在劳埃德种植园的两个姐妹和一个兄弟(28)以及在书的结尾处他的未婚妻安娜。

(4) 奴隶制往往造成一辈子的创伤。道格拉斯记得曾目睹他的阿姨赫斯特被安东尼主人赤裸裸地吊着,不停鞭打,原因不过是她被发现和另一个种植园的奴隶在一起。这个酷刑场景给他造成了什么样的影响? 小时候的道格拉斯是怎么反应的? 为什么在他作为奴隶的童年里,道格拉斯单单记得且详细描述了这一幕?

(5) 哈佛学者奥兰多·帕特森(Orlando Patterson)对奴隶制进行了大量的历史研究,提出了奴隶制社会死亡理论,认为奴隶制的基础是来自暴力和潜在死亡的威胁。要么屈服,要么死去。在第四章中,道格拉斯提到监工奥斯丁·戈尔杀死了一个只知道名字的黑奴(登比)。请参考"社会死亡"理论,以及暴力对维持奴隶制的作用,阅读戈尔把这次谋杀合理化的论辩。

(6)道格拉斯年轻时主要住在劳埃德的种植园,后来被主人挑选去了巴尔的摩和休·奥尔德住在一起。道格拉斯写道:"到巴尔的摩生活为我日后的成功打下了根基,开辟了道路。我一直将它看作是上帝的仁慈庇佑,从那之后我一直受到庇佑和偏爱。"(31)道格拉斯如何把上帝的庇佑看作他人生的动力,不论在巴尔的摩还是在其他地方?

(7)1830年,巴尔的摩是美国的第二大城市,人口达到八万,并一直在迅速地发展,直到1861年美国内战爆发,而当时纽约市人口不过二十多万。请参照美国地图,思考南北沿海的海上贸易模式,并了解为什么道格拉斯认为巴尔的摩是一个充满际遇、具有吸引力的大都市。请思考奴隶在巴尔的摩的待遇和在乡村种植园有什么不同?

(8)争取学会读书写字是道格拉斯叙事的重大主题之一。奥尔德太太试图教授道格拉斯读书写字,但很快被奥尔德先生制止(第6章)。请从这部分开始,找出文中道格拉斯学习识字的片段和他自我教育的策略。为什么学会读书对道格拉斯至关重要?

(9)道格拉斯提到他不仅阅读反奴隶制的书本,还阅读了理查德·布林斯利·谢里丹(Richard Brinsley Sheridan)所著的关于天主教徒解放运动的《哥伦比亚的演说家》(*The Columbian Orator*)。后来道格拉斯支持爱尔兰解放事业、1848年德国革命[受他的合作伙伴和情人奥蒂利·阿辛(Ottilie Assing)鼓励]以及匈牙利自由运动。道格拉斯揭露美国政治的虚伪,认为美国在海外支持自由斗争,却镇压自己国内的自由斗争。他在1848年8月的一次讲话中说道:"长期以来,我们自夸公正、自由、具有人性,但鞭打奴隶的声音听起来却是种嘲讽;当我们同情海外自由运动的进展时,我们却在国内扩大奴隶制；当我们为法国、意大利、德国乃至整个欧洲大陆的自由运动的进展而欢欣鼓舞时，我们却在俄勒冈州、新墨西哥州、加利福尼亚州，乃至整个南方和西南方用血泪换来的土地上宣扬奴隶制；当我们祝贺东方人推翻暴君时，却任由暴君和人贩子来统治我们。"请阅读道格拉斯在 1857 年发表的关于自由斗争的演讲，演讲名为《西印度的解放》。道格拉斯在叙事中体现了他对反奴隶制斗争的觉醒，而这种觉醒又怎样发展成为他对全世界人类自由的新的理解？在 19 世纪或 20 世纪初的中国文学文本中能够找到类似的发展脉络吗？

（10）在第八章，道格拉斯讲述了他外祖母的命运，在生命最后的日子里，她被送到了树林里的一间小屋独自生活。他写道："我可怜的外祖母，十二名儿女亲爱的母亲，被孤零零地丢在那座小屋里，靠些昏暗的余烬度日。她站起来——她坐下去——她颤巍巍地走路——她倒下了——她呻吟着——她去世了——而她的孩子们、孙辈们都不能在她身旁，抹去离世时她布满皱纹的前额上冷冰冰的汗水，也不能够把她倒下的身体埋葬于地下。这些事，难道正直的上帝会坐视不理吗？"(49)问题是这件事从来没有发生过。道格拉斯在《北极星》(1849 年 9 月 7 日刊)发表的一封信中为编造此事道歉，并承认奥尔德像"一位绅士和基督徒"一样，在自己家中照顾道格拉斯的外祖母。道格拉斯为什么编造这个故事？奴隶叙事不仅是关于个人的经历，也是群体的经历。这个故事是否更具有代表性？

（11）在道格拉斯的叙事中，介绍了社区，社区是如何运作的？它们有哪些相似之处，又有哪些不同点？叙事中哪里提到道格拉斯是个社区建设者，他又是如何做到的？白人奴隶主对黑人社区的形成作出怎样反应？

(12) 第十章中，道格拉斯站在切萨皮克湾看着船只时，说了一段话。这段话也许是这本叙事最出名的段落：

> "绳索松开后，你们就自由了；我却被链条牢牢锁住，我是个奴隶！你们在微风中欢快地前行，而我要在血淋淋的皮鞭下悲伤地行走。你们是自由的天使，有着轻快的翅膀，可以驶向全世界；而我却被铁链紧紧困住！哦，多希望我能够自由！哦，我能站在你宏伟的甲板上，被你的翅膀庇护！天哪！就在你我之间，浑浊的海水在翻滚，前行，前行吧。哦，我希望我也能前行。要是我能游泳，要是我能飞翔，该有多好！哦，为什么我生来为人，却被当成畜生！欢快的船只已经远走，消失在朦胧的远方。我被留了下来，留在奴隶制永无止息的炼狱中。哦，上帝，请拯救我吧！上帝，解救我，给我自由吧！上帝还存在吗？为什么我是个奴隶？我要逃走，我不愿再忍受。是被抓住，还是获得自由，我都要试一试。冻死还是热死，不管什么死法，我都只有一条命可以丢。逃跑会被杀，留在这里也会被杀。"(64—65)

这个呼语的意象中，船只变成了天使和自由的象征。它同时也从修辞的角度描述出道格拉斯对自由的渴望，他宁可面对死亡，也不愿再受奴隶制控制。这一段落发生在道格拉斯和"驯奴人"科维的对抗之前。请解释道格拉斯的渴望与他和科维打架这件事之间的关系。

(13) 第十章和第十一章的大部分内容描述了他是怎样逃离奴

隶制的。后来居住在纽约州时，道格拉斯协助"地下铁路"组织帮助北上逃往加拿大的奴隶。在结语中，这本叙事把逃跑看作一种抵抗手段。虽然逃跑的奴隶也可以以万计，但与1860年美国四百万奴隶的数量相比，逃离奴隶制的人数少之又少。所以，大多数的抵抗都是在当地发生的。在这一方面，请讨论道格拉斯和朋友们第一次失败的逃跑："两个警察掏出明晃晃的手枪，并且以创世主的名义发誓，他如果不交叉双手，他们就毙了他。他俩都扣上扳机，手指放在扳机上，走到亨利跟前，边走边说如果他不交叉双手，他们会打穿他的心脏。""开枪啊，开枪啊！"亨利叫道，"你只能杀我一次。开枪吧，开枪——去死吧，我不会被捆住的！"(89—90)

（14）道格拉斯非常虔诚，而福音派新教徒在美国领导了废奴运动。附录中道格拉斯很明确地谴责了奴隶主的基督教，称之是对基督教教义的背叛："我热爱基督的基督教，它纯洁和平、一视同仁；因此，我憎恶这片土地上的基督教，它腐败堕落、假仁假义，助长蓄养奴隶、鞭打女性、抢夺婴孩、偏袒不公的恶行。确实，我认为把这片土地上的宗教称为基督教是最彻底的错误、最大胆的骗局和最严重的诽谤。"(118)。然而，奴隶主们非常虔诚，在周日去教堂，并且认为自己遵守基督教的教义。在美国内战二十多年前，美国主要的新教教派在奴隶制问题上发生分歧，废奴主义者喊着"不与奴隶主为伍"。报纸和杂志长期讨论《圣经》是否证明了奴隶制存在的合理性，是否准许了奴隶制的存在。道格拉斯如何参与了这一关于基督教和奴隶制的讨论？他的观点是什么？

（15）在课堂上，美国和全球的大学教师已经把弗雷德里克·道格拉斯作为美国黑奴叙事传统的代表。最近的一个教学趋势是将道格拉斯纳入浪漫主义文学课程的教学大纲，认为他1845年的叙事充满了英雄个人主义的特征、对社会权威的反抗及弥漫在浪漫主义运动中的自我决定。这是对道格拉斯范围更广、局限性更少的评价，把他定位成在欧洲、拉丁美洲和北美广泛传播的唯美主义运动中的一员。中国没有类似的浪漫主义运动，但是在 20 世纪初的新文化运动中可以看到一些浪漫主义的理想，尤其对社会变革的需要。请讨论 20 世纪初中国文学中体现戏剧性社会变革的浪漫主义英雄。

中美要事对照年表(1818—1915)

下表 2 - 1 将 1818 年弗雷德里克·道格拉斯出生到 1895 年他去世期间发生的事件进行对照。虽然构建这样一个历史年表的方法有很多，但是此处的考虑主要在于：① 基本的历史日期；② 在美国权利被剥夺人群的主要事件(女性、非裔美国人、印第安人)以及中国的反殖民抗争。年表强调了在北美和东亚同时进行的反殖民主义、反帝国主义和反军事领土扩张。

表 2 - 1 中美要事对照年表(1818—1915)

时间	道格拉斯和美国	中 国
1818	道格拉斯可能在这一年出生	
1820	《密苏里妥协案》将美国分成蓄奴州和自由州	嘉庆帝驾崩；道光帝登基
1830	美国通过《印第安人迁移法》，印第安人失去土地，迁出原住地	
1831	纳特·特纳奴隶起义；两百多人死亡	
1833	道格拉斯被送到"驯奴人"科维处	
1835	佛罗里达州爆发了第二次塞米诺尔战争	

时间	道格拉斯和美国	中　国
1838	道格拉斯逃离奴隶制，前往纽约，之后去了马萨诸塞州；他以给轮船补缝为业	
1840		中英第一次鸦片战争
1841	道格拉斯成为废奴主义演讲者	
1842	第二次塞米诺尔战争结束，大多数塞米诺人被杀或被驱逐	第一次鸦片战争结束，中国割让香港；中美签订不平等《望厦条约》，承诺美国的领事裁判权
1845	道格拉斯发表《自述》	
1847	道格拉斯开始发行废奴主义报纸《北极星》	
1848	美国和墨西哥开战，墨西哥失去三分之一国土；道格拉斯参加了在塞内卡瀑布举行的妇女权利大会，倡导妇女选举权	
1849	纳瓦霍战争爆发，于1864年结束；阿帕奇战争爆发，于1877年结束	
1850	《堪萨斯—内布拉斯加法案》《逃亡奴隶法案》奴隶制在美国巩固	道光帝驾崩咸丰帝登基
1850—1859	中国到美国的移民为开采金矿、建设铁路和农业提供劳力	
1851		太平天国运动爆发
1855	道格拉斯发表了第二本回忆录《我的枷锁和我的自由》	
1856		第二次鸦片战争爆发
1858		签署《天津条约》；向西方列强让步
1859	约翰·布朗袭击哈普斯渡口；道格拉斯受到怀疑，逃往加拿大	

续　表

时间	道格拉斯和美国	中　国
1860	亚伯拉罕·林肯当选为总统；道格拉斯结束流亡，回国	第二次鸦片战争：英法联军火烧圆明园
1861	美国内战爆发	咸丰帝驾崩；同治帝登基
1864		太平天国运动结束；一千万到两千万人死亡
1865	美国内战结束；六十多万人死亡	
1865—1877	重建时期——该时期内，法律、政治和社会的变化提高了非裔美国人的状况，但同时"3K"党反黑人暴力也出现	
1865—1870	美国通过宪法第13条修正案废除奴隶制；第14条修正案提出公民权和法律下的平等保护；第15条修正案禁止因种族和肤色剥夺选举权	
1867	道格拉斯在《我们复合的国民性》演讲中支持中国移民	
1870	《归化法案》禁止中国人入籍	
1881	道格拉斯发表了第三本回忆录《弗雷德里克·道格拉斯的生平和时代》	
1882	《排华法案》暂停中国劳工入境	
1884		法国打败中国；建立法属印度支那殖民地
1885—1886	太平洋沿岸爆发反华暴乱，数百人被杀，数千人被驱逐，多处中国城被烧毁	
1889	道格拉斯被任命为驻海地公使	
1890	美国军队在翁迪德尼屠杀了三百多名拉科塔印第安人	
1894		第一次中日战争爆发

时间	道格拉斯和美国	中　　国
1895	道格拉斯去世	中日战争结束；中国失去对朝鲜、台湾地区、辽东半岛的控制
1896	"普莱西诉弗格森案"明确了种族隔离合法	
1898	美国对西班牙帝国宣战，夺取菲律宾、波多黎各和关岛	

引用文献

Bontemps, Arna Wendell. *Great Slave Narratives*. Boston: Beacon Press, 1969.

Douglass, Frederick. *Life and Times of Frederick Douglass, Written by Himself. Published for the Frederick Douglass Historical and Cultural League, in Preparation for the One Hundredth Anniversary of Douglass' First Public Appearance in the Cause of Emancipation*. New York: Pathway Press, 1941.

Wong, Edlie. *Racial Reconstruction: Black Inclusion, Chinese Exclusion, and the Fictions of Citizenship*. New York: NYU Press, 2015.

推荐资源

McFeely, William. *Frederick Douglass*. New York: W.W. Norton, 1991.

Stauffer, John and Zoe Trodd. *Picturing Frederick Douglass: An Illustrated Biography of the Nineteenth Century's Most Photographed American*. New York: Liveright, 2015.

（二）文本：《弗雷德里克·道格拉斯：一个美国奴隶的生平自述》*

译者序

2003 年，美国《图书》杂志在其 7、8 月的合刊中，公布了该刊评选出的"改变美国的 20 本书"。其中不乏中国读者熟知的《共产党宣言》《梦的解析》《草叶集》和《汤姆叔叔的小屋》，但其中有一本在国内名不见经传的小册子，就是这本《弗雷德里克·道格拉斯：一个美国奴隶的生平自述》，更加不出名的是该书的作者弗雷德里克·道格拉斯。道格拉斯是美国废奴运动中巨人般的存在。他本是黑奴，所以他能够通过自己的努力写出一本书本身就是个奇迹，更何况这本书的文笔老练，在当时甚至引起了人们的怀疑。毕竟在那个时代，谁会相信一个前奴隶能成为一个作家呢？

道格拉斯在意识到奴隶制的黑暗后，想方设法学会读书写

---

* 蔡蓓菱译。

字，后成功逃离奴隶制。他献身于废除奴隶制的运动，利用自己的亲身经历来痛陈黑奴的悲惨遭遇。他是一位杰出的演讲家、作家，并且成为历史上第一位在美国政府担任外交使节的黑人。道格拉斯前后写过三本自传。《弗雷德里克·道格拉斯：一个美国奴隶的生平自述》下文简称《自述》写于 1845 年，《我的枷锁和我的自由》写于 1855 年，《弗雷德里克·道格拉斯的生平和时代》写于 1881 年。

《自述》是道格拉斯第一本也是最重要的一本自传。道格拉斯在书中详细叙述了他为奴时受到的虐待，还列举了一些他看到、听到的血淋淋的惨剧，描绘了当时黑奴所面临的悲惨境地。他的灵魂天生是自由的。早在学会识字以前，他就意识到了自己所面临的不公，而当他意识到读书是最重要的武器后，更是想尽各种方法学会读书写字，最终成功逃离奴隶制。

1988 年，李文俊先生的译作《道格拉斯的自述》出版，使中国读者能够更深入地了解黑奴真实的命运。但这个译本停印已久，恐怕只有在图书馆里才能找到。李先生是我国著名翻译家，我辈望尘莫及。但是，这次还是选择重译《自述》，原因有二。

其一，对李先生的译本进行内容上的补充。李先生没有将威廉·劳埃德·加里森和温德尔·菲利普斯撰写的序言纳入书中。这两位都是当时著名的白人废奴主义者。当时因为黑人地位较低，往往需要白人来作序宣传。重译收入了这两篇序言，除了忠实于原著外，也是为了帮助读者了解当时白人对道格拉斯的评价以及白人废奴主义者的一些观点。此外，道格拉斯是位虔诚的教徒，书中多处引用了《圣经》，重译对引用都标明了出处，并且也增加写一些人物、文化、历史事件等的背景注释，以帮助读者更好地理解原文。

其二，中国读者对美国黑人的关注度和十几年前已经不可同日而语。这些年，奥巴马当选总统、《为奴十二载》获得奥斯卡奖、警察击毙黑人引起暴乱、特朗普炮轰黑人等新闻都在中国受到热议，而且网络的便利更是让中国网民接触到更多美国国内的新闻，对黑人的关注度自然也就相应提高。重译也是希望帮助中国读者了解历史，更好地去理解美国黑人的命运。

这是本沉重的书，如果读者在阅读的过程中，没有受到震撼，那真的是我的过错。

序言

1841 年 8 月，我参加了在南塔基特召开的反奴隶制大会，在会上有幸结识了本书的作者弗雷德里克・道格拉斯。那个群体里几乎没人知道他是谁；但是，他刚从南方蓄奴的牢笼中逃脱出来，感到他这种难得的遭遇能激励废奴者们（他还是奴隶时曾经隐约听说过这些人），让他们坚守自己的原则和方法，所以尽管那时还住在新贝德福德，他还是被说服前来参加反奴隶制大会。

幸事，实在是件幸事！对于他数以万计被束缚的弟兄们，那些仍渴望从残暴的主人手上被解救出来的弟兄们，实在是件幸事；对于黑奴解放事业，对全世界的自由事业，实在是件幸事；对他出生的那片土地，他已经做了许多事来拯救、来保佑的那片土地，实在是件幸事；对于他广交的朋友和熟人，实在是件幸事——他多年来忍受的折磨、他的美德、他对被奴隶制囚禁的人们从未停止的挂念都赢得这些人的同情和关爱；对于合众国各个角落的民众们，实在是件幸事——他们从他那里了解到奴隶制，为他的悲哀垂泪，或因他激动人心的雄辩所影响而对奴隶主义愤填膺；对于他自己，也是件幸事，因为这次会议让他立刻能为民众服务，"向世间证明这是一个男子的典型"①，唤醒他灵魂中蛰伏的能量，使他献身于伟大的事业，折断压迫者的权杖，解放被压迫的人们。

我永远记得他在大会上的第一次演讲。它激起了我强烈的情感；它给满堂听众留下了深刻的印象，他们已经完全震惊；从演讲开始到结束，他的言辞恰当得体，掌声经久不息。我想我从未像当时那样痛恨奴隶制；当然，我也由此更加清楚地了解到奴隶制残害受害者神圣天性的滔天罪行。我们眼前就站着这样一位人物，身形外貌威严不苟，善于高谈雄辩，才高学深，灵魂高尚，仅"比天使微小一点"②；但是，这样的人物却是个奴隶，一个逃亡中的奴隶，担心自己的安危，丝毫不敢相信在美利坚的土地上会有哪个白人出于对上帝和人性的热爱冒着各种风险来照顾他！他聪明正直，有能力成就大事业；他只需稍加栽培就可以为社会增彩，为自己的族人造福；但是，按照这片土地的法律，由着人们的意见，根据奴隶法的条款，他不过是一件资产、一只驮兽、一件私人动产而已！

一位来自新贝德福德的友人说服道格拉斯先生到会演讲；他走上讲坛时有些迟疑尴尬，一个敏感的人面对这样一种新的身份，也是在所难免。他先是为自己的无知道歉，并且提醒众人，就人的智慧和心灵而言，奴隶制是所糟糕的学校。接着，他讲述了自己做

---

① 原文出自《哈姆雷特》第3幕第4场，此处引用朱生豪的译文。——译者注
② 参见《圣经·新约·希伯来书》2：7。——译者注

奴隶时的一些事实，在演讲的过程中讲出了一些高尚的想法和令人激动的反思。他一回到座位上，我就立刻站起身，怀着希望和钦慕，大声宣布：即使是久负盛名的革命斗士帕特里克·亨利①也无法像这位被人追捕的逃犯一样，对自由事业做出如此雄辩。我当时是这么笃信，现在也依然如此。我提醒在座的听众，这位自我解救的年轻人在北方依然面临重重危险，哪怕是在马萨诸塞州，在清教徒移民先辈的这片土地上，哪怕周围有很多革命先辈的后代；我恳请他们作出决定，是否容忍他被带回到奴隶制，不要去管是否存在这样的法规、这样的宪法。人们异口同声地回答震耳欲聋："不！""你们会帮助他、保护他，就像弟兄一样？就像他是这个海湾之州②的一员吗？""会！"人们齐声吼道。这如雷震耳的呼声想必能传到梅森-迪克逊线③以南那些暴君的耳中，让他们也意识到这迸发的情感所宣示的不屈意志——我们决心永不背叛流浪的人儿，将他藏起来并坚决承担一切后果。

　　这立刻让我意识到，如果道格拉斯先生能把他的时间和才干都投入到反奴隶制的事业中去，将会极大促进该事业的发展，同时也能狠狠冲击北方人们对有色人种的偏见。于是，我不遗余力地

① 帕特里克·亨利(Patrick Henry, 1736 - 1799)，美国革命家、演说家，弗吉尼亚首任州长(1736—1799)，积极参加反抗英国殖民者、维护殖民地人民权利的斗争。在美国革命前夜的一次动员会上以"不自由，毋宁死"的结束语闻名。——译者注
② "海湾之州"是马萨诸塞州的别称。——译者注
③ 宾夕法尼亚州与马里兰州一直存在着边界争端，后来双方同意通过土地测量来解决争端。1763 年，两位英国天文学家，查尔斯·梅森和杰里迈亚·迪克逊受邀前来进行测量，并于 1767 年完成了测量，其后这条线即以他们的姓氏命名，即"梅森-迪克逊线"。它是划分宾夕法尼亚与自马里兰至西弗吉尼亚一部分地区的东西边界线，也是马里兰和特拉华间的北南边界线。在 1861—1865 年美国内战前，宾夕法尼亚南部边界被认为是奴隶州与非奴隶州之间的分界线。——译者注

给他以希望和鼓励，希望他能够勇于投身这一事业；以他的处境来说，这么做虽不合常情，却责任重大；而且我也得到了一些热心朋友的支持，特别是已故马萨诸塞州反奴隶制协会总干事约翰·科林斯先生，他在这件事上的判断与我不谋而合。起初，道格拉斯先生并没有鼓励我；他丝毫没有掩饰自己的不自信，认为自己并不能肩负起如此重大的使命，加上并无前人开路，他真心认为自己带来的弊端大于益处。但在仔细思量之后，他同意去试一试。从此以后，他成为一名演讲者，他的每次演讲都得到美国反奴隶制协会或马萨诸塞州反奴隶制协会的支持。他的劳动成果也颇为丰硕；在打击偏见、规劝人改变观点、推动公众的想法等方面，他所取得的成就远远超出了他这一辉煌事业伊始人们最乐观的预期。他举止温和谦逊，却带有真正的男子汉魅力。作为一名公共演说家，他语言流畅，言语机智，推理有力，长于模仿而且善于感染人心。他的头脑和心灵融为一体，要启发别人的头脑、赢得别人的心，这一点必不可少。但愿他这一生都能有此长处！但愿他能够继续"在上帝的恩典和知识上有长进"①，但愿在国内外他都能够为苦难的人道主义做出更多的贡献！

　　现在，在公众面前为奴隶辩护最有成效的人是一位逃脱的奴隶，是弗雷德里克·道格拉斯，这确实不同寻常。美利坚已获自由的黑人已经由他们中的一员来代表，那就是查尔斯·雷诺克斯·雷蒙德②，他辩才卓越，赢得了大西洋两岸最多的掌声。诽谤黑人的人，就让他们鄙视自己卑鄙狭隘的灵魂吧，那样他们就不会再

---

① 参见《圣经·新约·彼得后书》3：18。——译者注
② 查尔斯·雷诺克斯·雷蒙德(Charles Lenox Remond, 1810 - 1873)，美国演说家、活动家、废奴主义者。——译者注

说黑人天生低贱，因为后者只需要时间和机遇就能够变得出类拔萃。

也许我可以合理地问一句，其他人在遭受奴隶制导致的贫困、苦难和恐怖后，能否和这些非裔的奴隶们不一样，免于人性上的堕落呢？人们处心积虑地去糟蹋他们的才智，愚昧他们的头脑，贬低他们的道德天性，抹去他们生而为人的所有特征；然而不可思议的是，几个世纪以来他们一直都承受住了施加到他们身上强大而又恐怖的束缚！著名的丹尼尔·奥康奈尔①，提倡全面解放，是虽被占领但未被征服的爱尔兰最伟大的斗士。他为了说明奴隶制对白人的影响，表明在同样的处境中白人的忍耐力并不比他的黑人弟兄强，于 1845 年 3 月 31 日，在都柏林的"调停大厅"里，在对"全国忠诚废奴联盟"的演讲中，引用了下面这段轶事。奥康奈尔先生说道："不管用多么似是而非的词汇来掩盖自己，奴隶制仍然可怕。其本质，无可避免地使人类高贵的官能变得如野兽。一个美国水手在船只失事后流落到非洲，在那里做了三年的奴隶。三年期满，人们发现他野蛮愚钝——他已经失去了所有的推理能力，忘记了自己的母语，只能叽里呱啦说一些介于阿拉伯语和英语之间的蛮语，没有人能听懂，甚至连他自己都觉得发音有困难。这就是驯养制度对人的教化！"尽管这是一起非常特殊的心智退化事例，但至少证明在人性的天平上白人奴隶会沦落到和黑人奴隶同样的境地。

道格拉斯先生选择以自己的风格、尽自己最大的努力来亲自

———————

① 尼尔·奥康奈尔(Daniel O'Connell，1775-1847)，19 世纪前期爱尔兰民族主义运动的主要代表，英国下院天主教解放运动的领袖。因为他的活动使得英国首相威灵顿颁布《天主教解放法》，因此他被称为"解放者"。——译者注

撰写《自述》,而没有假手于人。因此,这本书完完全全是他自己的作品。他为奴的经历如此漫长而又黑暗,而他挣脱镣铐之后提升自己的机会少之又少;鉴于此,我确信这本书归功于他自己的思想和内心。一个人在品读这本书时,如果眼中没有含着泪水,胸口没有因激动而起伏,精神没有受到折磨;如果他的内心没有充满对奴隶制和它的教唆者们无法言表的厌恶,没有下决心去想方设法立刻废除这个可恶的制度;如果他想到我们的国家由一位正义的上帝看护(这位上帝从来都站在受压迫的一方,他的臂膀没有被缩短还可以拯救我们①)时,内心却不颤抖——如果他是这类人,那他必是铁石心肠,能够胜任贩卖"奴隶以及人们灵魂"的角色。书中的叙述,我相信都是真实可信的,没有刻意记录、没有大肆夸张、没有凭空编造;我也相信,关于奴隶制本身,书中虽没能记下全部的实情,但也没有夸大任何事实。弗雷德里克·道格拉斯为奴的经历并不独特;他的运气也不是特别糟糕;可以把他的情况看作马里兰州奴隶处境的一个样本,人们认为比起佐治亚州、亚拉巴马州或路易斯安那州,马里兰州的奴隶吃得好一点,遭的罪也少一些。和道格拉斯比起来,大多数种植园中的奴隶遭受了更大的痛苦,只有少数人境况才比他好一些。但是,他的处境又是多么悲惨! 他的身体承受了如此恐怖的暴行! 施加在他思想上的暴行更令人震惊! 尽管他有着神圣的权利和庄严的愿望,却如野兽般受到对待,甚至来自那些口口声声宣称有着和耶稣一样思想的人们! 他一直遭遇的困境是多么恐怖! 可即使在他最糟糕的困境中,他能得到

---

① 参见《圣经·旧约·以赛亚书》59:1。本处略有改动,原文为"耶和华的臂膀并非缩短,不能拯救"。——译者注

的友善帮助和指导又是那么的稀少！悲伤的午夜把黑暗中最后一线希望裹住，让未来充满恐怖和忧伤，这午夜是如此凝重！内心被自由占据后，他那么热切地渴望着，而当他可以反思、明白事理时，他的痛苦又是如何因此而加剧——这也说明了幸福的奴隶早已不存在！在工头的皮鞭之下，手脚都被镣铐锁住的他又是怎样去思考、理解、感受的！他想方设法逃脱厄运时又遇到了怎样的危险！在这个满是无情敌人的国家，他获得的拯救和保护又是多么的出色！

这本《自述》描述了许多令人感动的事件，很多章节雄辩有力；但是，我认为最激动人心的部分是道格拉斯对自己感情的描述。当他站在切萨皮克湾岸边，独自感慨自己的命运，感慨自己有一天成为自由人的可能性；他看到在微风中扬起白色翅膀、乘风远去的船只，他对着它们直呼，是自由精神让它们生机焕发。读着这样的文章，有谁能对其中的庄严悲怆无动于衷？积聚书中的是如亚历山大图书馆①般宏大的思想、深刻的感情和深深的伤感；所有那些告诫、恳求和斥责，能够敦促对罪魁祸首的对抗，也必须如此；让一个人沦为同胞的物产！噢，那个体制如此可恶，它埋葬了人类的神圣心智，玷污了神的形象，让"被赐以荣耀和尊贵为冠冕"②的人们堕落为牲畜，让买卖人口的商人凌驾于上帝之上！为什么要让这种行为多存在一个小时？难道它不是罪恶，难道维持现状不是罪恶？就美国人民来说，它的存在不正意味着我们不再敬畏上帝、尊

---

① 亚历山大图书馆，又称古亚历山大图书馆，位于埃及亚历山大，曾是世界上最大的图书馆，由埃及托勒密王朝的国王托勒密一世在西元前3世纪所建造，后惨遭火灾被毁。——译者注

② 参见《圣经·新约·希伯来书》2：7。本处略有改动，原文为"赐他荣耀、尊贵为冠冕"。——译者注

重人类了吗？上帝，请尽快让它永久灭亡吧！

许多人对奴隶制的本质一无所知，无论他们何时听到或读到奴隶制的受害者所遭受的暴行，他们都固执地表示怀疑。他们不否认奴隶是私产；但这一可怕的事实却不能让他们联想到处在不公和暴怒下的可怜人或任何野蛮的暴行。告诉他们奴隶所受的残忍鞭打，肢体所受的残害，身上的烙印，污秽不堪、血迹斑斑的场景，被剥夺掉的所有光明和知识，他们会认为这些都是耸人听闻的夸张，是彻头彻尾的谎言，是对南方种植园主们的品性不可饶恕的诽谤，从而做出一副义愤填膺的样子。似乎所有这些可怕的暴行不是奴隶制的自然结果！似乎使人沦落成物品并不比狠狠鞭挞他和剥夺其衣食残忍！当所有人权都被废除，还留有什么屏障来保护在破坏者暴怒下的受害者？当绝对的权力被认为高于生命和自由，掌权者不会进行毁灭性的统治？社会上很多人对此持怀疑态度。在少数场合里，他们疑心重重是因为不能深思熟虑；但是，这往往表明他们憎恶光明，想要庇护奴隶制，使其免受反对者的抨击，还蔑视自由且轻视被束缚的有色人种。这样的人会试图诋毁《自述》中蓄奴制下令人震惊的残忍事实，但也只是徒劳。道格拉斯先生直言不讳，披露了他的出生地点、那些宣称拥有他身体和灵魂的奴隶主，以及那些对他犯下罪行的人们。因此，如果不属实，他的陈述很容易被驳斥。

在《自述》中，他提到了两件极端残忍、置人于死的事。第一件事是：一个种植园主蓄意枪杀了邻近种植园里的一个奴隶，只因后者在追鱼的时候无意闯入他的领地；另一件事是一个奴隶为逃避血腥的鞭打逃到一处小溪，而后被监工抽得脑浆四溅。道格拉斯先生写明这两件事都没有判决逮捕犯人或是进行司法调查。1845

年3月17日的《巴尔的摩美国人报》①报道了一起类似的暴行，凶手也一样没受到惩罚。报道内容如下："枪杀一名奴隶——从本城某位绅士所收到的一封来自马里兰州查尔斯县的信函中，我们获悉一名叫马修斯的年轻人（此人系马修斯将军之侄；据信，其父在华盛顿供职），枪杀了他父亲农场的一个奴隶。信中写道，年轻的马修斯负责照管农场；一个仆人不听从他的命令，于是他进屋拿了把枪，走回去射杀了那名仆人。信中继续写道，他立刻逃往他父亲的住处，到目前还未遇到任何麻烦。"这让我们永远不要忘记，不管奴隶主或监工对奴隶施加的暴行是何等穷凶极恶，他们中间没有一个人会因黑人证人的证词而获刑，无论这些证人是奴隶还是自由人。奴隶法典裁定黑人没有资格对白人做出不利证供，似乎奴隶本属于兽类。因此，不管所谓法律的保护是何种形式，奴隶事实上没有受到任何保护；所有对他们犯下残酷罪行的人都可免受惩罚。有谁能想出比这更为恐怖的社会现状么？

《自述》生动地描述了宗教信仰对南方奴隶主行为的影响，并表明这一影响毫无益处。就其性质而言，这种破坏力无疑最为致命。关于这点，道格拉斯先生的证词得到了许多证人的支持，他们的真实性毋庸置疑。"奴隶主信基督教是明显的欺骗。他罪恶滔天。他偷拐人口。天平另一端放什么无关紧要。"②

本书的读者们！你们支持偷拐人口的家伙，还是另一边被践

---

① 《巴尔的摩美国人报》是美国马里兰州19世纪中期发行的报纸，后与《巴尔的摩新闻邮报》于1964年合并为《巴尔的摩新闻》，该报于1986年停刊。——译者注

② 富兰克林于1793年10月22日在自己创办的《宾夕法尼亚报》上发表了一篇文章《冬青山的女巫审判》(A Witch Trial at Mount Holly)。文中提到，指控女巫的人认为，将一名疑犯和一本《圣经》放在天平两端，《圣经》将会比疑犯重。——译者注

踏的受害者? 如果是前者,那你在与上帝和全人类为敌。如果是
后者,那你准备为了他们去做什么、去挑战什么呢? 请保持忠诚,
请提高警惕,请为打破每一个束缚而不懈努力,让受压迫的人们能
够获得自由。无论将面临什么,无论付出什么样的代价,在迎风打
开的横幅上写下"绝不和奴隶制妥协! 绝不和奴隶主结盟!",并以
此作为你宗教和政治的训言。

威廉·劳埃德·加里森①

1845 年 5 月 1 日

温德尔·菲利普先生的信

亲爱的朋友:

　　还记得《人和狮子》②这则古老的寓言么? 当狮子抱怨"由狮
子书写历史"时,狮子就不会被人歪曲了。

　　我很高兴"狮子书写历史"的时刻已经到来。从奴隶主那里收
集他们不经意留下的证据来证明奴隶制的本性,这件事我们已经
做了很久。确实,总的来说,从这种联系中得到的结论显而易见,
足够让人满意,让人不再去追究是否每一次情况都是如此。也确

---

① 威廉·劳埃德·加里森(William Lloyd Garrison, 1805‑1879),美国著名废奴主
义者,于 1831 年在波士顿创办《解放者报》,鼓动立即、彻底废除奴隶制,同年创立新
英格兰反奴隶制协会。1833 年参与建立美国反奴隶制协会,随后任该协会主席
(1845—1865)。南北战争后主要致力于禁酒、妇女平权等社会活动。——译者注
② 《人和狮子》出自《伊索寓言》,故事内容如下:有一个人和一只狮子一同旅
行,他们穿过树林,一面走,一面各自夸耀自己的力量和勇气。当他们争论得正激
烈的时候,正好经过一座雕像,这是一只狮子被人勒死的雕像。人指着雕像说:
"看哪! 我们人多强壮啊! 我们可以制服百兽之王呢!"狮子回答道:"这个雕像是
你们人雕的,如果我们狮子也知道做雕像的话,你将会看见人被狮子踩在脚爪底
下的雕像。"——译者注

实，有些人只关注奴隶每周半配克①玉米的配给，喜欢数奴隶后背受到的鞭笞印，这些人很少能"出"改革家和废奴主义者。我记得在1838年，很多人要等西印度群岛实验②的结果出来之后才决定是否加入我们的行列。那些"结果"很早之前就出来了；但是，哎呀！因那些数据改变观点的人非常少。人们一定要从其他实验来评判奴隶解放，而不能只看它是否提高了糖的产量，也要找到其他憎恨奴隶制的理由，而不仅仅因为它让男人挨饿、让女人受鞭刑。只有在此之后，他们才愿意开始自己的反奴隶制生涯。

从你的故事里，我很高兴地得知，上帝的儿女中最为人所忽视的这群人很早就意识到了自己的权利，发现自己所受的不公待遇。人生经历是位热心的老师；早在你学会识字或是知道切萨皮克湾的"白帆"驶向何方之前，你就开始判断奴隶所受的苦难，不是通过所受的饥饿和渴望，不是所遭受的鞭打和劳役，而是笼罩着灵魂的死亡，残忍、毁灭性的死亡。

说到这点，有一处情形使你的回忆尤其珍贵，并令人更加惊叹于你早年的洞察力。我们听说在你来的那个地方，那里的奴隶制最为公平合理。那就让我们听听，奴隶制在它最好的状况下又是如何——来审视它光明的一面，如果它有的话；然后，当想象力朝南行进到密西西比河蜿蜒而过的（对黑人来说）"死荫的幽谷"，③它给这幅画面加上黑色的线条。

---

① 配克是谷物等的干量容积单位，1配克为8美制夸脱，约为8.81升。——译者注
② 属西印度群岛殖民政府将奴隶和自由劳力的劳动效率进行比较，之后于1834到1838年间逐步废除了奴隶制。时任当地布政司的爱德华·斯坦利（后升至英国首相）将此称为一场"伟大的实验"。——译者注
③ 参见《圣经·旧约·诗篇》23：4。——译者注

此外，我们现在已经是旧识，我可以百分之百相信你的正直坦诚。每个听过你说话的人都信服你所描述的是全部真相中一个公正的例子，而且我相信每个读到这本书的人也会有同样的感受。不是单方面的叙述，不是满篇的抱怨，而是彻彻底底的公正；个人的善良和吃人的制度奇怪地结合在一起，每当个人的善良减轻了制度的残忍，你也给出了公正的描述。你和我们一起生活多年，能够将你们在北方享受权利的曙光和梅森-迪克逊线以南辛劳的"午夜黑暗"进行比较，告诉我们，到底马萨诸塞州半自由的黑人是否比水稻田里吃穿不愁的奴隶更加不幸！

你的人生经历，不会有人说叙述的不客观，尽挑一些罕见的残忍事例。我们知道，你从杯中倒出的苦汁并不是个人的苦难，而是长久以来每一位奴隶都无可避免遭受着的折磨，是这个制度必然的组成部分，而不是偶然的结果。

我读你的自述时，心为你颤抖。也许你还记得，几年前，你开口告诉我你的真实姓名和出生地时，我制止了你，我宁可对此一无所知。我只了解些模糊的描述，这么多年来一直如此，直到你把回忆录读给我听的那天。看到那些回忆时，我不知道该不该感谢你，因为我心里认为在马萨诸塞州，把自己的姓名诚实地告诉别人还是件危险的事。人们说，1776年国父们签署《独立宣言》是把他们自己的脑袋套在了绞索上。而你，在发表自己的自由宣言时，周围也是危险重重。在《美利坚合众国宪法》笼罩下的广博土地上，没有一片土地——不论它多么狭小或与世隔绝——可以让一个奴隶扎根，并且宣布"我安全了"。《北方法律》都不能为你们提供庇护。我可以自由地说，在你们的地方，我应该把参议员扔到火堆里。

也许，你可以很安全地叙述你的故事，你有少见的天赋，更少见的是你用这些天赋为他人服务，这都使你为诸多热心人士所喜爱。但是，那完全归功于你的辛劳和人们无畏的努力。这些人脚下踩着这块土地上所谓的法律和《宪法》，下定决心：如果那些卑微的人儿站上他们的街头，在安全的地方为自己遭受的罪行作证，他们将"把流浪者藏起来"，让自己的家成为受压迫者的避难所。

但是，令人悲哀的是，这些跳动着的心脏，欢迎你讲述的故事，为这些故事提供保护，却认为这些故事"违反了有关法律规定"。继续吧，我亲爱的朋友，直到你和那些同你一样身处黑暗监牢的人被拯救出来，乃像从火里经过一样①，让这些自由却不合法律的情感永远留存；新英格兰和沾染鲜血的合众国决裂，为成为被压迫者的避难处所而荣耀——直到我们不再仅仅是"隐藏被赶散的人"②，或是当他在我们中间被追捕时，我们不再袖手旁观；而是将先辈移民们的土地重新神化为被压迫者的避难所，对奴隶们的"欢迎"之声如此之大，甚至连卡罗来纳州的每一间小屋都能听到，让心碎的男奴一想起曾经待过的马萨诸塞州就高兴得跳了起来。

愿神保佑，那天早日降临！

真诚的温德尔·菲利普斯③

1845 年 4 月 22 日于波士顿

---

①　参见《圣经·新约·哥林多前书》3∶15，原句为"虽得救，乃像从火里经过一样"。——译者注

②　参见《圣经·旧约·以赛亚书》16∶3，原句为"求你献谋略、行公平，使你的影子在午间如黑夜，隐藏被赶散的人，不可显露难民"。——译者注

③　温德尔·菲利普斯(Wendell Phillips，1811－1884)，美国著名的演说家、改革家、废奴主义者。——译者注

弗雷德里克·道格拉斯生平

　　弗雷德里克·道格拉斯生来为奴，生于马里兰州托尔伯特县，原名弗雷德里克·奥古斯塔斯·华盛顿·贝利。虽然不确定自己生日的确切年份，但他认为是在 1817 年或 1818 年。孩童时，他被送到巴尔的摩做男仆，并在女主人的帮助下学会读书写字。1838年，他逃脱奴隶生涯来到纽约市，和在巴尔的摩结识的自由黑人安娜·莫里结为夫妇。此后不久，他改名为弗雷德里克·道格拉斯。1841 年在南塔基特，他在马萨诸塞州反奴隶制协会的一次集会上发表演讲，演讲感人至深，该协会立刻聘请他为演讲人。他的演讲感人至深，使很多人怀疑他是否曾经为奴，因此他写下了《弗雷德里克·道格拉斯：一个美国奴隶的生平自述》一书。美国国内战争期间，他帮助马萨诸塞州第 54 和 55 军团招募黑人士兵。战后，他四处活动来确保和保护自由黑人的权利。在晚年，他分别担任了圣多明哥委员会秘书、哥伦比亚区法院执行官和记录员，以及美国驻海地公使。他的另外两本自传是《我的枷锁和我的自由》和《弗雷德里克·道格拉斯的生平和时代》，分别于 1855 年和 1881 年出版。1895 年，道格拉斯去世。

第一章

　　我出生于马里兰州托尔伯特县的塔卡霍，离希尔斯伯勒不远，距伊斯顿大约十二英里。我不知道自己确切的年纪，因为我从未见过任何可靠的相关记录。目前，绝大多数奴隶就像马儿一样，对自己的年纪一无所知。让自己的奴隶一直如此无知，正是大多数我所认识的奴隶主们的愿望。我从未遇到过一位能说出自己生日的奴隶。他们顶多知道是在播种季、收割季、樱桃采摘季、春季或秋季。即使在童年，我也曾因为不知道自己的生日而闷闷不乐。白人小孩能说出自己的年纪。我不明白为什么自己的这个权利会被剥夺。我不被允许问主人任何与此有关的问题。他认为一个奴隶提出这些问题是不当的、无理的，证明这个奴隶不安分。我估计自己目前有二十七八岁，我这么说是因为在 1835 年的一天，我听到主人说我当时差不多十七岁。

我母亲名叫哈里特·贝利，她的父母是艾查克·贝利和贝奇·贝利，都是肤色很深的黑人，而我母亲的肤色比他们还深。

我父亲是个白人，人们谈到我的出身时都这么说。人们私下还说我的主人就是我父亲；但我不知道这个说法是否正确。我找不到任何途径去了解真相。在我还是婴儿时就和母亲分开了——在我明白她是我母亲之前。在马里兰州——我逃出来的那个地方，人们常常在黑人孩子很小的时候把他和母亲分开。孩子还没满周岁时，母亲就被带走，租给一个距离较远的农场，而孩子则由一位上了年纪、干不了农活的老妇人照顾。我不知道为什么要这么做，想必是为了不让孩子对母亲产生感情，让母爱变淡甚至消失殆尽吧。这是可想而知的结果。

在知道我母亲是谁后，我和她见面的次数不过三四次，而且每次时间都很短，还都在晚上。租她的是一位斯图尔特先生，住处离我家大约十二英里。她都是晚上来看我，在结束一天的劳作后，一路走过来。她在田里干活。如果日出时奴隶还没出现在田地里，就会挨一顿鞭子，除非他/她有主人的特许，可以不用照规矩来——这样的特许，奴隶们很少能得到，能准许的主人也可以称得上是宽厚的好主人了。我不记得在白天见过我母亲。她在夜晚陪着我，会陪我躺下，哄我睡觉，但在我醒来之前，她已经早早地离开了。我们之间沟通很少。而死亡很快就终结了我们之间仅有的这点交流，也结束了她的艰辛和苦难。在我差不多七岁时，母亲去世了，死在我主人的一个农场里，离李氏磨坊不远。她生病、断气和入土时，主人都不准我出现。她去世很久以后，我才得知这个消息。我从未享受过她分毫的安抚、她的温柔和照料，得知她死讯时也没有太大触动，就像去世的只是一个陌生人。

她突然离世，没有留下任何关于我父亲身份的线索。关于主人就是我父亲的谣言，可能是真的，也可能是假的；不论真假，这对我的决心基本没有什么影响，因为令人憎恨的事实是，奴隶主们认定女奴隶的子女们在任何情况下都必须跟他们母亲一样为奴，何况还有成文的法律规定；这么做显然是为了照顾他们自己的私欲，满足他们邪恶的欲望，而且他们得到的不仅是快感，还有好处，因为这种狡猾的安排让奴隶主兼有主人和父亲的双重身份，这种情况并不在少数。

我知道这样的例子，而且值得一提的是，和其他人相比，这类奴隶不可避免地遭受更大的困苦，要应付更多的麻烦。首先，她们的存在就是对女主人永无休止的冒犯。她会故意挑她们的毛病；她们做什么都无法取悦她；只有她们挨鞭子时，她才感到心满意足，尤其当她怀疑起自己的丈夫，认为他对待奴隶时，更为偏袒他的混血子女。为了照顾白人妻子的感受，主人经常被迫卖掉这类奴隶。把自己的亲骨肉卖给人贩子，尽管这么做残酷无情，却往往也是人之常情：如果不这样，他不仅要亲手鞭打他们，还要眼睁睁看着自己的白人儿子把肤色略深的亲弟兄捆绑起来，用血淋淋的皮鞭抽打他裸露的后背；如果主人支支吾吾说出个"不"字，会被认为他做父亲的偏心，这只会让情况更糟糕，不管是对他，还是对他想要保护的奴隶。

每年都会出生大批这一类奴隶。毫无疑问，就是在了解这个事实后，一位南方的政治家才预言不可抗拒的人口规律将使奴隶制灭亡。无论这一预言是否会成真，很明显在南方，虽然原先从非洲被带到这个国家的人们仍困于奴隶制之中，而他们中又出现了外表完全不同的后代。就算这类奴隶人数的增加并没有带来什么好处，至少削弱了一个说法——上帝诅咒了含①，所以美国的奴隶制是正确的。根据《圣经》经文，只有含的直系后人才会为奴，如果这样的话，可以肯定南方的奴隶制将很快和《圣经》脱离关系。因为像我一样，每年有成千上万个黑人被带到这个世上，他们的父亲是白人，而大部分情况下，这些白人父亲正是他们的主人。

我有过两位主人。第一位主人姓安东尼，我不记得他的名字。一般人们叫他安东尼船长——我猜可能是因为他在切萨皮克湾上驾驶一艘船。大家不认为他是个有钱的奴隶主，他有两三个农场，大约三十个奴隶。他的农场和奴隶由一名叫普卢默的监工照管。普卢默先生是个讨人嫌的醉鬼，整天骂骂咧咧，满口对神明的不敬，像只凶残的野兽。他总是随身带根皮鞭和一根很重的短棍。

① 参见《圣经·旧约·创世记》9：18-27。原文是"出方舟诺亚的儿子就是闪、含、雅弗。含是迦南的父亲。这是挪亚的三个儿子，他们的后裔分散在全地。挪亚做起农夫来，栽了一个葡萄园。他喝了园中的酒便醉了，在帐篷里赤着身子。迦南的父亲含，看见他父亲赤身，就到外边告诉他两个兄弟。于是闪和雅弗拿件衣服搭在肩上，倒退着进去，给父亲盖上，他们背着脸就看不见父亲的赤身。挪亚醒了酒，知道小儿子对他所做的事，就说：'迦南当受诅咒，必给他弟兄做奴仆的奴仆。'又说：'耶和华闪的神，是应当称颂的，愿迦南做闪的奴仆。愿神使雅弗扩张，使他住在闪的帐篷里，又愿迦南做他的奴仆。'"——译者注

我知道他把女奴打得头破血流，连主人对他的残忍都感到愤怒，威胁着说他如果再不收敛的话，就会抽他一顿。主人自己并不仁慈，那个监工的残酷无道过了头，才引起他的不满。主人长期蓄奴，愈加铁石心肠。有时候他似乎以抽打奴隶为乐。我经常在凌晨被撕心裂肺的尖叫声吵醒，是他把我的一位阿姨绑到托梁上，不停鞭打她，直到她裸露的后背鲜血淋漓。这个血淋淋的受害者，求饶也好，哭泣也好，祈祷也好，都不能动摇他的铁石心肠。她叫的声音越大，他抽得越狠；哪儿血流得最快，他鞭打的时间就最长。他会为了听她惨叫而去打她，也会为了让她闭嘴而动手。不搞得自己筋疲力尽，他不会停下血迹斑斑的皮鞭。我记得第一次目睹这恐怖场景时，我还只是个孩子，但是印象很深。只要我还有记忆，我永远都不会忘记那一幕。我注定要成为一系列暴行的目击者和受害者，而那只是第一次。它让我突然惊醒，意识到自己将要跨过鲜血斑斑的大门，进入奴隶制的地狱。那是极其骇人的景象，我多希望能在纸上描述出自己当时的心情。

那件事发生在我到老主人家中不久，具体情况如下：一天晚上，赫斯特阿姨出了门——去了哪里我不知道——恰巧主人要见她，而她人不在。他曾经命令过她晚上不许出去，并警告过她，不要让他抓到她和一个年轻人在一起，那个男人对她有意思，是劳埃德上校的奴隶，名字叫内德·罗伯茨，人们叫他"劳埃德的内德"。主人对她这么上心，原因能猜得出来。她身材匀称，举止优雅，我们那一带不管黑人还是白人，论外貌很少有人能和她匹敌，胜过她的更是少之又少。

赫斯特阿姨不但违背了他的命令，溜了出去，还被人发现和"劳埃德的内德"在一起。从主人鞭打她时说的话里，我发现后一

条才是她的主要罪状。如果他自己品行端正，这么做还可以看成
是有意要保护我阿姨的纯洁。不过，认识他的人都不会认为他能
有如此美德。在开始鞭打赫斯特阿姨之前，他把她拖到厨房，把她
脖子到腰间的衣服全扯掉，让她的脖子、肩膀和后背都光着。然后
他让她双手交叉，嘴里还叫着她"臭＊子"（原文是省略 d…d b…
h.）。之后，他用根结实的绳子把她双手绑起来，把她拖到一张凳子
前，凳子上方的托梁里专门安了个大钩子。他让她站到凳子上，把
她双手系到钩子上。现在，她只能站在那里任他为所欲为。她的
胳膊被钩子拽着，只能踮着脚尖站在那里。然后他嚷道："现在，你
个臭＊子（婊原文是 d…d b…h）。不听我的话！"他卷起袖子，抡起
重重的皮鞭。很快在她的尖叫声和他的诅咒声中，温热的鲜血开
始滴落到地上。这样的场面让我惊恐万分，我就躲到一个衣橱里，
直到那血腥的行为结束很久以后才敢出来。我心想下次可能就会
轮到我。这对我来说是头一遭，我以前从没见过这样的事。我一
直和外祖母住在种植园的外围边上，她在那里专门抚养年轻女性
的孩子。直到现在，我才见识到种植园里常见的血腥场景。

第二章

主人家有两个儿子，安德鲁和理查德，还有一个女儿柳克丽霞
和她的丈夫，托马斯·奥尔德船长。他们都住在艾德伍德·劳埃
德上校中心种植园的一栋房子里。我的主人为劳埃德上校办事，
也是总监工，可以算是管着监工们的监工。童年时，我在主人的家
里住了两年。就是在这里，我目睹了第一章中所记录的血腥行为；

因为我是在这里对奴隶制有了最初的印象，我将描述一下这个种植园和当时里面奴隶制的情况。这个种植园在托尔伯特县，在伊斯顿北边大约十二英里，位于迈尔斯河岸边。园里的主要作物是烟草、玉米和小麦，这些都是大批量种植。这个种植园，再加上他名下的其他几个种植园，使劳埃德上校一直有能力雇一艘大单桅纵帆船把货物运到巴尔的摩的市场。这艘船名为"莎莉·劳埃德号"，以纪念上校的一个女儿。主人的女婿奥尔德船长拥有那艘船；但是，船上用的人手是主人自己的奴隶：彼得、艾萨克、里奇和杰克。这几个人备受其他奴隶的尊敬，被视为种植园里的大人物；因为在其他人看来，能获准去见识巴尔的摩可不是件小事。

劳埃德上校自己的中心种植园里有三四百个奴隶，邻近一些属于他的农场里，很多奴隶也归他。离中心种植园最近的两家农场叫"怀镇"和"新计划"。"怀镇"归一个名为诺亚·威利斯的监工管，而"新计划"的监工则是汤森先生。这两家以及其他农场的监工，人数加起来超过二十人，都归中心种植园里的管理者们管，听他们的指示。这里是庞大的办事中心，共管理着二十家农场。监工之间的冲突都在这里解决。如果有奴隶犯了大罪、不服管教或是有逃跑的迹象，他立马被带到这里，受到狠狠地鞭打，再被押上单桅船运到巴尔的摩，卖给奥斯丁·伍尔福克或别的奴隶贩子，以此警告其他奴隶。

其他农场的奴隶也从这里领取每月的口粮和每年要穿的衣服。奴隶，不分男女，每月的口粮都是八磅猪肉或同样重量的鱼肉，还有一蒲式耳①的玉米吃食。每年的衣物包括两件粗亚麻衬

---

① 蒲式耳为计量单位。在美国，1蒲式耳相当于35.238升（公制）。——译者注

衫、一条和衬衫差不多材质的亚麻裤子、一件外套、一条过冬的粗棉布裤子、一双袜子和一双鞋；全部加起来不到七美元。奴隶孩童的配额发给他们的母亲，或是照顾他们的老妇人。还不能下田干活的孩童拿不到鞋、袜子、外套和裤子。每年，他们的衣物就只有两件粗亚麻衬衫。如果这两件衣服没撑过一年，他们就只能光着身子，等下一个发配额的日子。一年四季都能看到一些七到十岁的男孩和女孩几乎赤身裸体。

奴隶都是没有床的，除非一条粗毛毯可以算作床，而且毛毯也只有成年男女才有。但是，人们并不认为这是多大的苦难。比起来，没时间睡觉才更加痛苦；因为干完田里的活计后，大多数人要洗刷、缝补和烧饭，他们又没有或仅有几件干这些活儿所需的常用工具，只能借睡觉的时间用来准备第二天田里要干的活儿。做完之后，男女老少，不管单身还是已婚的，都挨个倒在一张公用的床上——那就是冰冷潮湿的地面——每个人身上盖着薄得可怜的毛毯；就这样睡着，直到工头的号角声把他们叫起来。号角声一响，所有人都必须起床，赶到田地里去，不能有片刻的犹豫；每个人都必须到位；没有听到这个召唤的人会遭殃；如果声音吵不醒他们，那身体的痛感会让他们醒过来：不论年纪或性别，没人会受到偏袒。监工塞维尔先生，常常站在住处的门边，手里拿着一根大山胡桃木棍和一条粗皮鞭，随时准备抽打那些没有一听到号角声就准备好去田地的人，不管他是没听到还是因为其他什么缘故。

塞维尔①先生人如其名：他生性冷酷。我曾见他鞭打一位妇

---

① 塞维尔先生，原文为"Mr. Severe"，而"severe"一词本身有"严厉苛刻"的意思。本处人名采用音译。——译者注

人，打得她鲜血直流，半小时都没止住；而同时，她的孩子们围在旁边，哭着喊着求他放了他们的母亲。他似乎乐于展示自己残酷的野蛮行径。除了为人冷酷外，他还骂骂咧咧，亵渎上帝。听他说话足以让人浑身发冷、头皮发麻。他嘴里吐出的句子没有不带脏字的，不是以咒骂开始就是以咒骂结束。在田地里可以目睹他的冷酷和渎神。他的存在让那里变成了一片血腥之地、一处渎神之所。从日出到日落，他不停地对田里的奴隶咒骂叫嚣，甚至鞭打、砍伤他们，方式恐怖至极。我到劳埃德上校的种植园不久，他就死了。他在垂死的呻吟中，发出恶毒的诅咒和谩骂，就跟他平时一样。奴隶们把他的死看作是神对他们的庇佑。

塞维尔先生留下的空缺被一位霍普金斯先生填补了。他和他的前任截然不同。他没那么冷酷和大不敬，也不会弄出那么多噪声。他残酷却不过分，这是他的特点。他也鞭打人，但似乎并不热衷于此。奴隶们认为他算个不错的监工。

劳埃德上校的中心种植园看上去像是个村落。各个农场里所有的机械活儿都在这里干。做鞋、修鞋、打铁、修车、箍桶、编织、磨谷物都是由中心种植园的奴隶们来做。这里看起来很像回事，和附近的农场大不一样，房屋的总数也超过了附近的农场，奴隶们称之为"大屋农场"。能被选中到"大屋农场"里跑跑腿，被外围农场的奴隶们认为是不可多得的美差。在他们印象中，这算了不起的大事。外围农场里被选中在"大屋农场"跑腿的奴隶，他的自豪之情比得上在美国国会取得一席之地的议员。他们认为这表明了监工对他们的极大信任。因为这一点，也因为他们一直想要逃离田地里工头的鞭笞，他们认为这是个极高的特权，值得小心地过活。获得这一荣誉最频繁的人被公认为是最机灵、最可靠的家伙。这个差事的竞争者们都争着讨好他们的监工，那份殷勤和政党里谋求官职者讨好、欺骗人民的手段并无二致。各政党"奴隶"身上的那些性格特点，在劳埃德上校的奴隶身上同样可以找到。

被挑中去"大屋农场"领他们自己和同伴们的每月配额的奴隶，都特别兴奋。在路上，在浓密的老树林里，方圆数里都回荡着他们热情的歌声，他们兴高采烈的模样中又流露出浓浓的忧伤。他们一路走，一路编曲唱歌，不管节拍，也不顾曲调如何。有了念头，就把它唱出来——不是用歌词就是用歌声来表达——而且往往两者都有。有时，他们会用欣喜至极的调子唱出至深的悲伤，有时又用悲伤至极的调子唱出满满的欣喜。他们会想方设法在所有的歌曲中加点和"大屋农场"有关的内容，尤其在离开家时更是如此。他们会兴高采烈地唱出下面的句子：

> 我要去大屋农场了！
> 哦，是的！哦，是的！哦！

这两句被用来给各种各样的歌谣当副歌，对许多人来说那些歌词也许是没有意义的土话，但对他们自己而言意义深刻。有时我想，对某些人来说，仅仅是听到这样的歌曲，他们体会到的奴隶制的邪恶本质，也比读完整套关于奴隶制的哲学著作来得更为深刻。

我当奴隶时并不能够理解这些粗野、毫无条理的歌曲所蕴含的深刻含义。我自己身在其中，不能够像自由的人一样去看、去听。它们讲述了一个个悲伤的故事，当时的我无法理解；歌曲的调子响亮、悠长而深沉，它们是备受痛苦煎熬的灵魂所吐露出的祈祷和愤懑。每一支歌曲都是反对奴隶制的证词，都在祈祷上帝能将他们从枷锁中解救出来。这些感情浓烈的曲子总让我情绪低落，内心充满着难以描述的悲伤。听到它们，我总是泪流满面。甚至现在重提这些歌曲都让我感到痛苦；当我写下这些句子时，这种感情已经化为热泪顺着我的脸颊淌落。在这些歌里，我第一次对奴隶制非人性的本质有了隐约的了解。这些歌曲伴随着我，让我愈发厌恶奴隶制，更加同情被束缚的弟兄们。如果有人想要感受一下奴隶制对灵魂的扼杀，就让他去劳埃德上校的种植园，在发放配额的那天，藏在浓密的松树林里，就在那里静静地研究那些将要穿过他灵魂的声音——如果这都不能对他产生影响，那只能是因为"他冷酷的内心没有血肉"①。

　　我到北方后，发现有人认为奴隶们这样唱歌证明了他们感到满足和快乐，不免感到震惊，没有比这更严重的错误了。奴隶们唱歌唱得最频繁的时候，也是他们最不开心的时候。奴隶的歌代表了他们内心的悲伤，就像眼泪缓解了心中的痛苦，唱歌能让他们稍感轻松。至少，这是我自己的经历。我常常借歌消愁，但很少用它来表达开心。在奴隶制的魔爪下，为快乐而哭和为快乐而唱对我而言都极其少见。如果人们这么评判奴隶唱歌这一行为，还不如把一个被弃荒岛的人的歌声说成是他的满足和快乐的证明；这两种情况，歌曲的情感来源其实是一样的。

_____

① 此句出自英国诗人威廉·古柏（William Cowper）的诗作《任务》（The Task）第2卷。——译者注

第三章

　　劳埃德上校有个精心打理的大果园,除了大花匠(穆杜蒙德先生)外,还长期雇着四个人。这个果园可能是当地最吸引人的去处了。在夏季的几个月里,远近的人们从巴尔的摩、伊斯顿和安那波利斯等地赶来参观。从北方耐寒的苹果到南方可口的橘子,果园大量种植着各式各样的水果。在种植园里,这个果园惹来的麻烦不少。果园里上乘的水果对上校手下老老少少、忍饥挨饿的奴隶们来说都是极大的诱惑,很少有人有如此高的美德(或罪恶)可以抗拒这一诱惑。整个夏季,几乎每天都有奴隶因为偷水果挨鞭子。上校不得不想方设法让他的奴隶们远离果园。最后一个方法,也是最有效的方法就是把栅栏全部涂上焦油;如果发现某个奴隶身上沾有焦油,那就足以证明他进去过或者试图进去过果园。无论如何,他都得被大花匠狠狠地鞭打一顿。这个计划很奏效,奴隶们怕焦油就跟他们怕鞭子一样。他们似乎意识到"近焦油而不脏"是不可能的。

　　上校的马匹和车辆也十分讲究。他的马厩和马车房看起来和大城市的车马行差不多。他养的马有着最俊美的外形和最高贵的血统,马车房里除了一些最新潮的第尔本马车和有篷四轮马车外,还停着三辆豪华四轮大马车和三四辆双轮轻便马车。

　　两个奴隶——老巴尼和小巴尼打理着这些,他们是对父子。这是他们唯一要干的活儿,但这绝不是件轻松的差事;因为劳埃德上校最挑剔的就是对马匹的照料。对它们的一丁点疏忽都不能饶恕,照料马匹的人会受到最严厉的惩处。哪怕上校仅仅是怀疑他们对马儿们有丝毫照顾不周，都没有任何理由能够保护巴尼父子，而且他经常这样疑神疑鬼，使得父子二人的日子十分艰难。他们不知道自己什么时候不用受罚。他们往往在最不该罚的时候受到鞭打，却在该受罚的时候逃过劫难。一切都取决于马儿们的外表，以及马儿牵到劳埃德上校面前时，他的心情。如果哪匹马跑得不够快或是头扬得不够高，那就是马夫的过错。马牵出来用时，马夫受到的种种责备能让在马厩附近听到的人都感到痛苦。"这匹马没有照顾好。没有好好地给它洗刷、梳毛，要不就是没有喂好；饲料不是太潮就是太干；要么吃得太早，要么太晚；马太热，或是太冷；要么干草吃得太多，谷物没吃够；要么谷物吃多了，干草没吃够；老巴尼自己不照顾马，居然让他儿子来干，做得太过分了。"所有这些责备，不管多不公正，奴隶说一个字都不行。劳埃德上校不能容忍奴隶的顶撞。他说话时，奴隶得站着听，浑身发抖。事实也是这样。我曾见到劳埃德上校让五六十岁、光头的老巴尼把帽子摘掉，跪在阴冷潮湿的地上，还朝他光溜溜、劳累不堪的肩膀上一口气抽打了三十多下。劳埃德上校有三个儿子——爱德华、莫里和丹尼尔，有三个女婿——温德尔先生、尼克尔森先生和朗兹先生。他们都住在"大屋农场"，高兴了就从老巴尼到车夫威廉·威尔克斯，把所有的奴隶打个遍。我曾见过温德尔让一名仆人站在一定距离外，这样鞭鞘正好可以够得到他，每打一次，他的背上都隆起一条伤痕。

　　描述劳埃德上校的财富无异于描述约伯①的家产。光宅子

---

① 约伯是《圣经》里的人物。在《圣经·旧约·约伯记》第一章中记载约伯"家产有七千羊，三千骆驼，五百对牛，五百母驴，并有很多仆婢"。——译者注

里,他就有十到十五个仆人。据说他有一千个奴隶,我觉得这个说法八九不离十。劳埃德上校手下的奴隶多到他看到他们时都不知道是自家奴隶;外围农场的奴隶们也不完全认识他。据说有天他在路上骑马时遇到了一个黑人,他用南方惯常在公路上和黑人说话的方式跟后者打招呼:"嗨,小伙子,你是谁家的啊?"奴隶回道:"劳埃德上校。""上校对你好吗?"对方很快回道:"不好,先生。""是吗,他让你们很辛苦?""是的,先生。""那,他没给你们足够的食物?""给了,先生,吃的倒够了,但也就那样。"

在弄清这个奴隶在哪个农场干活之后,上校继续骑马上路;那个奴隶也继续做自己的事,做梦都没想到自己刚才和主人说了话。他没再去想这件事,没和人谈论过,也没听说过什么,直到两三个星期之后,监工告诉这个可怜的人,因为他挑主人的毛病,所以要把他卖给佐治亚州的一个人口贩子。他立即被套上铁链和手铐;就这样,没有任何警告,一只比死亡还要冷酷的手将他突然带走,使他和家人朋友永远分离。这就是说出真相的惩罚,在回答几个普普通通问题时,说了实话的惩罚。

部分原因是,在被问起自己的处境和主人的性格时,奴隶们几乎全部都会说他们很满意,主人很好。奴隶主在奴隶中间安插奸细,来查探他们对自己处境的看法和感受,这一点大家都心知肚明。这么做得多了,奴隶们都相信要少说为妙。他们隐瞒真相,不愿去承担说出真相的后果,这么做也证明了他们和其他人并无二致。如果他们谈起自己的主人,一般都是说主人的好话,不知道说话对象的底细时,更是如此。我当奴隶时经常被问到是否有个仁慈的主人,我不记得自己是否给过否定的回答;后来在追寻自由的过程中,我也不认为自己当时说的全是假话;因为,我总是用我们周围奴隶主们设定的仁慈标准来衡量我的主人。而且，奴隶和其他人一样，其他人身上常有的偏见，他们也有。他们总认为自己的东西比别人好。受到这种偏见的影响，许多人认为自己的主人要比其他人的好；某些时候，事实却恰恰相反。确实，奴隶们为自己主人的仁慈而争吵失和的事并不少见，每个人都争着证明自己的主人比其他主人更仁慈。可同时，让他们单独评价的话，他们都会咒骂自己的主人。我们种植园就是这种情形。劳埃德上校的奴隶遇到雅各布·杰普森的奴隶时，他们不吵上一架都不会分手。劳埃德上校的奴隶争辩说上校最有钱，而杰普森先生的奴隶则夸他最聪明、最像个男人。劳埃德上校的奴隶吹嘘上校有能力把雅各布·杰普森买回来再卖掉。杰普森先生的奴隶则说杰普森先生有本事鞭打劳埃德上校。这些争吵往往以双方的打斗告终，那些动鞭子打人的被认为是赢的一方。他们似乎认为主人的伟大也算在自己身上。身为奴隶已经很糟糕，而做一个穷鬼的奴隶，那确确实实算得上是种耻辱了！

第四章

　　霍普金斯先生当监工的时间不长。我不知道他这份工作为什么这么短，但觉得是因为他身上没有劳埃德上校要的严厉劲。接手的是奥斯丁·戈尔先生，他具有一流监工所必不可少的特质，这点显而易见。戈尔先生此前在外围的一家农场为劳埃德上校做监工，他的表现足以证明自己可以到"大屋农场"里高就。

　　戈尔先生傲慢、固执、野心勃勃。他为人阴险狡诈、残忍冷酷、

顽固不化。他适合那里，而那里也适合他这样的人。在那里，他能
充分利用他所有的权力，而且他似乎也如鱼得水。有些人能把奴
隶一个细微的表情、言辞或举动都曲解成狂妄不敬，他就是其中之
一，并且会相应地进行惩罚。奴隶不能反驳，不准辩解，不能表明
自己是被冤枉的。奴隶主们立下的教条，戈尔先生将它发挥到极
致，那就是"宁可让十几个奴隶挨鞭子，也不能当着奴隶的面数落
监工犯了错"。不管一个奴隶有多无辜，戈尔先生指责他犯错的时
候，再无辜也没有用。受到指责就要被判罪，而被判了罪就要受
罚，事情肯定会照着这样的顺序发展。逃脱受罚也就是逃脱了责
备；在戈尔先生的监管之下，很少有奴隶能有运气逃脱其一。他傲
慢无礼，要奴隶对他低声下气，自己却又卑躬屈节到可以趴在主人
脚下。他野心勃勃，不爬到最高级别的监工绝不满足，有足够的忍
耐来实现自己的野心。他心肠冷酷，给奴隶们最严重的惩罚；他诡
计多端，能使出最下流的伎俩；他顽固不化，在良心的责难面前无
动于衷。他的存在让人痛苦不堪，他的眼神让人不知所措，他尖厉
的声音让奴隶们恐惧颤抖。

　　戈尔先生性情严肃；尽管年纪轻轻，但他从不开玩笑，不说俏
皮话，很少笑。他嘴里说什么话，脸上就是什么表情；他脸上是什
么表情，嘴里就会怎么说。监工们有时会说些俏皮话，甚至会对奴
隶说，戈尔先生却不这样。他要么不开口，一开口就是下命令，下
了命令就必须要人遵守；他言语吝啬，挥起鞭子来却很慷慨，只要
鞭子能奏效，他就不会浪费口舌。总而言之，他做事一板一眼，不
肯变通，而且冷酷得像块石头。

　　能和他的粗鲁野蛮不相上下的，只有他对手下奴隶做出最严
重、最野蛮行径时的那种极端的冷酷。有一次，戈尔先生鞭打劳埃

德上校一个名叫登比的奴隶。还没挨几下，登比为了躲开鞭子，就溜跑到一条小溪边，跳了进去，站在齐肩的水里不愿出来。戈尔先生告诉登比，他会叫三声，如果第三声登比还不出来的话，就要吃枪子。第一声，登比没有任何反应，站着没动。第二声和第三声也是同样的结果。接着，戈尔先生没有和任何人商量或讨论，甚至都没有再给登比一次机会，端起滑膛枪对着登比的脸，死死地瞄准了这个站在水里的受害者。可怜的登比一下子就死了。他血肉模糊的身体沉入水底，原先站着的地方，水面上漂着一片血迹和脑浆。

种植园里每个人都感到了一阵恐惧，除了戈尔先生。只有他看起来镇定自若。劳埃德上校和我的老主人质问他为什么要用这种非常手段。他的回答（我记得清清楚楚）是登比变得难以管教，给其他奴隶树了危险的榜样——如果放任自流，而不是给奴隶们点教训，将会颠覆种植园里所有的规矩和秩序。他声称，如果一个奴隶不服管教后还能保住性命，其他奴隶就会有样学样。这样做的结果就是奴隶获得自由，白人反而受到了奴役。戈尔先生的辩解让主人们感到满意，继续让他留在中心种植园当监工。他当监工的声名远播。他的恐怖罪行甚至都没有受到司法调查。一群奴隶目睹了这个罪行，当然他们没法提起诉讼，也没法来指证他。就这样，一起最血腥、最令人发指的凶杀案的罪魁祸首没有受到司法审判，也没有被他所处的社会责难。我离开那里时，戈尔先生住在托尔伯特县的圣迈克尔；如果他现在还活着，他很有可能仍住在那里；如果这样的话，他现在仍和以前一样受人尊敬，就好像他那罪恶的灵魂从未沾染过他弟兄的鲜血。

我这么讲是经过深思熟虑的——在马里兰州的托尔伯特县，无论是法庭还是社会，都不认为杀死奴隶或任何黑人是有罪的。

圣迈克尔的托马斯·兰曼先生杀死了两个奴隶，其中一个人被他用手斧敲碎了脑袋。他还常常吹嘘这个恐怖血腥的行为。我曾听到他就这样笑着说，（除了其他一些话）他周围的人里就他一个人在为这个国家造福，如果其他人和他做的一样，我们就可以摆脱"天杀的黑鬼"了。

离我原先的住处不远住着一位贾尔斯·希克斯先生。他的妻子杀死了我妻子年仅十五六岁的表妹，用极其恐怖的手段把女孩打得血肉模糊，用棍子打断了她的鼻子和胸骨。这个可怜的女孩几小时后断了气。她很快被埋掉，但是几个小时后又从坟墓中给挖出来，验尸官检查后确定她死于毒打。这个女孩就因为犯了下面的"罪行"而惨遭毒手：那天晚上，由她照看希克斯太太的婴儿；晚上，她睡着了，而宝宝又哭了起来。因为前几晚都没有休息，她没有听到哭声。她和婴儿都在希克斯太太的房间。希克斯太太发现女孩动作太慢，就从床上跳下来，抓起壁炉旁的橡木棍，打断了女孩的鼻子和胸骨，结束了她的生命。我不能说这样恐怖的谋杀没有在附近引起轰动。它确实引起了些轰动，但不足够将凶手绳之以法。有张抓捕她的逮捕令，但从没有送达过。因此，她逃过的不仅是惩罚，还有为自己的残忍罪行被传讯上庭所带来的痛苦。

我详细叙述了我在劳埃德上校的种植园时，那里发生的种种血腥行为。但是我将简短叙述另一件事，这件事也极为残酷。

劳埃德上校的奴隶有个习惯，每周有几个晚上及周日一天，他们都会去摸牡蛎，以此来弥补配额的不足。劳埃德上校的一个老奴隶，在摸牡蛎时不巧越过了劳埃德上校的地界，走到了比尔·邦德利先生的土地上。这种擅自闯入让邦德利先生觉得受到了冒犯，就提起他的滑膛枪走到岸边，致命的子弹悉数射中了可怜的老人。

第二天，邦德利先生来拜访劳埃德上校，是赔偿财产损失还是为自己的行为辩护，我不得而知。无论如何，这个残酷的行为很快就被隐瞒了。对这件事，人们很少谈论，也没有采取什么行动。人们有个说法，说杀死一个"黑鬼"只要花半美分，再花半分钱可以埋了他，这连白人小男孩都知道。

第五章

我自己在劳埃德上校的种植园里受到的待遇和其他奴隶孩子差不多。我年纪不大，不能到田里干活，而除此之外又没其他活儿可干，我就有了很多空闲时间。我干的最多的活是在傍晚赶奶牛、不让家禽进花园、打扫前院，还有为老主人的女儿柳克丽霞·奥尔德太太跑腿。我大部分空闲时间用来帮丹尼尔·劳埃德主人找到他打下的鸟。我和丹尼尔主人之间的关系对我有些好处。他对我很有好感，成了我的保护者。他不允许年长的男孩占我便宜，还把自己的糕点分给我吃。

老主人很少鞭打我，除了饥饿和寒冷，我很少遭其他的罪。我经常忍饥挨饿，但是挨冷受冻更为平常。酷暑寒冬，我差不多都是一丝不挂——没有鞋子，没有袜子，没有外套，没有裤子，除了一件到我膝盖的粗亚麻衬衫，我没有其他任何东西。我没有床，必须忍受寒冷。在最冷的夜里，我经常偷来一只用来往磨坊运玉米的袋子。我会爬进袋子里，头闷在袋子里面，脚露在外面，睡在阴冷潮湿的泥地上。寒霜在我脚上冻出的裂口又深又长，能塞得下我现在写字用的笔。

我们的配额并不定时发放。我们吃的是煮过的玉米糠，叫作玉米糊，倒在一只大木盘或木槽里，放在地上。就跟唤猪一样，孩子们被叫了过去，而他们也像猪一样，狼吞虎咽地吃玉米糊；一些人用牡蛎壳，一些用木瓦片，一些干脆用手抓，没有人用勺子吃。吃得最快的人吃得最多，最强壮的占据最好的位置。但是，离开木槽时，没有几个人是吃饱的。

七八岁时，我离开了劳埃德上校的种植园。我离开时满心欢喜。我得到消息说我的老主人（安东尼）已经决定让我去巴尔的摩和休·奥尔德先生住在一起，他是我老主人的女婿托马斯·奥尔德船长的哥哥。我永远不会忘记自己当时的狂喜。我得知这个消息时，还有三天就要启程了。那是我人生中最幸福的三天。大部分时间我都泡在小溪里，清洗掉种植园的污垢，为出发做准备。

这样显得我对自己的外表很在意，但并不是我自己想这样。我花时间清洗，不是因为我想这么做，而是柳克丽霞夫人告诉我在去巴尔的摩之前，我必须把脚上和膝盖上的死皮都洗掉；因为巴尔的摩的人都很干净，如果我看起来脏兮兮的，会被他们笑话。而且她还会给我一条裤子，我不把身上的脏东西洗掉就不能穿。能有条裤子确实很不错！这个念头都能让我把自己的皮肤洗下来，更别说那些猪贩子称为兽疥癣的东西。我认认真真地去做了，人生第一次，干活能得到回报。

对我而言，那些把孩童和他们的家联系起来的纽带在我这里全部中断了。对这次离开，我并没有感到多大困难。我的家没有任何留恋；对我来说，它不是家；我并没有感到有什么事能让我留下来。我母亲已经去世，外祖母住得很远，我很少见到她。我和两个姐姐、一个哥哥住在同一间屋子里，但是我们很小的时候就都离开母亲，这几乎把我们的手足之情从彼此的记忆中抹除。我在其他地方寻找家，相信没有地方比我要离开的这个地方更令人厌恶。不过，要是我在新家也遭受困苦饥饿、挨鞭子、没衣服穿，我的慰藉就是留下来我也逃不过这些折磨。在老主人家里已经尝过这些滋味，忍受过这些折磨，自然会认为自己能在其他地方忍受，尤其是在巴尔的摩；我对巴尔的摩的感情，正如那句谚语所说，"在英格兰被绞死也好过在爱尔兰寿终正寝"。我强烈地想去看看巴尔的摩。汤姆表哥说话不利索，却非常清楚地描述了这个城市，激起了我的渴望。我指着大屋里随便哪个物件，不管它有多漂亮、多优秀，他都说在巴尔的摩见过比这更漂亮、更优秀的东西。甚至于墙上挂着各种画像的大屋本身，也远比不上巴尔的摩的很多建筑。我的渴望非常强烈，我认为实现这个渴望足以补偿因为这次转变所带来的不便。离开时，我没有任何遗憾，有的是对将来幸福生活的满满希望。

一个周六的早上，我们从迈尔斯河出发前往巴尔的摩。我只记得那天是星期几，因为当时我不知道每个月里的日子或是一年中的月份。我们一启航，我就走到船尾，看着劳埃德上校的种植园，希望这是自己最后一次看到它。之后，我来到了船头，那天接下来的时间里，一直朝前望着，只在意远方而不是身旁或身后的事物。

当天下午，我们到了马里兰州州府安纳波利斯。我们停留的时间不长，所以我没有时间上岸。这是我有生以来见到的第一个大城镇，尽管和新英格兰一些工厂村镇比起来都要小些，我倒觉得它是个不错的地方——它可比"大屋农场"更来得气派。

周日凌晨，我们到达了巴尔的摩，在史密斯码头上岸，那儿离宝莱丝码头不远。我们的多帆单桅小船上装着一大群绵羊，我帮着把羊群赶到柯蒂斯先生在路登斯拉特山上的屠宰场。之后，在船员里奇的指引下，我来到了自己的新家，位于菲尔斯岬的阿里斯那街，离加德纳先生的船埠不远。

奥尔德夫妇都在家，带着他们幼小的儿子托马斯在门口接我；我来这里就是要照顾托马斯。在这里，我看到了以前从未见过的景象：一张白人的脸，却闪耀着最为友善的感情；这是我的女主人索菲亚·奥尔德。我但愿自己可以描述出看到这张脸庞时心中闪过的欣喜。这是新奇的景象，照亮了我通往光明幸福的道路。小托马斯被告诉说，这是弗雷迪①——而我则被告知要照顾小托马斯。就这样，我怀着对未来最欢快的憧憬接受了我在新家的任务。

离开劳埃德上校的种植园是我人生中最有趣的事情之一。有可能，甚至是极有可能，如果不是简简单单地从种植园来到巴尔的摩，我现在仍可能被困在奴隶制恼人的铁链之下，而不是坐在自己的桌前，一边享受着自由和家的幸福，一边写下这篇自述。到巴尔的摩生活为我日后的成功打下了根基，开辟了道路。我一直将它看作是上帝的仁慈庇佑，从那之后我一直受到庇佑和偏爱。我认为，选中我这件事很不一般。有机会从种植园到巴尔的摩来的奴隶孩童有好几位。有的人比我小些，有些比我年长，还有些和我同龄。我在这么多人中被选上，而且是首选，最后的选择，也是唯一的选择。

我把这件事看作是神圣的上帝对我的垂爱，有人可能会认为我这么想是迷信，甚至是自以为是。但是，如果我隐瞒这个想法，

① "弗雷迪"是"弗雷德里克"的昵称。——译者注

那是对自己灵魂最初的情感不够真诚。我宁愿对自己真诚，哪怕是受到别人的嘲笑，也不愿虚情假意，让自己厌恶。从我能记事起，我就深信奴隶制不会永远将我困在它的桎梏之下；而在我为奴最黑暗的日子里，这个信念和希望也从未离开过我，而是如守护天使般鼓励我度过黑暗。这种精神来自上帝，我给主奉上感谢和赞美。

第六章

　　和门口初次见面时她留给我的印象一样，我的新女主人有着最仁慈的心肠和最细腻的情感。在我来之前，她从未使唤过一个奴隶，而且她婚前也是靠自己的双手维持生计。她原本是个纺织女工，长期的勤奋工作使她很大程度上免受奴隶制那灭绝人性、毁灭性的影响。她的善良让我大为震惊。我根本不知道该如何面对她。她完全不同于我先前见到的任何一位白人太太。我没有办法用对待其他白人太太的方式来接近她。我以前受到的训导都派不上用场。低声下气、卑躬屈膝，奴隶身上这一备受欢迎的品质，对她而言不起作用。这么做并不能赢得她的偏爱，反倒似乎让她有些不安。如果一个奴隶直视她的脸，她并不觉得那人无礼或是粗野。在她面前，最卑微的奴隶也会感到非常自在；离开她时，每个人都感到更加美好。她脸上带着天使般的笑容，她的声音犹如宁静的乐章。

　　可是，哎呀！这颗心保持如此善意的时间并不长。不受责任约束的权力，这一剂致命毒药已握在她手中，很快便开始产生可怕的效果。在奴隶制的影响下，她笑意盈盈的双眼燃起了怒火，甜美悦耳的声音变得恐怖刺耳，天使般的面孔显出恶魔般的狰狞。

我和奥尔德夫妇住在一起没多久，奥尔德太太就开始好心地教我认字母。我学会之后，她又教我拼写三四个字母长度的单词。就在我取得这种进步的时候，奥尔德先生发现了，他立即禁止奥尔德太太继续教我。他告诉她很多理由，其中一条就是教奴隶识字既不合法也不安全。而且，他说道："你让黑鬼一寸，他就会进你一尺。黑鬼不需要知道其他东西，只要听主人的话就行——叫他做什么就做什么。学习会毁掉这世上最好的黑鬼。现在，你教那个黑鬼(指的是我)识字，我们就留不住他。他永远都不再适合做奴隶了。很快，他会变得难以管教，对主人来说没有任何价值。对他自己来说，也只有很大的坏处，没有任何好处。这会让他不满足、不开心。"这是他的原话。这些话坠入我内心深处，激起我心中蛰伏已久的情感，唤起了一些新的想法。长久以来，一些神秘黑暗的事物令年纪尚浅的我百思不得其解，而这一特别的新启示解释了那些问题。我现在理解了一个令自己非常困惑的难题——原来拥有智慧才是白人奴役黑人的武器。我非常珍视这一重大发现。从那时起，我明白了从奴隶制通往自由的道路是什么样子。这正是我所想要的，而且我在最意想不到的时刻懂得了这个道理。虽然失去善良女主人的帮助让我伤心，但是从主人那里意外获得的宝贵教导却让我非常高兴。尽管意识到在没有老师的情况下学习会困难重重，但我仍充满希望，并且目标坚定。我下定决心，不管遇到多大的麻烦，我也要学会识字。主人说话时口气坚决，并努力让他妻子明白教导我的恶果，这让我相信他知道自己说的是实情。也使我十分确定自己可以相信他说的那些关于教我识字带来的后果。他最害怕的，恰恰也是我最渴望的；他最热爱的，也是我最憎恶的；他所认为必须小心规避的大恶，对我而言是需要努力追寻的大善。他反对我识字的长篇大论只会激起我学习的愿望和决心。就识字而言，我得益于女主人善意的帮助，但同样也受益于主人严厉的反对。两者我都得承认。

在巴尔的摩住了没多久，我就发现在对待奴隶的态度上，这里和我在乡下看到的有着明显的区别。和种植园的奴隶相比，城里的奴隶几乎可以算得上自由人。吃穿要好很多，享受的特权也是种植园的奴隶所不知道的。在这里，最后的一丝体面和一种羞耻感很大程度上阻止并抑制了种植园里司空见惯的残忍恶行。只有那些气急败坏的奴隶主才会让自己奴隶受鞭打时的哭喊声传到那些没有蓄奴的邻居耳中，让他们的人性受到震撼。没有几个奴隶主愿意被人认为是暴主而遭人憎恶。最重要的是，他们可不愿别人认为他们没能力喂饱奴隶。每个城里的奴隶主都急于向世人表明他的奴隶吃得不错；确实可以说，他们中大多数人都给奴隶提供了足够的食物。但是，总还是有一些受苦的奴隶，一些例外。在菲利普特街，我们正对面住的是托马斯·汉密尔顿，他有两个奴隶，哈丽雅特和玛丽。哈丽雅特二十二岁左右，玛丽大约十四岁。在我见过所有遍体鳞伤、憔悴不堪的奴隶中，她们俩最为糟糕。只有心肠比石头还硬的人才能对此无动于衷。可以说玛丽的头部、颈部和肩膀都已经被划成一片片的了。我经常去摸她的头，发现她头上几乎都是发脓溃烂的伤口，这些都来自她残暴女主人的皮鞭。我不知道她的男主人有没有鞭打过她，但是我确实亲眼见过汉密尔顿太太的残忍行为。我那时差不多每天都会去汉密尔顿先生家。汉密尔顿太太会坐在房屋中间的大椅子上，身边总放着一根粗牛皮鞭。每天，几乎每个小时，她家的两个奴隶中总会有一个被打得出血。她们经过她身边时，她总会嚷道："利索点儿，你个黑鬼骗子。"同时还会用牛皮鞭抽打女孩的头部或肩膀，往往会打出血。这时，她会说："尝尝这个，你个黑鬼骗子。"接着又说："再不利索点儿，我给你好看！"除了要忍受这种残忍的鞭打外，两个女孩还饿得半死。她们几乎不知道吃饱饭是什么滋味。我曾见过玛丽和猪争抢倒在街上的脏水。玛丽经常被踢，被抽得皮开肉绽、遍体鳞伤，以至于更多时候她被唤作"绽皮货"而不是她的名字。

第七章

我在休主人家中住了差不多七年。在此期间，我成功地学会了读书写字。为此，我不得不想尽各种方法。我没有固定的老师。我的女主人，虽曾善意地给我教导，却顺从了她丈夫的建议和指引，不仅不再亲自教我，还坚决反对其他任何人这么做。但不得不说，她并没有立刻采取这种态度来对我。一开始，她并没有堕落到想把我禁闭在无知的黑暗中，她最终把我当成畜生来对待，其间是需要一些时间的，好让她学会使用自己手上那不用负责任的权力。

正如我说过的，我的女主人善良、心肠软。在我刚和他们住在一起时，她的单纯使她能够像对待其他人一样平等地待我。虽然她成了奴隶主，但她似乎没有意识到我对她而言仅仅是种财产，她这样把我当人来对待，不仅是错误的，而且是个危险的错误。奴隶制对她造成的伤害，不亚于我所遭受的迫害。我初到那里时，她是一位虔诚、热情、心肠柔软的女性，会为所有的悲伤和痛苦垂泪。只要力所能及，她会把面包赠给忍饥挨饿的人，衣服送给无衣可穿的人，安抚每个哀悼的伤心人。但奴隶制很快就夺走了她身上这些天使般的美德。受它的影响，她柔软的心肠变得坚硬如磐石，羊羔般的温顺变得残忍如恶虎。她堕落的第一步就是不再给我教导。她开始遵照她丈夫的劝诫。最后，比起她的丈夫来，她的反对反而更为激烈。她并不仅仅满足于听从她丈夫的要求；她急于做得更好。没有什么比看见我拿着报纸更让她生气。她似乎认为我这么做很危险。有一次，她冲到我面前，一脸怒火，一把夺走我手中的报纸，这足以看出她的担忧。

从此以后，我都被严密地监视着。我要是在一间单独的房间里待得时间长了些，他们肯定会怀疑我在看书，立马把我叫出去问我刚才在做什么。然而，这么做已为时太晚。第一步已经迈出去了。女主人在教我认字母的时候已经给了我"一寸"，没有什么能阻止我跨出那"一尺"。

我所采取的计划中非常成功的一个做法就是和街上遇到的所有白人小男孩交朋友，并尽可能把他们都变成我的老师。在他们好心的帮助下，我东学一点西学一点，终于学会了识字。每次被派出去跑腿时，我都会随身带本书。我会尽快干完跑腿的活儿，赶在回去之前挤出时间上堂课。我还会带些面包，主人屋子里面包很多，我可以随便拿。就食物而言，比起我们附近的白人穷孩子，我的处境要好很多。我把面包送给这些饥饿的孩子，而他们则以更为重要的知识食粮来回报我。我非常想在此公开其中两三个小男孩儿的名字来表达我对他们的感激和喜爱。但谨慎起见，我不能这么做——并不是因为这会伤害到我，而是因为这样做可能会让他们难堪。因为在这个基督教国家，教奴隶识字几乎是件不可饶恕的罪行。只能说这些可爱的小家伙们住在菲利普特街，离"德金和贝利"造船厂非常近。我经常和他们讨论奴隶制的问题。有时我告诉他们，我希望能拥有他们成年后的那种自由。"你们到二十一岁就自由了，而我要当一辈子的奴隶！难道我没有权利像你们一样自由吗？"这些话使他们感到困扰。他们会七嘴八舌地表示同情，并且安慰我说总会发生点什么事让我得到自由的。

我当时差不多十二岁，想到要当一辈子的奴隶，我的心情就很沉重。就在这个时候，我得到了一本书，名为《哥伦比亚的演说家》①，我一有机会就读。里面有很多有趣的内容，其中，我发现了一位奴隶主和他的奴隶之间的对话。书中写道这个奴隶已经从主人那里逃跑过三次。对话发生的时候，正是这个奴隶第三次逃跑被抓回来。在对话中，主人为奴隶制做的辩护，都被奴隶一一反驳了。奴隶说了一些非常富有智慧且令人印象深刻的话来回应他的主人——这些话达到了预期的效果，但更带来了意外的收获。因为，对话的结果是，主人自愿解放了奴隶。

谢里丹②就天主教徒解放运动③曾发表过多篇有力的演讲，就

---

① 《哥伦比亚的演说家》一书于19世纪前25年间在美国课堂上广泛使用。这本合集包括多篇散文、诗歌和对话。——译者注

② 理查德·布林斯利·谢里丹（Richard Brinsley Sheridan，1751－1816），英国杰出的社会风俗喜剧作家、重要的政治家和演说家，是英国社会风俗喜剧史上连接康格里夫和王尔德之间的纽带。从1773年第一部剧本上演到1779年，他共写了7部剧本，包括《对手》《圣·帕特里克日》《少女的监护人》《造谣学校》《斯卡巴勒之行》《批评家》和《比扎罗》。1780年以后，他主要从事政治活动，崇尚自由和民主。——译者注

③ 天主教徒解放运动指的是18世纪末和19世纪初，在英格兰和爱尔兰兴起的解除对天主教徒享有公民权和政治权限制的运动，以及天主教徒获得法律地位的过程。宗教改革后，英格兰和罗马教廷决裂，建立英格兰国教，天主教徒失去法律地位并受到惩戒。17世纪，信仰宽容政策实施，《宗教容忍法》（*Toleration Act*）颁布，允许天主教徒举行宗教仪式。18世纪，天主教徒进一步获得了土地所有权等权益，但必须宣誓效忠国王。最终，英格兰、爱尔兰和苏格兰分别于1778年、1791年和1793年颁布《解禁法》（*Relief Act*），取消了对天主教徒的许多限制。——译者注

在这本书中，我读到了其中一篇。对我来说，这些文章都是佳作。我读了一遍又一遍，兴趣没有丝毫消减。它们说出了我自己灵魂深处一些有趣的想法，这些想法常常在我脑中闪过，却因无法表达而逐渐消失。我从那段对话中获得的启发是，哪怕面对的是一个奴隶主的良知，真理也拥有强大的力量去战胜它。我从谢里丹那里得到的是对奴隶制大胆的谴责和对人权有力的拥护。这些文章使我能够说出自己的想法，能够反驳那些支持奴隶制的主张。但是，尽管它们帮我解决了一个难题，却也带来了另一个更为痛苦的难题。我读到的东西越多，就越憎恶那些奴役我的人。在我眼里，他们就是一群为所欲为的强盗，离开家乡去了非洲，把我们从自己的家园偷运过来，使我们在这片陌生的土地上沦为奴隶。我十分厌恶这些卑鄙无耻、邪恶凶险的家伙。当我读到、思考这一问题的时候，看啊！休主人所预言的、我识字之后会感到的不满已经来了，它折磨着、刺激着我的灵魂，带来难以描述的痛苦。在我为此而苦恼时，我有时觉得学会识字更像是种诅咒而不是祝福。它使我意识到自己的不幸，又不给出任何解救的方法。它让我看到自己身陷恐怖的深渊，却看不到可以爬出去的梯子。在痛苦的时候，我羡慕我的奴隶同胞们的简单无知。我一直希望自己是头猛兽。可当时我更愿自己是只卑微低下的爬行动物。无论怎样，只要能不让我思考就行！正是这种对现况永无止境的思考折磨着我。我无法摆脱。我所看到或听到的，不论有无生命，都让我去思考。自由的银号①已经让我的灵魂保持永远清醒，自由的念头出现后就

① "银号"出自《旧约·民数记》第十章制银号。神叫以色列人制作两支银号，用来招聚会众，以及打仗时指挥军队攻击仇敌。所以"银号"代表神的旨意和命令的出口，是神带领百姓不可少的工具。——译者注

再也不会消失。每个声响上都可以听到自由，每件东西上也都可以看到自由。它一直都存在，让我意识到自己的痛苦，以此折磨我。我见到的事物都有它的身影，我听到的声音都有它的痕迹，我所有的感觉都有它的存在。它从每颗星星上对我张望，在每个风平浪静时微笑，在每次风起时喘息，在每场暴风雨中动摇。

我常常悔恨自己还活着，希望自己已经死了。如果不是盼望有朝一日能获自由，我会毫不犹豫地结束自己的生命，或是干一些不好的事，借别人的手来结束自己的生命。在这样的精神状态下，我渴望能够听到任何关于奴隶制的言论。我随时都能洗耳恭听。每隔一段时间，我能听到一些废奴主义者的消息。过了好久我才明白"废除主义者"①的具体含义。这个词经常在某些场合被提起，让我对它产生兴趣。如果有奴隶逃跑并且成功了，或是有奴隶杀死了主人，放火烧了粮仓，或是做了任何在奴隶主看来是严重错误的事情，这些都被认为是废除的后果。这样频繁听到这个词，我开始去了解它的含义。字典的帮助甚微，甚至可以说毫无用处，那里的解释是"废除的行为"；但当时我不知道要废除的是什么。这让我不知所措。我不敢向任何人请教它的含义，因为我肯定他们不愿让我对此有所了解。耐心等了一段时间后，我拿到了一份本城的报纸，上面报道了南方请愿书的数目，这些请愿书恳求在哥伦比亚区废除奴隶制，并取消南北各州间的奴隶买卖。从此，我明白了废除主义和废除主义者的真正含义，每次听到有人谈论时，都会凑近些，希望能听到一些对我自己、对我的奴隶同胞们来说重要的信

---

① 原文"abolitionist"在国内一般译为"废奴主义者"，但下文道格拉斯提到自己当时并不知道这个词的具体含义，并且根据他查到的字典义，将该词译为"废除主义者"和下文对应。后同。——译者注

息。我渐渐看到了光明。一天，我沿着瓦特斯先生的码头走路，看
到两位爱尔兰人从满载石头的驳船上卸货。没等他们开口，我就
走过去帮忙。干完活之后，其中一个人走过来问我是不是奴隶。
我告诉他，我是。他问道："你是终身奴隶吗？"我说是的。这位好
心的爱尔兰人似乎被我的回答深深地触动了。他对另一个人说，
像我这么好的一个小家伙居然是个终身奴隶，实在太遗憾了。他
说占有我是件羞耻的事。他们都建议我逃到北方去；我在那儿能
找到朋友，能够获得自由。我假装对他们说的话不感兴趣，对他们
也做出一副我听不懂的样子；因为我害怕他们靠不住。白人男子
为了拿到赏金，会先教唆奴隶逃跑，然后再把他们抓回来交给奴隶
主，这事已经众所周知。我害怕这两位看上去好心的人可能会那
样利用我；但是，我记住了他们的建议，并开始下决心准备逃跑。
我希望等到安全的时机再逃跑。我当时太年轻，不能立刻做决定。
此外，我还希望能学会写字，因为我有可能需要自己写通行证。我
安慰自己，希望总有一天能找到合适的机会。同时，我还要学会
写字。

学写字的机会来了。我在"德金和贝利"造船厂经常看到造船
的木匠们在把木头砍好之后，在一块待用的木材上写上字，标明将
来这块木材在船上用做什么部位。如果一块木材是用来做左舷
的，会标上"L"，做右舷部分的会标上"S"；如果是做左舷前部，则标
上"L.F."，右舷前部则是"S.F."；左舷尾部是"L.A."，右舷尾部则是
"S.A."。我很快了解了这些字母所代表的含义，并且记住了它们所
表示的部位。我立刻开始抄写这四个字母，并且在很短的时间念
出这些字母。此后，每次我遇到会写字的男孩，我就告诉他我写的
字不比他差。他接下来肯定会说："我不信。咱们来写写试试。"于

是，我就写下这些我有幸学到的字母，然后问他能不能写得比这更好。就这样，我上了很多堂写字课。如果我采用其他方法，很有可能学不到这么多。这段时间里，木板栅栏、砖墙和人行道都成了我的抄写本；一块白垩则成了我的笔和墨水。就这样，我学会了如何写字。然后，我开始抄写《韦氏拼写课本》里的斜体字，直到我可以不用看书就能写出来。这时，小主人托马斯已经上学了，学会了写字，并且用了很多本抄写本。这些本子被带回来，展示给一些街坊邻居看，然后就搁置一旁。每周一的下午，女主人都会去威尔克街的礼拜堂参加读经会，留我看家。这个时候，我就会在托马斯主人抄写本的空白处写字，临摹他写的东西。我一直这么做，最后我写的字和托马斯主人非常像。就这样，多年长期而单调的努力之后，我终于成功地学会了写字。

第八章

我到巴尔的摩后不久，我老主人最小的儿子理查德去世了；在他死后三年半左右，我的老主人安东尼船长也去世了，他把财产留给了儿子安德鲁和女儿柳克丽霞。他是到希尔斯伯勒看望女儿时去世的。事发突然，他并没有留下任何遗嘱来处理财产。为了能让柳克丽霞夫人和安德鲁主人平分财产，必须要对财产进行估价。很快他们就派人来接我，要我和其他财产一起进行估价。这再次激起了我对奴隶制的厌恶。现在我对自己卑微的地位有了新的认识。在此之前，就算我对自己的命运谈不上麻木不仁，也只是懵懵懂懂。离开巴尔的摩时，我这颗年轻的心满载着忧伤，灵魂深处一片担忧。我和罗伟上尉一起乘坐"野猫号"纵帆船，在大约二十四小时的航行之后，我回到了自己的出生地附近。我离开这里就算不到五年，也差不有这么长时间了。但是，我清楚地记得这个地方。当年，我离开这里和老主人住在劳埃德上校的种植园时，我才五岁左右；这样的话，我现在过了十岁，还不足十一岁。

我们都被放在一起估价。不论男女、老幼、婚否，都和马、羊、猪这些牲口放在一起。马和男人，牛和女人，猪和小孩，被认为地位同等，接受同样严格的检查。满头银发的老人和活力充沛的年轻人、未婚少女和已婚妇女都必须经受同样无礼的检查。这时，我比以往更清楚地看到奴隶制怎样给奴隶和奴隶主都带来残忍的影响。

估价结束后，就是分配。在这期间，我们这些可怜的奴隶有多么激动和紧张，我无法用言语来形容。我们一生的命运就要被决定。与那些和我们一起被估价的畜生比，我们并没有更多发言权。白人们只需说一个字——不顾我们所有人的希望、祈祷和哀求——就足以让这世上最坚固的纽带断裂，让最亲密的朋友、最亲爱的家人分离。除了要忍受分离的痛苦，大家还害怕落到安德鲁主人手中。我们一致认为他是个穷凶极恶的流氓，一个粗俗的酒鬼，因为管理轻率、挥霍无度，他早已把他父亲的大部分财产给糟蹋了。我们都觉得一旦落到他的手里，他会立刻把我们卖给那些佐治亚州的人贩子；我们都知道逃不了这种结局，这让我们陷入极度的恐惧中。

比起我的奴隶同胞们，我更加焦虑。我已经尝到被白人友好对待的滋味；他们还不知道友好是什么。他们很少，甚至有人完全没有见识过外面的世界。实际上，这些男男女女满心忧伤，已经对悲伤习以为常。他们的背部习惯了血淋淋的皮鞭，已经变得麻木；可我的背部却还细嫩；因为在巴尔的摩，我很少挨鞭子，也没有几个奴隶能像我一样遇到这样善良的男女主人。一想到自己就要从他们手上带走而落入安德鲁主人手中，我对自己的命运就非常担心。因为几天前，这个男人刚让我见识到他嗜血的性情。他抓住我小弟弟的喉咙，把他扔到地上，用靴子的后跟踩他的头，把他的鼻子和两只耳朵都踩出血。他结束对我弟弟的野蛮暴行之后，转头对我说总有一天他会这么对我——我猜，他是说我落到他手上的那天。

上帝保佑，我被分给了柳克丽霞夫人，并立刻被送回巴尔的摩和休主人一家住一起。他们送我走时很伤心，现在看到我回来都很高兴。那是愉快的一天。我逃脱的命运比狮子的利爪还要凶险。我离开巴尔的摩，被估价，被分配，前后也就一个月的时间，但感觉有半年之久。

我回到巴尔的摩不久，我的女主人柳克丽霞去世了，留下她的丈夫和独生女阿曼达；在她去世后没多久，安德鲁主人也去世了。现在，我老主人的财产，包括奴隶，都落到陌生人手里——跟积累这些财产没有任何关系的陌生人。没有一个奴隶获得自由。从最年幼的到最年长的，所有人都还是奴隶。如果说，在我的经历中，有什么最能加深我对奴隶制罪恶本性的认识，让我对奴隶主充满难以用言语表达的鄙视，那就是他们对我那可怜的外祖母的忘恩负义。她忠心耿耿地为我的老主人干活，从年轻一直干到白发苍苍。她是他所有财产的起源；她的子子孙孙给他的种植园当奴隶；为他干了这么多年的活儿，她都熬成了太婆婆。在他还是婴儿时，她摇过他的摇篮；在他是个孩子时，她照料过他的生活；在这辈子的时间里，她都在为他干活；在他去世时，她拭去他死亡时冰冷前额上的汗水，将他的眼帘永远阖上。尽管如此，她还是作为一个奴隶——一个终身奴隶——落到陌生人手里；在他们手中，她看到自己的孩子们、孙辈们和重孙辈们像羊群一样被划分归类，而关于他们或是她自己的命运，她却连说一个字的机会都没有。他们的忘恩负义、他们的野蛮残忍本已到了极点，此刻却变本加厉。我年岁已高的外祖母，比前主人和他的孩子们都活得长久，见证了他们人生的开始和终结。因为年老体衰，她的身体变形，曾经灵活的双腿慢慢变得无力。她现在的主人发现她毫无用处就把她带到树林里，给她盖了座小屋，搭了个小土烟囱，就把她一个人丢在那儿，由她自生自灭；他们这么做，实际就是让她去送死。如果我可怜的老外祖母现在还活着，她得忍受极大的孤独；她在怀念和哀悼失去的孩子们、孙辈们和重孙辈们的痛苦。他们——用奴隶诗人惠蒂埃①的诗句来描述：

> 走了，走了，被卖了，都走了
> 卖到水稻田里，孤零零，
> 抽打奴隶的皮鞭挥个不停，
> 恼人的昆虫四处蜇叮；

---

① 约翰·格林里夫·惠蒂埃（John Greenleaf Whittier，1807－1893），诗人，生于马萨诸塞州黑弗里尔镇。从1833年起，惠蒂埃在废奴主义者威廉·加里逊的影响下积极投入废奴运动，编辑报纸，撰写社论和小册子，同时写诗号召废除蓄奴制。诗集《在废奴问题进展过程中写的诗》（*Poems Written during the Progress of the Abolition Question in the United states*）（1837）和《自由的声音》（*Voices of Freedom*）（1846），揭露了奴隶主的暴行和黑奴悲惨的命运。他的诗歌有强烈的战斗性，反映了美国废奴斗争中的重大事件，有如一部废奴运动的编年史。——译者注

> 热病的恶魔，
>
> 随着滴落的汗水散播，
>
> 透过炎热潮湿的空气，
>
> 毒辣的阳光亮晃着眼睛；
>
> 走了，走了，被卖了，都走了
>
> 卖到水稻田里，孤零零，
>
> 从弗吉尼亚的山丘和河流——
>
> 真伤心啊，我被偷走的女儿们！

壁炉已荒废。孩子们，不知情的孩子们，曾经在她面前唱歌跳舞，如今都不在了。年迈眼浊，她喝口水也要四处摸索。陪伴她的不再是孩子们的声音，白天她听到的是鸽子的呜咽，夜晚是恐怖猫头鹰的尖叫。到处一片阴沉。坟墓就在门口。现在，当年迈的痛苦将她压倒，当她弯着腰驼着背，当人生的最初和最终相遇，当无助的幼年和痛苦的老年结合到了一起——在这个时候，就在这最需要人照料的时候，就在孩子们只能用温柔和爱来回报迟暮的父母时——我可怜的外祖母，十二名儿女亲爱的母亲，被孤零零地丢在那座小屋里，靠些昏暗的余烬度日。她站起来——她坐下去——她颤巍巍地走路——她倒下了——她呻吟着——她去世了——而她的孩子们、孙辈们都不能在她身旁，抹去她离世时布满皱纹的前额上冷冰冰的汗水，也不能够把她倒下的身体埋葬于地下。这些事，难道正直的上帝会坐视不理么？

在柳克丽霞夫人去世差不多两年后，托马斯主人娶了第二个老婆。她叫罗伊娜·汉密尔顿，是威廉·汉密尔顿先生的长女。托马斯主人现在住在圣迈克尔。婚后不久，他和休主人之间产生了些误会。为了惩罚他的哥哥，他把我从他哥哥身边带走，带到圣迈克尔和他自己一起住。我经历了另一场非常痛苦的分离。不过，这一次分别没有上次分配财产时来得可怕；因为在这段时间里，休主人和他曾经善良热情的妻子都发生了巨大的变化。白兰地对他的影响和奴隶制对她的影响一样，都使俩人的性格发生了灾难性的变化；因此，和他们分离，我没有多少损失。但是，我舍不得的并不是他们。最让我留恋的是巴尔的摩的小男孩儿们。我曾经从他们身上学到很多东西，并且一直都向他们学习。一想到要离开他们确实让我很痛苦。我离开的时候也没想过还会再被准许回来。托马斯主人说他再也不会让我回来。他认为他和他哥哥之间的隔阂难以跨越。

我那时很后悔，既然已经下决心逃跑了，我却连试都没去试；在城里逃走的成功率可是乡下的十倍。

我乘坐"阿曼达号"单桅纵帆船从巴尔的摩到圣迈克尔，这艘船的船长是爱德华·多德森先生。在旅途中，我特别留心往费城的轮船所行驶的方向。我发现它们并没有往南行使，而是到了北角后朝东北方向驶入了海湾。我认为这个发现非常重要。我又燃起了逃跑的念头。我下定决心，只要一等到有利的时机就开始行动。时机到的时候，我下定决心离开。

第九章

这个时候，我已经学会记日期了。我离开巴尔的摩到圣迈克尔和托马斯·奥尔德主人住在一起是在 1832 年 3 月。距我和老主人一家住在劳埃德上校的种植园已经有七年了。我们确实已经完全认不出对方了。对我来说，他就是个新主人；对他而言，我也是个新奴隶。我对他的脾性毫不知情；他对我也丝毫不了解。但是，没多久我们就完全熟悉了彼此。我对他妻子的了解也不差。他们真的很般配，都既吝啬又残忍。在七年多的时间里，我第一次感到了饥饿带来的痛苦——这种感觉在我离开劳埃德船长的种植园之后就再也没经历过。我一顿饱饭都没吃过，现在回想起来，那段时间真是非常痛苦。在休主人家时，我总能够吃饱，而且伙食也不差，那时的经历使现在的日子难熬十倍。我说过托马斯主人是个小气鬼。他确实如此。即使在奴隶主中间，不能喂饱奴隶也被认为是最吝啬小气的行为。他们的规矩是不管食物有多差，至少分量要够。规矩是这样的；在我出生的马里兰的一些地区，人们一般也是这么做的——尽管有很多例外。可不管食物好坏，托马斯主人都不会让我们吃饱。厨房里有四个奴隶——我的姐姐伊丽莎、阿姨普丽西拉、亨利和我。每周我们只分到不足半蒲式耳的玉米粮，其他吃的东西，不管看上去是肉还是蔬菜什么的，也都少得可怜。这些食物根本就不够我们糊口。不得已，我们只能沦落到"靠"邻居的份上。我们要么去乞讨，要么去偷，需要时哪个方便就干哪个，而且我们认为这两种做法都是合法的。有无数次，我们这些可怜的人都快活活饿死了，大量的食物却堆在储藏间和熏制间里烂掉，而我们虔诚的女主人完全知情。就是这个女主人和她的丈夫每天清晨都会跪着祈求上帝赐福于他们的筐子和抟面盆①！

————————

① 参见《圣经·旧约·申命记》28：5，原文为"你的筐子和你的抟面盆必蒙福"。——译者注

尽管所有的奴隶主都不是善类，但是一无是处的人也是少见。我们的主人就这稀有人群中的一员。我知道他从未做过任何高尚的行为。他的主要性格特点就是吝啬，如果他天性里还有其他东西的话，那也都屈从于吝啬这一点。他吝啬，并且和多数吝啬的人一样，他没有本事掩盖这一点。奥尔德船长并非生来就是个奴隶主。他以前是个穷人，唯一的家产是一艘只能在海湾里航行的小船。他拥有的全部奴隶都是通过娶妻得来的。在所有人里面，半路接手的奴隶主最糟糕。他残忍，胆子却不够大；他发号施令，态度却不够强硬。在施行自己定的规矩时，他时而严厉，时而马虎。有些时候，他对奴隶训话的口吻像拿破仑一样强硬，火气也像恶魔一样狂暴；其他时候，他的口吻却能让人误以为只是个来问路的迷路人。他不打理自己。如果不是他的耳朵，他看起来就像头狮子。他尝试过做些高尚的事，却让自身的吝啬更加引人瞩目。他的派头、言谈和举止都和生下来就是奴隶主的人不一样，不过因为他装模作样，更显得不伦不类。他连个好的模仿者都算不上。他一心想要骗过别人，却没有那个本事。他自己智大才疏，不得不去模仿其他人，他模仿的对象太多，使得自己常常前后不一致，因而受到人们的鄙视，甚至连他的奴隶都这么看他。这种有奴隶服侍左右的奢侈生活对他而言是种新的经历，对此他毫无准备。他虽是奴隶主却没有能力控制奴隶。不管是靠武力、恐吓还是欺骗，他发现自己都无法驾驭奴隶。我们很少称他为"主人"。我们只管叫他"奥尔德船长"，都不怎么乐意用什么头衔来称呼他。我不怀疑我们这么做主要是为了令他难堪，让他为此焦躁。我们不尊重他这一点肯定让他感到非常困惑。他希望我们都称他为主人，却不够强硬，命令不了我们。他妻子曾坚持让我们称他为主人，却没有任

何效果。1832 年 8 月，主人参加了在托尔伯特县海湾边举办的美
以美会①信徒的野营会议，并在那里信教。我隐隐希望信教后他
能够把奴隶给放了。就算做不到这一点，我希望信教至少能让他
变得善良慈悲一些。让我失望的是，他既没有释放奴隶，也没有对
他们仁慈些。如果信教对他还有所影响的话，那就是让他在各方
面变得更加残忍可恶；我相信信教后他比以前更坏。在此之前，他
的野蛮残暴还可以说是他道德堕落，而现在，他发现他的宗教认可
并支持他残忍地蓄奴。他便摆出一副虔诚十足的架势。他的房子
成了祈祷室，他早上、中午和晚上都会祈祷。很快，他在主内弟兄
中脱颖而出，被选为读经班班长，并成了规诫者。在复兴运动方
面，他活动频繁，规诫许多人信教，证明自己是教会的得力干将。
他的屋子是传道士的家。他们很乐意来这里住上几天；他一边让
我们忍饥挨饿，一边却让他们吃饱喝足。每次会同时来三四个传
道士。我住在那里时，来得最勤快的是斯托克先生、朱尔瑞先生、
汉弗莱先生和希基先生。我还在屋子里遇见过乔治·库克曼先
生。我们奴隶都喜欢库克曼先生，相信他是个好人。我们认为在
让富甲一方的奴隶主塞缪尔·哈里森先生释放奴隶这件事上，他
功不可没；我们通过某些渠道了解到他正努力去促成全部奴隶的
解放。当他到我们屋子来时，我们肯定会被叫进屋做祷告。而其
他人来的时候，我们有时被叫进去，有时却不会。库克曼先生比其
他两位牧师都更关注我们。他到我们中间时总流露出对我们的同

---

① 英国人约翰·卫斯理(John Wesley，1703－1791)创立了基督新教卫斯理宗
(Wesleyans)。教会主张圣洁生活和改善社会，注重在群众中进行传教活动。在美
国独立后，美国卫斯理宗脱离圣公会而组成独立的教会。其后教会分裂为美以美
会、坚理会、美普会、循理会和圣教会等。1939 年，美以美会、坚理会和美普会合并
成现今的美以美会。——译者注

情。我们尽管愚钝，也还能觉察这一点。

　　当我和主人住在圣迈克尔时，一个姓威尔逊的年轻白人男子建议保留一所安息日学校，用来指导一些对《新约》感兴趣的奴隶来学习。我们才参加了三次，两位班长韦斯特先生和费尔班克斯先生，带着其他一些人提着棍子和其他可以扔的东西朝我们走过来，赶我们走，不准我们再去参加。我们在伪善之镇圣迈克尔的安息日学校的学习也就此结束。

　　我曾经说过我的主人在宗教里为自己的残酷找到了许可。我会从许多事实中挑一桩来证明这的确属实。我曾见过他把一个跛脚的年轻女人绑起来，用重重的皮鞭抽打她裸露的肩膀，打到温热鲜红的血从她身上滴落；而且，他会引用《圣经》中的一段话来证明自己血腥的行为正当合理——"仆人知道主人的意思，却不顺他的意思行，那仆人必多受责打。"①

　　每次，主人都会这样残忍地把这个遍体鳞伤的年轻女子绑四五个小时。我知道他在凌晨把她绑起来，在吃早饭之前抽打她；然后他把她丢在那儿，去了店里，再回来吃晚饭，继续抽打她，原先她淌血的地方又被打得皮开肉绽。主人对"亨妮"这么残忍，实际是因为她不中用。她小时候跌进火里，被烧得很惨，双手严重烧伤已经不能用了。她做不了什么事，只能背背重物。对主人来说，留着她意味着要花钱，他又是个小气的人，她就这样成了他的眼中钉。他似乎很希望让这个可怜的女孩消失。他曾经把她送给他妹妹，但是因为这个礼物太差，他妹妹没有打算留着她。最后，我们"仁慈"的主人，用他自己的话来说，"给了她自由，让她自己照顾自

①　参见《圣经·新约·路加福音》12：47。——译者注

己"。就这样，这位新近入教的信徒，奴役着一位母亲，同时却把她无助的孩子赶走，让她挨饿，让她死去！托马斯主人是许多虚伪的奴隶主中的一个，他们声称蓄奴是一种慈善之举，目的正是为了照顾那些奴隶。

我的主人和我有许多不同之处。他发现我不合他意。他说我的城市经历给我带来了极其致命的影响。我已经被毁了，什么好事都干不了，却能干尽坏事。我最大的过失之一就是让他的马逃到圣迈克尔约五英里外他岳父的农场。我就只跟在马后面追着。我这么粗心大意，或者也可称为小心行事，是因为我每次到那儿都会有东西吃。我主人的岳父威廉·汉密尔顿先生一直都给他的奴隶足够的食物。不管主人多急着让我回去，每次离开时我都能填饱肚子。最后，托马斯主人说他忍无可忍了。我和他住在一起九个月，这期间他给我吃了很多顿鞭子，不过都没有成效。他决定把我赶出去，如他说的那样，灭灭我的士气。为此，他把我租给了一位爱德华·科维，为期一年。科维先生是个穷佃户。他赖以谋生的农场是租来的，农场上干活的人手也是租的。科维先生擅长于击垮年轻奴隶，这让他名声很大，对他也很有用。凭着这样的名声，他极大地减少了耕种农场所需的开销。一些奴隶主认为把自己的奴隶白白租给科维先生一年不是什么多大的损失，只要这些奴隶受到该得的训练就行。有了这样的名声，他很容易租到年轻的帮手。除了这些天生的好品质外，科维先生还信教——一个虔诚的人——是美以美会教堂一个读经班的班长，这助长了他作为"驯奴人"的名声。虽然我已经从一位曾经在他农场住过的年轻人那里听说过这一切，对这个变化，我还是挺开心的。因为我确信自己到那儿能吃饱，对一个食不果腹的人来说，这可不算微不足道的小事。

第十章

　　1833 年 1 月 1 日，我离开托马斯主人家和科维先生住在一起。我生平第一次去田里干活儿。我发现干这个新活计，比自己当初一个乡下小孩头一回进城还要不知所措。才在这个新家待了一周，科维先生就狠狠给了我一顿鞭子，把我的后背打得皮开肉绽，鲜血直流，一条条鞭痕肿起来和我的小拇指一样粗。这件事是这样的：一月最冷的那几天，某个凌晨，科维先生派我到树林里运一堆木柴。他给了我一队还未被驯服的公牛。他告诉我哪头牛该站在左边，哪头牛在右边。然后，他把一根粗绳的一端套在左边那头公牛的牛角上，把另一端递给我，告诉我如果那头牛开始奔跑，我就得紧紧拽住绳子。在此之前，我从来没有赶过公牛，自然有些手忙脚乱。不过，我还是比较轻松地来到树林边。但是，刚进树林不久，公牛们突然受惊，一路狂奔，把大车撞到树上又颠过树桩，样子极其恐怖，我不得不用木棍揍了它们好几下。每一秒我都觉得自己会撞到树上，脑浆四溅。就这样奔了相当一段距离之后，公牛们最终把大车掀翻，用力把它甩到一棵树上，它们自己则冲进一处浓密的灌木丛中。我是怎么死里逃生的，我不知道。我就这样，孤零零地待在一个完全陌生的密林里。大车被掀翻摔坏，公牛们被小树缠住，没有人来帮我。费了好长时间，我总算把大车扶正，把公牛们从灌木中救出来，重新套到大车上。我继续赶着我的队伍到前一天我砍木头的地方，把大车装得满满的，想靠这种方法让公牛听话。之后，我就继续往回走，这时已经花了半天的时间。我平平安安地走出了树林，觉得自己已经脱离了危险，就让公牛停了下

来，走过去开大门。就在这时，我还没来得及再抓起缰绳，公牛们
又受了惊，从大门奔出去，大车的车轮和车身被门卡住，接着门被
撞得粉碎，而且差几英寸就把我给摔到门柱上了。就这样，一天之
内我就死里逃生了两回。我一回去就告诉科维先生发生的事情和
经过。他命令我立刻回到树林。我照做了，他也跟在我后面来了。
我刚进树林，他就出现了，叫我把大车停住，说他要教教我怎么浪
费时间、怎么弄坏大门。然后，他走到一棵高大的橡胶树前，用斧
头砍下三根大树枝，再用随身的小刀把树枝修剪整齐。他命令我
脱掉衣服，我没有答话，仍然穿着衣服站着。他又说了一遍。我还
是没有答话，也没有脱衣服。这时，他像头恶虎一样朝我冲过来，
撕下我的衣服，不停鞭打我，直到把三根树枝都打断了才住手。我
身上的伤非常严重，过了很长一段时间还看得见伤疤。因为类似
的原因，我受过很多顿毒打，这次不过是第一次。

　　我和科维先生待在一起有一年时间。在前半年里，他几乎没
有一周不鞭打我。我的背一直都酸疼。我的笨手笨脚一直是他鞭
打我的借口。我们干活儿很辛苦，都到了我们能忍耐的极限。天
还没亮，我们就起床喂马。在第一缕晨光中，我们扛着锄头、牵着
犁地的牲口去田里。科维先生给我们足够的食物，但却不给我们
时间吃饭。我们吃饭的时间还不到五分钟。通常的情况是，从天
蒙蒙亮到暮色霭霭，我们一直都在田里干活。在储备饲草的时节，
我们经常大半夜还在田里捆稻草。

　　科维会和我们一起下田。他做事的方式是这样的。下午大部
分时间他会待在床上。到了傍晚，他会精神抖擞地出来，说些话，
做做样子，通常还会甩几顿鞭子，督促我们干活。科维先生是少数
几位能干活、也会亲自动手干活的奴隶主。他很努力。他自己知

道一个成年男人或是一个男孩能做哪些事，完全骗不了他。就算人不在，他仍在监督我们，和他在场时没什么区别；而且他会出其不意地现身，让我们觉得他时刻都和我们一起。只要他能够偷偷摸摸地来到我们干活儿的地方，他就绝对不会光明正大地过来。他就想给我们个措手不及。他这么狡猾，我们私下里都管他叫"蛇"。我们在玉米田里干活时，他会匍匐爬过来不让我们看见，爬到我们中间时，他会一下子跳起来，叫道："哈，哈！快，快！快点儿，快点儿！"他这么搞突然袭击，我们哪怕停下来歇口气都不安全。他来的时候像个夜贼，出现的时候总是离我们很近。在种植园里，每棵树下，每个树桩后，每簇灌木丛中，每扇窗户边，他都会出现。他有时会骑上马，做出一副要去七英里外圣迈克尔的样子，然后不到半小时你就会看到他缩在木栅栏后，监视奴隶们的一举一动。为此，他会把马拴在树林里。还有，他有时会朝我们走过来，给我们一些吩咐，好像他就要出远门一样，然后转身往回走，作势要回屋子准备出发。可是，还没走到半路，他会突然转过身，爬进栅栏的某个角落或是爬到某棵树后面，在那儿监视我们，一直到太阳落山。

科维先生擅长欺骗。他一辈子都致力于策划和实施最下流的骗局。他所掌握的一切，不管是知识还是宗教，都被他用来骗人。他似乎认为自己有能力去欺骗万能的上帝。早晨，他会做个简短的祷告，到了晚上又会做个长些的祷告。这看起来怪异，但很少有人表现得比他更虔诚。在他家中，宗教仪式总是以唱诗开始。因为他自己唱不好，大声唱出赞美诗的任务就落在我身上。他会先读一下赞美诗，然后点头示意我开始唱。有时我会照他的指示去做；其他时候，我并不听他的话。我的不顺从总是会造成不少混乱。为了表明他不需要靠我，他会自己开始唱，用最刺耳的调子断断续续地唱完他的赞美诗。在这样的心态下，他祈祷得更带劲了。可怜的人！他禀性如此，又能成功地骗人，我完全相信他有时甚至能骗过自己，认为自己是至高无上的上帝的虔诚信徒；而那时候，有传言说他强迫自己的女奴犯了通奸罪。事情是这样的：科维先生是个穷人；他的人生才刚刚起步；他的钱只够买一个奴隶；令人震惊的事实是，他买下她，如他自己所说，是为了"配种"。这个女人叫卡罗琳。科维先生从圣迈克尔六英里外的托马斯·勒伟先生手里把她买回来。她二十岁左右，身材高挑结实，已经生过一个孩子，正是他想要的那种女人。买下她之后，他从赛缪尔·哈里森先生那里租了一个已婚男奴，为期一年。每天晚上，他都会把他们两人绑在一起！结果就是，这一年结束时，这个可怜的女人生了对双胞胎。对于这个结果，对男人和这个不幸的女人，科维先生都很满意。他和他的妻子都非常高兴，在分娩时，他们对卡罗琳非常好，再难的事都会为她做。两个孩子让他的财富增加了不少。

如果说我这一生中什么时候最能让我尝到奴隶制的痛苦，那就是我和科维先生住在一起的前半年。不论天气好坏，我们都得干活。严寒酷暑，风雨雹雪，再恶劣的天气也要下田干活。干活，干活，干活，白天如此，晚上也一样。对他来说，最长的白天也太短促，最短的夜晚也过于漫长。我刚到那儿的时候，不服管教，但是几个月下来，这样的管制让我没了脾气。科维先生成功地驯化了我。我的身体、灵魂和精神都受到了破坏。我天生的乐观被碾碎，智力变得迟钝，想要读书的决心不复存在，眼中快乐的光芒就此逝去。奴隶制的黑夜将我包围，把我从人变成了牲畜。

周日是我唯一的休息时间。我会像头动物一样待在一棵大树下，半梦半醒间茫然若呆。有时我会站起来，一种自由活力的感觉会瞬间穿过我的灵魂，还带着一丝隐隐的希望，但闪闪烁烁间消失不见了，我又沮丧起来，哀悼自己悲惨的处境。我有时会有结束自己和科维先生性命的念头，但因为还抱有希望，也因为害怕，所以不曾动手。现在看来，我在这片种植园里经受的痛苦更像是场梦而不是严酷的事实。

我们的屋子几十米外是切萨皮克湾，宽阔的海湾里白茫茫一片，都是来自世界各个角落的帆船。这些美丽的船只，披着最纯洁的颜色，在自由的人看来是如此美好，在我眼里却像是裹着尸布的鬼魂，让我想起自己悲惨的处境，让我感到痛苦害怕。夏季的安息日，海湾一片寂静，我经常一个人站在高高矗立的堤岸上，我那悲伤的心，透过满眼泪光，目送不计其数的帆船离开港湾驶向浩瀚的海洋。这样的场景总让我产生极大的触动。我脑中的想法急需找人倾诉，而那里，除了上帝没有其他听众。我会用自己粗鲁的方式，对着来来往往的船只，倾吐一腔抱怨：

"绳索松开后，你们就自由了；我却被链条牢牢锁住，我是个奴隶！你们在微风中欢快地前行，而我要在血淋淋的皮鞭下悲伤地行走。你们是自由的天使，有着轻快的翅膀，可以飞向全世界；而我却被铁链紧紧困住！哦，多希望我能够自由！啊，我能站在你宏伟的甲板上，被你的翅膀庇护！天哪！就在你我之间，浑浊的海水在翻滚，前行，前行吧。啊，我希望我也能前行。要是我能游泳，要是我能飞翔，该有多好！啊，为什么我生来为人，却被当成畜生！欢快的船只已经远走，消失在朦胧的远方。我被留了下来，留在奴隶制永无止息的炼狱中。啊，上帝，请拯救我吧！上帝，解救我，给我自由吧！上帝还存在吗？为什么我是个奴隶？我要逃走，我不愿再忍受。是被抓住，还是获得自由，我都要试一试。冻死还是热死，不管什么死法，我都只有一条命可以丢。逃跑会被杀，留在这里也会被杀。只要想想，只要往北逃一百英里，我就自由了！试一试？是的！上帝庇佑我，我会的。我不能活着的时候是奴隶，死的时候还是奴隶。我会走水路。这片海湾将会带我通向自由。这些蒸汽船从北角往东北方向行使。我会照着走，当我将独木舟划到海湾的尽头，我会弃舟从德拉威州直接走到宾夕法尼亚州。我到那儿的时候，他们不会要求我出示通行证。我可以一直走，不会遇到麻烦。只要等到第一次机会，不管什么样的机会，我都会出发。而在此同时，在暴君的统治下，我要努力保持士气。这世上不是只有我一个奴隶。我为什么发愁？我能像其他人一样忍耐。而且，我只是个孩子，而所有孩子肯定都得归某个人管教。而且有可能我做奴隶时所受的痛苦会让我在自由时更加感到幸福。更好的日子会到来的。"

我那时常常这么想，也常常这么自言自语；前一刻我被折磨得快要发疯，下一刻却不得不接受自己悲惨的命运。

我已经提过和科维先生一起的前半年要比后半年糟糕。科维先生对我态度的转变是我卑微人生中一个新的纪元。你已经看到他们怎样把人变成奴隶；你也应该看看奴隶怎样变回人。1833年8月最热的时候，有一天比尔·史密斯、威廉·休、一个名叫伊莱的奴隶和我用扬谷机扬小麦。休把扬好的麦子搬走，伊莱摇手柄，史密斯往机器里加小麦，而我把小麦搬到扬谷机那里。这很简单，只要力气不需要费脑子。但是，对一个完全不适应这个活计的人来说，做起来非常难。那天大约三点，我就垮掉了。我的力气都耗光了，突然间头痛难忍，头晕目眩，手脚哆嗦。虽然感觉到要出事，我还是打起精神，因为觉得不可能停下来休息。我摇摇晃晃地把谷物搬到漏斗那里。当我再也支撑不住时，我一下瘫倒在地，感觉身上压着千斤重的东西。扬谷机当然得停下来；每个人有自己的活要干；没人能一边干自己的活儿，一边还能做其他人的事。

　　科维先生在屋子里，离我们扬谷的踩谷场大约一百码。一听说扬谷停了，他立马离开屋子赶到我们这儿来。他匆忙地询问发生了什么事。比尔告诉他我生病了，没有人把小麦搬到扬谷机。踩谷场四周有围栏，这个时候，我已经爬到围栏旁，躲开阳光，希望这能让自己舒服一点。他问我在哪里。一个干活的人告诉了他。他来到我待的地方，看了我一会儿，问我出了什么事。我连说话的力气都快没了，只能尽量回话。他狠狠地踢了一下我的腰部，叫我站起来。我试着站起来，却跌倒了。他又踢了我一脚，叫我站起来。我又试了一次，总算站了起来；但当我弓着腰去拎用来装小麦的桶时，我踉跄了几步，又倒了下来。休正用胡桃木板刮半蒲式耳的容器，见我跌倒，科维先生夺过那块木板朝我头上重重地砸了一下，砸出一个大口子，鲜血直流；砸完之后，他又叫我站起来，我已经下定决心让他使出最狠的招数，也就不打算照他的话去做。挨砸之后不久，我感觉头好些了。科维先生早已留我自生自灭了。这时，生平第一次，我决定去找我的主人，到他那里控诉科维先生，寻求他的庇护。为此，我必须在下午步行七英里。以我当时的状况，这确实是个艰巨的任务。因为先前那阵头晕目眩，再加上后来的脚踢棒打，我此时极度虚弱，但是，当科维先生朝相反的方向望时，我看到了机会，开始向圣迈克尔走去。科维先生发现我时，我已经成功地朝树林走了一大段路。他在背后喊我，让我回头，威胁说我要是不回去他会如何如何对我。我既没理睬他的喊叫，也没

搭理他的威胁,在我虚弱的身体能支撑的情况下尽量加快脚步向
树林走去。因为担心沿着路走会被他赶上,我从树林中穿行,并且
尽量远离道路以防被发现,但同时又不能离太远以防迷路。没走
多远,我就耗尽微弱的力气,再也走不动了。我倒了下来,躺了一
段时间。我头上的伤口还在渗血。有段时间,我觉得自己会因失
血过多而死;现在想起来,要不是我的头发被血黏在一起堵住伤口
止了血,我肯定会失血而死。大约躺了四十五分钟,我又提起精
神,继续上路,没穿鞋也没戴帽子,穿过沼泽荆棘,几乎每走一步脚
都会被割到。我大约走了七英里,差不多用了五个小时,终于到了
主人的店里。我出现时的模样如果不能让人大为触动,那人肯定
就是铁石心肠了。我从头到脚浑身是血。头发被灰尘和凝固的鲜
血打成了结;沾满血的衬衣变得僵硬。我想我看上去像是刚从野
兽洞穴中九死一生逃了出来。我就这样出现在我主人面前,恳求
他介入,利用他的权威为我提供保护。我尽量向他描述我所有的
遭遇,我说的时候,他似乎有所触动。他踱来踱去,说他希望我是
罪有应得,以此来证明科维没做错。他问我想要什么。我告诉他,
让我去个新家;如果非要让我再和科维先生住在一起,我肯定会死
在他手上;科维会杀了我;他完全做得出。托马斯主人嘲笑了我这
个想法,并且说他知道科维先生的为人;说科维是个好人,他不会
从科维手里把我带走;要是他这么做,我这一年帮他赚的钱,我一
个子儿也拿不到;还说我这一年归科维先生,不管发生什么事,我
都必须回去;他要我别再编些故事烦他,要不然他亲自来抓我。一
顿威胁后,他给了我一大份嗅盐,告诉我当晚可以在圣迈克尔过夜
(天色很晚了),但是第二天一早我就必须得回去,如果我不回去,
他会抓住我,也就意味着他会鞭打我。我待了一晚,第二天一早

（周六早上）按他的命令，往科维的农场走去。我身体疲惫，精神已经崩溃。我既没有吃晚饭也没有吃早饭。差不多九点我走到科维的农场，正要穿过肯普太太的农场和我们农场之间的栅栏，科维拿着牛皮鞭冲了出来，要再抽我一顿。没等到他抓住我，我已经成功地跑到玉米地里；玉米秆很高，我可以藏在里面。他看上去怒火冲天，找我找了很长时间。他完全不能理解我的行为。他最终放弃找我的念头，我猜可能是以为我应该回家找吃的去了；他不会再继续费神找我。那晚，我碰巧遇到奴隶桑迪·詹金斯。我和他还算认识，桑迪的妻子是个自由人，住处离科维先生的农场大约四英里。那天是周六，他正去看望她。我把我的情况告诉了他，他好心地邀请我和他一道回家。我和他一起走回家，把整件事从头到尾告诉他，他则建议我该怎么选择。我发现桑迪经验老到。他郑重其事地告诉我，我应该回到科维那里。但在那之前，我要和他一起到树林里的另一处地方，那里有某种树的树根，如果我能掰下其中一小部分，带在身上，而且要一直放在身体右边，那科维先生或任何一个白人都不能鞭打我。他说他自己多年来就随身带着这么一块，自从他带着之后，他就未曾受过任何责打，而且只要他带着它，他也不觉得自己会受到鞭打。起初，我不相信仅仅在口袋里放块树根就能像他说的那样，因此不想接受这个建议；但是桑迪强调说这很有必要，告诉我就算它没好处，也不会有什么坏处，说得非常恳切。为了让他高兴，我最终还是拿了块树根，并照他的指示放在右边的口袋。到了周日早晨，我立刻赶路回家；刚走进院子大门，就碰到正走去开会的科维先生。他对我说话非常和蔼，吩咐我把一群猪从附近一个地方赶到教堂去。现在，科维先生这个罕见举动让我开始觉得桑迪给我的树根里确实有些什么东西；如果那天不是周日而是其他任何一天的话，我会认为这完全是树根的影响；就这样，我半信半疑地认为这块树根要比我最初以为的厉害一些；一切都很顺利，直到周一上午。那天早上，树根有效与否完全得到了验证。天色还早的时候，我被吩咐去遛马，还要给马儿们擦拭、梳洗和喂食。我照做了，而且还很开心地去做了。但是，我正干着活儿，正从马棚厩楼往下扔草料，科维先生拿着根长绳走进了马棚；我从厩楼下来，正爬到一半，他抓住我的双腿，要把我绑起来。我一发觉他有打我的算盘，就猛地跳了起来。我刚跳起来，他就一把抓住我的双腿，害得我四脚朝天跌在地面上。科维先生似乎认为已经抓住了我，可以对我为所欲为。但是，这一次——我自己也不知道哪里来的勇气——我下定决心要反抗；我紧紧抓住科维先生的喉咙，趁势站了起来。他抓住我，我也抓住他。我的反抗大大出乎了他的预料，他似乎大吃了一惊，像片树叶一样浑身颤抖。这让我信心十足，我紧紧掐住他，指尖掐的地方都出了血。很快，科维先生大声叫休来帮忙。休赶过来，想趁科维抓住我的时候绑住我的右手。他这么做的时候，我抓准机会，冲着他肋骨下方狠狠踢了一脚。挨了这一下，休感到不舒服，也就松手不管我，由着科维对付我。我的这一脚不仅让休胆怯，也让科维害怕。当他看到休疼痛难当抱着身体时，他畏缩了。他问我是否打算一直这样反抗下去。我告诉他我是这么打算的，让他尽管放马过来；这半年他把我当畜生一样使唤，我下定决心不要再受这种罪了。马棚门外地上躺着一根棍子，听了这些话，他拼命把我往那儿拖过去，打算用棍子把我打倒。但就在他弯腰去够那根棍子的时候，我双手抓住他的衣领，猛地把他拉倒在地。这时比尔来了。科维叫着让他帮忙。比尔问他能干什么。科维嚷道："抓住他，抓住他。"比尔说他的主人把他租出来是干活的，不是来帮着打人的。他让科维和我俩人自己决一胜负。我们扭打了两个小时左右，科维终于松了手。他一边急促地喘着气，一边说要不是我反抗，他才不会打我这么多次。事实上他根本就没有打到我。他便宜没占到，还吃了亏：我没有流血，却把他给打出血了。在接下来的半年，哪怕在生气时，科维也没碰过我一根指头。偶尔他会说，他不想再抓我。我心里想："不，你犯不着。你要那么做，下场会比上次更惨。"

和科维先生打的那场架是我奴隶生活的转折点。对自由的些许渴望行将熄灭，此刻又被重新点燃，我自己的男子汉气魄也被唤醒。它让我想起久违的自信，让我再次下定决心去获取自由。胜利所带来的成就感足以补偿任何可能的后果，哪怕是死亡。只有被血淋淋的奴隶制压迫过的人才能理解我的满足感。这种感觉我从未体验过——从奴隶制的坟墓中华丽地复活，然后通往自由的天堂。我长期饱受打压的精神振作起来，不再懦弱，取而代之的是勇敢的反抗之心。我下定决心，不论我的身体还要当多久的奴隶，我的内心被奴役的日子将一去不复返。我毫不犹豫地让他们明白，白人要想鞭打我，除非先把我杀了。

从那次起，我再也没有被所谓"合情合理"地鞭打过。虽然此后我继续当了四年的奴隶，打过好几次架，但是再也没有挨过鞭子。

为什么科维先生没有立刻叫来警察把我绑到鞭刑柱上，在那儿定期地鞭打我，作为我自卫时对白人动手的惩戒？很长一段时间里我对此一直感到诧异。我现在能想到的唯一解释并不十分让我满意；尽管如此，我还是在此写下来。科维先生作为一流工头和驯奴人，声誉极好。这对他相当重要。现在这一名声岌岌可危。

要是他把我——一个 16 岁左右的男孩——送到公共鞭刑柱那儿，他的名声可就毁了。因此，为了挽回自己的名声，他只能忍气吞声，不惩罚我。

1833 年圣诞节那天，我结束了为科维先生干活的日子。圣诞节到新年期间的那些天我们被允许用来休息，所以除了照看牲口，给它们喂喂食之外，我们不需要做任何事情。在主人们的仁慈之下，我们把这段时间看作自己个人的时间，因此可以称得上是随心所欲地来度过这些日子。我们中间离家较远的人，一般六天都被准许回家陪伴亲人，但是度过这段时间的方法就是因人而异了。我们中那些做事认真、勤劳工作、头脑清醒、善于思考的人，有的会忙着做高粱扫帚、草席、马颈圈和篮子；另外一群人则是去捕猎负鼠、野兔和浣熊。但目前为止，大部分人还是通过打球、摔跤、赛跑、拉小提琴、跳舞、喝威士忌等一些运动和娱乐来打发时间。最后这些方式也让主人们最为满意。主人们认为一个在假期干活的奴隶根本就不配有假期，认为他拒绝了自己主人的好意。在圣诞节不喝到酩酊大醉是件不光彩的事；如果一个人在这一年没有攒到钱让自己在圣诞节喝个够，那他可就要被认定是个懒人了。

根据我所了解的这些假期对奴隶的影响，我相信这是奴隶主用来压制反叛灵魂最有效的手段。如果奴隶主们立刻取消这种做法，毫无疑问，会立刻激起奴隶暴乱。这些假期就像避雷针或安全阀门一样，成功地驯服了被奴役者们叛逆的灵魂。如果没有这些假期，奴隶会被逼得走投无路，铤而走险；如果哪个奴隶主胆敢去移除这些避雷针或是妨碍它们运行，那就愿灾祸降临他吧。我警告他，在那样的情况下，一个比最恐怖的地震还要可怕的精神将会在奴隶中出现。

这些假期是奴隶制惺惺作态、毫无人性的主要体现。表面上，它们是奴隶主发善心而设立的；但是，我必须指出，这其实是自私的产物，是对饱受欺凌的奴隶最赤裸裸的欺骗。他们给奴隶假期，不是因为他们不想让奴隶继续干活，而是因为他们明白剥夺奴隶的假期会有危险。奴隶主希望自己的奴隶整个假期自始至终都这样开心，他们的目的似乎是让奴隶陷入最低级的放纵挥霍，从而让奴隶对自由反感。譬如说，奴隶主不仅让奴隶自己喝酒，还想方设法把他们灌醉。一个方法就是拿奴隶打赌，看谁能够喝下最多的威士忌而不醉；这样，他们成功地让所有人都喝过了头。因此，当奴隶要求美好的自由时，狡猾的奴隶主知道奴隶的无知，给丑恶的放纵贴上自由的标签，拿它来欺骗奴隶。我们大多数人就这样喝下去，结果也是显而易见：我们中很多人由此认为在自由和奴隶制中间并没有什么可以选择。我们理所当然地感到被人奴役和被酒奴役没什么差别。因此，假期结束时，我们从放纵的污秽中踉踉跄跄地站了起来，深吸一口气，朝田地出发——非常开心地从主人用来愚弄我们的自由中回到奴隶制的怀抱。

我说过这种对待奴隶的方式是整个惺惺作态、毫无人性的奴隶制的一部分。确实如此。这种模式让奴隶只看到对自由的滥用，从而对自由产生厌恶。这一模式的具体做法还有很多。譬如说，一个奴隶爱吃糖蜜，于是就偷吃了点。在很多情况下，他的主人会到镇上买大量糖蜜，回来后拿着鞭子，命令奴隶吃下那些糖蜜，一直吃到那个可怜的家伙听到糖蜜两字就想吐。同样的模式有时还被用来让奴隶除了日常配额的食物外，不再敢多提要求。一个奴隶吃光了他的配额，要求再发点吃的。这激怒了他的主人，但是主人并不打算什么食物都不给就打发他走，反而给了他过多的食物，逼着他在给定的时间内吃完。如果他抱怨吃不下去，就被说成是吃饱也不满意，饿也不满意，然后就因为难伺候而受鞭打。同样的做法，我可以举出一大堆我所观察到的例子，但是现在举的例子已经足够说明问题了。这种做法非常普遍。

1834 年 1 月 1 日，我离开了科维先生，到离圣迈克尔大约三英里外的威廉·弗里兰先生那里干活。很快，我发现他和科维先生是完全不同的两种人。尽管不富裕，他仍可以被称作受过教育的南方绅士，而如我所述，科维先生是个训练有素的驯奴人和工头。前者（虽然是位奴隶主）似乎还在乎荣誉，对公平和人性仍有所尊重。而这些情操在后者身上似乎已经完全感受不到。弗里兰先生有许多奴隶主特有的缺陷，如易怒和爱挑剔；但是公平地说，他身上完全没有科维先生一直沉溺其中的那些恶习。他们两人，一个率直坦白，我们知道在哪儿可以找到他，另一个则是狡猾成性，只有识破他伪装伎俩的人才能了解他。新主人的另一个优点是，他不信教，也不假装信教；这一点在我看来是一大优点。我可以毫不犹豫地断言南方的宗教仅仅是幌子，用来掩盖最恐怖的罪行，证明惨绝人寰的野蛮是对的，并且准许令人深恶痛绝的骗行——在黑暗中为奴隶主最黑暗、最猥琐、最明显、最残忍的行为提供庇护。假如我再次沦落为奴隶，除了被奴役本身外，我认为我能遇到的最悲惨的事情就是有个信教的主人。在我遇到的所有奴隶主中，信教的那帮人最坏。我发现他们最卑鄙、最龌龊、最残忍却又最懦弱。不幸的是，我不仅有个信教的主人，还生活在这样一群信徒中。离弗里兰先生住处不远住着丹尼尔·威登牧师，附近还住一位里格比·霍普金斯牧师。他们是归正美以美会的成员和牧师。威登先生的奴隶中有位女奴隶，名字我已经忘了。连着好几周，她的后背一直在淌血，都是被这个无情狠毒、信教的畜生抽打的。他都是租的人手，他的信条是"不管奴隶表现得好还是坏，做主人的都有职责不时地抽他一顿，来让他记住主人的权威"。他是这么说的，也是这么做的。

霍普金斯先生比威登先生更坏。他经常炫耀他有本事控制奴隶。他管理奴隶的主要特点是先发"抽"人，在奴隶犯错前打他们一顿。每个周一上午，他总会鞭打一两个奴隶。他这么做是为了让他们害怕，让逃跑的人心生恐惧。他的算盘是奴隶们犯了最微不足道的错也要挨打，以此来防止他们犯大错。霍普金斯先生总能找到借口来鞭打奴隶。如果一个不习惯蓄奴生活的人看到奴隶主能这么容易找到理由鞭打奴隶，他会感到非常吃惊。仅仅是一个表情、一句话、一个动作或是一个错误、一场事故、没有力气，所有这些都随时可能让奴隶挨鞭子。奴隶看上去不满？那他体内有恶魔，需要把恶魔打出来。他和主人说话的时候嗓门太大？那他过于傲慢，需要挫挫锐气。看到白人走过来没摘帽行礼？那他是欠教养，需要挨鞭子才懂得礼数。他受罚的时候胆敢为自己申辩？那他太目中无人了——这可是奴隶能犯的重罪之一。他还敢提出和主人不同的做事方法？那他肯定是僭越了，自以为是，除了鞭打他一顿没其他法子。他耕田的时候弄坏了犁靶，或者锄地的时候弄坏了锄头？那是他太粗心了，必须得为此挨一顿鞭子。霍普金斯先生总能找到诸如此类的理由来用他的鞭子，他也很少错过这些机会。那些可以选择栖身之所的奴隶，他们宁可选全县其他任何一个人也不会想和霍普金斯牧师住一起。但是，同样是这位受人尊敬的监工里格比·霍普金斯，附近任何一个地方都没人能像他那样表现出对宗教的忠诚，或者说没人比他在布道会上更积极，比他更积极地参加读经班、爱宴、祈祷和传教会,或是没人在家里比他更虔诚——他晨祷最早,晚祷最晚,而且祷告声最大,祷告时间最长。

但是,还是说回到弗里兰先生,以及我为他干活儿的经历。他像科维先生一样给我们足够的食物,但不同的是,他也给我们足够的时间吃饭。他让我们拼命干活,但也是日出而作,日落而息。他要我们干很多活儿,但给我们的工具都不错。他的农场很大,不过他也雇了足够的人手,和他的很多邻居相比,活儿也轻松一些。在他手下干活,和在爱德华·科维先生那里的经历相比,我简直可以说自己身处天堂了。

弗里兰先生自己只有两个奴隶,亨利·哈里斯和约翰·哈里斯。其余的人手都是租的,包括我、桑迪·詹金斯①和汉迪·嘉威尔。

亨利和约翰非常聪明,我去之后不久就成功地让他们产生了想识字的强烈愿望。这个愿望很快传递给了其他人。没多久,他们就收集了一些旧的拼写本。我没有其他办法,只能办一所安息日学校。我同意这么做,并把我的周日都贡献给了我的奴隶同胞,教他们识字。我到那里时,他们还没有一个人认识自己的名字。附近几个农场里的一些奴隶知道了这件事,也想抓住这次机会来学识字。来的人都有种默契,认为这件事越少人知道越好。一定不能让我们在圣迈克尔的主人们知道我们在安息日里没有摔跤、

---

① 就是他给了我树根来保佑我不被科维先生鞭打。他是个"聪明的家伙"。我们经常谈起和科维的那场架,而且每次他都说是因为他给了我树根我才打赢的。在那些更加无知的奴隶中,这种迷信非常普遍。人们认为奴隶去世往往是因为他们骗了人。

拳击或喝威士忌，而是在学习怎么读上帝的意旨；因为他们宁愿我们参加那些低级的活动，也不愿看到我们成为有智慧、有道德、负责任的人。一想到那天，我就怒火中烧——两位读经班班长赖特·费尔班克先生和加里森·韦斯特先生，以及其他一些人，手持棍棒和石头朝我们冲过来，解散了我们这个小安息日学校。他们都自称基督教徒！是主耶稣基督谦卑的信徒！

我把安息日学校设在一个自由黑人的家中，出于谨慎，他的名字就暂且不提了；公开他的名字会让他非常难堪，哪怕"组织学校"这项罪名早已是十年前的事了。有一段时间，我有四十多位学生，每个人都热切地渴望学习。各个年龄段的人都有，虽然其中大部分人都已成年。回顾那些日子，我心中的愉悦难以言表。对我的灵魂而言，它们是些伟大的日子。指导我的奴隶同胞读书识字是我有幸做过最愉悦的事。我们彼此热爱，安息日结束时离开他们让我十分感伤。一想到这些宝贵的灵魂现在还禁锢在奴隶制的牢笼里，我不禁感慨万分。我几乎想要问："有一位正直的上帝统管着宇宙么？他右手所持的雷电，若不是用来锤击压迫者，将受迫害的人从害人者手中拯救出来，它又有何用？"这些可爱的人们来到安息日学校不是为了跟风，我教他们也不是为了受人尊敬。每次他们来上课都冒着风险，被抓到极有可能受鞭刑。他们来，是因为他们渴望学习。残忍的奴隶主一直让他们的头脑处于无知状态。他们的心智一直被困在黑暗之中。我教他们，是因为这样做看上去能改善我们这个种族的状况，这让我感到高兴。在我和弗里兰先生住在一起的一年中，我基本都办着这个学校，此外，在冬天，每周有三个晚上我会在家里教奴隶们。来安息日学校的一些人学会了识字。现在，他们中至少一个人通过我的斡旋获得了自由，得知这些消息后，我非常高兴。

这一年过得很太平，也很快，感觉只有先前一年的一半。这一年，我没有挨一下打。可以说弗里兰先生是我遇到过最好的主人，直到我成为自己的主人。但是，轻松度过这一年也要归功于我的奴隶同胞们。他们有着高尚的灵魂。他们不仅充满爱心而且很勇敢。我们之间紧密相连、休戚与共。我爱他们，这份爱超出了我经历过的任何感情。有人说我们奴隶彼此不相爱、不信任。对于这一论断，我的回答是我热爱并信任我的奴隶同胞们，尤其那些曾和我一起在弗里兰先生农场生活过的人们。我从未如此爱过或信任过其他任何人。不管什么事情，不论有多重要，我们总是经过共同商讨之后才去做。我们从不单独行动。我们是一体的，不仅仅是由于脾性相投，还因为作为奴隶所共同经历的苦难。

1834年末，弗里兰先生再次向主人租借我做来年的农活。但此时，我不仅想要和他生活在一起，也想要生活在一块自由的土地上①。因此，我不会满足于和奴隶主生活在一起，不论是他还是其他任何人。那年伊始，我已经准备做最后一次斗争，这将决定我的命运何去何从。我自己的状态越来越好。我眼看就要成年了，而一年又一年过去，我仍然只是个奴隶。这些想法使我振作起来——我必须做些事情。因此，我下决心在1835年一定要采取行动争取自由。但是，我不愿独自一人抱有这种想法。我的奴隶同胞们是我心爱的伙伴。我渴望他们能和我一起来做出这个能让我重生的决定。因此，我很早就小心翼翼地开始探明他们对自己生

---

① "弗里兰"原文中为"Freeland"和"free land"（自由的土地）存在谐音双关。——译者注

活状况的看法，并给他们传授自由的思想。我一心一意去计划逃跑的出路和方法，同时利用各种合适的场合让他们进一步了解奴隶制赤裸裸的欺骗和不人道的行为。我先找了亨利，随后找了约翰，然后找了其他人。我在他们所有人身上都发现了温暖的心灵和高贵的灵魂。我能提出任何可行的计划，他们都愿意倾听，都随时准备采取行动。这正是我想要的。我告诉他们如果我们屈服于被奴役的命运，一次争取自由的努力都没尝试过，那我们就连一点男子汉气概都没有。我们经常会面，频繁地商量，说出我们的希望和担忧，细说我们会遇到的各种困难，不论是真实的还是幻想的。有时，我们几乎想要放弃，接受自己多舛的命运。其他时候，我们又意志坚定，绝不动摇逃走的决心。无论何时，我们提出任何建议，都会有人退缩——成功的概率太低了。我们的道路荆棘密布，而且，即使我们成功了，我们获得自由的权利仍然存在问题——我们还是有可能会被禁锢。在大洋的这头，我们看不到可以让我们自由的地方。我们对加拿大一无所知。我们对北方的了解仅到纽约为止；到了那里，我们还得一辈子担惊受怕，害怕有可能再次变回奴隶，而且那时我们受的虐待肯定比以往还严酷上十倍——这个念头确实很恐怖，而且很难克服。有时，情况是这样的：在我们要通过的每个大门前都有一个看门人，每艘渡船都有一个警卫，每座桥都有一个哨兵，每个树林都有个巡逻队。这些就是我们的困难，不管是真实还是想象的——我们要寻求美好，躲避邪恶。一方面，在我们面前，让我们惊恐万分的是奴隶制这一残酷的现实，它的长袍已被数百万人的鲜血染红，现在它正大快朵颐我们的血肉。另一方面，在模糊的远方，在北极星闪烁的星光之下，在崇山峻岭或皑皑雪山之后，有着不确定的自由。一半被压制的自由，向我们招手，让我们去分享它的热情好客。有时，这本身就足够让我们动摇；但是当我们准许自己去勘查道路时，我们经常会感到触目惊心。在路的两旁，我们看到了阴森的死亡呈现出各种令人毛骨悚然的模样。有时是饥饿，我们被迫吃自己的肉充饥；有时我们和激浪搏斗，然后被淹死；有时，我们被追赶，被猎犬的利齿撕成碎片。我们被蝎子蜇、野兽追、毒蛇咬，最后快要到达目的地时——在游过河、躲过野兽、睡过树林、忍受过饥饿和赤身裸体之后——我们被追捕的人追上，在抵抗中，被当场击毙。这样的景象让我们胆寒，让我们

> 宁愿忍受目前的折磨，
> 不敢向我们所不知道的痛苦飞去。①

帕特里克·亨利②要在自由和死亡间作出抉择，而我们最终下定决心要逃跑时，我们所做的抉择比他难得多。对我们来说，这顶多不过是个不确定的自由，而一旦我们失败，差不多就是死路一条。可对我而言，我宁可选择死亡也不愿被困在这令人绝望的枷锁中。

我们几个人中桑迪放弃了逃跑的念头，但他仍然鼓励我们。当时我们这帮人有亨利·哈里斯、约翰·哈里斯、亨利·贝利、查尔斯·罗伯兹和我自己。亨利·贝利是我舅舅，属于我的主人。

---

① 该句出自《哈姆雷特》第三场第一幕中哈姆雷特那段最著名的独白。本处采用了朱生豪先生的译文。——译者注

② 帕特里克·亨利(Patrick Henry, 1736-1799)，美国政治家，美国革命时期卓越的领导人，曾两次担任弗吉尼亚州州长。1775年3月23日，亨利在弗吉尼亚州里士满的圣约翰教堂发表了著名的《不自由，毋宁死》的演讲。——译者注

查尔斯和我的阿姨结了婚,他属于我主人的岳父威廉·汉密尔顿先生。

　　我们最终确定了计划,那就是偷一艘汉密尔顿先生的大独木舟,在复活节前的那个周六晚上,直接划船到切萨皮克湾。当我们到达海湾的入海口,也就是离我们住处七八十英里的地方时,让独木舟漂走,我们几个人在北极星的指引下步行穿过马里兰州的边界线。走水路的一个理由是,这样我们看上去就不怎么像逃犯。我们希望别人把我们当成渔夫;如果我们走陆路,我们几乎要面临所有可能的阻挠。任何想要盘问我们的白人都可以拦住我们,让我们接受检查。

　　我们打算出发的前一周,我为我们每个人都写了张通行证,以备不测。我能记得的是以下几句话,即:

　　　兹证明本人(即签署人)准许此证明持有人(本人的奴隶)自由前往巴尔的摩度过复活节假期。
　　　此证明为本人亲笔签署。

　　　　　　　　　　　　　　　　　威廉·汉密尔顿
　　　　　　　　　　　　　　　　　1835 年
　　　　　　　　　　　马里兰州塔尔博特县圣迈克尔附近

　　我们并不去巴尔的摩;不过,往海湾去时,我们是朝着巴尔的摩的方向,通行证不过是等我们到海湾时用来自我保护的权宜之计。

　　出发的日子临近了,我们也日益焦虑。这对我们真正是生死攸关。我们决心的坚定与否将会受到考验。此时,我忙于解释每一个困难，消除每一个疑惑，驱散每一个人的恐惧，并且鼓励所有人，让他们坚定意志，这对我们事业的成功不可或缺；我向他们保证，我们动身的那一刻就已经成功了一半；我们已经讨论了足够长的时间；我们现在准备动身了；如果现在不做，我们永远都不会去做；如果我们现在不打算动身，我们还不如双臂合拢坐下来，承认自己只配当奴隶。对此，我们没有一个人愿意承认。每个人立场坚定；在最后一次集会上，我们以最隆重的方式再次承诺一定会在约定的时间出发，追求自由。那是在某一周周三、周四的时候，那周周末我们就要出发了。如往常一样，我们走到各自劳作的田地中，内心却为自己危险的事业激动万分。我们尽量掩盖自己的感情，我认为我们做得非常成功。

经过痛苦的等待，终于到了周六的凌晨，我们就要在那天晚上离开。对这一天的到来，我满心欢喜，不管这将可能带来什么样的悲伤。周五晚上我辗转难眠。和其他人相比，我可能更为焦虑，因为大家一致认同我是这件事的带头人。成败与否的责任沉重地压在我身上。行动成功的荣耀和失败的混乱就像是我自己的荣耀和混乱一样。周六早上起床后两个小时，我以前从未经历过这么难熬的时间，我也希望再也不要有这样的经历。像往常一样，我们一大早就到了田里。我们在施肥；正干着活，突然间我有一种说不出的感觉，这感觉最强烈的时候，我转身对离我不远的桑迪说道："我们被出卖了。""嗯，"他回道，"我也这么觉得。"我们不再说话。我从没有这么确定过。

号角照常吹响，我们从田地走回屋子吃早饭。我只是装装样子，并不是真的想吃什么。我刚到屋里，向路口的大门望去，我看见来了四个白人和两个黑人。白人都骑着马；黑人都走在后面，像是被绑着。我一直盯着他们，看到他们走到路口大门。这时他们停了下来，把黑人系到门柱上。我还不确定到底是怎么一回事。过了一会儿，汉密尔顿先生骑马进来，速度很快，说明他很激动。他来到门口，询问威廉主人在不在，有人告诉他威廉在谷仓。汉密尔顿先生没有下马，直接像箭一般地奔向谷仓。又过了一会儿，他和弗里兰先生回到屋子。这时，三位警察骑马进来，飞身下马，系好马，和从谷仓回来的威廉主人和汉密尔顿先生碰头。他们谈论了一会儿，都径直朝厨房门走来。除了我和约翰，厨房里没有其他人。亨利和桑迪在谷仓。弗里兰先生把头探进来，叫着我的名字，说门外有几位绅士要见我。我走向门口，问他们想要干什么。他们一把抓住我，没有解释而是把我捆住，把我的双手紧紧绑在一起。我坚持要知道发生了什么事。最终，他们说他们已经知道我是个"麻烦"，要当着我主人的面检查我，如果他们的情报有误，我不会受到伤害。

　　过了一会儿，他们成功地将约翰捆住。这时，亨利已经回来了，于是他们又转向亨利，命令他把手交叉在一起。"我不干。"亨利回道，语气坚决，表明他愿意接受拒绝带来的后果。"不干？"警察汤姆·格雷厄姆问道。"是的，我不干！"亨利的语气更加坚决。话音刚落，两个警察掏出明晃晃的手枪，并且以创世主的名义发誓，他如果不交叉双手，他们就毙了他。他俩都扣上扳机，手指放在扳机上，走到亨利跟前，边走边说如果他不交叉双手，他们会打穿他的心脏。"开枪啊，开枪啊！"亨利叫道。"你只能杀我一次。开枪吧，开枪——去死吧，我不会被捆住的！"他大声嚷着，语气十分轻蔑；同时，他以迅雷不及掩耳之势一下子把两个警察手中的手枪都打落在地。几个警察看他这么做，都冲上去对他一顿打，最终把他制服，捆了起来。

在这场混战中，我自己也不知道怎么做的，就把通行证拿出来，趁没人注意偷偷把它扔到火里。现在，我们都被捆住了；就在他们要把我们送到伊斯顿监狱时，弗里兰先生的母亲贝奇·弗里兰双手捧着饼干出现在门口，把饼干分给了亨利和约翰。然后，她说了一段话，是冲着我说的，大意如下："你个魔鬼！你个胆小的魔鬼！是你唆使亨利和约翰逃跑的。就是你，你这个长腿杂种！亨利和约翰都不会想到这种事。"我没有回答，立马被赶着往圣迈克尔走去。就在亨利和警察扭打前不久，汉密尔顿先生提议先搜通行证，他知道弗雷德里克为他自己和其他人都写了。但是，他刚要动手，就被叫去帮着把亨利捆起来；扭打带来的兴奋刺激要么让他们忘了这件事，要么让他们认为在这种情况下搜东西不安全。因此，我们要逃跑的打算还没被证实。

我们走到半路，趁押解我们的警察朝前看时，亨利问我他的通行证该怎么办。我让他就着饼干把通行证一起吃掉，然后什么都不承认。我们之间传递了这句话——"什么都不承认"。我们都说"什么都不承认"。我们之间的信任并没有动摇。这次降临在我们身上的不幸并不比以往更悲惨。成功或失败，我们都决心共同进退。我们准备好了面对一切。那天早上我们要被马拖着走十五英里路，然后被投进伊斯顿监狱。我们到圣迈克尔时受到了盘问。我们都不承认自己打算逃跑，我们这么做，与其说是想逃脱被卖掉的命运，还不如说是希望能引出不利于我们的证据。正如我所说，我们对前一种情况已经有心理准备。事实是，只要我们在一起，我们并不在意去哪里。我们最担心的是会被分开。除了死亡，我们最害怕这一点。我们发现对我们不利的证据是某人的证词，而我们的主人不告诉我们这个人是谁；但谁是他们的告密者，我们看法都一致。我们被送到伊斯顿的监狱。到了那里，我们被押送到治安官约瑟夫·格雷厄姆先生面前，由他来给我们安排牢间。亨利、约翰和我在同一个房间——查尔斯和亨利·贝利在另一间。他们把我们分开关押，以防止我们串供。

　　我们被关起来不到二十分钟，就有一群人跑到牢房来看我们，确定我们是不是待售的。他们中有奴隶商人，还有给奴隶商人做中介的。我从没见过这类人。我感到自己被这么多个来自地狱的魔鬼围住。这帮海盗多么像他们的父亲——魔鬼。他们冲着我们大笑，得意扬扬地说道："哎，小伙子们，你们是我们的人了，是吧？"在对我们各种嘲笑之后，他们挨个来检查我们，想要给我们估价。他们会厚颜无耻地问我们愿不愿意让他们做我们的主人。我们不答话，随便他们怎么想。接着，他们就咒骂我们，说如果我们落在他们手上，不消一会儿他们就能把我们身上的恶魔干掉。

　　在监狱时，我们发现牢房比想象中的舒服。我们没有多少吃的，就算有也不怎么好，但是我们的房间很干净，透过窗户还可以看到街上发生的事情，这要比关在黑暗潮湿的牢间里好得多。总的来说，我们在监狱里住得还行，看守也还不错。假期一结束，和我们预期的相反，汉密尔顿先生和弗里兰先生来到伊斯顿，把查尔斯、两位亨利及约翰提出监狱，带他们回家，把我一个人丢在牢里。我以为这次一别就永不再见了，这让我感到异常痛苦。我已经做好一切准备，却没想到会和其他人分开。我猜他们已经一起商量过了，认定我是唆使其他人逃跑的罪魁祸首，不能让无辜的人和有罪的人一起受苦，因此决定把其他人带回去，把我卖了以儆效尤。亨利为人正直高尚，就像他先前不情愿离开家到监狱来一样，他现在也不情愿离开。但是我们知道，在所有可能的情况下，就算被卖掉的话，我们也肯定不会在一起。既然已经在他们手里，他决定还是老老实实地回去。

现在，我只能听天由命了。我独自一人，关在监狱的石墙里，而就在几天前，我还满怀希望，梦想自己此时已经安全到达一片自由的土地，可现在我愁眉不展、万念俱灰。没有任何获得自由的可能了。我就这样被关了一个星期，就在最后一天，让我万分惊讶的是，我的主人奥尔德上校现身了，带我出去，打算让我跟他熟识的一位绅士一起去亚拉巴马州。但是出于某种原因，他没有把我送到阿拉巴马，而是决定把我送回巴尔的摩他哥哥休那里，让我去学门手艺。

就这样，离开巴尔的摩三年零一个月之后，我才得到重返的许可。主人送我走的原因是周围的人对我存在很大的偏见，他害怕有人会杀我。

在我回到巴尔的摩几周后，休主人把我租给了一位住在菲尔斯角的有钱造船主威廉·加德纳先生，去学填塞船缝，只是那儿并不是实现这个目标的好地方。那年春天，加德纳先生忙于建造两艘大型军用双桅帆船，说是为墨西哥政府造的。两艘船要在当年七月下水，如果到时不能完工，加德纳先生将损失一大笔钱，因此，我去的时候，所有人都在匆忙赶工。我没有时间学任何东西。每个人都得做自己懂的东西。一进造船厂，加德纳先生就命令我听木匠们的吩咐，他们让我干什么我就干什么。就这样，差不多有七十五个人使唤我，我要把这些人全都当作师傅。他们的话就是命令。我的处境非常难熬。有时候，我恨不得有三头六臂。一分钟的时间里我就被叫到十几次。有三四个人的声音同时敲打我的耳朵。"弗雷德，来把这块木料截出棱角。""弗雷德，把这块木料搬到那儿去。""弗雷德，把滚轴拿过来。""弗雷德，再拿一听干净的水。""弗雷德，过来帮忙把木料的这一头锯掉。""弗雷德，利索点儿，去拿铁锹。""弗雷德，抓住通索的那头。""弗雷德，到铁匠店里拿把新钻子。""快点儿，弗雷德，跑过去给我拿把冷凿。""我说，弗雷德，帮个手，在汽箱下生个火，动作要快。""哎，黑鬼！来，摇一下砂轮。""快，快！动起来，动起来！把木料往前拉。""我说，黑货，不长眼啊，你为什么不去热点沥青？""哎！哎！哎！"（三个人的声音同时响起）"到这儿来！到那儿去！待着别乱动！混蛋，动一下，我就把你脑袋打开花！"

我就这样学了八个月；如果不是我和四个白人学徒狠狠地打了一架，我可能还要再待上三个月，那场架差点把我的左眼都打爆了，身上其他地方也是血肉模糊。这件事的实情是：在我去之前，白人和黑人船木匠一起干活，也没人觉得有何不妥。所有的工人似乎都很满意。许多黑人木匠是自由人。在我去后不久，白人木匠们突然停工了，说是不愿和自由黑人一起干活。他们的理由是如果由着自由黑人木匠，这些人用不了多久就会控制这一行，贫穷的白人就没有活儿干了。因此，他们觉得有必要立刻制止。趁着加德纳先生急于赶工，他们停止干活，发誓说加德纳先生必须得开除黑人木匠，要不然他们就不干了。尽管这件事名义上没有牵扯到我，但是事实上我深受影响。很快我的学徒伙伴们开始觉得和我一起干活很丢脸。他们开始摆架子，谈论"黑鬼"占领国家，说应该把我们杀光；在熟练工的唆使下，他们开始想方设法刁难我，对我呼来喝去，有时甚至打我。和科维先生打架后我发过誓，所以这次当然也不计后果地还了手。他们没能联起手来的时候，我打得还顺利；因为，论单打独斗，我能打败他们所有人。然而，他们最终联起手来对付我，手上还拿着木棍、石头和重木橛。在我面前的一个家伙手上拿着半块砖。我两旁各站着一个，身后还有一个。当我"关照"前面以及两旁的家伙时，后面的那个拿着木橛冲了上来，重重敲了一下我的头，打得我头晕目眩。我倒在地上，他们趁势一起冲上来用拳头揍我。我让他们打了一会儿，好有时间恢复力气。我一下子挺起身爬起来。可就在这时，他们中一人用厚重的靴子狠狠地踢了我的左眼。我的眼球似乎都被踢爆了。看到我眼睛紧闭，肿得厉害，他们就离开了。我抓住木橛，追了他们一会儿。但是这时，木匠们插手了，我觉得最好还是不要再追了。我一个人不可能打得过这么多人。五十多个白人船木匠在场，对发生在他们眼皮底下的这一切，没有一个人说句友好的话；一些人反而还喊着"杀了那个该死的黑鬼！杀了他！他打白人了"。我发现自己活命的唯一机会就是逃跑。我好不容易逃跑了，没再挨一下揍，但也是好不容易才脱身。因为，按私刑，打白人是死罪一条——这是加德纳先生造船厂里的法律；造船厂外面的世界也没有什么其他法律。

我直接回家了，把我受到的冤屈告诉了休主人。我很高兴地说，尽管他不信教，但和他的弟弟托马斯在类似情况下的做法比起来，他要好很多。他专心地听我讲述完这个野蛮暴行的前因后果，并对此感到非常愤怒。曾经悲天悯人的女主人，她的心再次融化了，我肿胀的眼睛和满脸的鲜血让她潸然泪下。她拿了张椅子在我身旁坐下，将我脸上的血迹洗掉，又带着母亲般的温柔给我的头部包扎，用一片生的瘦牛肉盖在我受伤的眼睛上。曾经温柔慈悲的女主人，我能再次感受到她的善良，不得不说这对我所遭受的痛苦是一种补偿。休主人十分震怒。他不停诅咒那些生事的人来发泄自己的愤怒。我的淤青稍微褪去了一点，他就带我到庞德街上华生先生家，看看能对此做些什么。华生先生问还有谁看到我挨打。休主人告诉他事情发生在加德纳先生的船厂，大中午的时候，当时有很多人在干活。"那么，"华生先生说道，"打也打了，谁干的也都知道。"他的意思是除非一些白人能前来作证，不然这件事他也无能为力。他不能凭我说的话就签发逮捕令。哪怕有一千个黑人看见我被杀，他们的证词加起来也不足以去逮捕其中一个凶手。这一次，休主人不得已地说这种情况太糟糕了。确实，不可能有白人会主动为了我来作证，来和其他白人青年作对。即使那些同情我的人也不准备这么做。他们没有这么做的勇气。因为在当时，谁对黑人表现出一丝人性都被指责为是废奴主义者，而被这么称呼的人要承担可怕的后果。在当地，那些残忍家伙的口号是"废奴主义者去死"和"黑鬼去死"。做不了什么，就算我真的被杀了，估计还是什么也做不了。这就是当时巴尔的摩这座"基督教之城"的状况，现在仍然如此。

　　发现他得不到任何补偿后，休主人拒绝让我回到加德纳那里。他把我留着，他的妻子为我清洗包扎伤口直到我康复。然后，他把我带到他自己做工头的码头，为华特·布莱斯先生干活。我立刻开始补船缝，很快学会怎么使用木槌和烙铁。离开加德纳先生一年后，我拿到了和经验最丰富的补船缝工人同等的工钱。现在对休主人来说，我已经有了些分量。每周我给他带回来六七美元，有时能有九美元；而我的工钱是每天一美元五十分。学会补船缝后，我自己找活儿干，自己签合同，自己收钱。我的道路比以前更加平坦；我的处境也更加舒适。没有补船缝的活儿时，我什么事都不用干。在这些空闲时间里，以前那些关于自由的念头不知不觉又回到我脑海里。给加德纳先生干活时，我一天到晚都非常兴奋，除了自己的性命我也想不到其他事情。一心顾着活命，我几乎都忘了自己的自由。在我当奴隶的经历中，我注意到——不管我的处境什么时候得到了改善，我都没有感到更加满足，反而更加渴望自由，去计划怎样获得自由。我已经发现要一个奴隶知足就不能让他有自己的想法，必须屏蔽他的道德和思想视野，并尽可能毁灭理性的力量，必须让他看不到奴隶制里的反复无常；必须让他认为奴隶制是对的；可是只有他不再是个人时，他才能变成这样。

我说过我这时一天能挣一美元五十分。我为此签了合同，辛苦挣钱；钱直接付给我，也该理所当然是我自己的；但是每个周六晚上回去的时候，我被迫把挣到的每一分钱都上缴给休主人。凭什么呢？不是因为那是他挣的，不是因为他和挣这钱有丝毫关系，不是因为我靠他才挣到的，也不是因为他对这钱有任何一丝权力；仅仅是因为他有权力逼迫我把钱上缴。公海上凶神恶煞的海盗也有着一模一样的权力。

第十一章

在本章所讲述的这段时间里，我制订计划逃跑并最终成功逃离了奴隶制。但是，在写下任何具体情形之前，我认为有必要说清楚，我不打算细述所有与此有关的事实。我这么做的理由如下：首先，如果我详尽地描述所有事实，不仅有这个可能，而且几乎是可以肯定，其他人会被牵连进使他们最为尴尬的境地中；其次，这样的细述无疑让现在已有戒心的奴隶主们更加警觉；也就意味着他们的戒备会让一些本可以挣脱枷锁的亲爱奴隶弟兄失去机会。隐瞒我奴隶生涯中任何重要事情都让我深感遗憾。我知道许多读者脑中充满好奇，我也希望自己能准确详尽地描述我侥幸逃脱的事实来满足大家的好奇心，这会给我带来极大的快乐，也会让我的记叙更为丰富。但是，我不得不剥夺自己的乐趣以及这样做可能带来的满足感。我宁可自己受到恶毒之人最大的诋毁也不愿为自己开脱，因为那样做会带来风险，奴隶弟兄有可能因此失去摆脱奴隶制的镣铐和羁绊的一丝机会。

　　一些西部的朋友建立了"地下铁路"①，我从未赞成过他们那种非常公开的方式，他们的公开声明使得"地下铁路"完全变成了"地上铁路"。我敬仰的是这些善良人士的勇敢，他们公开承认帮助奴隶逃脱并因此受到血腥迫害，我为他们的行为致敬。然而，不论对他们自己还是逃跑的奴隶们，我很少能看到这一事业带来好结果；另一方面，我亲眼见证过也亲身感受到，对其他打算逃跑的奴隶来说，这些公开声明虽然积极但却是祸害。它们并不能启迪奴隶，反而点醒了奴隶主，让主人更加警觉，方便他们捉拿奴隶。我们对身处南方的奴隶有责任，对逃到北方的奴隶也有责任；在帮助后者走向自由时，我们必须小心谨慎，不去做那些妨碍前者逃离奴隶制的事情。我会让残忍的奴隶主不知道奴隶逃跑的方法。我会让他以为有无数恼人的事物在包围着他，随时准备好了从他邪恶的手中夺走浑身颤抖的猎物。就让他在黑暗中摸索吧；就让和他罪行一样恐怖的黑暗盘旋在他头上吧；让他觉得在追捕逃跑的

---

① "地下铁路"指19世纪美国的废奴主义者帮助奴隶逃往自由州、加拿大、墨西哥等地的秘密组织网络。——译者注

奴隶时,他要冒着生命危险,一个看不见的力量可能会把他打爆头。让我们不要给这个暴君任何帮助;熄灭手中的灯火,不让他追到我们逃跑的弟兄。但是,我要说的到此为止。接下来,我会继续描述和我逃跑有关的事实。对此,仅我本人负责,除了我自己以外,没有其他任何人需要承担责任。

1838年初,我变得很烦躁。我不明白为什么每到周末我都要把自己辛苦工作的酬劳倒进主人的钱包里。当我把每周工钱带给他时,他点完钱后,会像强盗一样看着我,恶狠狠地问道:"就这点?"不把我挣的最后一分钱都占为己有,他不会满意。不过,我给他六美元时,他有时会给我六美分来鼓励我。但这却起了反作用。我认为这某种程度上是承认我有权拥有自己全部的工钱。对我来说,他把我工钱里任何一部分给我都证明了他认为我有权拿到全部工钱。不论他给我什么东西,那总会让我感觉更糟;因为我担心给我的这几美分会安抚他的良知,让他觉得自己还算个颇值得尊敬的强盗。我越来越不满。我一直都在寻找逃跑的方法;由于找不到直接逃走的方法,我决定出租自己的时间,打算攒点钱用来逃跑。1838年春天,托马斯主人来巴尔的摩买春天用的物品,我抓住了一个机会,请求他让我出租自己的时间。他一口否决了我的请求,说我又在计划逃跑。他告诉我,我跑到哪儿他都能找到我;要是我真的逃走了,他会竭尽全力抓我回来。他劝我要知足,要听话。他告诉我,我要想幸福,对未来就必须没有任何打算。他说,如果我规规矩矩的,他会照顾我。确实,他建议我完全不要考虑将来,叫我完全依赖他来取得幸福。他似乎看出非常有必要让我放弃思考的天性,从而对奴隶制感到满意。但是,不论他说什么,甚至不论我自己怎么打算,我还是继续去想,去想我被奴役的不公命运,想逃跑的方法。

　　两个月之后,我又向休主人提出要自己出租时间。他并不知道我已经向托马斯主人提过并遭到拒绝。一开始,他似乎也想要拒绝,但是思量了一会儿后,他准许了我这一特权,并提出下列条件:他允许我拥有自己全部的时间,但我要自己和雇主签合同,自己找活儿干;作为回报,我每周周末得给他三美元;自己花钱买补船缝的工具,住宿和衣服也得自己掏钱。我每周的住宿费是两美元五十美分,再加上衣服和工具的损耗,我每周的正常开销大约有六美元。我被迫自己出这笔钱,要不然就得放弃出租自己时间的特权。不管天气好坏,有没有活儿干,每周周末都必须筹到这笔钱,要不然我就得放弃这个特权。很明显,这种安排绝对对我主人有利。他不用再照顾我。他的钱是稳妥的。他享受着蓄奴的所有好处,却不用承担一丝恶果;而我却要忍受作为奴隶的所有恶果,还要忍受作为自由人的担忧和焦虑。我发现这是个痛苦的交易。但尽管困难重重,我还是认为比旧的那套模式好些。被允许承担自由人才有的责任,让我离自由又进了一步,我下定决心坚持下去。我一心一意去挣钱。不论白天黑夜,我都随时准备干活,就这样靠着不倦的坚持和勤奋,我挣到足够的钱来支付各种开销,每周还能攒一点钱。就这样我从五月一直干到八月。八月时,休主人不准我再出租自己的时间。他这么做是因为我在一个周六晚上没能给他钱。这次失误是因为我参加了距巴尔的摩十里远的野营会①。那

————————

① 　在 1790 年至 1830 年间,宗教复兴运动的直接影响表现为礼拜者组织的宗教活动——野营会。这场在美国各教派生活中占主导地位的宗教活动加强了各教派的联系,也促进了基督教在北美的广泛传播。参加礼拜者都是来自社会底层的黑人和白人信徒,他们带着野营用的生活用品来到野外的树林,进行四五天甚至一个星期的宗教仪式。通常包括牧师讲道、祈祷和唱颂歌。——译者注

一周里，我已经和一些年轻的朋友约好在周六的黄昏从巴尔的摩走到露营地。因为被雇主给耽搁了，我要是先回到休主人那里的话，就得让伙伴们失望。我知道休主人那晚并不急需这笔钱，因此我决定先去野营会，回来的时候再把三美元给他。我在野营会比预期的多待了一天。但是，我一回来就找到休主人，去给他他自认该得的钱。但他大发雷霆，怒不可遏。他说他要好好喂我顿鞭子。他想知道我哪里来的胆子，不经他同意就出了城。我告诉他我出租了自己的时间，而且我已经把他要的钱给他了，我就不知道现在我去哪儿、什么时候去都还得要先问过他。这个回答让他感到困扰；思量了一会儿后，他冲着我说我不能再出租时间了；要不然，接下来我就会逃跑。用同样的借口，他让我立刻把我的工具和衣服都拿回家。我照做了；但是我没有像出租时间时那样去找活儿，整整一个星期我什么活儿都没干。我这么做是为了报复。周六晚上，他像往常一样叫我把一周的工钱上缴。我告诉他我没有任何工钱；那一周我什么活儿都没干。为这，我们差点打起来，他大声咆哮，发誓要抓住我。我没说一个字，但是下定决心，只要他碰我一下，我一定会以牙还牙。他没有打我，但是告诉我他将来会帮我找个长期的活儿。第二天是周日，我把这件事想了一遍，最终决定在9月3日第二次去试着寻求自由。我当时有三周的时间来准备行程。周一一大早，趁着休主人还没来得及给我找活儿干，我出门找到巴特勒先生，在他位于吊桥附近的船厂干活，这样主人就没必要给我找活儿了。到了那周周末，我给他带回来的钱比八美元还多点。他似乎很满意，还问我为什么前一周没有这么做。他对我的计划毫不知情。我找到固定的活儿就是为了不让他对我逃跑的打算起疑心，在这方面我做得非常成功。我猜我在计划逃跑的那段时间，却认为我最安于现状的时候。第二个星期过去了，我又给他带回来全部工钱。他十分满意，给了我二十五美分（奴隶主打赏给奴隶的很大一笔钱了），让我好好花这笔钱。我告诉他我会的。

　　外面一切顺利，但我的内心还是有些困扰。随着我计划动身的时间越来越临近，我的心情难以描述。我在巴尔的摩有些热心的朋友——我爱他们如生命——一想到今生将不再和他们见面，这种痛楚无法述说。我认为成千上万仍在为奴的人，如果不是被友谊羁绊，他们本来是可以逃脱的。与朋友分别无疑是我所面临的最痛苦的挑战。对他们的爱是我的软肋，比其他任何事物都能动摇我的决心。除了分别的痛苦，心里对失败的恐惧和焦虑也比第一次尝试逃跑时的更强烈。那次的惨败又来反噬我。我确信，如果这次再失败的话，我的逃跑大计将永远没有希望可言，我一辈子都摆脱不了身为奴隶的命运。我不指望能逃过最严厉的惩罚，也不会再有任何可以逃跑的可能。不用想象也能知道万一计划失败，我将要经历怎样恐怖的场景。奴隶制的悲惨和自由的幸福不断在我面前呈现。对我而言，这生死攸关。但是，我一直很坚定，按我的计划，在1838年9月3日那天，我摆脱了枷锁，没有遇到丝毫麻烦，顺利地来到纽约——至于我用了什么方法、从什么方向走、用了何种交通工具，因上文提到的种种因素，这些我都不会一一解释。

　　经常有人问我，当我发现自己到了"自由之州"时感觉如何，每次回答这个问题我都不能让自己满意。这是我人生中最激动的时刻。这种心情，就像是一名手无寸铁的水手遭海盗追赶时被一艘军舰救了下来。我到纽约后立刻给一位好友写了封信，我在信中写道,我感觉像是逃出了狮子坑①。但是,这种激动很快就消退了,我开始觉得不安,感到孤独和寂寞。我还有可能被抓回去,遭受奴隶制的各种折磨。就这一点就足够让我的热情消沉。但是,孤独打败了我。我身处数千人之中,却是个彻彻底底的异乡人:没有家,也没有朋友,在数千弟兄之中(我们都是主的儿女),却不敢向其中任何一人透露我的悲惨遭遇。我不敢跟任何人说话,担心万一找错说话对象,会落入爱财的绑匪手中。这些人,就像森林中的猛兽等着猎物一样等着气喘吁吁的逃亡者。我当奴隶时起坚持的信条就是——"不相信任何人"。我视每个白人为敌人,也几乎不信任任何一个黑人。这种情形极其痛苦,一个人得亲身经历才能理解,或者要靠想象来感同身受。想象一下:他是个逃跑的奴隶,身处异地,这里是奴隶主的狩猎场,这里的居民都是合法的绑架者,他随时都冒着被同胞抓住的风险,就像残忍的鳄鱼抓住猎物一样! 依我说,让他身处我的境地,没有家或朋友,没有钱或信誉;需要遮风挡雨地方,却没人能提供;需要面包,却没有钱去买;同时,又感到自己在被无情的猎奴者追赶,根本不知道要做什么、到哪里去或是住在哪里,既无力自卫,又无法逃跑;身在人群中,却要忍受噬心的饥饿;周围都是房子,却无家可归;身处同胞中,却像被群兽所困,这些人吞噬瑟瑟发抖、饥肠辘辘的逃亡奴隶就像深海中的怪物吞噬无助投降的小鱼一样。依我说,让他处在如此痛苦不堪的环境下试试——我所处的环境下——然后,只有这样,他才能完全理解,才能明白怎样去同情吃尽苦头、满身伤痕的奴隶。

---

① 参见《圣经·旧约·但以理书》6:1-28,但以理被奸臣陷害而被投入狮子坑,但他仍坚守义,得神的喜悦。——译者注

　　感谢上帝，我在这样悲惨的处境里没有煎熬多久。戴维·拉格尔斯先生①的慈悲将我解救出来，我会永远铭记他的小心谨慎、仁慈善良和不屈不挠。在此，我非常高兴有机会用尽我所有的语言来表达我对他的爱和感激。拉格尔斯先生现在为失明所困，正需要他人的好心帮助，就像当年他对别人施与帮助一样。我在纽约没待几天，拉格尔斯先生就找到我。他在教堂街和勒斯彭纳德街的角落有一处寄宿屋，他好心地把我带到那里。当时，他正忙于著名的"达格案"②，同时也照顾其他逃跑的奴隶，想方设法帮助他们成功脱逃。尽管四周都有敌人监视他、约束他，但这些人似乎都不是他的对手。

　　我到拉格尔斯先生那里不久，他想要知道我打算去哪儿；他认为我留在纽约不安全，我告诉他我是个补船缝工，只要能找到工作，去哪儿都行。我考虑去加拿大，但他并不支持，而是赞成我去新贝德福德，认为我能在那儿找到合适的工作。这时，我的未婚妻安娜③也来到了纽约；因为我一到纽约就写信给她（虽然我无家可归，无地可住，无人可依），告诉她我成功逃跑了，希望她也能过来。她来了几天后，拉格尔斯先生邀请了彭宁顿牧师。牧师在拉格尔斯先生、迈克尔斯太太和其他两三个人的见证下，为我们举行了婚礼，他给我们开了一张证书，内容具体如下：

──────────

①　戴维·拉格尔斯（David Ruggles，1810－1849），美国著名黑人活动家、废奴运动领袖、"地下铁路"的组织者。他是纽约的出版商，也发表文章，利用自己的影响力帮助逃亡的黑奴。——译者注
②　1938 年 8 月 25 日，弗吉尼亚州的一名奴隶主约翰·P.达格带着奴隶托马斯·休来到"自由之州"纽约。休逃到废奴运动领袖伊萨克·T.霍珀家中寻求庇护。第二天，达格在《纽约太阳报》刊登启事，悬赏休和他带走的七八千美元。霍珀、拉格尔斯和另一位废奴运动领袖巴尼·科斯充当了达格和休的中间人。但是因为休归还的钱数太少，达格控告科斯和拉格尔斯盗窃。拉格尔斯被关押了两天。——译者注
③　她是自由人。

特此证明弗雷德里克·约翰逊①和安娜·穆拉伊由本人主持缔结为夫妻，见证人大卫·拉格尔斯先生和迈克尔斯太太。

詹姆斯·W.C.彭宁顿

1838 年 9 月 15 号

纽约

一拿到这张证书以及拉格尔斯先生给的一张五美元钞票，我们就出发了。我扛了一些行李，安娜拎着其他东西，赶去乘坐到纽波特的"约翰·W.里奇蒙号"汽船，之后再去新贝德福德。拉格尔斯先生给纽波特的一位肖先生写了封信，他把信交给我并且叮嘱我，如果我带的钱不够到新贝德福德，就在纽波特下船，在那里继续寻求帮助。到纽波特时，尽管我们没有足够的钱付车费，但因为急着到安全的地方，我们决定还是乘坐驿车并承诺到新贝德福德时再补交钱。鼓励我们这么做的是两位来自新贝德福德的绅士，我后来得知他们的名字分别是约瑟夫·里基森和威廉·C.塔伯。他们似乎一下子就明白了我们的处境，对我们十分友好，他们在场时，我们一点都不感到紧张。

在这种时刻，能遇到这样的朋友实在是幸运。一到新贝德福德，我们就被指引到内森·约翰逊先生的住处，他友好地接待了我们，并热情地提供我们所需的物品。约翰逊夫妇对我们的幸福有着浓厚的兴趣。他们证明自己无愧于"废奴主义者"这个称呼。驿车车夫发现我们没钱付车费就扣了我们的行李作抵押。我不得不据实相告，约翰逊先生立刻垫付了这笔钱。

---

① 我将自己的名字弗雷德里克·贝利中的姓改为约翰逊。

现在，我们有了一丝安全感，准备面对自由生活带来的义务和责任。我们到达新贝德福德后的第一天上午，在吃早饭时，我们谈到了一个问题，那就是我该叫什么名字。我母亲给我起的名字是"弗雷德里克·奥古斯塔斯·华盛顿·贝利"。早在我离开马里兰之前，两个中间名就已经不用了，人们一般叫我"弗雷德里克·贝利"。在巴尔的摩，我的姓又成了"斯坦利"。到纽约时，我把名字改为"弗雷德里克·约翰逊"，当时觉得那会是我最后一次改名字。但是当我到新贝德福德时，我发现有必要再改一次名字。这么做是因为在新贝德福德，姓约翰逊的人太多，已经很难把他们区分开来。我请约翰逊先生帮我取名字，但是请他一定要保留"弗雷德里克"。我必须坚持这一点，作为对自己身份的保留。约翰逊先生正好在读《湖上夫人》①，立刻建议我把姓氏改为"道格拉斯"。从此以后，我就叫作"弗雷德里克·道格拉斯"。既然这个名字比其他两个名字更为人所知，我将继续用它作为自己的名字。

我对新贝德福德的整体情况感到很失望。我发现我以前对北方人的性格和处境的想法大错特错。说来奇怪，我做奴隶时曾认为和南方奴隶主的舒适和奢华相比，北方人很少有舒适的生活，奢华更是罕见。我得出这个结论估计是因为北方人不蓄奴。我猜他们的处境和南方没有奴隶的人半斤八两。我知道那些人穷困潦倒，我已经习惯于认为他们贫穷是因为他们不是奴隶主。不知怎的，我所接受的观点是没有奴隶的人肯定没有财富，也不会有什么教养。到了北方以后，我以为会遇到一群粗鲁苛刻、缺乏教养的

① 《湖上夫人》是沃尔特·司各特（苏格兰小说家、诗人）在1810年发表的一首叙事长诗。——译者注

人。他们日子过得极为简单清苦，对南方奴隶主的舒适奢华、排场气派一无所知。任何熟悉新贝德福德情形的人都能轻易看出，当时我一下子就意识到自己所犯的错误。

到新贝德福德的当天下午，我去那里的几个码头看了看，想了解一下船运情况。在这里，我发现自己周围的事物都有力地证明了当地人的富裕。那些停泊在码头或在水中行驶的船只中，我看到有很多是当时最好的型号，有着极佳的运行状况和最庞大的体积。我的左右两边都矗立着又高又宽、望不到头的花岗岩仓库，里面满满当当地储藏了生活必需品和各种舒适用品。此外，似乎所有的人都在工作，但和我在巴尔的摩习惯的情形比起来，这里非常安静。听不到那些从船上装卸货物的人大声唱歌，也听不到对这些人的咒骂。我没有看到有人挨鞭子；但是一切似乎都井然有序。每个人都懂得自己的工作，干活的时候沉着认真，却也很欢快，显示出他对自己的工作有着浓厚的兴趣，以及他作为一个人的尊严。在我看来这一切都很奇怪。我离开码头四处闲逛，走到城里，注视着一处处雄伟的教堂、漂亮的住宅和精心打理的花园，内心充满着好奇和羡慕；这一切所显示的财富、舒适、品位和优雅，我在蓄奴的马里兰州任何一块地方都没有见过。

一切看起来干净、崭新、漂亮。我只看到少数几处有着穷人的破旧房屋，有的地区甚至根本看不到；在希尔斯伯勒、伊斯顿、圣迈克尔和巴尔的摩常见的半裸孩童和光脚妇女，这里都见不到。人们比马里兰的人看起来更加强壮能干、健康快乐。就这一次，我为眼前人们的丰衣足食而欣喜，因为这里没有另一些人的穷困潦倒让我伤心。但是，对我来说最为震惊、也最为有趣的事情就是黑人的状况，他们中有很多人和我一样逃脱了猎奴者的追捕来到这里。

我发现很多人逃离禁锢还不到七年，但是跟马里兰州一般的奴隶主相比，他们的住处更好，日子也过得更为舒适。我大胆推测，比起马里兰州托尔伯特县十分之九的奴隶主，我的朋友内森·约翰逊（对于他，我可以满怀感激地说："我饥饿时，他给我肉吃；我口渴时，他给我水喝；我初来乍到，他却开门欢迎。"①）住的房子更加整洁，吃饭的餐桌更加高档，订阅的报纸更多，对国家的道德、宗教和政治特点也更为了解。但是，约翰逊是个干活的人。他的双手因劳作而变得粗硬；不仅仅是他，约翰逊太太的双手也是如此。我发现黑人们比我想象的要生气勃勃。我发现他们下定决心，冒一切风险也要保护彼此免受嗜血绑架者的迫害。我来后不久，有人告诉我一个故事，可以证明他们的精神。一个黑人和一个逃跑的奴隶有些过节。有人听到黑人威胁奴隶说要把他的行踪报告给他的主人。很快，黑人们召开了一个会议，按惯例通知大家是个"重要事件"。那个叛徒被邀参加。人们在指定的时间到达，推选一位虔诚的老绅士作为会议主席。他做完祷告之后，对全体与会者说道："朋友们，他人已经在这儿了。我建议年轻人把他带到外面，杀了他。"话音刚落，一群人冲着那人跑过去，但是被一些胆小的人拦住了，叛徒逃过了他们的复仇，再也没有在新贝德福德出现过。我相信从那以后再也没有人做出这样的威胁了，如果有，毋庸置疑，我相信他将以死亡告终。

到达新贝德福德后的第三天，我找了份工作，给单桅船装油。我不熟悉这个活计，而且干起来又脏又累。但是我干的时候满心

① 参见《圣经·新约·马太福音》25：35。原文是"因为我饿了，你们给我吃；渴了，你们给我喝；我做客旅，你们留我住"——译者注

欢喜，手脚也麻利。我现在是自己的主人。这是快乐的时刻，这份欣喜只有那些曾经为奴的人才能够了解。这是第一次我可以拥有自己挣到的每一分钱。没有休主人等着在我挣到钱的时候把它夺走。那天，我干活时前所未有地开心。我为了自己和新婚妻子干活，对我来说，这是新生活的起点。干这份活儿时，我也在找补船缝的活儿。但是白人补船缝工对黑人的偏见太深，他们拒绝和我一起工作，因此也没人雇我①。

发现自己的行当不能立刻赚到钱，我就把补船缝工的工作服全扔了，做好了能找到什么活儿就干什么的准备。约翰逊先生好心把他的锯木台和锯子给我用，很快我就找到很多活儿。再累再脏的活儿我都能干。我愿意去锯木、铲煤、运木材、扫烟囱或是把油桶滚上船——在反奴隶制的人们了解我之前，我在新贝德福德干各种活计，干了将近三年。

我到新贝德福德大约四个月后，来了一个年轻人，问我愿不愿意订阅《解放者报》②。我告诉他我愿意；但是因为我刚刚才逃离奴隶制，支付不起订报费。后来，我终于可以订阅这份报纸了。报纸送到后，我每周都读，那种感觉现在无法描述。这份报纸成了我的精神食粮。我的灵魂被它点燃。它同情我被束缚的弟兄们，严厉地谴责了奴隶主，忠实地揭露了奴隶制，有力地抨击了奴隶制的支持者。这些让我的灵魂一阵阵激动，那是我从未感受过的！

成为《解救者报》的读者之后不久，我对反奴隶制改革的原则、

---

① 有人告诉我现在在新贝德福德，黑人可以干补船缝的活儿了——反奴隶制运动的成果。

② 《解放者报》(The Liberator)是一份废奴主义的报纸，由威廉·劳埃德·加里森和艾萨克·纳普于1831年创立，1865年停刊。——译者注

措施和精神有了相当正确的理解。我紧紧抓住这一事业。虽然我能做的事情很少；但是不论做什么我都很开心，参加反奴隶制集会是我最开心的时刻。我在会上很少发言，因为我想说的，其他人说得比我还好。但是 1841 年 8 月 11 日，在南塔基特参加一个反奴隶制集会时，我深受感动，想要说几句，而且威廉·C.科芬先生在新贝德福德的黑人聚会上听过我讲话，此时他也鼓励我。这是个严峻的考验，我虽然有些犹豫，但还是接受了。事实是，我觉得自己是个奴隶，一想到要对着白人发言，我感到很大的压力。讲了一会儿之后，我不再感到拘束，然后颇为轻松地说出我想说的话。从那以后，我一直在为黑人弟兄们的解放事业尽心尽力。至于我取得了怎样的成功，付出了多少心血，让那些熟悉我辛劳的人来作出判断吧。

附录

读完前面的《自述》后，我发现在几处谈到宗教时，我说话的语气和方式可能会让一些不熟悉我宗教观点的读者认为我反对一切宗教。为了不造成这种误解，我认为有必要附上以下简短的解释。我所提到的宗教和所反对的宗教，是指这片土地上的蓄奴教，并不是基督教本身。因为，这片土地上的基督教和基督的基督教之间存在着极大的差异——这差异如此巨大，要接受这一个为善良、纯洁和神圣，那就必须拒绝另一个为不端、堕落和邪恶。和这一个为友，就要与另一个为敌。我热爱基督的基督教，它纯洁和平、一视同仁；因此，我憎恶这片土地上的基督教，它腐败堕落、假仁假义，助长蓄养奴隶、鞭打女性、抢夺婴孩、偏袒不公的恶行。确实，我认为把这片土地上的宗教称为基督教是最彻底的错误、最大胆的骗局和最严重的诽谤。所谓"窃天庭之制服以侍魔鬼"①,没有比这更明显的例子了。当我沉思这个宗教的虚张声势,想到那些围绕在我周围可怕的反复无常,我内心的厌恶难以言喻。这里,人口贩子当上了牧师,鞭打女性的人做了传教士,抢夺婴孩的家伙成了教会成员。他,平日里挥舞着血迹斑斑的牛皮鞭,到了周日却登上了讲道坛,宣称自己是温恭谦卑的耶稣的牧师。他,每逢周末把我的血汗钱夺走,在周日上午却成了读经班班长,告诉我人生的道路和救赎的方式。他,把我的姐妹卖作妓女,却站出来虔诚地提倡纯洁。他,声称诵读《圣经》是项宗教义务,却剥夺了我识字的权利,不让我读出我的创造者上帝的名字。他,支持婚姻的宗教主张,却使数百万人不能受到其神圣的影响,任他们受到大规模的蹂躏。他,维护神圣的家庭关系,却同时拆散了多个家庭,使妻子和丈夫、父母和子女、兄弟和姐妹分离,使得人去屋空、炉火冷却。我们看见小偷满口教义反对偷窃,奸夫谴责通奸。卖了男人来建造教堂,卖了女人来传播福音书,而贩卖婴儿得来的钱则用来为可怜的异教徒购买《圣经》!一切都为了神的荣耀,为了灵魂的美好。拍卖奴隶时的钟声和做礼拜的钟声一起敲响,心碎的奴隶凄厉的哭喊淹没在他伪善主人的宗教呐喊中。宗教复兴和奴隶买卖的再次兴起同时发生。奴隶监狱和教堂比邻。监狱里脚镣和铁链咣当作响,而与此同时,教堂响起的是虔诚的赞美诗和庄严的祈祷。肉体和灵魂的贩子把他们的拍卖台搭在牧师讲坛前面,他们狼狈为奸。奴

---

① 苏格兰诗人罗伯特·波洛克在 1827 年发表了一本无韵诗诗集《时光荏苒》(*The Course of Time*),共 10 卷,本句出处为第 8 卷第 616 行,原句为"He was a man, who stole the livery of the court of Heaven, to serve the Devil in"。——译者注

隶贩子用自己沾满鲜血的金子支持牧师，反过来，牧师为他的魔鬼生意披上基督教的外衣。这里，宗教和盗窃联盟——魔鬼披着天使的长袍，地狱呈现天堂的外表。

公正的神！正是这些人

主持您的讲坛，正义的神！

他们祈祷着、祝福着，

双手置于以色列的光明之舟。

什么？讲着道，却绑架黑人？

感谢主，却抢劫您受苦的穷人

谈论您荣耀的自由，

却紧紧拴上关押俘虏的大门？

什么！您仁慈儿子的仆人，

前来寻找并解救

流浪者和被逐者，

却将辛劳奴隶套上脚镣！

彼拉多①和希律王②沆瀣一气，

---

① 本丢·彼拉多在公元26—36年间为罗马帝国犹太行省的执政官。根据《圣经·新约》所述，他曾多次审问耶稣。他原本不认为耶稣犯了什么罪，却在仇视耶稣的犹太宗教领袖的压力下，判处耶稣钉死在十字架上。——译者注
② 根据《圣经·新约·马太福音》2：1-23，希律王于公元前40年至公元4年统治加利利和犹太，为了杀害幼儿耶稣，将伯利恒城里和周围两岁以内的男孩全都杀尽。——译者注

祭司长和统治者们，

如往日般，狼狈为奸！

公正的神！

那座赐予破坏者力量的教堂，

还是您的教堂么？

　　美国的基督教，毫不夸张地说，它的信徒就像古时的文士和法利赛人①一样，"他们把难担的重担捆起来，搁在人的肩上，但自己一个手指也不肯动。他们所做的一切事都是要叫人看见——他们喜爱筵席上的首座，会堂里的高位……称呼他拉比（'拉比'就是'夫子'）——但是，你们这假冒伪善的文士和法利赛人有祸了！因为你们正当人前，把天国的门关了，自己不进去，正要进去的人，你们也不容他们进去。你们侵吞寡妇的家产，假意作很长的祷告，所以要受更重的刑罚——你们走遍洋海陆地，勾引一个人入教。既入了教，却使他作地狱之子，比你们还加倍。你们这假冒伪善的文士和法利赛人有祸了！因为你们将薄荷、茴香、芹菜献上十分之一，那律法上更重的事，就是公义、怜悯、信实，反倒不行了……你们也是如此，在人前、外面显出公义来，里面却装满了假善和不法的事。"②

　　尽管这幅景象黑暗恐怖，对绝大多数美国基督教信徒来说，我所描述的内容确实属实。还有什么比我们的教堂更真实呢？他们

---

① 　耶稣在《圣经》中多处谴责文士和法利赛人，如《新约·马太福音》23：1-36、《新约·马可福音》12：38-40、《新约·路加福音》11：37-52和20：45-47。——译者注

② 　《圣经·新约·马太福音》23：4-27。——译者注

以法利赛人式的严谨来对待宗教的各种外在形式,却同时忽略了法律更重要的内容,那就是判断、怜悯和信实。他们随时准备牺牲,却鲜少表露仁慈。他们这些人从未见过上帝的面容却口口声声自称爱上帝,而他们亲眼见到的弟兄却招来他们的憎恨。他们热爱地球另一边的异教徒,会为他祈祷,花钱买《圣经》放到他手中,请传教士来给他引导,但是他们却鄙视并且完全忽略了自己门口的异教徒。

我简短地讲述了自己对这片土地上宗教的看法;因为用词比较笼统,为了避免任何误解,我在此表明,我所指的这片土地上的宗教,是那些南方和北方人的言语用词和行为方式反映出来的宗教,他们自称为基督教信徒,却和蓄奴者沆瀣一气。在这些人看来,我站出来作证是反宗教的。

我抄写下对南方宗教(因为教派相同,也可以说是北方宗教)的描述,以此来结束我的评价。我很肯定地说这段描述"完全属实",不带一丝讽刺或夸张。这段话据说出自一位北方牧师的之手,写于目前的反奴隶制运动开始之前的几年。他在南方居住时有机会亲眼看见蓄奴者所谓的道德、举止和虔诚。"耶和华说,我岂不因这些事讨罪呢? 岂不报复这样的国民呢?"①

仿拟诗一首

来吧,圣人们,罪人们,听我讲讲
虔诚的牧师怎样鞭打杰克和内尔,
怎样买下妇女、卖出孩童;

① 《圣经·旧约·耶利米书》5:29。——译者注

罪人堕入地狱，他们这样宣讲，
愿和睦如天堂，他们如此吟唱。

他们如山羊般叫唤，咩咩不绝，
吞下害群之马，滤过蠓虫，
身披黑色大衣，
又紧紧抓住黑人的喉咙，
令他们窒息，为了天堂的和谐。

如果你抿了口酒，他们会让你信教，
如果你偷了只羊，他们会诅咒你；
你却可以夺走老托尼、多尔和山姆
他们的人权、面包还有火腿；
绑架者们，他们天堂的和谐。

他们大声宣讲基督的奖励，
却用绳子捆住主的形象，
责骂，挥动着憎恶的皮鞭，
把主的弟兄出卖，
被铐着的，他们天堂的和谐。

他们会读着、唱着圣歌，
还大声做着长长的祈祷，
教别人对的，却做着错的，
咒骂着主的弟兄姐妹

一边说着，他们天堂的和谐。

我们不懂，这样的圣人，

怎能歌唱主，怎样赞美主，

他们对自己的奴隶，

吼叫、责骂、鞭打和针刺，

是罪恶之心的和谐。

他们种烟草、玉米和黑麦，

也会逼迫、偷窃、欺骗、耍赖，

靠挥舞的枝条和皮鞭，

他们的财富堆到天边，

却还梦想着天堂的和谐。

他们打碎老托尼的头骨，

布道时咆哮着，似巴珊的公牛①，

或是恶作剧的驴子，嗯昂叫唤，

然后，揪住老雅各布的卷发，

拉着他，为了天堂的和谐。

吼叫着，咆哮着，圆滑的偷人贼，

吃着羊肉和牛肉，

---

① 参见《圣经·旧约·诗篇》22：12，原句为"有许多公牛围绕我，巴珊大力的公牛四面困住我"。——译者注

却永远不会施舍给

黑皮肤、悲伤的穷人们，

他心里，满是天堂的和谐。

"勿爱世界，"牧师说，

眨了眨眼睛，摇了摇头；

他抓住了汤姆、迪克和内德，

克扣他们的肉、衣服和面包，

他热爱着，天堂的和谐。

另一位传道者，絮絮叨叨

说自己为了罪人心碎；

他把老南妮绑到橡树上，

每抽一鞭都打出血，

他仍祈求，天堂的和谐。

另有两人，张开铁下巴，

挥舞着爪子来偷窃孩子；

他们鞭打黑人，让他们挨饿，

他们的孩子坐在华而不实的东西中，

他们得以保有天堂般的和谐。

杰克所有的好处，另一个人都拿走，

为了让他们调情，让他们赚钱，

他们穿得像蛇，闪闪发光，

嘴里,塞满了加蜜的蛋糕;

这是能和谐的。

我真诚地、衷心地希望这本小书能让人们对美国的奴隶制度有些了解,数以百万身负枷锁的弟兄们能因此而更快地赢来解放的那一天。我卑微的努力靠的是真理、爱和正义的力量;我郑重承诺将重新投入到这一神圣的事业中,我签名如下:

弗雷德里克·道格拉斯

1845 年 4 月 28 日于马萨诸塞州林恩市

主要人物关系(译者注)

安东尼船长:道格拉斯的第一个主人,据传也是他的父亲;劳埃德上校的总监工

劳埃德上校:奴隶主,拥有多处种植园和几百个奴隶

安德鲁:安东尼船长的长子

理查德:安东尼船长的次子

柳克丽霞:安东尼船长的女儿

托马斯·奥尔德:安东尼船长的女婿;在安东尼船长及其子女都去世后,他成为道格拉斯的第二个主人

休·奥尔德:托马斯·奥尔德的哥哥,住在巴尔的摩;道格拉斯曾被送到他家里干活,并在此学会了读书写字

索菲亚·奥尔德:休·奥尔德的妻子,在她的帮助下,道格拉斯开始识字

第三部分

Part Three

《汤姆叔叔生平：
神父乔赛亚·亨森自传》

（一）导读：叙述、重述与权威： 黑人的自述与白人的重写*

　　她扩大了美国小说的影响力,并将其引介到欧洲。《汤姆叔叔的小屋》纵然写作手法怪异,这故事却令她着迷。小说的原型正是乔赛亚·亨森。斯陀夫人的创作初衷仅仅是为了赚钱买条丝绸长裙。她夜以继日,手不释卷,读完了亨森的故事。斯陀夫人很敏锐。《乔赛亚·亨森传记：解放的奴隶》,篇幅77页。小说不长,但内容真实,讲述的全是亨森的故事——他的真实经历。

——伊什梅尔·里德《逃往加拿大》①

　　一直以来,非裔美国作家都是美国奴隶解放文学的主要贡献者。其中一些作者本身就是在非洲被抓之后直接带到美洲大陆来的,例如1760年年仅六岁被卖到波士顿港码头的菲利斯·惠特莉(Phylis Wheatley)后来成为非裔美国文学的奠基者。大多数19世纪非裔美国作家都是被俘非洲人的第三代或第四代后裔。19世纪

---

*　本部分由乔·洛卡德和史鹏路撰写,由涂慢慢和史鹏路译。
①　*Flight to Canada: A Novel*, Ishmael Reed.

非裔美国作家首要关注的是结束奴隶制度，其次就是克服奴隶制度的遗留问题。白人蓄奴社会拒绝解放奴隶，这为 19 世纪初期至中期美国文学与修辞提供了强有力的道德反击的主题。当全世界数百万人尚为奴隶时，有何自由可言？

基督教福音派改革者们在参加反奴隶制运动中采用了俘虏叙事语言。1831 年有人写道："不论肤色都享公平，我们能否自命为上帝的子民，上帝现身为俘虏宣讲救赎，为受关押之人打开牢狱之门。"萨拉·格里姆克(Sarah Grimké)于 1836 年创作了众所周知的《南方各州福音书》(*Epistle to the Clergy of the Southern States*)，书中反复引用解放奴隶的圣经禁令——与此同时她和她的妹妹安吉丽娜(Angelina Grimké)也身体力行地解放了家中的奴隶。著名废奴隶主义者威廉·劳埃德·加里森(William Lloyd Garrison)常使用俘虏叙事语言来呼吁立即解放奴隶。1849 年，废奴主义者兼女权倡议者卢克丽霞·莫特(Lucretia Mott)在向费城医学生宣讲"有人曾说'为俘虏宣讲救赎，为受关押之人打开牢狱之门'"，此言一出便有在座者扬长而去。彼时，乔赛亚·亨森将他成为基督教徒的时刻描述为精神奴役的解放。俘虏与囚禁这类题材普遍存在于美国内战前的文学作品及修辞中。

奴隶叙事是俘虏之声。这不仅是说叙述者曾经当过奴隶，而且还有更多人依然处在被奴役却无力发声的境况。也就是说奴隶叙事所描述的既可以是个人经历也可以是集体经历。重要的是，奴隶叙事是反对允许奴隶制度这一社会道德的，同时也是赞成改变这种社会现状的。它促使自由的读者肩负使命，执行正义，结束奴役。在美国传统中，书写自身奴役的作家通常在基督教神学叙事内展开抑或直接采用《圣经》故事框架。这种文学与信仰的交融——虽非独特的——欧洲文学有许多类似的例子——但仍不失为美国奴隶小说的鲜明特点。作为俘虏，被奴役的主体旨在寻求内心的自我支撑，因此救赎是许多叙事的主题。故而，那些奴隶文学作者们习惯用基督教为主线表达不同的诉求，甚至用此来挑战奴隶主的价值观。

乔赛亚·亨森的传记是第二受欢迎的战前奴隶叙事，仅次于弗雷德里克·道格拉斯的自传。该书的热卖极大程度上得益于取材于此的斯陀夫人的《汤姆叔叔的小屋》，后者是迄今为止最畅销的 19 世纪美国小说。这其中，亨森起到了推波助澜的作用。解放了的奴隶们通常只能出卖他们的故事，亨森抢占了市场先机。道格拉斯出版了三个版本的自传，同样的，四十年来，亨森也出了好几个版本，包括：

(1)《乔赛亚·亨森传记：曾经奴隶》(*The Life of Josiah Henson: Formerly a Slave*，1849)

(2)《现实比小说更离奇：亨森神父的传奇一生》(*Truth Stranger than Fiction: Father Henson's Story of his Own Life*，1858)

(3)《汤姆叔叔生平》(*Uncle Tom's Story of his Life*，1877)

(4)《"汤姆叔叔生平"：神父乔赛亚·亨森自传》(斯陀夫人的'汤姆叔叔'1789—1881，1887)(*"Uncle Tom's Story of his Life": An Autobiography of the Rev. Josiah Henson (Mrs. Harriet Beecher Stowe's "Uncle Tom") from 1789 to 1881*，1887)

乔赛亚·亨森与斯陀夫人的小说有何干系？也许最准确的描述是，对斯陀夫人来说，亨森是一个重要影响但绝非决定性影响。显而易见，斯陀夫人还借鉴了其他的例子，同时依托基督教的救世情怀来塑造汤姆叔叔这一人物。1853年，斯陀夫人出版了一本大部头佐证文本，以此回应对其小说的抨击。在这本《汤姆叔叔的小屋题解》(*A Key to Uncle Tom's Cabin*)中，斯陀夫人对亨森给予认可。在这本书中，她用了好几页来描述亨森的生平，称其为基督教精神的化身(42—46)。亨森宣称早在《汤姆叔叔的小屋》出版之前，即1849年，他与斯陀夫人在马萨诸塞州的安多佛见过彼此，然而这一说法疑点重重。因为，1849年斯陀夫人一家住在辛辛那提；直到1853年小说出版之后，他们才搬往安多佛。

奴隶叙事一度成为美国极力想要遗忘的历史。在此期间，为了增加其自传在战后的销量，亨森用自己是斯陀夫人著名小说的原型来推销自己的传记。而其他人则将亨森举家从肯塔基州逃往加拿大的行为与小说人物乔治·哈里斯的行为相提并论。1876至1877年间，亨森前往英格兰和苏格兰进行巡回演讲，这是他第三次前往英国群岛，当时他已年近九十，他自称为"汤姆叔叔"，并且多次提到斯陀夫人在《汤姆叔叔的小屋题解》中对他的指涉。然而1877年英国版《汤姆叔叔的小屋》的附录中却对此事有不同说法，书中这样写道：

> 斯陀夫人授权我们说明，亨森先生的经历与其书中的主角确有诸多相似之处。与此同时，她也引用了其他黑人奴隶的生活经历，这些引用与《汤姆叔叔的小屋》的情节吻合。……即便有人如此声称，我们也实在无法认可亨森先生就是"现实版"的"汤姆叔叔"。显然，亨森先生与其他人的经历都很丰富；但亨森先生不是"现实版"的汤姆，斯陀夫人明确指出亨森先生与小说主人公境遇相似(而非相同)，而她本人

也是在小说完成之后才与亨森先生初次见面的。

也就是说，约翰·罗布（John Lobb），亨森的支持者兼亨森叙事的编辑，写下这一声明，全面驳斥了亨森。同样提出质疑的还有刊登在《伦敦新闻画报》（*The Illustrated London News*）上的一篇文章，文章提出亨森的英格兰之行说明"我们根本找不到'汤姆叔叔'耸人听闻的悲剧人生与乔赛亚·亨森神父充满冒险精神的发家致富史有何相似之处。"（1877，262）故而有一个观点相当明确：汤姆叔叔并非全是乔赛亚·亨森的复制品。汤姆叔叔就是斯陀夫人想象之下虚构的人物，是白人对一个虔诚的奴隶制度受害者的愿望投射。

与汤姆叔叔的联系意味着亨森的传记不仅获得了美国读者的青睐。该书被翻译成好几种欧洲语言，自1876年的挪威语译本一直持续到2010年的法语版译本出版。亨森恰好符合某些欧洲刻板印象，也构成翻译动因。例如，1877亨森自传第三次出版新增的荷兰语译本，书的序言极具基督教信仰的使命感，因为其中向读者提出唯有精神的救赎才能代表解放任务的达成（Huisman 71）。亨森译作在荷兰出版发行为呼吁荷兰殖民政策加强基督教信仰教育提供了契机。

美国小说是如何运用并推广俘虏小说的历史的？这一疑问暗藏一个严肃的批评问题。非裔美国作家伊什梅尔·里德在他的小说《逃往加拿大》中对此初次提出讨论，小说因其对美国内战的辛辣描述成为现代美国小说史上的里程碑。里德在书中这样写道：

她"借用了"乔赛亚·亨森的故事。斯陀夫人只是想赚钱

买条丝绸长裙。她很敏锐。《乔赛亚·亨森传记：解放的奴
隶》，篇幅77页。小说不长，但内容真实。大家都知道，一个
人的经历就是他的护身符。拿了他的经历就是拿了他的护身
符。这也就是他本人(8)。

里德将奴隶经历比作护身符，所用词特指加勒比海地区的驱
邪护身符。里德在一次采访中公开承认，他并非指责斯陀夫人为
达到自己的目的对亨森先生故事的文学改编。更确切地说，正如
评论家罗伯特·沃尔什(Robert Walsh)所指出的，里德所做的是要
求大家将亨森一直以来的默默无闻以及斯陀夫人通过描述奴隶的
生活经历所获得的名声进行思考。这并不是剽窃问题，瓦尔斯如
是写道："里德更加关注的是文化压迫，这不仅仅是将亨森从他自
己的故事中排挤掉，更是剥夺了他自己讲述故事的方式。"就算没
有对一个故事的法律所有权，难道道德所有权也没有吗？

不管这个问题多么吸引人，与其苦苦深究，我更想强调的是，
整个关于文化挪用(cultural appropriation)的争论是如何将我们的
注意力从亨森传记本身转移开的。这是二十一世纪的人们对十九
世纪一大争论的简要概括，而争论的重点在于一部决定了黑人文
本接受的一个白人作家文本如何决定了一个黑人文本的接受
(reception)。争论久久不休。在谈论亨森先生的时候，我们不必提
及斯陀夫人。然而不幸的是，亨森和斯陀夫人的交织业已将论争
推至一个境地，即几乎没有一篇批评文献是单独探讨亨森的叙
事的。

亨森自传最重要的主题之一就是通过亨森的宗教信仰来调解
种族问题。亨森称他在十八岁有过皈依时刻，那天他站在马里兰

州纽波特磨坊的一所教堂门前，聆听风度翩翩的约翰·麦肯尼牧师的布道。他只是站在外面，因为教会不接收黑人。对于亨森来说，相比允许聆听布道，他自己领悟到的神性更为重要。面对宗教排外现象，上一代人理查德·艾伦（Richard Allen）创立了一个独立的黑人教区，同时因为不被允许进入费城白人教堂而发起了非洲卫理公会主教教会运动。然而亨森没有这么做，他借此契机希望主人艾萨克-莱利能得救赎，变得开明。

这种由信仰引发的宽恕贯穿亨森的叙事。尽管莱利长期不断殴打辱骂亨森，他仍然将忠于主人视为己任，并写道："我原谅他在我青少年时期对我无缘无故的拳脚相加，我自豪于他如今对我的偏爱。"更加值得注意的是，当他要被卖往密西西比州时，他苦苦压抑逃跑和杀掉奴隶主的念头。这便是亨森的反抗时刻：

> 我用手搓着斧柄；正当我举起斧子准备狠命砸下去时，——突然脑海里闪过一个念头，"等等！凶手！你还是个基督徒吗？"此前我不视其为谋杀，那是自我防卫——是防止别人杀我——是正当的，甚至是值得称赞的。就那么灵光一现，我突然明白这真的就是犯罪。

另一个极富宗教信仰的奴隶叫弗雷德里克·道格拉斯，因为和驯奴人大打出手而出了名，他也写到从反抗中得来的欢欣鼓舞。道格拉斯运用明确的基督教象征手法告诉读者："这是一次伟大的复兴，从奴隶的坟墓，进入自由的天堂。"亨森与道格拉斯的区别在于面对压迫时，一个采取积极的抗争，另一个则是消极的。那么问题来了，亨森究竟是在多大程度上用沉默取代行动以此取悦白人读者？亨森对基督教义的解读为白人的暴力提供了合法工具。难道亨森是在效仿斯陀夫人笔下汤姆叔叔的和平主义？

在亨森谈及 1830 年他才意识到一个详密周划的奴隶起义时也出现了类似的表达。而那是带来大范围奴隶运动恐慌的纳特·特纳起义的前一年。其他人讲述了血腥起义的计划之后，亨森说——

> 我不同意起义头领的想法，但是我也觉得奴隶制度罪大恶极，而且我们也有获得自由的权利。我渐渐清醒过来，最后我坚信起义既不可行，也不符合基督教义；于是我开始提出质疑，开始讨论这个话题，最终我鼓起勇气原原本本地说出我的想法。

亨森，以一己之力阻止起义，在其模棱两可的故事结尾处呼吁大家"不要这样，让我们以上帝的名义承受苦难，等待上帝向我们伸出双手，带我们拥抱自由"。此时此刻揭示了亨森思想的保守性，正因为他的保守，才会用上帝的名义将对奴隶制度的屈服隐忍合理化。更可怕的是，在亨森的叙述中有令人不安的对黑人居高临下的话语，比如他在肯塔基州布道时说："向我周遭无知轻率的人们种下些许宗教的种子。"

亨森对基督教的运用颇受争议，原因在于他对基督教的接触一直仅限于口头表达，等到四十二岁才开始识字读书。一方面，因为对大多数奴隶来说没有其他行之有效的选择，所以亨森引用基督教信条来为屈服隐忍辩解。相对于孑然独立、无依无靠的苦难，在一个宗教信仰中的集体苦难似乎要好一些。另一方面，亨森的宽容主张恰恰代表了奴隶主内战前的期望，同时也符合战后白人文化对自由黑人所要求的唯命是从。白人断章取义地运用基督教义来理解奴颜婢膝与被动服从。从这个角度来讲，亨森真算得上白人眼中的模范黑人。

无论作何回应，毫无疑问亨森发现自己的宗教信仰受到了挑战。当自己被带到密西西比州出售时，他这样写道：

> 我对上帝的信仰完全崩塌。我不再祈祷没有信念。上帝抛弃了我，永久地抛弃了我。我不盼望他的帮助。我只见到肮脏的瘴气中黑人同胞骨瘦如柴的身体；透过他们我发现劳苦大众有位刎颈之交——那就是死亡，而且死亡是万无一失的，是快如闪电的，更是成人之美的！是的，死亡和坟墓！（第10章）

霍桑在《红字》中写道，"失去信仰从来不是犯罪后最悲伤的结果"（82）。亨森的罪业源于奴隶制度，见证奴隶制度的罪行倒不足以动摇他的信仰。然而小说中的描述再次确定了这一点，比如在逃离肯塔基州的苦苦忍耐，又比如到达加拿大之后的感恩戴德，他宣称"我会充分利用我的自由；我要将灵魂献给上帝"。（94）

亨森对自己人生的反复叙述代表着他走向世界的过程，也代表着他逃离奴隶压迫走向新世界主义的过程。在他最初求知的路上，在他因贩卖苹果换取拼音书而受到惩罚时，亨森所做的其实是在拓宽一个奴隶的眼界。没文化没知识曾是奴隶制度的负担。亨森在谈及对读书学习的奋争时这样写道："当我因苦苦忍耐而呻吟时，知识的缺失使我的苦闷压抑更加深刻。我本就不欣赏奴隶制

度压抑又残酷的本质，直到有一天，我认识到了我曾被禁止接触的事物。"(102)

　　亨森在实践自由的过程中产生了独立与竞争意识，而创业正是这个过程中的关键因素。亨森和另一位出名的逃奴亨利·比伯(Henry Bibb)一起于1851年在加拿大建立了逃奴之家社团，其初衷在于帮助黑人依靠农业自立自强(Harrell 69)。自我解放的渴望带领亨森一家人逃亡他方，同时也促使他们创立了一家出名的锯木厂，之后又返回来参与地下铁路组织帮助他人。起初亨森致力于寻求英国英格会的支持来建立自助式黑人聚居区，但是不幸遭遇农村居民点问题。1854年废奴主义者本杰明·德鲁(Benjamin Drew)参观了聚居区，之后谈及此也是小心翼翼，语焉不详(1856，308 - 312)。即便曙光社区没能成功建立，但就亨森回忆说是因为对方的失策或欺诈，而不是他的问题。这本小说本身就是亨森蓄势待发的产物之一，也是他自由创业的结果之一。

　　建立平等的公民权利是始终贯穿十九世纪美国奴隶小说的中心主题。但是亨森的小说既属于加拿大小说也属于美国小说，与此同时也见证了亨森一家是如何向大英帝国俯首称臣的。尽管在美国没有平等可言，但是在提及两次在大英帝国参见维多利亚女王的经过时他却试图突出社会地位的平等。亨森成了世界主义者：既是加拿大公民同时永远摆脱不掉曾是美国奴隶的身份。正是因为这种新公民权利与旧身份认同的矛盾性，亨森才是我们需要的世界公民中的一员。

电子资源

　　"记录美国南方"数字工程提供了卓越的在线版本《汤姆叔叔

生平》（1876）。网址为 http：//docsouth.unc.edu/neh/henson/
menu.html。所有引用文本均出自在线版小说。

乔赛亚・亨森的《汤姆叔叔生平》很少出现在美国课堂教学
中。原因有以下几点。

第一，上面提到过，斯陀夫人所写的《汤姆叔叔的小屋》使得亨
森的小说黯然失色。由于教学大纲空间有限，教师选择了著名的
文本而不是亨森的小说。偶尔会有注释完备的版本也许会以亨森
的小说选段当作背景读物。尽管老师们很熟悉背景资料，然而鲜
有人真正读过这本小说。事实上，我们现在读这本书的目的与 19
世纪中期如出一辙，都是因为斯陀夫人的关系。斯陀夫人的文本
长期处于优先地位，这就证明相对于黑人的报告文学，白人的叙述
文本一直更有价值，这种对文本优先排序的坚持恰恰证明了这一
点。优秀的教学法不会片面接收这种种族文本阶级分化；相反，好
的教学法会想方设法解读原文本并且让学生直接接触一手资料。

第二，《汤姆叔叔生平》的声名狼藉就在于和"汤米叔叔"
（"Uncle Tom-ing"）纠缠不清（过度渴望融入或者说奉承白人）同时
提倡黑人默许白人高人一等。鉴于许多高中因为《汤姆叔叔的小
屋》所表达的腐朽社会态度而不断呼吁禁书，因此种族敏感性使亨
森的叙事成为一个具有风险、难以入选美国教学大纲的选择。教
师在不享受学术自由和工作保障的情况下往往选择避免潜在的风
险。在课堂上规避更艰难的主题和文本，但这一举动会导致历史
扭曲。

第三，亨森的小说有其内在的缺陷。学生们不仅会质疑亨森
与白人的被动关系，同时问题也在于亨森小说叙述中流露出的大
言不惭。亨森将自己描述成个无懈可击的人物，体现了勤劳虔诚

的美德。某种程度上说，这正是公众心中的黑人道德模范，也是白人思想中对黑人的消极定式，那么自称无懈可击的男人是何姿态呢？就现代价值观来看，另一个缺陷就是公然将基督教宽恕精神沿用到白人社会对黑人的奴役以及歧视上。非裔美国文学领军人物布克·T.华盛顿（Booker T. Washington）在 1895 年发表了著名的"亚特兰大妥协案"演说（"Atlanta Compromise"），其中提到对种族隔离与种族歧视的配合，亨森完全符合这一论述。虽然轻松的做法是让学生们思考美国内战后数十年间黑人所处的时代背景以及遭受到的高压环境，但是他们可能根本不会对亨森之流产生尊敬，因为他即使远在加拿大，也未在美国战后重建时期对剥夺公民选举权、滥用私刑以及反黑人暴力等等问题给予言语或行动支持。

　　尽管有以上这些考虑，亨森撰写的《汤姆叔叔生平》对于学生来说既是一个独特的声音也伴随着一定的教学挑战，可能的教学主题如下。

教学主题：自传历史

　　奴隶叙事是一种生活写作，它试图向对奴隶社会群体接触不多的读者们讲述奴隶们所知道的真理。这种叙事往往会遇到很大的（读者接受）阻力。无论是内战之前还是内战之后，蓄奴社会中有许多读者都不愿意承认这些残酷的真理。对于某些远离奴隶制度的读者们来说，他们坚信叙事中的描述夸大其词，奴隶制度是有利的，或者退一万步说奴隶制度只是一种机制。然而奴隶小说绝非独立个体的故事；它们肩负重任，为许多默默无闻或者不能写出自己故事的人们发声。在设计课堂内容时，教师可以针对边缘人群的社会排斥以及话语权缺失等现象加以探讨。相对庞大的奴隶群体,奴隶小说几乎是一星半点,通过强调这一点可以帮助学生认识到集体话语权的重要性,认识到从奴隶制度中解放出来的作家们是在为那些不能叙述、不能描写自己经历的人们发声。

亨森的叙事与其他美国奴隶叙事都采用了一种进步路径。小说的叙述构架一开始从奴隶生涯的童年追忆到青壮年(第 1—11 章);接着是逃离奴隶制度后前往自由之地(第 12—15 章);然后是支持反奴隶制事业以及逃奴安置事业(第 16—18 章);最后才是成功帮助逃奴自由安居(第 19—31 章)。小说主要包括奴隶生活的本质、奋起抗争的理由、逃离奴隶制度以及标准的公民新生活。然而,学生们应该注意,绝大多数逃往北美以及加拿大(还有墨西哥)的解放奴隶仍然一贫如洗并遭到严重的劳工歧视。真正达到中产阶级生活水平的也只有亨森、弗雷德里克·道格拉斯、威廉·斯蒂尔和其他少部分人。尽管亨森的小说与其他奴隶小说有着相似之处,但事实上亨森的经历只是个例,在加拿大黑人群体中并不具有代表性。

《汤姆叔叔生平》在叙述的过程中运用了大量感伤主义写作手法,例如悲痛欲绝的母亲、善良孝顺的儿子、家庭四分五裂然后再次团聚、构建婚姻与建设家园、感情的困扰、对上帝的感恩以及虔诚的宗教信仰。亨森善用感伤文风的情感渲染及词汇。在讨论亨森的叙事时,有必要让学生们理解美国 19 世纪的改革文学是如何利用感伤手法来区分人的好与坏以及社会行为的优与劣。亨森的叙事恰好是自传和改良式感伤主义两种文类并驾齐驱共达目的的范例。

教学主题：宗教信仰

亨森称他的宗教启蒙源自他的母亲。他如此写道:"我记得母亲为我祈求上帝。当然母亲祝愿的无非就是她的孩子们，不管是女儿还是儿子。虽然当时还不懂事，但是我依然清楚地记得那些祈祷给我心里带来的喜悦。"(28)在宗教信仰上强调知觉感受是福音派新教改革文学的突出特征。在亨森站在教堂外聆听布道之前，他的母亲一直是他十八年以来唯一的宗教导师。他深信耶稣基督就是黑人与白人共同的救世主，那天离开教堂回家的路上，他的思想发生了翻天覆地的转变。

> 心潮澎湃的我从小路上绕进了森林里，真诚地向上帝祈求荣光与帮助，虽然没有实现，但至少当时是诚心诚意的；想来正是因为感受到了这份诚心诚意才有了我后续的人生轨迹(32)。

美国新教基督徒们撰写的自传都习惯描述其个人信教的过程，也就是与上帝一对一直接对话的过程。而对话的地点往往都是僻静无人的森林里，亨森也不例外。

1828年亨森正式成为一名卫理公会的传教士，随着浩浩荡荡的反奴隶制度浪潮加入了教会，但是南方白人们仍然是奴隶制度的拥护者。他的信仰促使他宣扬普世精神信仰，即坚信对白人奴隶主采取基督教人人平等的精神与耶稣宽容原谅的态度。对于亨森来说，基督徒的奉献精神正好体现了公民身份的相互平等。然而，正如批评家多次指出的，屈服隐忍就是听天由命，从而塑造致力于保护白人奴隶主的高尚黑奴形象。在跨越俄亥俄自由州的时候，亨森没有和黑人同胞逃跑，他这样写道："上帝赋予了奴隶职责，牧师们与神职人员们都是这么说的。"(47)服从并履行主人的命令，亨森以此为荣。

亨森顺从奴隶主如同顺从上帝。亨森屈服顺从的基督教精神促使白人及奴隶主们坚信他不会暴力反抗奴隶制度。他描写了1830年的一件事，也就是纳特·特纳弗吉尼亚叛乱前一年的事情，当时弗吉尼亚的黑奴们计划了一场反白人起义：

> 我不同意起义头领的想法，但是我也觉得奴隶制度罪大恶极，而且我们也有获得自由的权利。我渐渐清醒过来，最后我坚信起义不合适也不符合基督教义；于是我开始提出质疑，开始讨论这个话题，最终我鼓起勇气原原本本地说出我的想法。我说："想想要是我们杀了一千个白人，我们肯定全都得死，随后奴隶们的镣铐会更沉重，枷锁也更坚固。请不要这样，让我们以上帝之名，等着上帝向我伸出双手，赐予我们自己。"(193—194)

亨森被动而宽恕的态度——真正的"汤姆叔叔基督徒精神"——与大卫·沃克的态度形成鲜明对比。沃克于1829年出版了他的惊世之作《向全世界有色人种疾呼》，他呼吁以美国基督教之名对奴隶制度发起谴责，进而废除奴隶制度。正如沃克所观察到的，试图唤起白人的基督徒怜悯之心不会冒犯白人，因为"没有哪个白人会因为我们匍匐着向上帝祈祷而把我们打死(73)"。从这种观点上看，长期的忍辱负重就是向奴隶制度投降。

虽然斯陀夫人笔下的汤姆叔叔像耶稣基督那般英勇无畏，宁肯自己被打死，也不愿泄露两位惨遭性侵的黑人妇女的藏身之所，但汤姆虔诚的宗教信仰却成了现代黑人评论家的笑柄。在二十世纪六十年代的黑人武装分子中，"汤姆叔叔"一词已经带有耻辱和侮辱的意义。其实，亨森期望上帝挽救种族不平等的愿望根本是缘木求鱼。

《汤姆叔叔生平》的课堂教学主要围绕宗教信仰和社会行动展开讨论。例如，核心问题可能是宗教信仰作为少数族裔自卫手段，与宗教信仰作为服务于奴隶主阶级利益的社会缓冲剂之间的矛盾。又或者说，亨森的宗教准则只是他对受奴役的黑人群体所处社会环境的实际认知与理想评价。鉴于信仰在小说中起到了一定的作用，因此亨森的这本小说可以有不同的解读。任何教育法都强调接受学生的不同意见，因此对亨森基督教神职人员这一问题也应该保持中立态度。

教学主题：反抗

在《汤姆叔叔生平》一书中，最值得研究和探讨的一章就是第十章（《可怕的诱惑》）。本章涉及反抗的权利，反暴力及精神奴役。故事发生在一艘从密西西比开往新奥尔良的船上，主人艾萨克-莱利让他的儿子阿摩斯将亨森和其他几个黑奴卖到南方。亨森这样写道：

> 一个漆黑的雨夜，距离新奥尔良还有几天的航程，我的机会似乎来了。我独自一人在甲板上；主人阿莫斯和手下都睡着了，我轻轻地爬下来，握住斧头，走进了小木屋，借着昏黄的灯光寻找我的目标，我瞧见了主人阿莫斯，他离我最近；我用手搓着斧柄；正当我举起斧子准备狠命地砸下去时，——突然脑海里闪过一个念头，"等等！凶手！你还是个基督徒吗？"此

前我不视其为谋杀，那是自我防卫，——是防止别人杀我——是正当的，甚至是值得称赞的。就那么灵光一现，我突然明白这真的就是犯罪。我打算杀掉一个从未加害过我的年轻人，他只是服从他无法拒绝的命令；在自我修行的路上我所有的付出即将毁于一旦。我养成的习性以及从未停止的心灵平和。突然之间我想到一切，我仿佛听到有个声音清晰地在我的耳边轻声低语；我甚至转过头去倾听。我收了手，放下斧子，感谢上帝，就像以往每天都做的那样，感谢上帝我没有犯杀人罪。(70—71)

课堂教学中可以利用此场景来探讨选择问题。反殖民知识分子弗朗茨·法农(Frantz Fannon)认为，被殖民的对象往往是"被统治却未被驯化的"(16)，他们始终明白这种殖民关系，并等待时机宣告他们的人权平等。屈服滋生暴力从而产生反暴力，不是发生在当下就是发生在未来。当人们想要站起来反抗殖民统治的时候，宗教有助于压抑这种渴望。法农断言，其原因在于被殖民者所接受的是殖民者的宗教思想，即"接受上帝的判决，向殖民者卑躬屈膝，对命运俯首帖耳，扭曲精神从而获得平静的行尸走肉"。(18)因为受到这种思想的影响，当亨森想到殖民时，也就潜移默化地压抑了内心的暴力情绪。

思想、信仰以及社会习俗是如何体现在俘虏、奴隶和殖民制度三者中的呢？比如，奴隶制度将黑人们视为私有财产，同时这些财产依附于白人的思想而存在，亨森就是它的产物。作为这种制度下的俘虏，亨森从小耳濡目染，甚至认可反抗无用论，养成了"汤姆叔叔"逆来顺受的性格。他不仅是身体上的奴隶，更是精神上的奴性。但是如果只是一味地抨击亨森的逆来顺受，是否有些求全责备？以二十一世纪现代人的角度，对苦苦挣扎的黑人诸多诟病，要他们英勇反抗，这本身是否公平？

教学主题：就业、创业

小说描述了两种截然不同的劳动制度：奴隶制度与自由劳动力制度。在南方各州，亨森的劳动力属于他的主人。在北方及加拿大，劳动力属于个人本身所有。这种转变普遍存在于内战前的美国小说中，因为劳动力所有权的转变就等同于自由的价值。

与其他奴隶叙事一样，亨森也着重描述了他摆脱奴隶制度之后发家致富、名利双收的过程。奴隶或者说逃奴的创业故事往往不是独立存在的；还包括与白人的公平竞争以及对公民权利的宣告。以早期的奥拉达·艾奎亚诺为例，他长篇大论地描写了他在加勒比群岛和美国南部国家海岸经商的过程以及从中所学到的经商技巧。弗雷德里克·道格拉斯在他的三本自传中均记载了他在船上补船缝以及当新闻发行人的经历。伊丽莎白·克雷以前也曾是奴隶，她在她的回忆录中描写她曾经给人做过针线活后来还成了女装裁缝，甚至还前往白宫为玛丽·林肯做衣服。

然而，绝大多数逃奴因为没有文化，所以只能从事没有技术含量的工作，例如船员、服务员之类的工作。亨森到加拿大的时候，大约三分之二的加拿大黑人从事低端工作，三分之一的加拿大黑人从事技术行业（面包师、鞋匠、桶匠、杂货商等）（Adams）。只有极少数黑人成为社会精英，成功挤入高端技术职业，例如医生、律师，更甚者成了成功的商人。截至十九世纪六十年代，美国逃往加拿大的奴隶依然经历着大范围的就业歧视，甚至面临着不能在当地学校就学的问题。根据亨森的看法，"尽管加拿大是逃奴的自由国度，但是最初他们仍然因为肤色而受到歧视，因此对于他们来说要获得寻常人的舒适生活依然不是易事"。(174)

1851年，亨森前往新修建的水晶宫参加了大英世博会，展品正是亨森木材厂的木材，因此他成了自主创业的典范。亨森的小说细数了他创办谷物厂、木材厂与人才学校的经过以及期间遭遇的困难。虽然有些故事都是自编自演的，但是从中也可以看出亨森算得上是一个了不起的商业人才，毕竟整个加拿大和美国地区，都没有几个黑人敢说这样的豪言壮语。

在课堂教学中，还可将亨森的自传小说与本杰明·富兰克林的自传相融合，着重讨论书中描述的自给自足与经济独立。鉴于亨森的创业基金都来自白人的资助，那么亨森所说的自给自足是真的吗？尽管亨森在加拿大当农民，但是书中却几乎没有提及农活。他提得最多的就是企业管理。那么，小说中所描述的内容是否与十九世纪七十年代美国镀金时代的新兴商业风气相符合呢？

教学主题：比较阅读

1901年，林纾将斯陀夫人的《汤姆叔叔的小屋》译为中文《黑奴吁天录》（"'黑奴'祈求上天的记录"）。这是中国人翻译的第一本美国小说。事实上，该译本算不上是译作，更像是模棱两可的解读，因为林纾本人根本不懂英文，其译作是根据会英文的人对小说内容的口头描述产生的。林纾在序言中对中国读者提出警告，美国对待黑人的方式就是美帝国主义对待亚洲人的先例(Chang，Jin，Zhou)。如今，《汤姆叔叔的小屋》已经数度译为中文，也确实用于课堂教学。

在奴隶叙事中，描写奴隶制度的叙事与描写自我经历的叙事两者之间天差地别。课堂教学可以设计单元课程，让学生同时阅读中英文版的《汤姆叔叔的小屋》以及亨森的《汤姆叔叔生平》。斯陀夫人到底借鉴了多少亨森的故事呢？用别人的生平写书是否道德呢？这属于文化挪用，还是人类传播文化以及运用故事的常用方式呢？亨森在自己的自传中是何形象，汤姆叔叔在斯陀夫人的小说中又是何形象？两者有何异同？

毕竟斯陀夫人并无意于创设真实人物，因此采用比较阅读的方法也不在于确定两个文本的"真"与"假"。相反，两者各自代表一种文类，都应该分门别类地加以分析与赏析。

研究问题

（1）白人作家为非裔美国人的奴隶叙事写序是惯例。这些序言说明了曾是奴隶的黑人作家的人品性格以及叙事的真实性。那么，这种惯例旨在宣扬何种种族关系？斯陀夫人为亨森写的四段简短序言，其目的又是什么呢？她所写的"非洲族人一直以来都只是耶稣基督苦难的同伴"又是意欲何为？

（2）第一章描述了亨森的父亲因为白人监工欲强暴亨森的母亲而打了他，因此受到血腥的惩罚，甚至被卖了出去。为什么亨森会从这样真实残暴的场景说起呢？这些场景又会给不熟悉奴隶生活的读者们对奴隶制度留下怎样的印象呢？

（3）亨森的幼年记忆满是与家人分别的场景，先是与父亲分别，然后是与母亲和兄弟姐妹们分开。亨森是这样描写他五六岁时与家人分别的场景的："首先得知的噩耗就是我们将被卖掉；过去种种牵绊都将烟消云散；一想到会被卖往'南下'心中就极端恐惧；毫无疑问家人将被迫分离；滑过买主们的面庞的焦虑视线；与妻子、丈夫、孩子永远分别的痛苦——凡此种种只有身临其境方能感同身受。即使那时我尚年幼，一切依然如烧红的烙铁印在我灵魂深处"。(18—19)讨论亨森心中的创伤以及他当时的反应。他说的"如烧红的烙铁印在我灵魂深处"又是什么意思？

(4) 讨论家庭在这本回忆录中的象征意义。为何文中对亨森的两个妻子只字未提？亨森将他的第一个妻子描述为"贫穷、胆怯、无理取闹的女奴隶"(79)，这又表明亨森对她们怎样的态度呢？家庭成员也似有似无——一个女婿、四个女儿、四个儿子、一个女婿——他们在文中也几乎是无迹可寻。对于他的儿子汤姆也只是说他入伍加入海军，然后就销声匿迹了。亨森和他的兄弟又是怎样的关系呢？

(5) 小说叙述的过程中，亨森的态度有何变化？鉴于小说开头他就表现出听天由命的态度，愿意将自己的命运全权托付给天意。直到16、17章，在加拿大作为一个自由人定居之后，他负责带领地下铁路的逃奴们奔向北美和加拿大的自由之地。尽管受到《国外服役法》的限制，亨森自觉自愿地违反了大英律法，向参加联合军的黑人志愿军家庭提供资助。那么，亨森为何会改变初衷呢？

(6) "汤姆叔叔"这个称呼是如何变味的？它怎么跟"与种族主义和解"及"被白人主流价值观同化"联系起来的？以年轻一代的华裔美国人为例，有时他们会用俗语"王叔叔"来指代试图取悦白人保守派的老一辈人。例如，"他就是个十足的王叔叔，马屁精！"中文也有同样的词语吗？在中文语境中探讨"汤姆叔叔"一词，尤其注意将其与反抗黑人刻板印象结合起来讨论。

(7) 中国学界对亨森的叙事的研究现状如何？对斯陀夫人的

《汤姆叔叔的小屋》研究现状如何？以亨森为代表的奴隶叙事在中国学者书写的美国文学史中是否占据一席之地？如果是，中国学者如何评价这一文类及该群体作者？如果否，你认为出现这一研究空白的原因可能是什么？在对该文本进行了文本细读及积极的批评讨论之后，你对历史编纂学有什么反思吗？

（8）你能在世界史中找到其他文学作品错误表征并粉饰苦难与惨痛的例子吗？以唐代长安城中的胡姬为例。胡姬一词意指"蛮族女性"，这一社会群体是被贩卖到中国的女奴，她们在酒楼等公共娱乐场所工作。在李白等人的诗作中，她们被刻画为何种形象？实际上，她们过着怎样的生活？你可以就此进行对比吗？你认为造成这种差异的原因可能是什么？

参考文献

Adams, Tracey. "Making a Living: African Canadian Workers in London, Ontario 1861 - 1901," *Labour/Le Travail* 67 (Spring) 2011, 9 - 43.

Chang, Shu（舒畅）. "Lin Shu's Version of Uncle Tom's Cabin and the Social Ideology"（林译《汤姆叔叔的小屋》与社会意识形态）. *Journal of the School of Chinese Language and Culture*, Nanjing Normal University（南京师范大学文学院学报），2011，1：152 - 156.

Drew, Benjamin. *A North-Side View of Slavery. The Refugee: or the Narratives of Fugitive Slaves in Canada. Related by Themselves*, *with an Account of the History and Condition of the Colored Population of Upper Canada*. Boston: J. P. Jewett and Company, 1856.

Fanon, Frantz. *The Wretched of the Earth*, trans. Richard Philcox. New York: Grove Press, 1963.

Harrell, Willie J. Jr. "'Thanks be to God that I am Elected to Canada': The Formulation of the Black Canadian Jeremiad, 1830 - 1861," *Journal of Canadian Studies/Revue d'études canadiennes*, 2008, 42 (Fall) 3: 55 - 79.

Hawthorne, Nathaniel. *The Scarlet Letter*. New York: Rinehart and Co., 1957.

Henson, Josiah. *The Life of Josiah Henson, Formerly a Slave, Now an Inhabitant of Canada, as Narrated by Himself*. Boston: Arthur D. Phelps, 1849.

———. *Truth Stranger Than Fiction. Father Henson's Story of His Own Life*. Boston: John P. Jewett, 1858.

Huisman, Marijke. "Beyond the Subject: Anglo-American Slave Narratives in the Netherlands, 1789 – 2013," *European Journal of Life Writing*, 2013. http://ejlw.eu/article/view/153/286 Accessed 6 November 2017.

Jin, Wen. "Sentimentalism's Transnational Journeys: 'Bitter Society' and Lin Shu's Translation of 'Uncle Tom's Cabin,' " *Modern Chinese Literature and Culture*, 2014, 26 (Spring) 1: 105 – 136.

Nichols, Charles. "The Origins of Uncle Tom's Cabin," *Phylon Quarterly* 19 (3rd Qtr.), 1958, 3: 328 – 334.

Reed, Ishmael. *Flight to Canada: A Novel*. New York: Simon & Schuster, 1976.

Stowe, Harriet Beecher. *Key to Uncle Tom's Cabin*. Boston: Jewett, 1854.

"Uncle Tom", *London Illustrated News*. 1877. no. 1966, vol. 79, March 17, 261 – 262.

Walker, David. *Walker's Appeal, in Four Articles; Together with a Preamble, to the Coloured Citizens of the World, but in Particular, and Very Expressly, to Those of the United States of America, Written in Boston, State of Massachusetts, September 28, 1829*. Boston. 3rd edition, 1830.

Zhou, Zhi-guang(周志光). "Cultural Consciousness in Translation: A Case Study of Lin Shu's 'Uncle Tom's Cabin' "(翻译中的文化意识——以林译《黑奴吁天录》为例), *Journal of Hubei University of Education*, 2011, 28 (1) 120 – 122.

（二）文本:《汤姆叔叔生平: 神父 乔赛亚·亨森自传》*

序言

拙作出版得益于广大好友的鼎力相助,特作此序,以表感谢。美国奴隶制度造就了许多奇妙传奇的人物,其中最显著、最典型、最有教育意义的莫过于乔赛亚·亨森。

身为奴隶——尤其蛮荒之地的奴隶——受到野蛮奴隶主的奴役,亨森从小没有接受过基督教的熏陶,也没有接受过学校教育,他的成长类似于圣保罗口中的异教徒,"人类记载历史,而自然造就万物"。亨森任何一次布道,任何一次基督的救赎,都足以使之立刻成为虔诚的信徒、耶稣的牧师。秉承基督教徒宽宏大量、以德报怨的伟大信条,仁慈的上帝让他成为忠诚的证人,让他受尽灵魂的磨炼,从而让所有读者唏嘘不已,心中暗暗发誓,"请不要让我经受这样的考验"。我们诚挚地向那些正在经受生活磨炼而自认为

---

* 译者涂慢慢、孙奇锋(第八章)。

应该以暴制暴的人们推荐本书。

长久以来非洲人似乎只是基督苦难的陪伴者。在他悲惨受难时——以罗马人为代表的欧洲人将其置之死地，以犹太人为代表的亚洲人呼吁处死他——而以古奈利人西蒙为代表的非洲人，在他身后坚毅地背负着十字架；自此之后可怜的非洲人民一直饱受奴役，继耶稣之后疲倦地背负着蔑视压抑的十字架。然而与耶稣共患难的他们也应该支配一切；无数的西蒙们追随耶稣谦卑地背负十字架直至死亡，上帝在审判时，也应该参照这不成文的奴隶制历史，授予他们王冠！真到了那天，耶稣也会为他的追随者们出庭作证，正应验了"坚持到最后的就是最好的，而最好的也是坚持到最后的"。

我们杰出的朋友准备出版一系列作品，寄望于拯救在奴隶制度中饱受严苛主人奴役而挣扎多年的同胞们。任何人，无论是病人还是囚犯，只要他愿向耶稣伸出援手，那么如今也愿意代表平民百姓、难民以及受苦的儿童伸出援手。因此，面向所有真心热爱耶稣基督的人们推荐此书。

哈丽叶特·比彻·斯陀

1858 年 4 月 5 日于马萨诸塞州安多弗

第一章　诞生与童年

（*最初的记忆——在马里兰州诞生——初记父亲——对我母亲施暴未遂——父亲与监工打架——100 皮鞭、割掉耳朵——放下班卓琴、郁郁寡欢——被贩卖到南方*）

我言之人生，跌宕而起伏。所谓天意难违，所历种种大喜大悲，少有人及。回首往昔六十载，点点滴滴历历在目，何其传奇，永生难忘。幸而回首，誓将效仿犹太人，如描述绝妙的《出埃及记》般详细地描述我的人生。时间温柔的指尖触动斑驳的烙痕。过去的苦难如今好似梦一场，留下的回忆经久不衰，禁不住赞美上帝，将我的灵魂置于熔炉中锻造，置于狂风中摔打。

1789年6月15日，我诞生于马里兰州查尔斯镇，距离烟草港约一千米，具体地点是在弗朗西斯·纽曼先生的农场。我的母亲本是约西亚·麦克弗森医生家的奴隶，却租给我父亲的奴隶主纽曼先生。母亲尚在纽曼先生农场工作期间，我只记得某天父亲回来，头上流着血，背上有伤口。整个人发了狂似的，悲愤交加。当时旁人的只言片语让我对此事一知半解；直到后来长大了我才完全了解。事情大概是这样的，有个监工将母亲单独支到一个僻静的地方，一番哄骗无果之后，想要强行对我母亲施以暴行。母亲的尖叫声引来了在远处劳作的父亲，他跑过来，发现自己的妻子正和监工抗争。眼前的景象激怒了父亲，他如猛虎般扑过去。一时间监工处于下风，眼看盛怒中的父亲就要将他活活打死，是母亲求情才放他一条生路，而且监工发誓以后绝不提及此事。怯懦卑劣之人所做的承诺，只有在威胁当下有效。

蓄奴州的法律处处针对奴隶，因此像他那样的恶棍绝不会放过报复的机会。"黑人打了白人"这足以将整个查理斯镇点燃；没人会问事情发生的原委。有关当局立马追捕我父亲。对高贵的白人拳脚相向是要受天谴的——如同异教徒的狗闯入犹太人的至圣所一样亵渎神明——事实就是如此。接下来就是处罚：打着赤膊接受一百皮鞭，将右耳钉在鞭笞柱上，然后硬生生拔掉。父亲躲了一阵，藏身在树林里，晚上冒险闯进农舍找吃的。最终因为夜里有人把守而颗粒难得。他没了食物供给，差点饿死，最后饥饿逼着他回来自首。

行刑的日期定了下来。四面八方的黑人都被召集起来，观看行刑不过是为了提升他们的道德素质。孔武有力的铁匠修斯负责执行鞭刑。五十鞭子打完，父亲的哭嚎声惊天动地，于是暂停行刑。即便，他真的打了白人，但是身为贵重的财产，是绝对不可以受到损伤的。有经验的人给他把脉。啊！他能承受一百鞭子。皮鞭又一次次打在他伤痕累累的背上。他的叫喊声变得越来越微弱，一百鞭子打完他几乎叫都叫不出来了。然后他们将父亲的头推向柱子，用大木钉将他的右耳钉在柱子上；刀子一晃，只剩下血淋淋的耳朵还钉在原处。紧接着在场的黑人中响起欢呼声与惊叹声，"那就是打白人的下场，"有人说，"真是该死的耻辱。"绝大多人仅仅视之为冒犯权威后的罪有应得。

读者朋友们，也许你们很难理解这种残酷，仁慈的你们可能会质疑这些描述的真实性。对你们来说，对人施以此种酷刑似乎是恶魔的行为。事实就是如此。打了一个白人就是招惹了所有白人；等于是咕噜噜冒泡的火山，随时有爆发的危险，最终形成燎原之势，恐惧与残酷如影随形。即便时至今日，如果你遇到慈悲的英国妇女以及虔诚的英国牧师诚挚地说服你为印度军人血库献血，请停下来考虑一会儿，别先入为主地质疑独裁阶级以及懦弱监工的嗜血残忍的存在。

就我所知，在这件事情之前，我的父亲一直是个好脾气、好心肠的人，每逢农家碾米会或圣诞节总是他带着大家插科打诨、制造欢乐。他的班卓琴会为农场带来生机，整宿整宿地和农场的黑人们，欢快地载歌载舞。然而此事之后，他整个人都变了，变得郁郁寡欢、阴沉固执。他心中的人情味都变成了苦胆汁。对错处难以忘怀。即便是被卖到遥远南方的恐惧威胁——这是马里兰州奴隶最恐惧的——也没能驯服他。因此他被卖到了亚拉巴马州。他之后的命运如何母亲与我无处得知；只有等到那一天方能真相大白。这便是我的自传的开篇。

第二章　初次经历伟大的考验　人生第一次大考验

（名字的渊源——好心的主人——主人的溺亡——母亲的祈祷——奴隶拍卖会——被迫离开母亲——身染重病——狠心的主人——再次被卖而回到母亲怀抱）

纽曼先生将父亲出售之后，麦克弗森先生也不再将母亲租给他了。于是，母亲回到了医生的庄园。比起一般的农场主，医生要仁慈得多，决不允许别人殴打黑人。他心地善良、天性自由、活泼爽朗。不用强权也不施暴行。我是庄上出生的第一个黑人小孩，所以他对我尤为宠爱。不仅用自己的基督教名字约西亚为我取名，还给我冠上了他在美国独立战争中担任军官的叔叔的姓氏，亨森。我在庄上度过了一段欢乐的童年时光——真是欢乐啊。然而，唉！稍纵即逝。世事变化最终改变了我的一生。善良的医生也没能幸免于难，这放荡的社会困住了他那随和友善的天性。他没能管住自己贪欢的性子。大家都晓得他心地善良，乐善好施，堪称圣人，但好酒贪杯，且愈演愈烈，最终因此丧命。某天清晨两名农场黑人发现他死在小溪中间，身子平躺着，双脚陷得不深。前天他出门参加社交晚宴，可能是回程途中不慎落马，醉昏了头欲蹚水过河，跌入溪中溺水而亡。"那就是主人淹死的地方，"我清楚地记得当时别人指着事发地点说的这话。

母亲带着我们兄弟姐妹六人在农庄生活了两三年；那是我们最欢乐的时光。母亲慈爱而虔诚，极其渴望用宗教精神触动我们的心灵。她是通过什么方法从何处了解上帝，又是从何知道她常常教导我们复述的主祷文的。我也说不明白。印象中母亲总是双膝跪地，试图将她的现状向上帝祷告，但是对于年幼的我来说母亲只是随口说说或者简单复述，此情此景时至今日我依然记得。

那时真是天伦之乐事。唉！好梦终归要醒。医生的故去固然令其亲朋好友悲痛哀悼，然而却让我们的生活天崩地裂。财产继承者们瓜分了贩卖庄园和奴隶所得的钱财。而我们不过只是财产——不是孩子的母亲，也不是母亲的孩子。

奴隶拍卖市场在南方各州随处可见，因此自然而然地奴隶们本身或许也对此买卖有所期盼。然而那种深入骨髓的痛苦——贩卖前后的种种场景——若非亲身经历根本无法体会。首先得知的噩耗就是我们将被卖掉；过去种种牵绊都将烟消云散；一想到会被卖往"南下"心中就极端恐惧；毫无疑问家人将被迫分离；滑过买主们的面庞的焦虑视线；与妻子、丈夫、孩子永远分别的痛苦——凡此种种只有身临其境方能感同身受。即使那时我尚年幼，一切依然如烧红的烙铁印在我灵魂深处。麦克弗森庄园分崩离析的记忆如一张清晰的照片藏在我心中。熙熙攘攘的黑人挤在站台上，被人检查肌肉结不结实，牙齿牢不牢固，反应敏不敏捷，那些拍卖者的表情，母亲的痛苦——如今闭上眼一切依然浮现在眼前。

　　眼看着我的哥哥姐姐一个个被卖掉，母亲抱着我，悲痛欲绝。接着蒙哥马利镇的艾萨克·莱利先生买了母亲。最后轮到我接受买主们的查看。母亲想着即将与孩子们永别就伤心欲绝。我正在竞价的时候，她挤过拥挤的人群，走到莱利先生所站之地。跪在他脚下，抱着他的双膝，声泪俱下地恳求他，和自己的孩子待在一起，那么多的孩子，至少留一个在她身边。谁会相信，谁能相信这个男人，面对如此苦苦哀求，不仅能够充耳不闻，而且还拳脚相加地将母亲推开，四处回响着母亲悲痛欲绝的哭泣声以及皮肉之苦引起的呻吟声。她爬着躲开，说道："哦，万能的主，还要多久，还要多久我才不用承受这些！"当时我五六岁。时至今日我似乎依然看见母亲在眼前哭泣。那时我才开始记事；我曾和成千上万的黑人同胞们分享过这段经历。

　　外乡人罗伯买了我，在我眼中他就是个强盗。他带我回家，走了大概四十英里，把我和四十多个黑奴放在一起，不同年纪、不同肤色、不同身体状况的黑奴，我一个也不认识。当然没人关心我。这些奴隶被虐待得都没了人性，所以对我也不会心生怜悯。不久我就病了，毫无生气地在地上躺了几天。有时奴隶会给我一点儿玉米面包或者青鱼。最后我都虚弱得动不了了。不过，对我倒是好事情；因为没过几天罗伯去见母亲的买主莱利，打算将我低价卖给他。莱利说他担心"小鬼会死"，他可不想买个"死奴才"。但是最终他同意，如果我活着就给罗伯的马装马蹄铁，如果我死了就一分钱也不给。罗伯经营一家酒馆和一家连锁车马驿站，而他家就在蒙哥马利镇法院附近；莱利的铁匠铺在离法院约五英里远。交易定了之后没多久我就回到了母亲身边。也算是时来运转。早前我一直躺在脏地板上的破布堆里。整天孤零零的，口干舌燥，哭着要妈妈；白天黑奴们都出门了，晚上回来了也不关心我。而这个时候，我又与世上最亲的人待在一起，受她爱护；尽管贫困交加，母亲依然将我照顾得很好，因此我才得以恢复健康，后来长得那么强壮。

我尽心尽力地服侍了莱利很多年。他的性子怪得出奇；可怕的是，随便哪个政府要是让这种人来统治他的同胞，那么毫无疑问他在其位必然会造成无数的不幸。他秉性粗俗，举止残暴，格外无法无天。他的奴隶劳作那么繁重，没什么机会休息，平日给的食物也少得出奇，个人权利又得不到保障。这种主人是暴君，因此奴隶们都变得奸诈狡猾、谄媚滑头，成了暴行之下的受害者。莱利和他的奴隶们也没有逃脱这条定律。

第三章　青少年时期

（童工——奴隶生活——衣食住行——娱乐活动——昙花一现的灿烂时光——侠义行为——成为监工与管家）

我最初的工作是给劳作的大人们提水桶，以及拉着马犁在玉米丛中除草。后来我长大了，也长高了，就让我负责打理主人的马鞍。再后来可以扛锄头了，就要求我和大人们一起上工；没干多久，我就和他们干得一样好了。

无论怎么说，南方农场奴隶的日常生活，北方人大多难以理解；值得一提的是奴隶与奴隶主的习性是由他们各自所处的位置所决定的。我们农场的主要食物包括玉米和腌鱼；夏天再加点儿酸奶酪和各家自己种的蔬菜，菜地是专门分配的，我们称之为"卡车补丁"。

通常情况下我们一天吃两餐——上午劳作到中午 12 点吃早餐，下午工作完成之后才可以吃晚饭。丰收的季节，我们吃三顿。我们穿的是麻布衣服；孩子们就穿一件汗衫；大点儿的男孩儿外加一条灯笼裤，女孩儿加一件长袍。此外，冬天穿的是一件圆领夹克或者外套，一年一双草鞋，男人们每隔两三年发一顶羊毛帽子。

住的就是搭在地上的木房子。当时木地板是见都没见过的奢侈品。我们十多个人，男男女女，老老少少，像牲口一样挤在一间屋子里。当然，压根没有什么文雅体面可言。既没有床也没有家具。床就是稻草和破布搭的，堆在墙角木板围着；盖着一张薄毯子。然而，我比较喜欢在厚木板上睡觉，头枕着旧夹克，脚放在隐隐的火堆旁。风呼呼地吹，雨雪透过木板裂缝刮进来，潮湿的地面不断吸收湿气，后来泥泞不堪，和猪圈差不多。这就是我们住的房子。我们吃喝拉撒睡都在条件这么艰苦的棚子里；孩子们在这里出生，病人在这里被人遗弃。

尽管条件这么苛刻我还是长大成人，身强体壮，精力旺盛。十五岁的时候体力好得没几个人赶得上。活蹦乱跳的像只年轻的兔子，整天跑来跑去，精力充足。比起其他人，我跑得快，跳得高，摔跤也厉害，夜里溜进厨房，双脚快得他们都跟不上。因此主人和奴隶同胞们都认为我极其聪明，说我将来长大了肯定能干大事。我的虚荣心迅速膨胀，完全认可了他们的想法。我干什么都比别人更卖力，不管是锄地、收割、去壳，还是跳舞，就算是恺撒费尽心机谋求皇位也没有这么卖力；就我所知他也没有我那么享受胜利。监工的任何一个表扬的字眼都会让我兴致高涨一个月。

在我看来，奴隶生活也不完全是悲惨的。上帝保佑，即便被生活团团困住，年轻人的欢喜愉悦仍然会时不时地突破重围。我们是乐观向上的民族。就算是最最苛刻贪婪的奴隶主也不能剥夺我们的欢乐；当然老莱利也没能办到。那段时光我很快乐，就算是和奥克芬洛克沼泽的蝮蛇与响尾蛇周旋，我依然很快乐。奴隶制度无所不用其极地折磨我；然而，我并不在意；人的天性，或者说上帝恩赐的青春欢乐，胜过了奴隶制度。在记忆深处，除了有泥泞肮脏的木屋，冻裂的双脚，炎炎烈日下的辛苦劳作，咒骂与毒打，也穿插着其他的美好——圣诞节的欢乐，第一次喝蛋奶酒在老主人家门前跳舞，节假日加的肉，夜里到苹果园玩耍，烤野鸡，还有一流的逃工高招。造物主让小狗跳跃，小猫玩耍，小鸟歌唱，小鱼跃动，同样也赋予我许多欢乐的时光。事实上，圣诞节主人会放松管理，因此我们是真的自由欢乐。然而一般情况下节日之后紧接着就是血腥镇压，迎接我们的是更加严酷的鞭打与诅咒；欢乐自由确有其事；我们曾经拥有的快乐是奴隶主也管不了的。

除了欢乐我还有更加深沉更加丰富的记忆。我很小就知道用自己的冒险精神为受难的同胞们谋福利。男性奴隶的生存环境已经够惨了；然而女人们才是最值得同情的，患病、受苦、难以承受的负担，没人同情，没人帮助，干着跟男人们一样的体力活。见到那么多妇女承受苦难我心中悲痛难忍。那些挽救弱小白人逃出苦难的白骑士，谁也不曾像我这样感受到他们的侠骨柔肠。我是一名货真价实的黑骑士，白天将小鸡赶到不起眼的地方藏起来，晚上再送给辛苦劳作的穷苦黑人，不一会儿这些小鸡就成了他们的盘中餐，可以说是人间美味。

比起那些征收黑钱、驱赶牛群的苏格兰边境居民的人，我的行为更富有正义感，将猪、羊赶进一英里以外的树林里，宰杀了分给饥肠辘辘的人们享用。

随机应变与行侠仗义融为一体——天性善良与行善积德相得益彰——使人乐此不疲。我当时的切身感受恰如一首赞美诗中所读到的：宗教的本意绝非拒绝欢乐。

难道这不对吗？我只能这样回答，即便经年累月，我的良知亦不会谴责我当时的行为。甚至我认为那是我做过最正确的事情。

由于我所做的好事的影响，而农场的工作量又增加了，经过奴隶监工的观察——他们自私自利地剥削奴隶，我谨小慎微，谨言慎行，被提拔为农场的负责人。经过我的管理成功将农作物产量增加一倍以上，而且比起以往庄园上的景象，劳动者们更加快乐也更加愿意劳动。

是的，我是一个务实的监工。我的骄傲与抱负促使我熟悉农场所有的工作。但是毫无例外所有的抱负都会带来额外的负担。各种作物，小麦、燕麦、大麦、土豆、玉米、烟草，每一种都需要我亲自照看。我常常被迫半夜去到很远的集市，雨夜驾着车越过泥泞直至天明，贩卖农产品；回到家的时候饥肠辘辘，疲惫不堪。然而十次有九次，我得到的报酬只是因为卖价不够高而被咒骂。我的主人骂起人来毫无顾忌。我对他的用处他清楚得很，我就是个野蛮人。他的残暴蛮横使得他像个十足的傻子，因此他给予我的回馈没有善良，甚至连尊重得体都没有。然而，在我登上监工这份好差事之前，发生了一件小意外，正是这个小意外极大地促进了我的理性思考，升华了我的人格修养与个人气质，使我有机会接触宗教文化，总而言之，改变了我整个人，包括身心两方面的蜕变。因此有必要特别提及，以表纪念。欲知详细内容，且听下回分解。

第四章　我的转变

（一个好人——第一次听布道——布道对我的影响——祷告与教会——最初的成果）

一提起第一个教导我宗教祈福的好人的名字，我就满心感激。他的名字是约翰·麦克尼，住在离莱利农庄几英里的乔治镇；以烤面包为生，是个正直仁慈的基督教徒。他因为反对奴隶制度而为人所称道。他坚决反对在自己的工厂使用奴隶劳动力。他甚至不愿意租借奴隶，因为奴隶们辛苦工作的租金肯定归到主人的腰包。但是他认同靠自己的双手劳动，因此他愿意雇佣自由劳动力。他的名望很高，不仅仅因为他这种绝对正确的几近古怪的自律，还因为他的正直卓越。他时不时担任福音侍奉者，在乡里布道传教，当时传教士在乔治镇还比较少见。一个礼拜日他正准备在三四英里远的地方举行布道会，我的母亲督促我向主人请假前去听布道。因为我经常因为这样的请求而遭到鞭挞，所以我拒绝了母亲的要求。母亲一再坚持，告诉我要是顾忌挨打那我永远也成不了基督徒——因此我必须背起十字架学会承受。母亲听到我的拒绝难过得哭了。为了宽慰母亲我决定试一试，于是我恳求主人同意我参加布道会。尽管主人不会无缘无故同意，且机会难得，但他同意这次我去参加，且没有责骂我。当然他还是说得很明白要是我没能在布道结束之后立马回来就有我好看。我匆匆离开，对这次机会欣喜不已，但是对于会受到的益处与愉悦也没有明确的期待；因为直到那个阶段，也就是十八岁，我都从未听过祷告，也没有针对宗教话题有过任何形式的谈话与交流，只是从母亲那里听说过一些，也不了解对上帝的任何责任。我到达集会地点时，活动正进展到发言人刚刚开始他的演讲，内容是《希伯来书》第二章第九节："就是他，感谢仁慈的上帝，应该代替每一个人你品尝死亡。"这是我第一次接触到的《圣经》，我才知道它长什么样。我永远也忘不了，此后的每一天，我都在回忆它，而我的祷告也是来源于它。

　　神一样的耶稣基督，对人类的慈爱，宽恕一切的精神，对于被遗弃、被藐视的人们的深切同情，被残忍地钉死在十字架上，光荣的耶稣升天，这一切都被《圣经》记录下来，有些地方被详细描述得出神入化；至少对我来说是出神入化的，因为我是人生中第一次听到这样的事情。一次又一次传教士重复着同样的词语"为了每一个人"。这些令人喜悦的消息，这种救赎，不仅仅是为了造福某些被选中的少部分人。他们既是为了拯救奴隶也是为了拯救奴隶主，为了穷人也为了富人，为了受迫害的人，受压迫的人，重担在肩的人，关押在狱的人；为了包括我在内的那部分人，陷入穷困，受到藐视，遭人欺辱的人们。原本我们认为自己一无是处只能卖命干活——因为我们无论精神还是肉体都要低人一等。哦，感到自己是被人所爱原来是这么幸福甜蜜的事情！那个时刻我甚至愿意死去，因为我听到了仁慈的救世主的话语。"他爱我。""他在天国慈爱地俯视着我。""他用他的死亡拯救我的灵魂。""他将在天国迎接我。"，我不断地告诉自己。我享受着喜悦欢乐的旅途。我似乎看见一个金光闪闪的人，在五光十色的彩云中冲我微笑。他与人世间奴隶主充满藐视的暴君形成鲜明对比，我沐浴在这个神人祥和的阳光中。"他将是我敬爱的守护神——他将拭去我眼角的泪水。""现在我可以承受世间的一切；从此以后一切似乎都不在艰难了。"我很遗憾"奴隶主莱利"不知道他的存在，遗憾他的生活是如此的粗鄙、邪恶而残忍。眼看上帝的爱与美在他的生活中被吞没，我热爱我的敌人们，为那些虐待我、亏待我的人祈祷。

回家的途中我的脑海里回想着听到的一切，我是如此的兴奋以至于从大路上直接转进了森林里，虔诚地祈求上帝为我点亮明灯，指明方向。虽然我还没有真正地明白，但至少我是虔诚而真心的；而对于我接下来的一生所遭遇的一切，我相信上帝已经接受了我虔诚的祈祷。任何时候，我面对转变，我对新生活的觉醒——意识到自身的能力及上帝赋予我的命运凌驾于我以往所了解的任何事——从这一天起，对我是具有如此重要的纪念意义。我用尽各种方法，利用一切机会探寻宗教问题；我对此如此执着，看重它胜过其他任何事，清晰地认识自己的种种不足，因此我情不自禁地谈论自己的缺点；不久之后我就开始忏悔，并且开始改正缺点，同时根据我自己的了解，向那些可怜的奴隶们灌输来自另一个世界的微弱的火光。没过几年我就成了他们中受人尊敬的传教士，我认为并非虚荣之心促使我要在他们之中体现价值。

然而，此时，接下来我要讲的发生在我人生中的事情无关宗教，也算是与我人生走向息息相关的事情。

第五章 终身残疾

（照顾醉酒的主人——主人与监工打架——救主人——我被监工毒打——主人告上法庭要求赔偿——自此之后受尽苦难——

重新担任监工）

接下来，在我身上发生了一件意外。这个意外充分展示了两种待人之道的天差地别，一种是我们所有人本应有的态度，视彼此为骨肉同胞，而另一种则是现实中真实存在的关系，视彼此为人生中的困扰和天敌；那时候，我才十九岁，二十岁不到。我主人的习性与附近花天酒地的农场主们并无不同；他们通常在周六或周日聚会，周末就是他们的假期，一起赌博、赛马、斗鸡、讨论政治，从早到晚酒水不断，不管是威士忌还是白兰地。他们都晓得夜里独自回家会迷路，所以命令自己的贴身随从紧跟着。我的主人挑选我做他的贴身随从；好多次他醉得没法自己勒紧缰绳，我得扶他上马，然后在旁边跟着，摸着黑，踩着泥泞，一路从酒馆将他送回家。当然，聚会到最后大都在激烈的争执中散场；一旦他们横眉竖目，杯盘乱飞，刀剑出鞘，枪声乍起，奴隶们的职责就是冲进去，各自将自己的主人从争斗中拽出来，带回家。说句实话，我并不排斥这项工作。我年轻力壮，趁着混乱，先发制人，从一堆白人中推攘而出——要是打到白人就是死罪——抓紧主人把他拖出来，要么推上马，要么塞进马车，都毫不费力，就像是背着一袋玉米。我知道我为他做的事情他没法自己做，因此他待我比他人要好一等，与此同时也要求别人多少尊重我点。

有次聚会我的主人和他兄弟的监工布莱斯·利顿发生了口角。在场所有人都站在利顿那边反对我的主人，没多久就乱作一团。当时我正坐在酒馆外的台阶上，听到打斗声，冲进去维护我的主人。我的主人，身材短小精悍，拳脚狠厉，一般的口角争斗他大都能保持理性，多是单打独斗；但是现在他被围攻了，一二十个人

在暴打他,用拳头、瓦器、桌椅,随手拿起就打。主人见到我进去就
高声大叫:"好了,西塞,一起! 给他们来场公平对决。"这事儿不好
干,我进去也很艰难,挤来挤去,跌跌撞撞,竭尽全力去救他。扫平
无数障碍,连着头上肩上挨了不少下,终于将主人拖出酒馆。他烂
醉如泥,暴跳如雷,使劲挣扎着要回去,还要打架。但是我还是强
行将他塞进马车,然后自己跳上去,驾车离去。

倒霉的是,在这场混战中,布莱斯·利顿吃了大亏。要么是他
威士忌喝多了,要么是我推了他,原因我说不明。然而,他认为是
我的错,想着寻一次千载难逢的好机会报复我。不久机会就来了。

大约一周后,主人派我骑马去几英里外的地方办事。为了赶
时间我走的是小路,路尽头是公路,两边围着篱笆。小路穿过主人
弟弟的农场,我经过时,那个监工和三个黑人刚好就在附近的田地
里。半个小时后我返程,监工正坐在篱笆上;但是我没瞧见黑人的
踪迹。我骑在马上,压根儿没意识到麻烦;但是我一靠近,他就从
篱笆上跳下来,与此同时两个黑人从藏身的灌木丛中跳出来;三人
一下子挡住了我的去路,这时候第三个黑人从我身后的篱笆墙翻
过来。因此我确信我被敌人包围了。监工抓住我的缰绳,命令我
下来,口气就像是在命令他的奴隶。我问为什么我要下马。"暴打
你一顿,你这——这黑流氓。""利顿先生,可为什么要鞭打我呢?"
我问道。"少废话,"他说,"马上下来,脱掉夹克。"我看也没什么,
就从他的另一边下了马。"现在把衬衣脱掉,"他大叫道;而我表示
抗议的时候,他举起手中的棍子向我打来,由于他用力过猛,出手
太快,惊着了马,马儿挣脱开来跑回了家。可怜我没了逃跑的工
具,必须尽力独自面对四个人的攻击。为了避开利顿的袭击,我故
意躲到篱笆角落,只留下前面抵挡攻击。监工招呼黑人抓住我;但

是他们都知道我的力气，所以动作都慢悠悠的。最终他们铆足劲儿近我身来，我一个个将他们击倒；其中一个倒地的时候还试图绊倒我，我穿着厚靴子给了他一脚，把他的牙齿踢掉好几颗，他尖叫着跑开了。这个时候布莱斯利顿用棍子打我的头，实话说他的力道不足以将我击倒，只是破了皮血流不止；边打他还边骂道："还不服气！还不服气！你这个黑婊子养的！"我的反抗激怒了他，他突然抓住一大块篱笆栅栏，冲向我，给了我重重一击，正是这一下使得一切戛然而止。面对落下的重击；我举起手臂抵挡，臂骨应声而断，如一根烟杆，我一头栽到地上。然后拳头如雨点般落在我背上，直打得两边肩胛骨断裂，鲜血从我的口中喷涌而出。耳边听到黑人的声音响起："刚才不是有个该死的黑奴打我？"当然他们的回答是肯定的，"这不就是啊，这个胆小鬼躺在地上，不敢与我正面交锋，只敢用用棍子打我。"最后，他的报复欲得到了满足，他停了下来，告诉我这就是打白人的教训。

　　这个时候独自跑回家的马匹惊动了大伙儿，主人带着一小队人出来寻我。当他第一眼见到我的时候愤怒地咒骂起来。"你打架了，你这该死的黑鬼！"我告诉主人，布莱斯打了我，因为前天晚上他们在酒馆打架的时候我推了他。主人瞧了我的伤势，更加暴跳如雷；把我带回家后，他骑马去了蒙特马利州法院，提起诉讼。这其实讨不来什么好处。利顿发誓他在草地与我说话时，我顶撞了他，并跳下马袭击他，要不是他有黑奴的帮忙他会被我弄死。当然黑人的证词是没法和白人的证词相提并论的，于是法院判处他无罪释放，并要求我的主人支付庭审开销。主人叫利顿骗子、恶棍，狠狠揍了他一顿，给了他重重一击。虽然第一笔庭审开销令人不满，但是更加令人难以接受的是，随之而来的打架诉讼要求主人支付伤害赔偿费以及一大笔罚款。

这次暴行带给我巨大的痛苦。手臂骨折了，头部受了伤，甚至每次呼吸都可以听到两片肩胛骨发出的摩擦声。没人去请内科医生或外科医生来医治我的伤；就我所知莱利庄园的黑奴生病从不请医生。"黑奴终归会康复的"。这是约定俗成的看法，而事实似乎也如此。外出劳作生活造就了我们结实健康的身体，受了伤身体康复起来快得跟头牛似的。主人的妹妹负责照顾我，她是农场的医师，大家都称她帕蒂小姐。她孔武有力，认真负责，不管是拔牙还是接骨都不在话下。我见过她进屋里拿了把猎枪射杀了一只狡猾的狐狸，连黑人都拿那只狐狸没办法。她将我的手臂挪开然后根据她的经验将我的背部绑起来。就像修鞋匠在补鞋，绑了之后我比先前更痛苦。从那以后我就残废了。经过一段时间的劳作，我依然可以相当有效地完成农场的许多体力活；但是手臂肌肉已不复从前那样有力而灵巧了。

因为主人不愿意花大价钱雇佣白人监工，也相当满意我能够给他种出高产的农作物，加上本就偏爱我，所以我依然还是他的监工。我不否认在支配他的财产上我比他本人更加得心应手，我会给奴隶们提供更好的食物；但是即便我在这些细枝末节上欺瞒他，那一定也是顾虑大局，以主人的利益为重；我可以对天发誓，我所经管的每一元钱都说得清来龙去脉。渐渐地农场种的一米一粒——小麦、燕麦、草料、水果、黄油以及其他种种，都由我管理，显而易见我卖出的价格比其他任何他可以雇佣到的人卖出的都要来得高；他自己又没能力打理业务。好多年我都是他的管事，不管他要的是好是坏，都竭尽所能为他效劳。我没理由要求他道德高尚；但是身为管事我就得对他忠诚；我以上帝的名义起誓，一字一句毫无虚言。我未曾因为他对青少年时期的我无理打骂而记恨于他，反而以他当时对我的偏爱而感到骄傲，为自己艰苦奋斗与坚持不懈收获的品格名声而感到骄傲。

第六章　任重而道远

（我的婚姻——我主人的婚姻——主人破产——前来寻求我的帮助——从事伟大事业——遥远成功的旅途——沿途的事故——喜好与责任之间的挣扎——完成任务）

我二十二岁左右娶了一个会持家又有教养的姑娘。她也是奴隶，就住在附近，她的主人虔诚善良，名望很高。我去参加教会集会因而与她初相识。她为我生了十二个孩子，其中八个至今仍然健在，他们注定是我风烛残年时的慰藉。

相当长的时间里事情都按部就班；我的工作就是监督农场劳作，到华盛顿和乔治城的附近市场销售农产品。现在在世的许多有名望的人可能或许多少记得他们的销售员希亚或西埃（他们常常这样称呼我），即便他们已经忘记了我，我依然诚挚地将他们铭记于心。

我的青少年时期大致就是这样度过的，对此我无意多加赘述。我的主人，大概在四十五岁的时候娶了一位年仅十八岁的女士。女方没什么家底，因此生性节俭。她善于理财，当然对这份家业也很满意。她有个弟弟，叫作弗朗西斯，莱利是他的监护人，弗朗西斯常常抱怨家里日常开销太吝啬——我确信他不是无理取闹；他常常来找我，向我哭诉他没吃饱。我视他为一生的好友，因此与他感同身受，想法子让他填饱肚子，将自家的食物省吃俭用分给他。据我所知，他如今依然在世，还是华盛顿市的商贾巨富。

然而，家里再如何节衣缩食也满足不了长期的奢靡浪费。没多久，主人陷入困境，然后又陷入和内弟之间的官司（控告他对自己托管的财产管理欺诈），诉讼延期导致了主人破产。

纵然我的主人一贯苛刻残暴，我仍对他当下的困窘表示同情。有时候他沮丧得要死，有时候又酗酒、狂怒。他每天骑马往前往蒙哥马利法院，然而事情却越演越烈。他也会来我的小屋告诉我事情的进展，但是绝大多数时间都在哀悼他的不幸，诅咒弗朗西斯。我试图尽力宽慰他。他相信我的忠诚与判断，或许是源于我的自尊，又或许是因为从耶稣基督那里学会的无私之爱，我饶有兴趣地为他排忧解难。这个可怜的、酗酒的、暴躁的、悲叹的人全然无力处理自己的事务。

一月的某晚，我睡下很久之后，他来到我的小屋将我叫醒。我觉得奇怪，但当时他一言不发，心绪不宁地坐在火炉边取暖。然后他开始叹息，绞着双手。"您不舒服吗，主人？"我问道。他没答复我只是继续叨念着。"我能为您做点什么吗，主人？"我问得很轻，他痛苦的表情让我心生怜悯。最终，他平静下来哭着说："哦，我毁了，毁了，毁了！""怎么会这样呢，主人？""他们的判决对我不利，我所有的奴隶不到两周就得全部卖出去。"然后他失控般地咒骂他的小舅子。我静静地坐着，一句话也说不出来。心里一面怜悯他的境况，一面担忧自家未来的命运。"现在，"他接着说，"挽救的方法只有一个。你可以帮我，你愿意吗，愿意吗？"他悲痛地站起来伸出双拥抱我。我心中百感交集。"要是我可以，主人，我当然愿意。我该怎么做呢?"他没有回答我直接说："你愿意吗，愿意吗？我把你养大了，我让你当了监工；我知道我对你不好，但是我不是故意的。"到此为止他仍对我避而不答。"答应我你会帮我，孩子。"他似乎铁了心要先得到我的允诺，因为他知道一旦我许下承诺哪怕赴汤蹈火也会实现诺言。眼前这个苦苦哀求我的男人，我兢兢业业服侍了他三十多年，离开了奴隶他根本没法活，——事到临头他害怕的是，警察将所有的奴隶都抓走，然后分别买到佐治亚州或者是路易斯安那州——这些地方让南方各州的奴隶毛骨悚然——于是我同意了，发誓竭尽全力扭转他的命运。

终于进入了正题。"我想你逃跑，去找你在肯塔基州的新主人阿莫斯，还得带上所有的奴隶和你一起。"他的要求让我大吃一惊，就像他让我去月球一样。阿莫斯主人是他的兄弟。"去肯塔基州？主人，去肯塔基州，我不认识路。""哦，你这样聪明的人很容易找到路的；我会告诉你怎么去，还有做什么。"看出了我的犹豫，他再次提及被卖到佐治亚州的恐惧以此来恐吓我。

两三个小时，他一直都在鼓动我，迫不及待唤起我的自尊、我的怜悯以及我的恐惧我的同情心，最终，我告诉他我将尽力。

隆冬时节——也就是1825年的二月份，我要带着妻儿还有十八个黑人穿过未知的领地大约行进一千英里。我的主人预计几个月之后跟上我，然后在肯塔基州安家立业。

一旦打定主意，我便认真地开始做起必要的准备。其实也没什么东西，很好准备。一匹马车，载满燕麦片、食物、培根，都是我们的食物以及马匹的粮草，很快就准备就绪了。我感到自豪，因为任重道远，自视为主人奴隶逃跑计划的核心与灵魂。计划成型的第二晚我们开始行动。这些人一直都听命于我，一心一意地跟着我，因为我缓和了他们的悲惨境地，为他们带来了安慰，以及一直以来关心他们，因此事情进展顺利。这种情况之下轻而易举就让他们听命于我。被迫分离以及卖到遥远南方的恐惧，促使他们对老庄园生出留恋，使得他们忍耐而谨慎。

我们大约夜里十一点启程离开，一路前行直到中午才停下来。男人们徒步前进，孩子们坐在马车上，我的妻子也时不时坐坐马车。我们一路穿过亚历山德里亚市、卡尔佩波镇、福基尔县、哈珀斯费里镇、坎伯兰河，沿着国家公路翻山越岭，最终到达惠灵镇。沿途的客栈，通常是奴隶制度下奴隶交易的场所。我们夜里住客栈，我们的钱只够付住宿费，食物是自带的。旁人的询问，我就出示主人的通行证，说是他让我将奴隶带到肯塔基州。正因如此，他们都称赞我是"聪明的黑人"，对此我感激不尽。

在过夜的客栈，我们常常见到赶着奴隶的监工，他们几乎都会将奴隶锁起来防止奴隶逃跑。通常情况下，监工们都会向我提问："那些是谁的奴隶？"一旦我告诉他们，他们接着总会问："他们要去哪里？""去肯塔基州。""谁赶他们去？""当然，是我负责他们，"我回答道。"你真是个聪明的黑奴！"他们总是很惊叹。"你的主人会不会卖你？到我们这里来吧！"就这样他们总是邀请我到酒吧过夜；他们的奴隶都锁在关牲口的圈里，而我的奴隶却自由地四处走动。

到了惠灵镇之后，我立马按照主人的计划行事。我变卖了马匹和马车，买了一艘大船，当地人叫小艇。换了交通方式比起没日没夜的步行要好很多，至少速度比起出发时快了不少，也不用费力划桨。海浪推着我们稳步前进，因此我们有足够时间补充睡眠并恢复体力。

意料之外的新麻烦困扰着我。俄亥俄州沿岸的人们与我们交谈时不厌其烦地告诉我们，我们可以选择不再做奴隶，我们自由了。尤其是在辛辛那提市，一群黑人围着我们，坚持要求我们留下来。他们说想着继续赶路，向新主人俯首帖耳是傻瓜干的事儿；如今我们可以翻身做主人，别再把自己当成可以买卖的商品。我看出手下的人跃跃欲试，连我自己也有些动摇。长久以来，我一直都在追求自由，即便替自己赎身是唯一获得自由的方法。我连做梦都没想过逃跑，对此我有荣誉感。

上帝既然让他成了我们的主人，那么我们就应该敬重他，我曾听牧师和教徒们规劝过。逃跑就像是彻头彻尾的偷盗。但是那个时候我感觉恶魔占了上风。一切似乎都怪怪的。这是我当时的真实感受。逃跑的念头使人着魔，想想海岸宽阔，跑出去就是自由；想想我可以释放同伴们，带着我的妻儿离开，以后会有自己的房子土地，不再受人蔑视与虐待——然而我的正义感不允许我做这样的事情。我答应主人将他的奴隶带到肯塔基州，将他们交给他的哥哥阿莫斯。我的自尊心也不允许我这样做。我的责任重大；一路上受人称赞使得我的虚荣心膨胀起来；我认为从一而终就是爱惜羽毛；我的脑海中已经描绘出了我臣服在阿莫斯的控制之下的景象，以及他会给予我无限的钦佩与尊重。

在这些幻想的唆使之下，眼看那群人的煽动正在产生效果，我强烈要求船长将船撑进小溪。岸上传来阵阵咒骂声；但是我手下的黑人们，习惯服从我的命令，唉！他们多么无知落后，不知道他们正在被剥夺自由，没有反抗我的命令。

从那天起，一想到我曾经是将我的同胞们禁锢在万恶的奴隶制度下的工具，悲痛就一直撕扯着我的灵魂。我一直在祈求上帝的宽恕。我自己享受了自由的美好，而他们中很多人后来受尽苦楚，我当时一时昏头所做出的决定仿佛成了永不可饶恕的罪恶。但是我安慰自己我的本意是好的，即便我本身的前途也是黑暗的。那时的我是无知的，我还不了解自由人的荣誉，也不知道奴隶主的本质就是愤怒的剥削者。

错过获得自由的机会，对我个人利益也是一种损失，然而我并不了解；但是因为我坚持服从我认为是正确的东西。一个人只要忠于某一点，就会忠于很多。以上帝发誓，我竭尽全力，然而长期以来浸润在落后的奴隶制度中使得我的判断失误。

第七章　新家

（成为卫理公会牧师——我可怜的同伴被出售——我的痛苦——再次出发——拜访卫理公会牧师——参观无奴隶制的地区因而开始争取自由）

1825 年 4 月中旬，我来到肯塔基州的戴维斯县，并将自己和同伴们交给我原主人的哥哥，阿莫斯·莱利先生。他有一个大的种植园，有八十到一百个黑奴。他的房子位于俄亥俄河以南约五英里，离黄石银行县十五多英里远，位于黑色福特溪上。我在那儿待了三年，期待我的主人到来，其间在农场担任大管家。因为我将从马里兰州带来的推荐信，信里注明我知人善用与诚实守信。相比以往，这里的环境在很多方面都更加舒适。更大更肥沃的农场，更丰富的食物，当然对于奴隶来说，这是舒适的主要来源之一，过去那里这些快乐都是别人的,没有自己的份儿。充足的食物是生活的主要保障;然而奴隶对食物的需求较之常人更甚十倍不止,因为繁重的体力劳动刺激他的好胃口,而脑子里除了食物就想不出其他什么更深层次的喜好来。监工一职给了我一些便利,我也没有辜负这些便利,特别是对于那些宗教特权,自从我第一次听到基督和基督教,宗教就深深地印在我心里。在肯塔基州,不仅白人有机会参加宗教活动,黑人也可以普遍参与其中;一方面我不定期地参加教会活动以及野营集会,另一方面仔细关照我的内心,同时观察自己各个生命阶段个性的发展,我得以更加领悟根植于每个人心中悲天悯人的宗教情怀,并根据实际经验最大限度地唤醒并保持这些情感,学习如何唤醒无情冷漠的大众。简而言之,就是将慈悲喜乐的宗教情怀传递到身边无知无识的社会群体中。

我没有专业的神学素养。很明显,即便是有,我也不可能成为传教士;但我相信,只要全心全意铭记自己的罪恶和不完美,只要铭记上帝的仁慈,只要铭记基督耶稣的指引我尽力帮助那些比我更加没有机会了解生命真正价值的人,虽只是略尽绵力,也并非全无用处。诚然我必须尽职尽责完成工作;与此同时我努力提升自我,帮助同伴,耕耘我的精神世界,为着灵魂的丰收而努力。看着我帮助的人们认可我的付出,我情不自禁地感到满足。从 1825 年到 1828 年的三年里,我利用一切可能的机会提升自己,最终被认定为卫理公会主教派教会的季度会议的传教士。

1828 年春,我的主人传来消息,他没能说服妻子陪他来肯塔基州,因此他必须待在原来的地方。他派来了代理,负责出售除了我们一家以外的所有奴隶。曾经深深地印刻在我稚嫩的灵魂深处的悲惨景象又将再次出现。父母和孩子,丈夫和妻子将永远分离。

非洲人与欧洲人同样重视骨肉亲情，他们的感情却被无情地忽视；万恶的"奴隶制度"面目极其可憎丑陋，催生了人性的残酷与自私。我个人虽免于这可怕的灾难；但是我不能冷眼旁观，眼睁睁看着惨剧再次发生在曾经与我携手并进的人们身上，毕竟深入骨髓的悲伤使我想起自己的母亲；我也不可避免地对奴隶制度以及制度拥护者深恶痛绝。事实上，因为奴隶主的肆意妄为，生活中每时每刻都会有无妄之灾发生在奴隶身上，此外因为面对奴隶法的制裁，奴隶面对求助无门，无人同情的痛苦，这些只有奴隶本人才能感受。

我看着惨剧发生，听着苦难同伴们的哀号痛哭，感觉坠入地狱。我只能眼睁睁看着，曾经在辛辛那提市，他们有机会获得自由，是我阻止了他们，一想到我的行为，愧疚感能把我逼疯。当时，我认为那是我向主人表忠心的时机。我只想到了主人的利益却忽视了他们的福利。唉！要是上天再给我一次机会！而现在，正是因为我，他们注定要前往遥远的南方，在极端炎热的气候下，痛苦地了此一生。我痛苦得想死掉。从那时起，我看透了这令人发指的奴隶制度。我的心之所向是——自由，自信，摆脱反复无常和放荡残酷的奴隶主们。一旦有机会离开，就带着我的妻儿，去到一个属于我的地方——那里没有专制的主人挡在我与家人之间，充当他们命运的仲裁者——那里就是我孜孜不倦追求的天堂。为此我准备祈祷，辛劳，隐忍，像一只狐狸一样谋划，像一只老虎一样战斗。我的灵魂中所有高尚的本能，我动物本性中所有凶猛的激情，都被唤起并激化为强而有力的行为。

我的老主人莱利要求不出售我与我的家人，他的目的是希望我回马里兰，雇用我为他服务。他最好的农场已经没了，但是还有几块薄田。他的奴隶逃跑后，他雇用了劳力开垦这些荒地，然而，几个月下来，地越来越贫瘠荒凉。他写信给他的哥哥阿莫斯，并给我带话，要求我回去。但他哥哥不愿意这样做，因为我省了他一个监工的花销，而且他知道没有法律强制他必须这么做。知道这一切后，我不敢表露出返乡的急切之情，害怕情绪激动引人怀疑。

在1828年的夏天，一位卓尔不群的卫理公会的白人牧师来到我们的社区，我也就是那个时候认识他的。他很快就对我产生了兴趣，经常来看我。有一天他私下里跟我提及我的处境。他说我应该得到自由，我能力不凡，却因为奴隶身份处处受限，一身所长却无用武之地。"虽然，我不得公开跟你讨论这个问题，但是，如果阿莫斯先生同意你前往马里兰州看望你的旧主人，我可以想办法帮你赎回自由。"他对我说过不止一次；话语正合我心意，又给了我面子，同时也解了我的燃眉之急。那个时候我就下定决心找准时机准备离开。秋收结束之后，地里就没我什么事儿了，这正是千载难逢的好机会。计划的过程中我忧心忡忡。然而事关重大，寄望太多，等待又使我胆战心惊。

某个周末上午，在给阿莫斯先生刮胡子的时候，我巧妙地展开了话题。每当他想要打断我的时候，我就用修面刷在他嘴巴附近来回刷，这样就有机会"好好说话"。当然我没有挑明赎身的计划；而是急切表达了我想要见一见老主人的要求。令我惊奇的是他没有异议。我一直忠于他，可以说是唯命是从，因此他也重视我。我说春天以前我就会回来。他告诉我，这样的特权是我自己赚来的。

他给了我通行证，证明我是阿莫斯莱利的仆人，可以往返于肯塔基州和马里兰州之间。有了这个，还需要卫理公会的朋友给他在辛辛那提市的传教士兄弟写一封推荐信，大约在9月中旬我启程前往东部。

此时开启了我人生的新篇章。我携带一封信前去拜访辛辛那提的好人，他为我引荐了许多珍贵的朋友，他们也全心全意加入我的计划。他们为我提供机会，让我在辛辛那提的两三个讲道台布道，我不遗余力地宣传这个鼓舞人心的计划，呕心沥血地呼吁大家，口若悬河地点燃人们的激情。接触到那些实现自我解放的黑人们之后，可以掌握自己命运的骄傲狂喜使我"如有神助"。我讲天堂讲地狱，讲我们感同身受的话题。三四天后我离开这个城市的时候，口袋里的钱超过一百六十美元。我心中欢欣鼓舞，满怀感激之情。带着希望我前往奇利科西，参加俄亥俄州卫理公会主教派教会。朋友陪我前往，正是因为他的影响与帮助我才得以参加教会。

他建议我买一套像样的衣服和一匹好马，便于沿途布道。每到一个小镇我都受到善待。以往我在农庄，总是受到辱骂，怠慢欺侮更是稀松平常，如今人们对我礼遇有加，点燃了我作为人的人格尊严，令我满意至极。我每收到别人的一份钱都会与对方产生自豪之感，衷心地说道"上帝祝福你，兄弟"。这些对我长期荒凉的心灵如同一顿盛宴，是神赐的食物。自由之光在我脑海中熠熠生辉；自由并不是为了逃避劳作，因为我真心喜欢劳作，自由是为了高贵的尊严，自由是为了崇高的职业，自由是为了高尚的心灵。诚然，自由的思想弥足珍贵，因此我坚信只有一种方法可以获得——赎身。尽管命运如何悲惨，我依然不打算将我与主人之间的羁绊全盘否定。

第八章 回到马里兰州

（旧主人的邀请——再次成为奴隶——求助老朋友——赎

身——欺骗和背叛——回到肯塔基州，再次成为奴隶）

　　我离开俄亥俄州前往蒙哥马利县之前，除了马匹和衣物，身上还有二百七十五美元。一想到回去之后可以炫耀一把，让那些长期叫我"莱利的黑鬼头子"的人好好看看，心里就感到自豪；我有望在圣诞节前后骑马回到老庄园。

　　对于我的归来，主人表现得兴高采烈，见到我尤其开心。"为什么，你见鬼的都干了什么，你成了一个地地道道的黑人绅士。"我的马匹和穿着把他搞迷糊了，没多久我就明白他受到了刺激。我的穿着当然比他好。鄙俗残暴之人品行低劣，半分也瞧不起下人。他的表情似乎在说："过不了多久我就会让你装不了绅士。"我将布道的事情原原本本地告诉他，向他解释我的境况，表明并无意背叛他。他立刻要求查看我的通关证件，当他发现我有权返回肯塔基州时，就将证件交给了他的妻子，让她将文件放到他的书桌里。这种花招残酷得吓人。我仿佛听见旧监狱的大门哐当一声关上，门闩又落了锁。但是我什么也没有说，决定见招拆招。

　　将马匹安置在马厩之后我回到厨房，主人让我今夜就在这里过夜。唉，与我在自由州的住宿差别太大，近三个月我都住在自由州；然而这里，厨房拥挤，地面泥泞，脏兮兮臭烘烘的。环顾四周我感到一阵恶心。如今这里的黑人我都不认识，都是莱利太太买给她丈夫的奴隶。"真蠢，居然会回来。"我发现我不在的时候母亲去世了，这里已经同我没有半点关系。一想到自己衣冠整齐地躺在肮脏的猪圈里，实在让人难以忍受。坐下来看着农场的贫困景象，我心中充满孤身在外的阴郁情怀；当其他黑人正鼾声沉沉时，我却头脑清醒，想着应该如何逃离这可恶的地方。我认识一个可以求助的朋友——"主人弗兰克"，莱利夫人的兄弟。以前提及过，如今他已成年了，自己在华盛顿做生意。我知道他有兴趣帮我，因为当他在这里被人辱骂、虐待的时候我曾费力帮助他。我决定去找他，瞅准了机会我就出发了，套上马鞍，骑着去农庄。清晨尚早，当莱利太太出来看到我骑着马，穿戴整齐的时候，主人已经去了他经常谈生意的客栈。"你要去哪里?"她自然地问。我回道："我打算去华盛顿，夫人，去看看弗兰克先生，我必须带上我的通关证件，要是您允许的话。""哦，在这儿大家都认识你；你不需要你的证件。""但是没有它我去不了华盛顿。我可能会遇上某些脸色不悦的陌生人，会拦下我，伤害我，他可能什么坏事都干得出来。""那好，我把它给你，"她回答；真高兴看着她手里拿着文件回来。她把文件给了我，她完全没想到这对我的计划至关重要。

弗兰克先生对我的款待友好而热诚，这都在我的意料之中。我的出现让他很高兴，我立马将我的计划和希望都告诉他。他诚恳地加入其中，同时表达他对我真诚且强烈的同情。我发现他非常厌恶莱利，他指控莱利在担任他的监护人的时候诈骗了他一大笔财产，尽管他不会与莱利正面冲突，但是他欣然同意尽他最大努力为我赎身的事情跟莱利进行协商。因此，几天后他骑马前往庄园，与我的老主人就我赎身的事情进行了长时间的交流。他挑明事实，说我有点积蓄又有通行证件，又是个聪明人，有意要获得自由，过去也曾为这个家尽心竭力那么多年；说我已经算是物超所值了，劳心劳力给他种了不少农作物；还说他要是不同意，不接受我提出的条件，总有一天就算没有他的帮助我也会达到目的，到时候人财两空；说我有马有通行证就不用依靠他，他最好做好最坏的打算，万事讲讲良心。弗兰克先生不仅让他考虑，而且还给他看了一份实实在在的合同，据此莱利以四百五十美元同意给我奴隶解放文书，其中三百五十美元现金支付，剩余以支票支付。现金我可以用马匹和积蓄立刻支付，因此我的梦想十拿九稳可以成为现实。

谈判事宜花了一段时间，直到 1892 年 3 月 9 日我才收到合法的奴隶解放文书。我准备立刻动身返回肯塔基州；3 月 10 日早晨，我正准备踏上行程，主人无比殷勤地与我搭话，与我交谈我的计划。他问我有了解放文书之后打算怎么办；如果路上被人盘查是否会拿出来给人看。我告诉他："会的。""你要是这么做就是个蠢货，"他回答道。"那些奴隶商人会一把抓过去撕个粉碎，接下来你就等着瞧，你会被送进监狱，变成劳改犯，要是你的朋友没帮忙你就是监狱的奴隶。别拿出来。有通行证就够了。把你的文书放到我寄给哥哥的信件里。没人敢私自拆封我的信，拆了就得进监狱，这样你就可以平平安安地把文书带到肯塔基州。"

就我的看法，这个提议善意十足，因此我心怀感激。意气风发的我丝毫没有怀疑。于是我允许他将解放文书混在信件包裹里，他在信封口戳了三个印章，收信人就是他在肯塔基州的哥哥。我小心翼翼地将信放在我的布包袱里。之后，我立刻出发徒步前往惠林镇，到了惠林镇改换水路，最后准时到达目的地。一路上关卡拦截不断；但是我坚称此次出行合理合法，因此亮出通行证之后都成功过关，通行证普遍使用，而且任何政府机关不得予以驳回。

我在路易斯维尔上船。下船的时候天色渐暗，我又步行五千米到达农场，此时夜已深沉。到了之后我立刻回到自家的木屋，与妻儿团聚。当然我们一家人尽情地寒暄了一通。不一会儿我就发现我不仅有话要讲也有事情要了解。信件早到了"大房子"——主人自己就这么说——早在我回来很久以前，信里都写了我的所有经历。孩子们已经兴冲冲地将这个好消息告诉我的妻子——说我布了道，赚了钱，自己赎了身。说着说着夏洛特就兴致勃勃地问我是怎么赚钱的。她一心认为我的钱是偷来的。在她看来，就算我会布道，她也没办法相信我可以以此获利。无名英雄到底没人知道他是英雄。我千方百计消除她的疑虑。"可是你到哪儿去赚钱来付清剩下的一千块呢？""哪来的一千块？""你用那一千块来赎身啊。"天啊，此话一出我惊得哑口无言。我立刻怀疑此中有诈。我翻来覆去地询问她关于她晓得的一切。说了好几次，她都说那就是主人信中所写的内容。主人阿莫斯说我已经支付了三百五十美元，还需要支付六百五十美元才可以获得解放文书。到这个时候我才明白他们对我要的诡计，才晓得莱利打的是什么如意算盘。除了阿莫斯谁都不知道我是自由之身，只有我同意支付六百五十美元才给我解放文书。此时此刻火冒三丈已不足以形容我对此种恶行的愤慨。

愤懑的同时，我感觉自己坠入了绝望的深渊。曾经美好的愿景化为泡影。我该怎么做才能为自己讨个公道？弗兰克先生是现在唯一知道真相的人，但他远在千里之外。我既不能自己写信给他，也无法叫其他人代写。我身边只有奴隶主才会写字。我不敢拿着我的奴隶解放文书求助地方长官，恐怕我还没来得及为自己讨个说法就会被抓起来卖到河下游。我感觉我现在孤立无援。我痛苦哀号："上帝啊！上帝啊！你为何要抛弃我？"尽管如此，可我明白，我的文书决不能就这样落到阿莫斯主人的手里。我对妻子说自离开路易斯维尔后，我就再也没有看见那些解放文书了。它们或许还在我的包里，或者已经丢了。要是她看到了，并且在我不知情的情况下把它们藏好了，这便是最佳解决方式。

　　第二天一早，号角刚刚吹响，我便出发去找阿莫斯主人。他当时坐在一处台阶上。当我走近，他认出我后，便用其一贯朴素的风格对我表达了热烈的欢迎。"西埃，是你吗？你回来了啊！你这个小兔崽子，见到你真好！你小子现在脱胎换骨了啊，现在是地地道道的黑人绅士了！"他边说边带着欣赏的笑意上下打量着我的穿着。"对了，小子，你主人现在如何了？艾萨克说你不想当奴隶了。想要人身自由。不错不错。我想你主人没少折磨你吧。真不知道他咋想的，六百五十美元在老肯塔基州可没那么好挣，估计他都没指望你能挣到那笔钱吧。小子，这可不是笔小数目啊，这可不是笔小数目啊。"在之后的交谈中，我发现我妻子说的没错。莱利根本就没打算放了我，在他眼里，六百五十美元对我来讲就像一百美元那样好挣吧。

　　阿莫斯主人问我有没有文书要给他。我告诉他，是有一份文书，但最后一次见它的时候还在路易斯维尔，现在既不在我包里，我也不知道它的下落。他让我沿路回去看看是不是掉在路上了。结果自然是没有找到。然而，他没把此事闹大，因为他企图把我留在他身边，为他效力。他认为这一切都是他弟弟为从我身上赚钱而搞的鬼。对于文书的丢失，他则说："小子，别难过了，有时候人人都会有倒霉的事。"

　　对一个因遭受了不可挽回的卑鄙骗局而悲痛欲绝的人来讲，这一切都过于顺利和让人欣喜了。我本以为此时应已以自由之身着手挣剩下的一百美元，从而为自己赎身。但我很快发现，我能做的只是重操旧业。喜怒形于色并没有多大用处，我竭力以平静的心态为主人干活，决心信仰上帝，决不绝望。

第九章　被带往南方，远离妻儿

（前往新奥尔良——密西西比河上学习导航——船长成了盲人——找到我的一些老伙伴——浅滩）

就这么大约过了一年。阿莫斯主人时不时拿六百五十美元的事儿奚落我，还说他的兄弟一直写信问我为什么没点儿音信。这两兄弟真是"棋逢对手"。阿莫斯先生无意成全艾萨克先生。我能继续为他干事，帮他看管牲口仆役，他乐得合不拢嘴。突然有一天主人告知我，他的儿子小阿莫斯，当时大约二十一岁，即将顺流而下前往新奥尔良，带上满船的农作物，说让我一同去。隔天就出发，我要负责伺候他，同时帮忙将货物卖个最好的价钱。

话说得够明白了。虽然没有特别交代，但我知道此行的目的是什么，我感到很沮丧，眼前的命运将我长久以来的希望全然毁灭。除了死亡没有第二选择；但是我觉得只要有生命就有希望，所以我不会绝望。然而，对生命的渴望却造就了某种几近绝望的苦痛，我实在无法描述自己准备登船时经历了怎样的悲惨。我自然没什么可准备的；但有一件东西，对我来说很重要。我让我的妻子将我的解放文书牢牢地绣在一块布上，然后将它缝成衣服穿在身上。我认为拿着它就有了自救的妙招，哪怕有任何一丝摆脱可怕的奴隶身份的可能性，我都不会放过。

我一直没有完全明白为何阿莫斯主人会作此安排。我想应该是他与远在马里兰州的兄弟频繁通信的结果。要么是双方争执不下最终达成共识将我卖掉以便瓜分利益，要么是阿莫斯主人担心我逃走，所以决心把我换成现钱，收入囊中，然而具体如何我至今不知。即便如此，也是司马昭之心，路人皆知；天知道这对我来说是多么沉重的打击。

妻儿送我上船时，我与他们依依惜别，这一去也许就是永别，登上船后，我发现船上有三个白人劳工，专程为这趟路雇的。此外就只有我和小阿莫斯先生。船上载有农场与附近庄园产的牛、猪、家禽、玉米、威士忌，以及其他产品，这些东西都要沿途销售，到哪儿都得卖最好的价钱。水路到新奥尔良是一条常用的航海贸易线，我并非自愿上船，所以我对这趟旅行毫无兴趣，不在意沿途的乐事，不在意途中的风暴，不在意触礁沉船，不在意任何外在形式的天灾人祸；然而内心却正经历着狂风暴雨，灵魂之船随时都会石沉大海，整个旅途中都逼迫着我。按照我叙述的习惯，对于这段旅途，我只想提一件事，引用救世主的话来说就是"谁要是打算操纵你，你就让他做你的奴仆"。

按规矩，我们必须轮流掌舵，有时船长会在边上指挥一下，有时船长睡觉休息了就只有我们自己负责。白天比晚上困难还少些，掌舵需要了解水域，懂得如何避开浅滩与障碍物，船上懂这些的只有船长一人。然而无论白昼黑夜，作为船上唯一的黑奴，分给我的至少有三项工作（白人对此乐此不疲）其他人只需要负责一项工作；因此，与船长时间待了了，加之常常只能靠自己努力，因此我掌握了掌舵行船的技巧，比其他人都好。我发现了遇到漂流的树干就需要急行，学会了如何将船搁浅，如何避开障碍物，如何避过轮船，在密西西比河的湍流中，最后我可以像船长般行船。没过多久船长患上了眼疾；双眼严重发炎肿胀。不久竟完全失明，不能负责行船工作。在太阳下暴晒很容易患上眼病，加之水面反光更加重了病情。我是最能替代船长一职的人，事实上从那时起一直到新奥尔良都是我在负责船上事务。

船长失明后，我们被迫晚上休息，因为剩下的人都不曾乘船顺流而下；晚上必须有人守夜，防止岸上的黑人搞破坏，他们常常攻击我们这样的船只，抢夺船上的物品。

中途我们停在维克斯堡，小阿莫斯先生允许我前去拜访离城镇几英里的一个种植园，那里正住着我从肯塔基州带来的几位老朋友。这是我一生中最悲哀的访友经历。四年来，他们生活在有害健康的气候中，受到奴隶主的迫害，干着二十年代的日常重活。饥饿与疾病在他们的双颊刻下深深的印记，身体受到各种寄生虫的侵扰。他们所描述的日常生活细节带来的痛苦与地狱无异。半裸着身子在瘴气沼泽中辛苦劳作，在灼热的炎炎烈日之下，受着群蝇与黑蚊的毒害，他们将死作为唯一的解脱。看到我出现在那儿，想到等候我的命运，有几个简直都要哭出来了。我曾经最害怕的就是被卖到南方，如今的处境远比想象的更糟糕。那日我满怀伤感离开，然而那群可怜人的遭遇时至今日仍然是我的梦魇。

第十章　可怕的诱惑

（渴望死亡——心生杀念——举起斧头——良心发现而自我救赎——赞美上帝）

此时此刻所遭遇的种种似乎都在滋养我心中的苦闷。我认识的人没几个欣赏过密西西比沿河两岸的风景。换作心情愉悦且满怀希望的人,这趟航行或许称得上妙趣横生。换作贪得无厌的商人,这可能就是一条金灿灿的河流,满是财富。然而在我眼中除了悲哀绝望的前路一无所有。苦不堪言的奴隶、死水的味道、沿途漂浮着的快腐烂的牛马尸体(上面落满了美洲鸳和成群的绿蝇)——这些影像如今依然压在心头。我对上帝的信仰完全崩塌。我不再祈祷没有信念。上帝抛弃了我,永久地抛弃了我。我不盼望他的帮助。我只见到肮脏的瘴气中黑人同胞骨瘦如柴的身体;透过他们我发现劳苦大众有位朋友如影随形——那就是死亡,而且死亡是万无一失的,是快如闪电的,更是成人之美的! 是的;死亡和坟墓!"在那里恶人无法为恶,疲倦者得享安息。在那里往生者关在同一间宿舍休息,在那里听不到压迫者的声音。"这样的日子还得过上两年,那会逼死我的! 想到此处我心如死灰! 两年! 两年之后我就会自由。自由啊! 尽管没有如期而来,但我曾多么真切地盼望呀!

　　守夜的时候我在甲板上来回地踱步,脑海中反复浮现的许多苦痛煎熬着我。我一直为艾萨克·莱利和阿莫斯·莱利做事,他们也曾给予了我尊重,然而我卖命多年却落得如此下场,这就是他们对我的请求完全不尊重的证据,因为他们极其自私自利,他们准备随时随地牺牲我,为了他们尚未到手的利益,将我的鲜血变为胆汁,将我这个活泼温良的人变成孤僻凶残的奴隶。我绝不像待宰的羔羊;我感觉自己一天天地变得更加凶残;当我们快要到达罪恶的终点时,我变得越来越焦虑,心中有一种难以控制的愤怒。我告诉自己,"如果这就是我的命运,那么我的死期将近。比起刚见过的可怜的奴隶朋友们,我没有那么年轻力壮。要是我被卖到那种环境,我势必活不了多久。我的主人和买家,本应是我的知心朋友,却将我置于短命凄凉的境地。为什么我有能力却不制止这个错误？我可以让他们或者他们的手下短命,以此终结这万恶的不平。我可以轻而易举就解决他们。他们不会怀疑我,此刻他们在我的控制下,在我的能力所及之处。我有很多方法可以解决他们,然后逃脱;我觉得我应该好好利用这千载难逢的机会。"这些念头在我的脑海中翻来覆去。它们在我的心中逐渐成形,一次次浮现之后变得越发清晰坚定;最终我下定决心将这恶魔般的阴影变成真正的现实。

我决心杀死四个同伴,拿走船上的钱财,然后将船弄沉,逃往北方。这是一个糟糕的计划,或许,很有可能会失败;就像寻常的凶杀计划一样,这也是一个值得深思熟虑的计划;热血蒙蔽了双眼,疯狂麻痹了心智,我看不到任何困难。一个晚上,下着雨,还有几日就到新奥尔良,我的时机似乎已经来了。我独自一人在甲板上;主人小阿莫斯和手下都睡着了,我轻轻地爬下来,握住斧头,走进了小木屋,借着昏黄的灯光寻找我的目标,我瞧见了主人小阿莫斯,他离我最近;我用手搓着斧柄;正当我举起斧子准备狠命地砸下去时——突然脑海里闪过一个念头,"等等! 凶手! 你还是个基督徒吗?"此前我不视其为谋杀。那是自我防卫——是防止别人杀我——是正当的,甚至是值得称赞的。但是现在,就差那么一点,杀人的罪行就会实打实地发生在我的身上。我打算杀掉一个从未加害过我的年轻人,他只是服从他无法拒绝的命令;在自我修行的路上我所有的付出即将毁于一旦。我养成的习性以及从未停止的心灵平和。突然之间我想到一切,我仿佛听到有个声音清晰地在我的耳边轻声低语;我甚至转过头去倾听。我收了手,放下斧子,感谢上帝,就像以往每天都做的那样,感谢上帝我没有犯杀人罪。

　　我仍然感到焦虑，但是又有所不同了。我曾经乐此不疲的计划，如今让我感到羞愧和懊悔，担心同伴会从我的脸上察觉出来，担心自己说漏了嘴将自己罪恶的想法暴露出来。我整宿待在甲板上，没有叫醒任何人来换班；我痛定思痛，让自己听从上帝的意愿，满怀感恩，尽我所能，心怀谦恭，面对所有事情，无论上帝会如何安排我的命运。我想如果我的生命所剩无几，那么我的苦难也会随之减少；比起活着却时不时回想自己曾经想要毁灭一个可贵的生命而产生负罪感，往后即便获得自由和幸福心中虽有欢意却要背负沉重的秘密，就这样带着基督徒的信仰和良知坦然地死去或许是更好的选择。

　　我早已重获内心的平静；但我相信，除了亲耳听我说起此事的人，旁人难以理解那一念之间曾让我欣喜若狂。

第十一章　幸运的解放

　　（被出售——买家检查——恳求年轻的主人却徒劳无功——天无绝人之路——以德报怨——返回北方——身价上涨——决心不再为奴）

　　这一生命中的危机过去几天后，我们来到了新奥尔良。我们所剩无几的货物很快卖出去了，手下也打发走了，除了我还没处理什么也没有剩，打发掉平底船后，主人小阿莫斯将搭乘轮船回家。他丝毫没有掩藏处理我的意图。主人小阿莫斯告诉我这些都是他的任务，他此行就是为了完成任务。几个种植园主来到船上，看着我完成一些轻便的差事，他们可能是要看我能跑多快，他们像相马一样相我；而且，毫无疑问，由于我的多才多艺，他们进行讨价还价，我作为家畜的价值可能会上涨。心地善良的主人小阿莫斯告诉我，他准备给我找个好主人，雇用我当车夫，或作为奴仆；但随着时间的流逝我看清他并没有特别出力。

在休息的时候我想尽一切办法让他心软。我声泪俱下地恳求他不要将我卖得远远的，不要让我妻离子散。我将过去为他父亲做的事情翻来覆去仔仔细细地讲给他听，同他讲我曾私下里为他做过无数的事情。还向他描述在维克斯堡附近见过的黑奴的悲惨境地。有时候他也会感动地流下泪来告诉我他对此感到遗憾。但是我看出他的目的没有变。他现在尽量不理睬我，避免与我交谈。他明显良心上过不去，他知道自己正在做一件残酷恶毒的事情，因此对此避而不谈。我艰难地与他周旋，因为我正在为了自己的生活据理力争。我跪下来，抱着他的双腿祈求他。有时抱得太紧，他会骂我打我。愿上帝原谅他。然而，这不是他的错。奴隶主与奴隶的关系迫使他如此。我是财产，不是一个人，不是一个父亲，一个丈夫。法律上而言是财产和利益，没有人性与仁爱可言，只能被支配。

一切都已尘埃落定，除了微不足道的我尚未解决。第二天我就要被卖掉，主人小阿莫斯准备动身回程，乘坐当天下午六点的轮船返程。我晚上睡不着；虽是夏至时节，然而长夜漫漫似乎没有尽头。一路上缓缓行来，时序至此，此时正是酷热难当的六月；新奥尔良六月的气候想必大家都了解。

然而事情突现转机，定是上帝庇佑，一夕之间改变了一个生命的流向；一个微乎其微的变数便让人坚信天无绝人之路。天亮前主人小阿莫斯唤我去跟我说他生病了，我绝想不到自己的未来会和寥寥数语紧密相连。他病来如山倒，早上八点钟的时候就起不来床了。此时形势发生了大逆转。我不再是财产，不再是买来买去的家禽畜生，而是他人生地不熟时唯一的朋友。哦，如今连说话的语气也是不同往日！他如今是有求于我。一个可怜的、恐惧的人儿，害怕死亡，忧心病痛，我命运的仲裁者就躺在那儿。他是如何请求我的原谅的。"待在我的身边，西埃！待在我的身边，西埃！不要离开我，不要离开我。对不起我曾打算要卖掉你。"有时他会说以前只是开玩笑，从不打算与我分开。是的，情势完全逆转了。他恳求我安排事务，卖掉我们曾经搭乘的平底船，带上他与他的行李箱，里面装着本次行程的收获，尽快登上轮船。我满足他所有的要求，当日十二点他住进了船上专为生病乘客准备的房间。

哦，谢天谢地。当轮船驶离码头奔向密西西比河的惊涛骇浪时，我在心中放声高歌赞美上帝。远离这片满目疮痍，死气沉沉的土地。这次如果我无法向自由进军，也许上帝不会再给我机会！

开船几个小时后，我的小主人终于有了起色。他的气色看起来好了许多；事情的确如此。尽管他高烧烧得厉害，差点要了他的命，但是这病来得快去得也快。我像母亲一样守着他，护着他；看到一个人生命垂危就连他往日的种种不是也会忘记的。我不论干什么他的双眼都满含请求地看着我。他好像全身都没有了力气既不能说话也动不了分毫，只能通过微微动动嘴唇来表达他的想法，要喝粥，要润润喉咙。我细致入微且坚持不懈地照顾他。除此之外没有其他法子可以救他的命。好几次他都命悬一线。因为这个季节水流很慢，尤其是在俄亥俄河，所以回程花了 21 天，当我们到达码头时他仍然不能开口说话，只能用被单搭的担架抬着才能移动。下船找人抬他不费事儿，我们走了五英里路就到家了；我让庄上的几个奴隶轮番抬他。到家时，他们见我回来都很惊讶，搞不清楚这么一帮人带回来什么，简直惊讶困惑到了极点；但是不久就真相大白了；小主人的父母兄弟姐妹见了之后悲伤不已。他们对着可怜的小阿莫斯放声大哭，久久不止；一家人聚在一起，对我照顾小阿莫斯以及看管钱财表示了巨大的称赞。

尽管我们 7 月 10 日就到了家，但是直到八月中旬主人小阿莫斯才恢复健康，可以下床。出于义气，他向我表达了诚挚的感激。他康复后有力气说的第一句话就是在赞美我的行为。"如果我卖掉他，我也活不了。"然而这件事似乎没有在主人的其他家人心中留下永久的印象。我还是干着原来的工作。我的功劳，无论是哪一项都没让他们对我产生同情和感情，倒是在他们眼里似乎涨了我的卖价。我明白我之于主人只有利益可言。对他我没有什么期待，因此我想着依靠自己。

没过多久我确信他们又打算卖掉我。上帝似乎介入其中，击破了阴谋，但是我不幻想每次都会有这样的情况出现；我必须竭尽全力将我自己和家人从艾萨克·莱利与阿莫斯·莱利的阴谋诡计中解救出来，挽救命运，同时保护自己的合法权利，保护我自己所拥有的一切，即便是顶着残酷的奴隶法制，即便是需要花掉我的积蓄。如果艾萨克只是忠诚于他的买卖，那么我也只忠诚于我自己的，支付他我答应的价钱。然而他再一次欺骗了我，将买我的钱的四分之三占为己有，于是我想自己没必要再付他钱或者继续忍受他的阴谋诡计。

第十二章 逃离束缚

（孤独的沉思——准备逃跑——与主人长夜话别——黑夜渡
河——印第安纳州夜行——濒临饿死——一个好心的女人——新
式饮水杯——到达辛辛那提）

我在俄亥俄州待了几天,日子过得相当舒心且有奔头,前往布
道的途中,听说了许多奴隶逃亡的故事,还认识了许多热衷于帮助
奴隶逃跑的好心人。加拿大据说是唯一确定的避难所,那片幸福
的大地如今是我衷心渴望的梦乡。虽然我与梦想之间是无限的艰
难险阻;前路之艰巨足以吓退最坚强的灵魂;但是后路更加水深火
热实在不能让我停下思考的脚步。我知道明亮的北极星——上天
保佑,高悬北极星。一如圣诞星,昭示着我解放的地方。假使我穿
越森林、小溪、田野追随它,它将引领我的脚步踏上希望的大道。
我想那就是上帝用北极星的光辉指引我来到这遥远的希望之地。
我知道它已经带领成千上万的被追逐的兄弟同胞们获得自由与幸
福。我感觉胸中力量充沛足以对付饥饿与危险;如果我是个自由
自在的人,不晓得为人父为人夫的牵绊,只考虑我自己的安危,我
可能会觉得摊在我面前的所有预见的困难都微不足道。但是,天
啊! 我有妻子和四个孩子;我要怎么养活他们? 抛弃他们我做不
到;不! 即便是为了自由的幸福我也不可以抛弃他们。他们也必
须去。他们也必须和我分享自由的生活。

这个问题没有纠结多久我就设计了一个逃跑计划。但是最后
我进一步改善了这个计划。我将计划烂熟于心,将自己的意图和

妻子说了。她吃惊得不得了。女人的本能促使她依恋熟悉的家庭温暖。她不了解外面的世界，她能想到的外界满是未知的恐惧。我们也许会葬身荒野，会被警犬追捕抓获，会被带回去鞭打致死。她哭着祈求我待在家里，这样就心满意足了。我无法向她解释我们所依赖的会随时随地被撕得粉碎；不久前我才见证过奴隶制的恐惧；我们应该在自由的土地上一起享受幸福，远离任何接踵而至的伤害。她不曾经历我所受的苦痛，也不曾像我那样渴望离开。她就是一个无知的可怜女奴。

我无数次与她争论这个问题，直到我确信单单是争吵无法说服她。然后我故意告诉她，尽管与她分别对我来说是件残酷的磨炼，然而我会如此做，会带走所有的孩子，只留下最小的孩子。我势必不会留在这里，逼不得已就算离开她，也不愿意在早前见过的地狱里苟延残喘。她又一次哭泣着恳求我，但是我不为所动。整晚她怂恿我发发慈悲，然而没有用，早晨我离开她，外出劳作了一天。没走多远，我听到她呼唤我的声音，等着我走近，她说，她愿意和我一起去。谢天谢地松了口气！比起她悲伤的泪水，我喜悦的泪水来得更快。

我当时住的房子离码头很近。种植园从农庄一直延伸到河边，距离大约五千米。园里有几个不错的农场，都是我在管理，因此我每天骑着马穿梭于农场之间。我的大儿子在庄上服侍阿莫斯先生；其他孩子在家里由妻子照看。

我心中最棘手的问题就是我的两个小儿子。他们一个三岁，一个两岁，当然得有人带着。两个都很壮实，是逃跑路上不小的负担，我的妻子曾声称我走不了五里路就会放弃。早前的某天，我曾吩咐她给我用两块布做个大的背包，大得能把两个孩子装进去，绑上坚实的绷带背在肩上。这个问题解决了，我整晚整晚地背着他们练习，不仅可以锻炼自己的体力，还可以让他们习惯待在里面。周四早上我和妻子商定，决定下周六晚上出发。刚好周日休息；周一与周二我已经跑到离庄园很远的农场了；等他们发现我不见了都是好几天以后的事情了，到时候我们应该已经逃之夭夭了。

最终至关重要的行动前夕到了。一切准备就绪，唯一要做的就是说服主人同意小汤姆回家探望母亲。日落时分我前往华丽的庄园报告工作，谈了一会儿之后，像往常一般准备起身回家；突然，想到我忽略了什么事情，我不经意地转身，说道："哦，主人阿莫斯，我差点忘了。汤姆的妈妈想知道您是否可以让他回家几天；她想帮他补补衣服，打理一下。""好的，孩子，好的；他可以去。""谢谢您，主人阿莫斯；晚安，晚安。上帝保佑您。"我万分强调我的辞别。我无法抑制内心的窃笑想到——那个晚安会多久！海岸边冷冷清清，万籁俱寂，当我步履艰难地走上回家路，我满眼深情地打量着沿途熟悉的事物。说来奇怪，欢乐与悲伤交织在心头；当然一个人在某个地方住久了，难免会对他所辛勤劳作过的土地产生感情。

正值中秋，晚上九点钟，我们准备出发。漆黑的夜晚，星光惨淡，当我们踏上轻舟，我说服几个奴隶同胞帮我渡河。此时此刻焦虑不安。我们枯坐着。河中间，好心的同胞对我说，"要是被发现我就完了；但是你也没法子活着回来，西埃，是吗？""没有如果。"我回答；我想到我的手枪和刀具，那是我曾经从一个可怜的白人那里买来的。"如果他们人多的话，你会被抓住的，你不会供出我吧！""即使我被打成马蜂窝也不会。""那就好，"他说，"上帝保佑你。"上帝会保佑他。不久他也会追随我的步伐；在自由的土地上我们不止一次谈到那天夜晚在船上的对话。

终于我们登上了印第安纳州的海滩。道一声真挚的、感激的珍重，除了身处危难的同伴谁解其中味，我听见他在小艇的桨橹声中回家去。我站在黑夜中，我的至亲在身边，而未知的明天就在眼前。但是没有时间缅怀过去。天亮之前就要动身，我们必须离得越远越好，安安全全地藏进森林里。我们没有可以寻求帮助的朋友，因为这个国家的大部分人当时都对逃亡者怀着深深的敌意。如果被发现，我们将被抓起来关进监狱。上帝是我们唯一的希望。借着夜色，趁着妻儿体力尚存，我们坚定而沉稳地前行着，一路上我都向上帝祷告。事实上，我强迫自己斥责妻子；因为她像是风中颤抖的叶子，直到此时都恳求我回去。

整整两个星期我们稳步向前，夜里沿途赶路，听到汽车声或马蹄声便随时藏起来，而白天藏身在森林里。我们的食物迅速耗尽。到达辛辛那提前他们全都精疲力竭了，孩子们整夜整夜地哭着喊饿，我可怜的妻子不停地责备我将他们带到如此窘境。听妻儿哭喊是件痛苦的事情，上帝知道我需要多大的勇气。我的手脚疲惫不堪，背部与肩膀被负重磨破了皮。心中对侦查者的恐惧逼迫着我，使得我从睡梦中惊醒，心脏快速地撞击着肋骨，担心身后有猎狗与掠奴者。如果我是孤身一人我可以忍受饥饿，甚至可以忍受筋疲力尽，而不是冒险进入民居讨口吃的。但是事与愿违；我必须要冒着被发现的危险，天没黑就上路。

往前走只有走大路。因此，我离开我们藏身的地方，沿着大路向南走，然而心中满是恐惧，担心走错了地方会被发现。不一会儿我看到一所房子。一条恶狗向我冲来，狗主人跟出来喝住狗，我问他是否愿意卖点面包和肉给我。那个人面无表情。"他没答应，他没有什么给黑人的。"于是我又去了下一家，一开始，我依然毫无收获。房子的主人待我也是不冷不热的；但是他的妻子听到我们的对话，对她丈夫说，"你怎么能这么对人？如果狗饿了我都会给他吃的。"她又说，"我们也有孩子，天晓得他们以后也会有求人的时候。"男人笑着对她说，她可以照顾黑人，但他不会。她请我进屋去，拿了满满一盘子鹿肉和面包给我，我把食物用手帕包起来的时候，她又多给了我些鹿肉。当她对我说"上帝保佑你"的时候，我泪流满面。我连忙赶着将美好的食物带给我的妻儿。

由于鹿肉太咸，孩子们吃了之后就觉得口干舌燥。于是我悄悄离开，披荆斩棘找水去。我发现一条小溪，饱饱喝了一顿。然后试着用帽子带水回去；但是，天啊！水漏了。最后，我脱下一双鞋，幸好鞋子没有漏洞，将鞋子冲洗干净，装满水，将水带给我的家人。他们欢天喜地地喝着水。往后的日子里，我端坐在美国、加拿大和英国的华丽餐桌前享用美食；却再也没见到任何人比我那挨饿的可怜孩子更加期盼食物，更加珍惜父亲鞋子里汲出的水。那天晚上我们走了很长一段路，两天后我们到达辛辛那提。

第十三章　前往加拿大

（乐善好施的人们——孤身荒野——遇见印第安人——到桑达斯基——另一个朋友——所有人都登船——水牛——一个"自由的黑奴"——到达加拿大的狂喜）

到了辛辛那提，我感觉就像到家了。在进入城镇之前我将妻子和孩子藏在树林里，然后独自一人去寻找我的朋友们。他们热情地欢迎我，黄昏刚过就把我的妻儿带过来，我们受到热情款待，欢呼雀跃，精神焕发。整整两周的荒野奔波，筋疲力尽、焦虑不安、寒风苦雨，如今可以再次休养生息实在是无比甜蜜的享受。

生活在这片自由的土地上之后，我也曾听到人对那些富有献身精神的人恶言相向，因为他们团结起来帮助上帝保佑的受迫害者逃亡并且为他们赎身；这些同情难民的人们虽面对憎恨、罚款甚至牢狱之灾也心甘情愿。如果真的有悲悯仁慈的上帝，那么他一定会重赏他们。在临终接受上帝审判的时候，人世间成群结队的被驱逐的人们以及被抛弃的人们应该会围绕在他们身边，欢欣鼓舞地为他们作证，"我们饥饿时是你们给我们食物，我们干渴时是你们给我们饮水，我们衣不蔽体时是你们给我们衣物，我们生病时是你们探访我们。"认可证词并对他们发出邀请的上帝宣判道："因为你对我最苦难的兄弟姐妹们所做的一切，以及你对我的付出，圣父祝福的人们来吧！"他们禁得住上帝的审判。他们的光辉事迹还应该广而告之。同时愿"世间不生不灭的神之祥和"永驻他们心中。

"去吧，照着做吧，"——我们的命运如今已谋划妥当。他们精心为我们提供休息之所，直到我们恢复力气，然后用马车送了我们三十里路。

我们依旧沿着既定的路线前进——夜晚行进白天休息——一路到达赛欧托县，当地人告诉我们到了赫尔将军的军事要道，他正在此处与大英帝国做最后的交锋，我们或许白天赶路也安全了。穿过高大的美国梧桐和榆树，我们踏上了这条路，一大早精神饱满地上了路。没人告诉我们这条路中间横亘着一片荒野，因此我没有准备食物补给，心里想着我们应该很快就可以看到村落，到那儿应该就有补给了。但是我们整整走了一天也没见一个人影，夜晚躺下休息，饥肠辘辘，精疲力竭。狼群在我们附近嚎叫，尽管紧紧蜷缩身体但是狼嚎仍然吓坏了我那可怜的妻儿。清晨醒来身边一无所有，除了一小块小得不能再小的干牛肉，根本不能填饱肚子，然而更折磨人的是缺水干渴。我们将牛肉干吃得差不多了，然后在荒野中又走了一天。那一天对我们来说痛苦不堪。道路崎岖，灌木草丛挂烂了我们的衣服，我们筋疲力尽；风吹倒的树木阻断了道路；我们都饿昏了；前路茫茫。我们几乎一言不发，只是艰难地挣扎着向前；我背上背着两个孩子，妻子帮着另外两个孩子翻过倒在地上的树干推着他们穿过荆棘丛。当时我正沉重缓慢地走在妻子和儿子们的前面时，突然听见他们喊我，我转身看见妻子躺在地上。"妈妈要死了。"汤姆哭着说。当我走近查看的时候妻子似乎真的快不行了。体力极度衰竭的她僵直地躺在地上。一时间我心烦意乱，担心妻子离我而去。她好几分钟都没有生命迹象；但是过了一会儿她睁开眼，最后转醒过来吃了几口牛肉，才恢复体力。这是我第一次近乎自暴自弃而陷入绝望中。荒野里饥饿死神就在面前凝视着我和家人。但是又一次，"天无绝人之路"。

　　没走多远，估计是下午三点，我们看见不远处有几个人向我们走来。我们立刻警惕起来，因为我们不认为来人会对我们友好。近前几步之后发现他们是印第安人，肩膀上扛着包裹；他们离我们很近，如果他们对我们怀有敌意，我们想逃都逃不掉。因此我壮着胆子走上去，一直走到他们跟前。他们扛着东西弯着腰，然后才抬起头来看我们；见我走近，他们惊恐地看了我们一会儿，然后发出奇怪的嚎叫，转身飞快地跑走了。他们有三四个人，我想不出来他们在害怕什么，除非他们认为我是魔鬼，可能他们以前听说关于黑人的恐怖故事。但是，即便如此，有人也许会想到，见到我的妻儿或许会让他们安下心来。但是，事实上他们吓得不轻，他们一路疯狂地狂奔，一口气跑出一英里地，尖叫声都没停过。我的妻子也受到了惊吓，认为他们只是跑回去叫人来，然后回来杀了我们；她想往回跑。我告诉她，他们三四个人杀我们绰绰有余，要是他们想，根本不用帮手；即便是往回走，回去的路也太远了，两帮人都跑不见了这很奇怪。要是他们跑掉了，我们就跟上去。我们的确跟了上去，然而没多久叫声停止了。我们往前走，发现印第安人躲在树后偷看我们，如果他们发现我们在看他们就会把目光藏起来。不久我们到了他们的棚屋，见到一个端正英俊的印第安人，环抱双手，等着我们走近。显然他是这里的首领；他礼貌地欢迎我们，立马发现我们是活生生的人，就让他的年轻手下将散布在附近的人叫过来，不要再愚蠢地害怕下去。此时所有人都感到好奇。每个人都想摸摸我的孩子们，孩子很害羞就像是在森林里的鹧鸪般；孩子们躲来躲去，发生惊恐的叫声，印第安人也吓得跳起来，好像孩子们会咬人似的。然而，一会之后他们就明白我们是什么人，我们要去哪里，我们需要什么；尽管他们没法满足我们的需求，但是还是慷慨地款待了我们，给我们一个舒适的棚屋以便我们夜里休息。第二天我们再次出发，从印第安人那里确定我们离湖泊只有二十五英里。他们派了三个年轻人送我们启程，然后极尽友好地与我们告别。

我们走出俄亥俄州到达湖泊附近，那里有一片广袤的平原，我们来到小溪边，准备跨过小溪。我手里握着一根坚实的棍子，第一个蹚过小溪，然后将两个小儿子背过去，接着分别将大的两个孩子背过去，最后是我的妻子，我成功将他们安全渡过河。这次我整个后背都磨破了，伤口几乎有背包那么大一块。

　　又在荒野过了一夜，次日整整一个上午我们都走在位于桑达斯基市的西南面的平原上，辽阔的平原上没有一棵树。房屋村舍看起来朴素简单。我将妻儿藏在离湖泊约一英里的灌木丛中，然后继续前行。左面的一间房屋吸引了我，房屋和一艘小型近海航船之间一群人正来来回回忙活着。我立马决定向他们走去，还没来得及近前说话，船长就叫了起来，"你好，伙计！你想要工作吗？""是的，先生！"他叫道。"过来，过来；我给你一先令一小时。得趁着风动身。"我走近后，他说，"哦，你不能工作，你是跛子。""不能吗？"我说；我立马扛起一袋玉米，跟着工人们将玉米运进船舱。我走在工人队列里，跟着一个混血伙计，很快就和他聊起来。"到加拿大还要多久？"他奇怪地看着我，我马上明白他知道了一切。"想去加拿大？那就跟着我们。我们的船长人不错。我们要去水牛城。""水牛城；那里离加拿大多远？""这你都不知道，伙计？就隔着一条河。"此时我向他敞开心扉，告诉他我还有妻儿。"我会和船长说的，"他说道。他的确跟船长说了。没多久船长把我叫到一旁，说，"医生说你想带着家人去水牛城。""是的，先生。""你们在哪里歇脚？""离这一英里的地方。""到这要多久？""很快，"我犹豫了一会儿答道。"嗨，我的好伙计。告诉我事情的原委。你们是在逃跑，是吗？"我将他视为朋友，向他敞开心扉。"你们要多久做准备？""到这半个小时，先生。""那好，去吧，把他们带来。"我动身离开；但是没跑出去五十英尺，他就叫我回来。"停下，"他说，"你得带上粮食上路。我们出发的时候，我会在对面的小岛搁浅，留下一条小船。下面的城镇有很多正规的黑奴捕手，要是你白天将你的家人带出灌木丛他们会起疑的。"我继续努力工作。没多久两三百蒲式耳的玉米就搬上了船，将船舱盖紧，拔起船锚，扬起船帆。

我好奇地打量着驶离海岸的轮船。赶在劲风之前船就出发了。船只似乎远离了船长允诺我要搁浅的地方，还在继续前行。我的内心感到沮丧；眼见就要解放了，希望却又破灭，再一次自毁前程。我感觉他们戏耍了我。太阳落下，紫金色的西方消失在灰暗中。然而，突然，心力交瘁的我注视着轮船在风中调转船头，船帆摆动着，船儿静止不动。又过了一会儿，一只小船从船尾降了下去，向我伫立的地方缓缓荡来。我感到解放的时刻来临了。船儿继续荡着，十分钟之后稳稳当当地停在了沙滩上。

我的黑人朋友和两个水手跳下了船，我们再次出发去找我的妻儿。让我惊讶的是，他们已经不在我让他们藏身的地方了。恐惧俘获了我，我认为他们被发现带走了。刻不容缓，朋友们告诉我，我最好独自动身。然而就在绝望的时候，我发现了我的一个孩子。事情是，我的妻子因为我的长久离开吓了一跳，弄得六神无主，认为我落入了敌人手中。当她听到我的声音中夹杂着其他人的声音，以为将我抓住的人正领着我回来好抓我的家人，极端恐惧之下她试图将自己藏起来。我费尽周折安慰她。长时间的躲藏和焦虑使得她不相信任何人；她的激动久久难以平复以至于听不进我的解释，依然沉溺在悲痛恐惧的情绪中。然而，这很快就结束了，我善良的同伴极大地促成了事情的完成。

此时我们出发去搭船。我们没时间将行李搬上船——至少无物一身轻。同伴背上他们的背包，稳稳当当地朝着桅杆上的灯光前进。我的灵魂感谢上帝。三个人真诚地欢迎我们登上帆船，我到死都不会忘记船长的欢呼声——他是一个苏格兰人——"快上甲板，扇动翅膀，昂首阔步像只大公鸡，你们真真正正是自由的黑人了。"帆船启程,风吹动船帆,风平浪静——河水翻滚着唏嘘着拂过帆船。人与自然,无与伦比,我感到人与自然的神祇将爱拂进心里,而微风就是他的信使。那晚,有好几次我心中的喜悦化作了欢乐的泪水。如此转折使我力不从心,我像一个孩子一样痛哭流涕。

　　次日夜晚我们到达水牛城,但是时候太晚难以趁夜渡河。次日清晨慈悲热心的船长指着远处某点说道:"你看那些树","它们生长在自由的土壤中,一旦你踏上这片土地你也是一个自由的人。我想看着你踏上这片土地成为自由的人。我自己很穷,没什么可以给你;我只有靠开船赚钱;但是我会看着你过河。过来,格林。"他对渡船夫说;"要你带着这个人和他的家人过河你要多少钱——他可没钱!""三先令。"然后船长从自己兜里拿出一美元给我。我永远也不会忘记他话语中的精神。他将手放到我的头上说,"做个好人,好吗?"我感觉脉脉温情如同电流一样流遍我的全身。"好的。"我说,"我会不负我的自由;我会将灵魂赋予上帝。"我们离开去到对岸的时候他挥着帽子站在那里。上帝保佑他。上帝永远保佑他。阿门!

　　1830 年 10 月 28 日清晨,我们的双脚初次踏上加拿大的海岸。我躺在地上,在沙滩上打滚,双手抓着黄沙亲吻双手,甚至原地跳舞,当时在场的人们看我就是一个疯子。"他是个疯子,"一位恰巧在场的中校如是说。"哦,不,先生! 你知道吗? 我自由了!"他突然放声大笑。"好吧,我从不知道自由会让一个人那样在沙地里打滚。"我仍然不能控制自己。我拥吻我的妻儿,直到将这从未有过的满天喜悦彻底发泄出来,才继续前行。

第十四章　新景象与新家

（在陌生的土地的可怜人——开始获得财产——重新开始布道——儿子们去上学——渴望学习读书——在树林里祈祷）

虽然嬉戏打闹，但是特殊时刻，我们没有太多的时间可以浪费。我是一个异乡客，必须得在附近找找，看有没有吃的和住的。我找了个地方过夜；第二天早上出发到城里讨生活。我对这个国家和这里的人们一无所知；但我认真听，仔细看，四处打听寻求机会。这天，我听说住在六七英里远的希巴德先生，是一个富有的人，名下的财产有一座大型农场，农场有几间房屋，他习惯将这些房屋租给他的工人。虽然他的邻居说他的性格不太好，但我立刻去找他。我想他不可能比我以往的奴隶主更糟糕，要是我勤勤恳恳地为他工作，他一定会满意我，相处起来也不难。下午我找到他，很快就和他达成协议，答应在他那里工作。我问他是否有房子让我居住。他说有，然后将我带到一间两层楼的旧棚屋，下面一层已经被猪弄坏了，显然一段时间以来这里是猪圈。好歹有间房子，我立即将猪赶了出去，然后准备将房子打扫一通，以便入住。借了锄头、铲子、热水和抹布，响午时分一楼差不多就打扫好了，之后我就休息了。第二天我将我的家人们带到我的房子，尽管家徒四壁，但是我们一家人都很快乐，妻子笑着称赞不错，这比搭在地上的木房子要好很多。我求希巴德先生给我们一些稻草，将木头围在屋角，用稻草铺成三尺厚的床，劳累了许久之后我们就舒舒服服地躺在上面休息。

　　然而，我并没有料想到还有另外一个考验在等着我。由于逃亡过程过于艰难，我的妻儿都生病了；情况危急到了极点，他们可能因此丧命。

　　不久之后，我的老板就发现，我比他以往雇用的工人都有价值；最终我获得了希巴德先生的好感，他的妻子也很喜欢我的妻子，于是我们过上了舒适的生活，吃喝用度都不缺了。我在希巴德先生的农场工作了三年，有时是分摊盈亏，有时是薪酬制；那段时间我成功获得了几头猪、一头奶牛和一匹马。因此境况日渐好转，我觉得我为自由所付出的艰辛与牺牲都没有白费。为了自己和他人所做的努力没有白费，为了比衣食更重要的东西所做的付出也没有白费。碰巧的是我在马里兰州的一个朋友到了附近，听说我也在这里，询问我是否还在布道，将我在其他地方的讲道台上获得的好名声在这里散布出去。我对此只字未提，没打算将我过去布道的事情说出去。一有机会，我就去见其他朋友，没有集会的时候我就去享受安息日的宁静。然而，我并不拒绝在这片田地劳作；我希望夸耀此事，我时常回忆起自己布道的经历，我不仅给黑人布道，还给街坊邻里各个阶层的人——受过教育的人，也有可怜的未受教育的人——为他们讲解责任、义务以及生死问题，为他们讲解他们对造物主，救世主以及自身的职责。

　　也许，我想在多数人眼里看来，我这样无知的人，不会读书识字，先天之理不同，后天之教不解，却给那些比我有福气的人们布道，实在是怪事一桩。我只能借用救世主将天国比喻为一棵树来解释此事，树由芥子大小的种子发芽而来，然后苗壮成长，大到空中鸟儿都要在树上筑巢。宗教与其说是知识不如说是智慧；而观察世间百态，反思起心动念，如此精进所得尤胜于死守信条教义，尤胜于盲目崇拜追随耶稣,尤胜于叩拜呼喊他,"耶和华,耶和华,"
却不按照耶稣的话语行事。

心地善良的希巴德先生为我的大儿子汤姆提供两学期的学习机
会,而善良的校长又延长了他学习的时间,因此我的儿子学会了
流利而高效地阅读。这不仅对他,对我也是很好的机会;因此我常
常让他为我读《圣经》,尤其是在周日上午我布道时;听他通读《圣
经》,我能够轻而易举地记住一些诗篇和章节。

因为我自己不识字,没法引导他阅读,所以我常问他:"读到哪
里了? 我的儿子。"他打开《赞美诗》第三篇。"称颂耶和华,我的心
哪;心中所有,保佑他的圣名。"第一次听他读这段,我被文中对神
的感激之情的真情流露打动,感觉心都化了。我思绪纷飞,回忆生
命的河流;我记得上帝让我经历的危险和苦难,并将我的现状与以
往相比较,不仅我的内心波涛汹涌,同时我的双眼饱含泪水,我无
法抑制也无法隐藏这铺天盖地的情感。"称颂耶和华,我的心哪,"
这是诗篇的开头和结尾,这些话语就是我需要的全部,同时我可以
使用这句话表达我的无限感激之情。诵读完毕,汤姆转向我,问
道:"父亲,大卫是谁?"他注意到我的兴奋,又问道:"他写得真好,
是吧?"然后又问大卫是谁。这是一个我完全无法回答的问题。

大卫是谁,我听都没听说过,但是我又不能在自己的孩子面前
承认我的无知。所以我逃避地回答说,"他是神的仆人,我的儿
子。"他说:"我想是这样。"他接着问道:"但我想知道更多关于他的
事情。他住在哪里? 他做了什么呢?"我明白试图逃避是徒劳无功
的,于是我坦白地告诉他我不知道。他说:"为什么,父亲,""你不
能读吗?"这个问题更难回答。如果早前我还有骄傲可言,此时也
烟消云散了。这是一个直接的问题,必须有一个直接的答案,所以

我告诉他我不能。他说："为什么呢?""因为我从来没有学习的机会，也没有人教我。""好了，你现在可以学习，父亲。""不，我的儿子，我太老了，没有足够的时间。我必须整天工作，否则你们吃的都不够。""晚上你可以学习啊。""但是仍然没有人来教我。我请不起人教我，更不会有人愿意白白教我。""为什么，父亲，我会教你的。我能做到，我知道。然后你就会知道更多，你可以更好地交谈，更好布道。"小家伙是那么认真，我没有拒绝他，此时此刻面对这样的提议，我很难表达内心矛盾的感受。一方面我很高兴，因为坚信我的孩子会享受到我未曾受到的有利条件；另一方面我又很羞愧，让一个十二岁的孩子教我读书。然而对学习的殷切盼望，以及学习已使我头脑聪明而富有野心，这两点征服了羞耻感，我同意试一试。但是心态不是立马转变过来的。

　　我和汤姆的谈话让我非常感动，以至于那天我没法布道。公众感到失望，周日我独自一人在树林中反思。我太专注于纷至沓来的心念，以至于没有回家吃晚餐，花了一整天在林中冥想和祈祷，试图让自己平静下来，摆正自己的位置。不难看出，我的困境是一种深刻的无知，我应该利用每一个机会开启智慧。因此，每天晚上坚持让汤姆为我上课，借着松针或山核桃树皮燃烧的火光，这是我唯一能够承担得起的照明原料。几个星期过去了，我的进步非常缓慢，可怜的汤姆几乎是沮丧的，有时常常打瞌睡，有点抱怨我的迟钝，和我长篇大论就像校长和愚蠢的男孩谈话，此时我开始担心自己年纪大了不能学习，虽然渴望读书，然而劳作之后的疲惫，加上灯光的昏暗都成了我读书学习之路上的障碍。但是在汤姆和我的坚持不懈之下，我终于胜利了，在冬天我真正学会了简单阅读。

一直以来，有此收获对我来说是极大的安慰，也因此我了解到早前的自己在无知的深渊陷得有多深。同时也让我感到曾经的我是如何在苦难压迫中呻吟挣扎；这种残酷压迫的本质，一直令我反感，甚至或多或少始终令我排斥。同时我更加渴望做点什么拯救、帮助那些经受我遗忘苦难的难民们，那些不知道他们真正是有多么低级无知的人们。与此同时，想到那些正经历我曾经历的苦难的人们，他们甚至不知道自己有多无知，不知道自己所处的地位有多低下，我更加渴望帮助他们，拯救他们。

第十五章　加拿大的生活

（加拿大黑人的生活环境——探索之旅——诉诸法律——改善）

三年过去了，为了改善生活条件，我改投到赖斯利先生手下效力，他的庄园离希巴德先生的庄园只有几英里远，他是一位绅士，且思想境界比希巴德先生更高，能力也更出众。在他那里，我开始越加频繁反思黑人的生存状态，当时加拿大的黑人数量已经相当可观。我并非唯一一个从美利坚合众国逃跑过来并且坚定选择定居在加拿大的黑人。附近住着好几百黑人；我发现，黑人的快乐只是停留在解放的那一刹那，之后就止步不前了。

对于自愿出卖劳力换取酬劳他们很满意，无意于或者说无视触手可及的内心感受，就算是有感觉也不行动。一般情况下他们都是在农场上当雇佣工人，从未梦想过自己成为独立经营者。不久之后，我的大目标就是利用黑人内心的感悟来唤醒他们；赖斯利先生深深了解我的想法是正确的,因此愿意和我合作并尝试将我的想法推广到黑人中,允许我召集下层阶级中众所周知的富有智慧的成功黑人,在他的庄园里召开会议。与会的人们相互商讨,最终达成共识;会议牵头的十到十二个人都认为,我们要购买土地,要投资创业——虽然没人觉得此举可以一本万利——也就是我们自己开垦荒野;这样我们每砍的一棵树,每种的一棵玉米,都是我们自己的;换句话说,这样任何劳动成果都是我们自己的。

　　创业的优势数之不尽,两百多年以来这个国度一直保持此特点;通过创业的手段,可以培养人无坚不摧、积极进取及独立自主的性格。这正是我想要根植于黑人同胞中的美国精神,如果可能的话;自由与奴役,劳作与懒惰,独立与服从,截然不同的生存环境造就截然不同的生活习性,这些源于我真切的领悟。我的同伴与我意见一致,我们决定选择某处,将其开拓为殖民地,自己种植农作物,自制面包以供食用,总而言之,就是做自己的主人。他们委托我定地方,寻找一处我自己愿意迁徙居住的地方;他们说我只管花时间去找,他们都愿意和我同往。我于1834年秋天出发,步行走遍了整个安大略湖、伊利湖以及休伦湖之间的所有广阔土地。当我到达圣克莱尔湖和底特律湖东面的地区,肥沃的土地给我留下极深的印象。事实上,就我们的意图来说,这片土地比我所见过的其他任何土地都要合适。我决定就是这块地了;因此回程过程中,我向未来的伙伴们报告情况。然而,他们很精明谨慎,夏天又让我出发,所以我有机会见到两个相反季节的景色,能够更好地判断地理优势。我没发现更好的选择,但是还是继续走得更远,前往伊利湖的源头,我发现了一片宽广的政府土地,好几年,政府基于某些特殊条件将这块地划拨给了麦考密克先生,然后他又根据该合同将其转租给定居者。这片土地已经清理干净，对于立刻种植农作物有一定的帮助，人们不会忽视这一点，他们的资源和我们的一样非常有限；我们决定先去那里，过一阵之后，我们再带着我们在那里挣到的收入，前往道恩进行收购。计划循序渐进，隔年春天我们十多个人住在这片土地上，收割我们种植的小麦与烟草。

不久之后，我发现麦考密克没有遵守土地授予条约，因此，他无权向定居者索取租金。我向约翰科伯恩爵士申请出租土地，他建议到立法机构上诉寻求帮助。我们如是做；但是由于有人插手帮忙，第一年麦考密克先生胜诉了，但是第二年再次上诉后，我们成功了。只要我们还在这里，就不用再缴纳租金。然而，这不是我们自己的土地。就算不要租金，政府可能随时出售这片土地，然后我们应该可能会被更加富有的买主赶走，那么我们所有的改善都将付之东流，而且没有退路可走。很明显对我们来说更好的结果就是在被出售之前将它买下来；我们在这里待了六七年；突然之间我们周围的黑人人数急剧增加，迅速扩展到了居住区内部和大型城镇。来自美国的移民络绎不绝，实在不好意思说出口，有些人还是经我知会或同意之下来到这里的；接下来我将简单描述我为兄弟姐妹们获得自由所做的计划和准备，我希望读者们会感兴趣。

第十六章　　将奴隶带到加拿大

（同情奴隶——詹姆斯·莱特福特——首次出发到南方——肯塔基州黑奴集体逃亡——安全到家）

一个奴隶要是抱残守缺，那么他永远无法真正了解自身所处的奴隶环境的落后和绝望。在我感觉到自由的幸福之后，我心里想到的是那些我熟悉的正在囚牢中呻吟着的人们，我立刻着手采取措施尽能力解救他们。我认为，只要方法得当且有切实可行的行动建议，许多人可以像我这样逃跑。

当时我正在伊利堡参加一个大型会议，许多黑人都参与其中。在我讲道的过程中，我试图让他们深刻地认识到他们自身责任的重要性；首先，面对上帝，他们的责任是解放自我；第二，面对他们的同胞，他们的责任是利用自己的力量将他人从藩篱中解救出来。集会中有一个人名叫詹姆斯·莱特福特，性格活泼好动，通过逃跑到加拿大获得了自由，他在加拿大自由生活了约五年，然而在听我布道之前，他从未思念过被他抛弃的妻儿。但就在那天他心中有了念想。布道结束之后，他请求与我会面，我欣然同意，一周后我们就这个话题进行了深入讨论。

他告诉我他来自哪里，主人是谁，他离开了亲爱的父母、三个姐妹和四个兄弟；他们居住在俄亥俄河边，离梅斯维尔市不远。他说，从离开到现在，他从没有这么清晰且正确地了解自己对他们的责任，声称自己准备好竭尽所能帮助家人解放。他还说，在获得自由的短暂时间里他积累了一些财富，他很愿意将全部财产用于实践自己的想法；因为他在会议结束之后，他就日思夜想，心绪难平。

当时我尚且没能给他最好的建议就彼此分离了；但是几天后他因为同样的事情再次来见我。看见他为了至亲伤心不已，我同意开始这项痛苦危险的任务，努力将他的家人们解放出来。我离开自己的家人，将他们陷入孤立无援，动身独自启程，步行穿越了大约四百英里。但是救世主赐予我充足的体力，使我可以步行穿过好几个州——纽约、宾夕法尼亚州、俄亥俄州——所谓的自由州——渡过俄亥俄河进入肯塔基州境内，最后在他所描述的地方找到了他的朋友们。

我完全不认识他们，但是当我将他们逃走的兄弟的小信物亮出来时，他们立马就相信了；此举是为了让他们知道他们的兄弟已经到了加拿大，那片自由的土地，如今派了一个朋友来帮助他们逃跑。他们兴奋不已。然而他的父母年事已高没办法长途奔波；他的姐妹们已经成家生子，也没办法上路；他的四个兄弟和一个侄子都是年轻人，完全可以启程，但是离开父母，姐妹，想到就让人痛苦；他们还考虑到试图逃跑存在的风险，害怕亲朋的兴奋和悲伤会泄露他们的行动；因此他们决定不立刻逃跑，但是承诺要是一年后我还会去找他们，他们就逃走。

我同意了这点，然后走了四五十英里左右进入肯塔基州，因为我一直听说这里有很多人准备试图逃跑，只是没有领导者给他们出谋划策。我夜里行进，白天休息，最终到达了波旁郡，我期望在这里找到这些人。逗留了一周之后，我花了一段时间讨论计划，安排事情以及完成其他事宜，我发现有来自不同州县的大约三十人准备逃跑。最终，在周六晚上，我们出发了。分别的痛苦只能意会不能言表；对于他们来说，丈夫离开妻子，母亲离开孩子，孩子离开父母，若是初次看到，场景未免很奇怪，甚至让人难以理解；但是，从实际的角度出发，他们随时可能被分开，被卖给所谓的"黑奴商贩"，我想这种可能性高得吓人。

我们安全渡过俄亥俄河，出发后第三天晚上才到达辛辛那提。在辛辛那提我们得到帮助；这个小镇是贵格会教徒的聚居区，我们找到了朋友们，他们立刻帮助我们迅速上路；经过了两周的艰难旅途,穿过荒野后,我们到了俄亥俄州的托莱多,位于伊利湖西南岸边的一个小镇,我们在那里转道加拿大,最后我们安全到达。我带着一大群人回家,剩下的人各自去找他们散布在其他小镇的朋友,事情圆满结束,能够救助那么多同胞,我心满意足。

第十七章　第二次奴隶逃亡之旅

（流星雨——肯塔基人——计谋——深谋远虑——随牛渡过迈阿密河——到达辛辛那提——一个逃亡者生病——我们留他下来等死——遇见"朋友"——一个可怜的白人——陌生的印象——又到加拿大）

一直到第二年秋天,我都待在家里忙着农场的事情。没多久就到了我承诺帮助詹姆斯·莱特福特的朋友们获得自由的时间了,在福特·艾瑞见到我之后,他就因为我的同情而兴奋不已。为了实践诺言,我再次出发踏上重返肯塔基州的遥远历程。

路上,发生了件怪事,遇见了众人口中难得一见的流星雨。陨落的星光似乎将天空划破。凌晨三点,我到了俄亥俄州的兰卡斯特,流星雨惊醒了村民,教堂响起了钟声,人们高喊着,"审判的时候到了!"我想这也有可能;但是凭直觉我相信自己行的是正义之举,于是继续穿过村庄,将这些惊恐的人们抛在脑后。流星雨一直持续坠落直到晨光微现。

在前往俄亥俄州的朴次茅斯的途中,我险些没有逃过检查。这个地方经常有许多肯塔基州人出没,只要他们发现黑人有可疑之处，立马就会产生怀疑。清晨时分我到达朴次茅斯，等到下午两点才搭上轮船，因此天黑之前估计到不了梅塞尔。为了躲避肯塔基州人的盘查，我必须乔装打扮一番才敢进城。为此我用一些干树叶做成衣服，将身体甚至脸部都包起来，只露出眼睛，假装自己头部和牙齿受重伤所以没法说话。然后我在村子周围转悠等待晚间班次的轮船，所以夜里才到了梅塞尔。在朴次茅斯短暂停留的时间里有几个人上来和我搭话，他们似乎很想要从我这里了解详情，关于我的身份，关于我的去向，关于我属于谁。面对他们大多数的询问，我只是摇头，咿咿呀呀含糊其词，装模作样。他们什么都打探不出来；借助这种技巧，我成功避开了所有使人不愉快的结果。在离开加拿大两周之后，我终于在黑夜中乘船到达肯塔基州的梅塞尔。

天公作美。在街上我遇见的第二个人就是杰弗森·莱特福特，他是早前提到的詹姆斯·莱特福特的兄弟，也是答应随我潜逃的黑人中的一员。他说他们仍然想要尝试一下，预定下周六执行计划，立马可以开始准备出发。和上次一样，这次选择周六晚上逃跑是合理的，因为第二天是周日，不用劳动，还可以探望自己的家人，直到下周田间劳作之前没人会想起他们，这段时间他们可以走上八十到一百英里远。其间我必须白天藏起来，夜里和他们见面以便做必要的安排。

因为害怕被发现，他们没有向父母告别就出发了，为了阻止猎犬发现我们的踪迹，我们搭乘小船，在下城区，沿河一路向下。虽然不是最近的路，却是最安全的路。

从梅塞尔到辛辛那提有六十五英里，原以为我们能够在天黑前到达城镇，然后再启程前往桑达斯基。没想到的是我们的船半道上漏水了，差点淹死我们；幸运的是，我们在沉船之前上了岸。之后换乘另一艘船，但是这么一耽搁导致我们没法准时到达辛辛那提的站点。天亮的时候，我们离城镇还有约十英里远，此时因为害怕被发现我们被迫弃船步行。大家都很焦虑。因为跑得够远，不担心会被猎犬追上，所以我们认为步行可行。最后我们到达了离辛辛那提七英里的迈阿密河，只有渡过这条河才能到达辛辛那提。

这条河对我们来说是艰巨的障碍，因为河水很深，我们害怕船的载重过大，也担心太过明显会导致我们暴露。我们先往上游走又往下游走，试图寻找一个便利的渡河点，但是没有找到。然后我对同伴说："孩子们，我们往河上流走走再试试。"我们走了一英里之后见到一头奶牛从树林中走出来，貌似要到河边喝水。然后我说："孩子们，我们去看看牛怎么样，或许它会告诉我们点消息。"其中一人愤怒地回答："那牛不能说话。"但是我再次说服他们过去。我们向奶牛走过去，起初它纹丝不动；直到离它一两丈的距离时，奶牛走进河里，直接走过河流，压根儿不用游泳，由此我说道："耶和华派这头牛告诉我们何处可以渡河。"对我来说这似乎是一件非常奇妙的事。

因为赶路赶得太急，尽管当时是下雪天，汗水将我们全身都打湿了，同伴们认为涉水前行十分危险，尤其是河里有大量的冰雪。但是逃亡生死攸关，我们没有多余时间思考；因此我一马当先——他们勉强紧跟其后。渡到河中间时，莱特福特家的小儿子四肢严重冻伤，无法动弹；因此，接下来的路程都需要旁人带着他。好在经过反复摩擦之后，他恢复了部分知觉，于是我们继续前行。

周日上午十一点我们到达辛辛那提——到达站点的时间有点

晚；好在找了几位朋友帮忙，我们一直躲到周一晚上才再次踏上漫
长而艰辛的路程，经过泥泞雨雪，朝着加拿大前进。走了近一百英
里后，遇见了一群教友派信徒，于是我们决定跟他们前行。在穿过
树林的途中，前面提到的男孩儿病情加重，我们被迫背着他前行；
但是很快发现背他前行实在太麻烦，于是我们用衬衣和手帕包住
棍子制作了一副担架。进入印第安纳州之后，只要穿过树林，我们
就可以白天前进。虽然我们苦苦忍耐，情况却每况愈下，对我们和
他都很不利，似乎死神随时可能将他带走。他恳求我们将他留在
某个安排好的地方，让他自生自灭，因为他担心带着他穿越树丛会
耽误时间，导致整个团队被抓捕。大家勉勉强强考虑之后，我们同
意了他的要求，将他放在一个隐蔽的地方，满心希望死神可以尽快
结束他的痛苦。这位可怜的伙伴表示，他将带着对生命永恒的期
望迎接最后的挣扎。事实上，离别是伤心欲绝的；我们艰难地拖着
身子远去。

　　我们又走了两英里多路，早前奄奄一息的那人的一个兄弟突
然停了下来，说想到他把兄弟留下来等死，甚至有可能成为狼的猎
物，他实在不能继续前行。看到他伤心欲绝，我们还是决定走回
去，可是到那之后，发现这个可怜人明显不行了。每一丝呼吸都在
呻吟着祈求上苍保佑。当莱特福特一家再次见到他们疾病缠身的
可怜孩子时，文字无法表达他们所经历的喜悦；他们的确是高兴得
手舞足蹈了。我们决定尽快赶上行程，再次穿越草丛。前进一段
距离之后，我们看见路上不远处走来一驾马车，我立马决定前去弄
明白是否可以得到什么帮助。

　　我避开原路，装作自己是从反方向走来的。当我赶上司机时，
我跟他问好。他说："你打算去哪儿啊？""去加拿大。"我看了看他

的外套，听了他聊天，确定他是一个教友会教徒。因此我大致告诉他我们的情形。然后我回到同伴们正在等待我的地点，迅速将他们带去见那个教友会教徒。看到那个可怜人的一瞬间他感动得落泪，马不停蹄地调转马头，朝着他家的方向前进，管不上他原本的打算是载着农作物去远处的市场贩卖。我们心花怒放，因为在教友会教徒的家里受到了款待，莱特福特一家人更是欢喜得难以言表，因为他们生病的兄弟搭上了车。

我们和这幸福的一家人待了一晚，接受他们所有的善意。我们安排那个男孩儿留下来等他身体康复，上帝保佑他。他们好心地给我们一麻袋饼干，一大块肉，于是我们再次朝着伊利湖走去。

沿道路走了一会儿，我们见到一个白人走近，因为他是独自一人步行，所以他的出现并没有引起我们的惊慌。事实证明早前他曾经在南方居住过一段时间，尽管他不是奴隶，但是他的雇主还是经常动手责罚他；结果有次他还了手，所以立马逃跑了。我们决定一起出行，我发现他的出现至关重要，因为可以带领我们逃出奴隶猎人们的魔爪；他们此刻正在追踪我们，满心渴望抓住我们这些猎物。我们预计第二天上午之前到达四十英里远的湖边；因此，我们整晚都在赶路。

天刚亮，我们到了一家路边酒馆，酒馆就在湖边上，我们的白人伙伴敲门呼唤老板，点了六个人的早餐。准备早餐的过程中，我们睡了一会儿，长时间不停奔波使我们疲惫不堪。

就在早餐准备好时，大伙儿半睡半醒之间，我突然感到危险来临，觉得必须立刻离开这里，于是我马上催促我的伙伴们跟我离开，当时他们根本不愿意动；但是他们曾答应我要听我吩咐，最后他们还是听了我的话。我们退到屋边的院子，用雪水洗脸，雪已经没到了我们的膝盖。一会儿我们听到马蹄声，立刻警觉要将自己藏起来。我们爬进附近的灌木丛中，透过灌木丛可以看到整条大路。骑马的人沉稳地停在屋门外，开始盘查；我的伙伴们立刻认出了马背上的那群人，然后轻声告诉我他们的名字。此时是一个至关重要的时刻，沉重的心跳声证明他们见到此情此景是有多么恐惧害怕。如果我们还在屋里，我们应该毫无疑问都成了牺牲品。我们的白人朋友走到门前，站在老板面前。黑奴立刻询问他是否见到黑人经过。他说，是的，他认为他见过。又问黑人的数量，他说有六个人，还说他们朝着底特律的方向去了；还说或许上路几英里了。猎人们立刻勒紧缰绳，马匹疲惫不堪，猎人们骑了整夜，不久就消失在我们的视线中。最终我们冒险进屋，极短的时间内狼吞虎咽吃完早餐。事情败露之后，老板慢慢了解了我们的情况，立刻提出用他的小船将我们送到加拿大。我们十分高兴有他的帮助，不久微风吹动白帆，我们飘飘荡荡继续前行，在这片自由的土地上饱览风光。语言无法表达我的伙伴们靠近海岸时的感受——当他们从船上的座位站起来时，他们的胸中饱含无法言喻的喜悦，雀跃着，渴望着，快步向前，他们可以触摸到自由人的土地。到达海岸时，他们手舞足蹈，喜极而泣，亲吻这片他们首次踏上的土地，他们不再是奴隶——而是自由人。

几个月匆匆而逝，一个欢乐的安息日清晨，我拥抱着那个可怜的孩子，心中溢满幸福之情，我们曾将他留给教友会教徒悉心照顾，如今他不再瘦骨嶙峋，身体壮实健康，家人围绕着他。此时，我感到圆满了，心中溢满了对置之死地而后生的人们的祝福。此生最大的幸福就是，自己通过这种方法将118名黑人从残忍无情的奴隶主手中解救出来。

弗兰克·泰勒先生是莱特福特一家的主人，就是我刚才叙述中逃亡的那家人。泰勒先生在奴隶逃跑之后，生了一场病，之后精神失常了；但是，在他养病时，他的朋友说服他解放了莱特福特家剩下的人；一段时间之后，他们一家人在加拿大团聚，他们现在都还生活在那里。

第十八章　定居道恩

（在加拿大的境况——为黑人努力——牧师威尔逊先生——黑人会议——技工学校）

我发现，虽然我们人数在增加，却并没有繁荣富强起来。黑人仅满足于获得自由的快乐，却忘了自己生而为人应得的快乐。因此，无知的黑人总做亏本的生意，只想着短期租用荒地，然后将自己牢牢绑在几英亩地上；等到荒地开垦出来适合耕种时，他的租期又到了，地主就会赶来，在新开的土地上种满农作物；很可能这样的交易会一个接着一个，而他的境况与十年前起步的时候没有多少起色。他们劳而不获的另一个原因就是他们只种烟草，鉴于烟草价格很高，所以他们垄断烟草种植，因为白人不懂种烟草，所以根本没法和他们竞争。然而，结果是，他们只销售烟草；导致市场上烟草太多，烟草价格下跌，而小麦价格上涨；最终他们将所有收入都用于购买玉米和其他商品，耗光了所有积蓄。

我把一切看得真切，不禁也想帮助邻里亲朋看清楚；于是我毫无保留地教授大家关于农作物、报酬和收入的知识。我坚持认为，黑人必须自己种植农作物，必须要将报酬存起来，必须要有固定的劳动收入，教授过程中我深入浅出，尽量让他们清楚理解。我是公开授课的；通常情况下，听众中有一部分人恰好正是生意人，这些生意人与我教导的黑人们进行利益争夺，但是这并不会导致盈利亏损，因为他们还有更多生意往来户，这些人会在买卖过程中预先支付他们合理的价格或者等价物品。财力是软肋；然而我并不气馁，因为我相信理智上敌人并不是无坚不摧的；于是我想要惠及的人中绝大多数认为我的建议是合理的，因此采纳了我的建议。至少，现在有很多定居者，在加拿大，用自己的农场，在我告诉他们之前他们一直没有采取任何简单措施。至少，现在定居加拿大的很多人拥有了自己的农场，正在培养他们的孩子学会真正独立，正在给他们提供优质的初级教育，而这一切都是我最先向他们建议的。

我待在科尔切斯特时，认识了马萨诸塞州的国会传教士，名叫希拉姆·威尔逊，他不仅同情黑人，还竭尽全力帮助我促成黑人事业。从 1836 年至今我们一直多方合作。他一直是一位忠诚的朋友，为我们的事业而敢爱敢当。他还为我们做了其他许多事情，例如他给他的教友会朋友写信，他的朋友名叫詹姆斯·富乐，是一个英国人，住在纽约的斯卡尼·阿特勒斯，希拉姆竭力想让詹姆斯为这些苦苦挣扎的人们争取福利。

他终于成功说服即将访问英格兰的富乐先生，答应尽可能再去说服他的朋友资助我们。他为我们的事情募捐筹集了一千五百美元。这对我们来说是一笔巨款，此时关键在于如何合理使用这笔钱。我坚持认为需要最大化利用这笔钱。当然，为了得出一个满意的结论，第一件要做的事情就是召集周围黑人聚居区的所有代表开会，大家讨论投票，一旦票选出结果就会立刻批准，这个方法简单有效。威尔逊先生和我主持本次会议，会议于 1838 年 6 月在加拿大上区的伦敦召开。

我当时倡议用这笔钱建立一个技工学校，孩子们可以在此接受知识教育，而现在这所学校是一所语法学校；男孩子们可以在此接受教育，同时，从事机械实践，而女孩子们可以学习家务整理之类的女性工作。学校可以培训教师，致力于教育其他人。更重要的是，在许多地区，由于难以逾越的种族歧视，黑人的子女不得享受普通学校教育的便利。会议中有人反对这项计划；但是为期三天的讨论过程中，出于节约资金使用的目的，以便留待长期使用，最终这项提议获得了采纳；我们选出三个人组成委员会，负责学校选址和建造。威尔逊先生和我是委员会的主要负责人，为了选址我们在全国奔波了好几个月，最终锁定我三四年前发现的位于道恩镇的永久居住地最为合适。

随后我们以四美元每英亩的价格购买了锡德纳姆河边的两百英亩良田，种满了胡桃和白木。早前我自己买了邻近的两百英亩地；形势有利于我，卖地给我的人很乐意给我打个大折，最终我同意了这个价格，为了回馈他我支付他现金。这笔交易我让利给了学校，以我买入的低价直接卖给学校一百多英亩。

1842 年我和家人搬到道恩，那里周围有许多我的朋友，学校校址一直都在，似乎决定了此次定居的长远意义。还有其他很多人定居；事实上，附近三百英里之内零零散散布着许多黑人，总人数可能在两万人以上。从个体的角度来看，拥有学校和土地产权可以视作受压迫的低等民族提升自我幸福感的两种方式，因为早前他们承受着苦难，被人鄙薄。

我始终坚持尽我的可能帮助黑人，同时鼓励其他人帮助他们。

我多次前往纽约、康涅狄格州、马萨诸塞州，我在这些州结交了一些救助黑人的朋友，还认识了一些私交。我获得了很多慷慨的礼物，受到了许多热情的款待；但是请允许我特别提及来自波士顿的捐款——借助这笔钱我们建了一家伐木厂，此后我们郑重其事地开垦土地，获得了可观的收入用于资助学校——在我们中间最受欢迎、最有价值的就是学校。

我在旅途中的某些事件和所见所闻必须留待在后续章节详细叙述。

第十九章 伐木业运作

（工业项目——在波士顿找到有能力的朋友们——获得资金从而修建木材厂——在波士顿贩卖木材——海关事件）

我们定居在加拿大，居住在一片美丽的森林里，里面有各种参天大树。当地人的习惯是砍伐树木，然后在地上焚烧，仅仅是为了将土地清理出来。很多时候我漫步林中，看到这样浪费林木，心中很是痛苦，于是渴望想出方法，将这无尽的自然财富转化为金钱，以此改善人们的生活条件。

心系于此，于是我离开家踏上了寻找之路，穿过纽约州和新英格兰。我三缄其口，对任何人都闭口不提此事。我在纽约州找到了工厂，可以将加拿大那样的参天大树精准地锯成木材，据我了解这样很赚钱。在新英格兰我发现了一个成熟的木材市场，可以销售黑胡桃木、白木以及其他木材，这些木材在加拿大取之不尽，却被白白浪费了。

到了马萨诸塞州的波士顿，我将实情及我的感受告知了我早就认识的乐善好施的绅士们。这些绅士们耐心倾听了我的想法，并对我的判断表示支持，同时帮助我将如今看来相当赚钱的企业建立了起来，我不得不提一提他们的名字。

雷夫·以法莲将我介绍给塞缪尔·艾略特先生，这位善良的先生仔细地评估了我的表述，然后起草了一份草稿，后来我将草稿呈给阿莫斯·劳伦斯先生和其他人。由此，来自波士顿的出类拔萃的绅士们为我筹集到了一千四百美元。

我带着这笔钱回到加拿大，立刻开始在卡姆登（当时叫作道恩）建立木材厂。附近区域得到了极大的改善。人们开始劳作，开垦耕种，进展令人欣喜。

但是就在工厂房屋框架搭建完成之后，我筹措的赞助金也所剩无几了。一时间难以为继。我曾经信心满满地开始，我精打细算安排款项，竭尽所能，如今一切都要付诸东流了吗？我立刻求助于我在波士顿的朋友们。阿莫斯·劳伦斯、英格索尔·鲍迪奇和塞缪尔·艾略特先生再次听了我的阐述，表示他们充分认可我是一个诚实的人。他们鼓励我创业，这些人的赞同如同给我打了一剂强心针。他们同意为我到银行担保，这样我就可以自己借贷一千八百美元以上。有了这笔钱，不久我就把木材厂建好了，购置了机器，欣喜地看着工厂成功运作。在此我有必要补充说明，工厂不是我个人的私有财产，而是归协会所有，该协会建立了一个优秀的技工学校，学校中有许多男生女生一直在受教育。所有肤色的孩子，无论白人还是印第安人，这个学校运行良好。

直到这个企业完成了，最大程度上依靠我自己的劳力以及我儿子们的劳力，我们管理工厂，我立刻开始考虑如何卸掉管理财务之责。我租了一条船，用于运载八万英尺的上好黑胡桃木，我们工厂负责锯木，然后根据签订的合同，船长负责将木材运往纽约的奥斯威戈，在此我再次委托他人将木材运往波士顿，然而后者却将木材运往了纽约，且停滞不前。他们费尽心机千方百计要骗取我的木材，于是我劳烦在波士顿的好友劳伦斯，帮助我设法重新装船，我成功将八万英尺的木材安全送达波士顿，我以每英尺45美元的价格将木材买给波士顿的乔纳斯·奇克林先生。这笔收入除了支付沿途所有花销之外，还可以偿还我所欠的债务；但是朋友们坚持认为我应该保留一部分资金留作他用。此后，我又再一次沿着原路运送木材。

下一个季度我沿着圣劳伦斯河运了大量货物，一路直接到达波士顿，没有借助任何第三方代理商的帮助，我自己支付了关税，木材通过海关，卖了个好价钱。在支付关税的时候发生了一点小意外，以后每每想起来常常让我捧腹大笑。美联邦刚刚通过了逃奴追缉法，因此收留或者帮助逃跑奴隶都是重罪。当海关官员将我的木材关税单证给我时，我对他开玩笑说如果他与逃奴来往的话，很可能将自己陷入困境，如果是这样，为了使他免于麻烦我就不支付关税了。"先生，你是逃奴吗？"我回答道："是的，先生，因此你最好不要和我有往来。"官员说："我可没有那种往来。这是你的单证。你举止大方，而我愿意和你这样的人打交道。"此情此景让我愉悦，旁观者们似乎也很享受，于是我支付了关税。

回顾本章描述的事业，心中十分愉悦，因为当时建立的工厂完全改变了这个国家的商业格局，同时也全面改变了人们的习惯。

第二十章　拜访英格兰

（学校的债务——新的赚钱的企业——给英格兰的推荐
信——私人的困境——被唤作骗子——成功化险为夷）

我对道恩镇的技工学校感兴趣，从而促成了我的英国之旅。
门外汉无法了解其中到底有多么艰难。尽管同盟会多番努力，仍
然欠债约7 500美元。1849年，我召集委托人与友人们探讨学校现
状，如果可以的话，想尽办法减轻负担。就此长谈之后，最终决定
将此问题一分为二，由两方分管，一方在接下来的四年里掌管木材
厂及部分土地，同时支付学校的所有债务；另一方掌管其他房产土
地，同时管理学校。

有意愿管理学校的一方已经确定。但是困难在于谁会眼看着
7 500美元的债务仍然踌躇满志地接管木材厂四年。

一番思虑之后，我心中悄悄有了计划，最后，想到彼得·史密
斯先生可能承担这份责任，参与木材厂的生意。他很快就同意了。

我计划前往英格兰，带上我们农场生产的最好的黑胡桃木样
品，当时英国正在举行盛大的世界工业博览会，我希望在世博会上
展示并销售木材。于是我启程前往英格兰，乐意之至地带上了一
封极尽溢美之词的介绍信，介绍信的收件人包括托马斯·宾磊、塞
缪尔·格雷、布鲁尔汗勋爵以及时任美国驻英国大使阿伯特·劳
伦斯阁下，推荐人包括来自多伦多州的约翰·罗福尔牧师，来自密
歇根州底特律市的罗宾逊审判长、艾伦·麦克纳布爵士、约翰·普
林斯上校、达菲尔德牧师、科南特法官，还有居住在底特律的美国

法官、罗斯·威尔金逊阁下以及马萨诸塞州的查尔斯·萨摩先生和阿莫斯·劳伦斯先生。感谢以上提及的绅士们，多亏推荐信的帮助，我在英国受到了热烈欢迎，顺利进入了大英帝国的上流社会。

接下来我会提及个人所遭受的难处以及对我或他人有失公允或尊重的事情，对此深表遗憾，至少在我看来，若是对此只字不提，我实在无法准确描述这段经历，因此我会描述得尽可能详细。

毫无疑问，负责学校管理的某些人可能出于有失身份的宗派观念，计划夺取同盟会的全部所有权，甚至计划彻底破坏我在其中的影响与联系。

尽管在英国受到上述人物的热情接待，尽管受邀在以下诸位先生的布道场讲道，例如托马斯·宾磊、伦敦浸信会的教友诺埃尔、威廉·布鲁克、詹姆斯·谢尔曼，乔治·史密斯以及伯恩斯医生，尽管他们早前已经将我的木材业介绍给了部分英国大众，但是报刊业依然对我进行抨击，其内容如下："那个自称为牧师的乔赛亚·亨森是个骗子，诈骗钱财；他没资格参展；他没资格获得捐赠，那个自称乔赛亚·亨森的家伙狡猾奸诈，诡计多端，巧舌如簧，很可能是在欺骗公众。"

我受到了沉重打击，好在我早已请求我的朋友们委任一个由十二人组成的委员会来评判木材的优劣，同时下派其中三名委员加上一名出纳员形成一个下属委员会，其作用在于接收公众为我筹集的所有款项，并对这笔资金做出合理使用。委员会成员拟定如下，塞缪尔·格尼先生、小塞缪尔·格尼先生、塞缪尔·马利先生、乔治·希契科克先生、詹姆斯·谢尔曼牧师、托马斯·宾磊牧师、约翰·布兰切牧师、尤西比乌斯·史密斯先生、时任英国国内外反奴隶社团秘书的约翰·思科贝尔、艾希礼勋爵（现在应为沙夫茨伯里伯爵）、乔治·斯特奇和托马斯·斯特奇。三人下属委员会包括约翰·思科贝尔、约翰·布兰切牧师及尤西比乌斯·史密斯，同时委派小塞穆尔·格尼为出纳员。如今上述许多人已成为享誉海内外的知名人士。

鉴于上述针对我的抨击，我们召集相关人士举办了一场见面会，并邀请指控我的人参会与我当面对质。

我不愿提及指控者的名字，也不愿过度赘述这场纷争的缘由，因为我无意使任何人难堪。当然，他的名字我从未忘记。我相信，其缘由不过是出于可怜的嫉妒心作祟，借着奴隶制度的名义推波助澜，散布虚假消息误导大众。

一众英国绅士陪同我静听所有指控。绅士们要求我做出回应。于是，我再次向他们重申已经周知的全部实情。我提醒他们，舍生取义的人必须也必然要懂得一点，树敌三千也不惧。我强调，敌人歪曲了他们的善意。随后我引用了耶稣关于小麦和毒麦的寓言。最后再次宣读我的介绍信——有力地回击了称我为骗子的言论。

他们很满意我的回答，十分乐意为我担保；但是与此同时，他们也完全服从大众的决定，即由他们出资派一名代表前往加拿大，对此事进行全面调查，并建议我也随代表一同前往。因此，约翰·思科贝尔与我立即动身前往加拿大。早前我筹集到的1 700美元自然由出纳员保管。

我们召集所有有关人士在加拿大的技工学校进行了一场大型会议。与会人数众多，而主持本次会议的正是多伦多的约翰·罗尔夫牧师。会上，我们对技工学校的记录情况做了详细的检查。

对我发起质控的始作俑者曾声称我作假；然而事实胜于雄辩，全场参会者一致否定了他的无稽之谈。思科贝尔先生在加拿大逗留了约三个月，在离开之前给我留下一封信，告诉我一旦瞅准机会回到英国，就想办法将信交到阿莫斯·劳伦斯的手里，借由阿莫斯先生的帮助，我最终返回了英国。

此时形势明朗，因而我收获颇丰。几个月之后，学校债务得以偿清，然而此时却从加拿大传来我妻子病重的消息。逗留加拿大期间发生了几件趣事，且容我下次再表。

第二十一章 伦敦世界博览会

（我为此次盛大博览会做出的贡献——美国负责人方面的阻挠——愉快的放行——熙熙攘攘的人群——女王的召唤——授予我奖章）

我已经提到过，最初想要去参加伦敦世界博览会的动机是，展示我们最优质的黑胡桃木样本，希望以此打开英国市场。为此我发往波士顿的货物中选出最好的木板，劳驾奇克林先生为我妥善包装并借由载有美国展览货物的美国轮船送往英国。我选了四块板作为样板，质量均属上乘，长约七尺，宽约四尺，纹理清晰，花纹漂亮。到达英国之后，在我按照法式风格精心设计打磨之后，木板光亮得像块镜子。

我与世博会的渊源有点有趣。因为我的木板恰巧是美国轮船运送的，美国展区的负责人刚好来自波士顿（我记得他的名字叫作里德尔），坚称我的木材应该在美国展区展出。我对此表示反对。我是加拿大公民，木板来自加拿大，加拿大的货物也有适合的展区。因此我坚持要求我的木板应该从美国展区搬到加拿大展区。但是，这个美国人称"你不能这样做。一切都在我的掌控之中。你要是高兴，大可展示属于你的东西，但是这里的东西没有经过我的同意不得移动半分"。

这让我相当沮丧。我认为他的职务相当可笑，但是如何说服他将木板归还，我似乎无能为力。

我突然想到一个巧妙的办法。我想，要是这个美国佬想要拿走我的东西，那么全世界都得知道这东西属于谁。因此，我雇了一个画家在我的木板上画了许多大大的字母："这是美联邦的逃奴生产的产品，产自加拿大的道恩。"字早上就写好了。终于，美国负责人来了，见我在我的展位上。吃惊地看到我的题词，他的表情真是滑稽。脸黑得像乌云。他说："看这里，先生，你到底在搞什么鬼？""哦，不过是给点信息让人们知道我是何方人士。""但是你知道最好不要这样。你认为我会破口大骂吗？"英国绅士们聚了过来，眼见着这个美国佬的愤怒，暗自发笑。这只是火上浇油。"那么，先生，"他说，"你认为我会白白将东西从大西洋这头带到那头吗？""我不是要你白白带来。我打算给你钱，一早就这么打算的。""那么，先生，你可以拿走东西，随便你愿意带到哪里。""哦，"我说，"我想，既然您那么想要，我就不劳烦您了。现在就给你了。""不，先生！请拿走！""请您再说一遍，先生，"我说，"当时我想要拿走您不愿意，就我来说，东西应该归您。"与此同时，周围的人群很是享受，我也享受。结果，第二天我没花一分钱木板就搬到了合适的地方，也没人起诉我将木板漂洋过海带过来。

恕我直言,我在盛大的世博会上受到了不小的关注。我与来自五湖四海的人们广泛交流。或许是我的肤色吸引了他们的注意,但是几乎所有遇到我的人都会停下来看我,并且在我的巨大黑胡桃木镜子前面照一下。

这其中就有英国维多利亚女王,她在随从的陪同下,停下来视察我和我的展品。我对女王恭恭敬敬地行礼,端庄典雅的女王也愉悦地向我回礼。"他真的是一个逃奴吗?"我听见她询问;随从答道,"真的,那就是他的作品。"

虽然发生了许多令人高兴的事情,但是此行却让人疲惫不堪。虽然熙熙攘攘的人群秩序井然,但是却让我身心俱疲,正如前文所提,我并不遗憾将我的展板留下独自回加拿大。

再次来到英国时,博览会还在继续。人群似乎没有任何减少。尽管人来人往,但人流恰如密西西比河的河水,依然川流不息。

尽管参展商来自世界各国,五湖四海,欧洲、亚洲、美洲,以及各个海岛,但是我是其中唯一的黑人。也有来自非洲的黑人,但他们是展览品,而不是参展商。尽管我的生存环境与青少年时期相比发生了翻天覆地的变化,然而想到我的同胞没有几个出现在这里,依然使我心生悲戚。我相信,随着时代变迁,这样的事情将不再发生。

展览结束后,我返回加拿大,英国方面寄给我一大本四开纸的合订本,其中详细地叙述了所有参展的样品、委员会所有官员的名字、陪审团的名字、展商的名字以及奖品内容等。其中也记录了我的名字;此外颁发给我一座铜奖牌、一张女王及王室成员的真人版合照,还有其他有趣的东西。

我非常珍惜这些东西。成功完成英国参展活动之后,我不仅摆脱了自愿承担的技工学校的债务，而且还得到了一些奖赏，因此我心满意足地回到加拿大。在英国时，我有幸借此千载难逢的机会见证最好的社会，我将在下一章述及。

第二十二章　参观贫民儿童免费学校

（在主日学校纪念日演讲——受格雷勋爵接见——我人生中的重大事件，受坎特伯雷大主教接见，与约翰·罗素勋爵共进晚餐）

逗留英国期间，我常常受邀参与形形色色的公开集会并进行演讲。我对贫民儿童免费学校事业深感兴趣，同时频繁参与学校举办的公开集会，进行演讲。我总共在英国待了两个月，参加了许多优秀学校的纪念日，同时受邀发表演讲。在埃克塞特会堂以及其他地方，我竭尽所能让人们了解奴隶的真实生存环境。我记得，有一回，一位来自宾夕法尼亚州的成功人士正在安息日学校工会的纪念日做演讲，他吹嘘美联邦主日学校的优势，确信所有班级都平等享有教育福利。我感觉自己必须反驳他，在提出一系列让他哑口无言的问题之后，我告诉与会大众在南方各州，绝大多数的黑人几乎是被完全忽视的，在很多地方他们被完全排除在外，即便是在大多数的北方各州，不计其数的黑人子女无法在主日学校就读。此言一出举座皆惊，我的所见所感让在座的人们深信不疑。

因为频繁与公众接触，我与英国的上层领导人熟稔起来。格雷勋爵给我提了一个建议，若非时机尚未成熟，我想我应该很乐意尝试。这件事就是前往印度，协助政府介绍美国计划中的棉花文化。他承诺我担任政府职员，给的薪水还不错。如果不是我醉心于我在加拿大的事业，我应该会接受他的建议。

如今回想起来最让我欢喜的事情是，我与坎特伯雷大主教的长久会晤。大主教位高权重，整个英国家喻户晓。知名慈善家塞缪尔·格尼将我引荐给大主教。他在他的宫殿友好地接见了我。我与他交谈融洽，谈论黑人的生存环境以及我以后的打算。他对我表现出了极大的兴趣，在半个小时的谈话之后他提出，"先生，您毕业于哪所大学？"我回答道："尊敬的勋爵，我毕业于苦难大学。"他惊讶地看着我说："苦难大学，苦难大学在哪里？"我看出他的震惊，解释道："尊敬的勋爵，就是我的命运。"我说："我生为奴隶，童年时期及青年时期都是奴隶。我未曾上过学，青少年时期没有读过《圣经》，在最艰难的环境中接受磨炼。"他说："我理解您，先生。但是您怎么可能不是一个学者呢？"我回答道："我不是学者。""但是我肯定您是一位受过教育的人。我听过许多黑人的演讲，但是从没有一位像你这样善用语言。先生，您可以告诉我您是怎样学习语言的吗？"然后我尽我所能向他解释我的早年生活；一直以来我习惯观察好的演讲者，然后专挑措辞最为恰当的那些人模仿。大主教说："真是了不起。您怎么可能是在没有宗教的环境中长大？您是怎么知道耶稣基督的呢？"我向他解释，我那可怜无知的奴隶母亲教我向主祈祷，尽管当时我对祷告一无所知。"那么您是怎么进一步了解救世主的呢？"我说是通过福音书布道学习的。然后他请我背诵经文，并且作出解释。我背诵的是我第一次听布道时的经文："他，依靠上帝的恩泽，代所有人受死。"大主教说："经文很美。"我的故事打动了他，使他潸然泪下。

塞缪尔·格尼原本告诉我，我与大主教的会面大概只有十五分钟；我看了一眼时钟，竟然发现我已经在这里待了一个半小时，随后才起身离开。他送我到门口，嘱咐若是日后来英国要去再次拜访他；他双眼闪着泪光，将五个金币放在我的手中（约 25 美元），与我深情握手，向我道别。时至今日他依然是我敬重的善良的基督教徒。

这便是我与受人尊崇的英国大主教的会面。我第二次到访英国时，在许多主日学校教师的陪同下，受到时任英国首相的约翰·罗素勋爵的邀请，前往他的华丽府邸一日游。他那美丽非凡的大公园里，满是来自不同地域的各种小鹿和皮毛油亮的野兔，即便是诗人考博见了也会嫉妒，还有数不尽的鸟儿竞相追逐，它们的羽毛色彩斑斓，就像天上的彩虹，都是爱插羽毛的部落人的最佳选择，我禁不住发出感叹："想着我曾经的生存环境以及数以百万计的美国黑人同胞的生存环境，与这些欢欣跳跃的生灵们的生存环境相比，真是天壤之别啊！"那天，在英国首相的豪华公园，在一群主日学校教师的陪同下，我参加了一个活动，也就是美国人所说的野餐，不同的是，这里所有人都没有自带蛋糕、馅饼和水果，还有男男女女为我们服务，他们可以进入公园，贩卖各色吃食。我们漫步在这迷人的公园，欣赏美丽的风景，玩了点无伤大雅的小赌，与遇到的聪明人进行交谈最让我们意外的是，五点钟的时候，大家受邀参观首相的豪华宅邸。在那里，我们参加了一个令人惊叹的派对，迎宾领着我们三百多个人，走进了一个宽敞的餐厅，餐厅至少纵深 100 英尺横宽 60 英尺，餐厅里摆着桌子，上面是全英国最美味的佳肴，欢迎我们所有人享用这些珍馐美味。

"主啊，请随意享用吧；请保佑在座的人们，恩准我们进入天国与您共赴盛会。"

晚餐过后，人们提议就各个话题进行各种祝酒词，我谦虚地说道：

"初到英国。致敬勇敢的人们，祈祷奴隶们得自由，祝愿英国奴隶解放成功。请上帝保佑大英女王。"

欢声笑语伴随着我的祝酒词，随后是惯常的英国式欢呼，"上，上，再上！"我再次起身向我们至高无上的女王致敬：

"愿女王长命百岁，得享晚年。愿女王执政公正，爱民如子。"

同时祝愿卓越的女王夫君阿尔贝特亲王：

"愿亲王家庭和睦，声名远播，爱护女王，效忠天主。"

在所有致辞的杰出人物中，我要提一提几个人，威廉·布洛克牧师、塞缪尔·M.佩托阁下、佩托先生的妹婿贝斯先生和他那才貌双全的太太。那天是我一生中最愉悦的一天。

第二十三章 取消伦敦代理点

（著述出版——家书劝我返乡探望病妻——离开伦敦——到家——家人团聚——妻子离世，痛断肝肠）

前一章节详细叙述了1852年6月在约翰-罗素勋爵府邸用餐的过程；此后一直到八月初，我都忙于与公司代理商接洽，处理相关事务，事情相当顺利，也算是幸不辱命。应部分英国贵族们的热切请求，整个八月都在忙着将我的奴隶生涯著述成书。书稿完成之后，立刻发行了两千本。9月3日，我收到一封来自加拿大的家书，信中说，我的爱妻，与我同甘共苦的人生伴侣，处于弥留之际，她殷切地盼望我立刻回家，渴望死前见我最后一面，与我诀别。此时我进退两难。我人远在离家四千英里的英国。事业蒸蒸日上，前景一片大好。书籍的第一版正准备上架销售，此时我到底该如何抉择？是留在英国，将一千本书卖出去，为自己和家人赚一大笔钱，还是应该立刻回家，陪在奄奄一息的妻子床前呢？很快就有了答案。我要放下书籍，抛下所有的钱财，立刻回家。9月3日下午4点钟，我收到家书，4日凌晨从伦敦前往利物浦，5日从利物浦登船，搭乘开往波士顿的加拿大轮船。9月12日，我终于回到我在加拿大的家。只有真正身临其境的人才能够明白我近乡情怯的感受。在利物浦收到最后一封信后，便一直再无消息。我那善良温情、忠诚顺从的爱人，曾与我历经风雨，胼手胝足，逃离奴役，一路相伴四十载的妻子，也是我孩子们的母亲，我竟不知她是否还在人世，又或者已经撒手人寰。

　　所幸，一位好心的神父延缓了她的生命，才让我们得以见最后一面。唉！多么悲伤的一面啊；彼时我所受的悲痛远胜于书中所述过往种种的悲伤。我刚走进院子，四个女儿便冲过来抱住我，我的出现让她们高兴。她们请我暂时不要去见她们的母亲，先让她们进去和她打声招呼，让她有个准备，这个安排实在是妙，这样就不会因为惊讶而使脆弱的她受刺激。因此我同意她们先进去。她们立刻回到病房，循序渐进地给她做思想准备。当我走近她的病床，她用基督徒的平静坚毅拥抱我、迎接我，甚至因我难以抑制的悲痛而责备我。我发现她异常平静地将自己交给上帝，以基督徒的坚定等待着神的召唤。与我道别，她很高兴，与此同时她也说也许她不应该让人叫我回来，不应该让我抛下前途无限的工作。我对她说，我很满意，我衷心地感谢上帝让我们见上最后一面，不管可能付出怎样的代价。趁着她还有力气，我们回顾整个一生，回忆那些困苦悲伤的光景，回想我们虔诚的灿烂日子，最终她筋疲力尽，安然睡去。

第二天她回光返照；我的归来似乎为她的康复注入了希望。然而，事实并非如此；只是仁慈的上帝暂缓了她的离去，她又坚持了一个星期。能够日夜守在她的床边，能够陪着日渐衰弱、饱受痛苦的她，能够亲自将她的双眼合上，我心中既悲伤又满足。她祝福我，祝福孩子们，祈祷支撑她历经磨难的救世主保佑我们；最终，在亲吻我和所有孩子之后，她安详地与世长辞了，就像在母亲怀中沉睡的婴儿般自在。

"谁不渴望离世时带着上帝的祝福？谁不渴望在安眠中睡去，在圆满中醒来？"

可以发自真心地说，她是一名虔诚且忠诚的基督徒，而于我她是忠实善良的妻子，时至今日，在她的忌日，举全家之力为她祭奠，依然是我心中最大的宽慰和乐事。

安息吧，我的爱人。若我虔诚至死，也许不久之后我们可以在那个从无痛苦悲伤的国度重聚。

第二十四章　结尾

（详细描述加拿大过去与现在的奴隶状态，同时简单评论他们的前途）

　　许多朋友恳求我在书中某个章节描写加拿大的逃奴,描述他们目前的人数、现状和未来前景等。1830 年,我初次抵达加拿大,整个加拿大只有几百个逃奴;现在也不到三万五千人。当时他们散布在四面八方,最为悲惨贫穷的逃奴常常食不果腹;如今他们许多人拥有大量农庄,但是仍然有那么几个人贫困交加。1830 年,逃奴没有学校读书,没有教堂祷告,只有在临时的场合布道。现在我们有很多教堂,天天都挤满了聚精会神的倾听者;我们的孩子们就读于主日学校,受着虔诚的教育。我们的生计主要依靠农场,但是也有些人手艺不错——成了铁匠、木匠、泥瓦匠和鞋匠等。我们发现炒股很赚钱,加拿大的马肉质量最好,我们找到了一个合适的市场销售所有的农产品。这里土地肥沃,辛勤的农民们获得丰收;尽管时节短暂,但是时间也够收割玉米、小麦、黑麦和北新英格兰,及纽约农庄的各种农产品。最近大家着重关注栽培果树,例如苹果树、樱桃树、杏树、桃树、橘子树、葡萄、猕猴桃和草莓等。他们干得不错,我猜用不了几年就会收入颇丰。许多人错误地认为严酷的气候不利于果树与葡萄藤的培育;但是我种出来的土豆与我在肯塔基州吃到的一样香甜可口,香烟与烟卷也一样好。

　　目前我们有许多聚居地,孩子们在附近的学校接受普通英式教育。我们是爱好和平的种族,与同胞以及白人邻里和睦相处,我相信总有一天,我们会在大英女王的统治下受到他人的尊重,祝福英国与加拿大至高无上的女王。直到现在,绝大多数加拿大逃奴的生存现状以及未来前景远远优越于北方各州的自由黑人;在波士顿、纽约以及其他大城市的潮湿地窖里修鞋补衣的黑人,如果他们愿意带着家人加入我们,到我们美好的国度定居,用不了几年他们就能建立一个舒适富足的家,可以看到孩子茁壮成长,看到孩子接受优质教育，让他们的生命充满益处与欢乐。加拿大气候宜人，土壤肥沃，法律保护我们免于伤害；我们每一个人都可以安然惬意地坐在自己的葡萄藤和无花果树下。我们是温和的，在加拿大几乎看不到酗酒的黑人。

如果我的书能够激发人们对黑人群体的深刻同情，促使他们愿意伸出援手，那么我也算是老怀安慰，心愿达成了。

附录　反奴隶制文学大事记

　　以《剑桥非裔美国奴隶叙事指南》中的大事记为基础整理和扩充

1510 年　西班牙人开始向加勒比地区输入非洲奴隶

1619 年　一艘荷兰商船向英属弗吉尼亚詹姆斯敦定居点出售了20 名奴隶，由此拉开了新大陆奴隶制的序幕

1662 年　英属弗吉尼亚殖民地立法规定女奴所生子女仍为奴隶

1701 年　萨缪尔·西维尔发表《出售约瑟》，系首部在美洲出版的反奴隶制文献

1712 年　纽约奴隶起义

1739 年　南卡罗来纳奴隶暴动

1754 年　约翰·伍尔曼发表《关于蓄奴的一些思考》

1760 年　北美殖民地第一部奴隶叙事《苦难与拯救：一个黑人布里顿·哈蒙的故事》在波士顿出版

1772 年　萨默塞特案裁决生效：奴隶制不得在英格兰存在，被带入英格兰的奴隶即获自由，即便回到殖民地也不再受奴役（实际上奴隶制依旧在英格兰存续）

1774 年 北美大陆会议决定自 12 月 1 日起禁止奴隶输入和各殖
民地参与奴隶贸易

1775—1783 年 美国独立战争

1776 年 《独立宣言》发表

1777 年 佛蒙特禁止奴隶制；接下来的几年宾夕法尼亚、康涅狄格
和罗德岛决定逐步释放奴隶

1783 年 安东尼·贝内泽特出版《我们的同胞，被压迫的非洲人》

1786 年 扶助贫困黑人委员会在伦敦成立，同时计划在塞拉利昂
安置获释的奴隶

1789 年 奥拉达·艾奎亚诺在伦敦出版《奥拉达·艾奎亚诺自传》

1790 年 圣多米尼克爆发奴隶暴动和内战

1804 年 海地独立

1807 年 英国议会上院通过法案禁止英属殖民地间的奴隶贸易，
英国本土也禁止此类交易；美国禁止输入奴隶

1810 年 葡萄牙决定逐步废除奴隶贸易

1815 年 西班牙决定逐步废除奴隶贸易

1816 年 美国殖民协会成立，旨在促进获释黑人到非洲殖民；巴巴
多斯爆发奴隶起义

1822 年 在西非海岸为获释黑人开辟了一块殖民地，即后来的利
比里亚

1823 年 托马斯·克拉克森发表《关于改善英属殖民地奴隶生存
条件必要性的思考》

1824 年 罗伯特·韦德伯恩发表《恐怖的奴隶制》

1826 年 詹姆斯·史蒂芬发表《被自身殖民地奴役的英格兰》

1829 年 墨西哥废除奴隶制；戴维·沃克发表《向全世界有色公民

疾呼》

1831 年   威廉·劳埃德·加里森开始出版废奴报纸《解放者》；玛
丽·普林斯向苏珊娜·斯特里克兰口述了其自传，《玛
丽·普林斯自传》是首部在英国出版的女奴叙事；英属西
印度群岛爆发史上最大规模的奴隶起义，史称"圣诞暴
动"或"浸信会战争"，起义由萨缪尔·夏普领导，发生在
牙买加西部；纳特·特纳领导了弗吉尼亚的奴隶起义，导
致 57 名白人 100 名黑人死亡，纳特本人及其 19 名追随
者也被绞死

1833 年   英国议会通过《解放奴隶法案》，780 000 名西印度群岛殖
民地奴隶获得自由，但还须为前主人服务 6 年；威廉·劳
埃德·加里森组建美国反奴隶制协会

1834 年   英国《解放奴隶法案》生效

1838 年   英国废除奴隶 6 年服务期，奴隶们获得完全自由

1839 年   西奥多·韦尔德发表《奴隶制的本质》

1840 年   世界反奴隶制大会在伦敦举行，托马斯·克拉克森担任
主席

1845 年   弗雷德里克·道格拉斯发表《弗雷德里克·道格拉斯
自述》

1848 年   法属加勒比海地区奴隶制被废除

1849 年   乔赛亚·亨森出版《乔赛亚·亨森自传》

1850 年   美国国会通过《1850 年妥协案》，其中包括《逃奴法案》

1851 年   斯陀夫人开始在一家废奴周刊《国民时代》上连载《汤姆
叔叔的小屋》，这部小说于 1852 年出版全本，遂成为世界
性的畅销书

1853 年　首部非裔美国小说,威廉·威尔斯·布朗的《总统的女儿》在英国出版;由所罗门·诺瑟普口述,戴维·威尔森编辑的《为奴十二年》在美国出版

1859 年　约翰·布朗在弗吉尼亚哈伯斯费里领导武装起义,要求废除奴隶制,起义逮捕了一些种植园主,解放了不少奴隶,后起义被镇压,布朗因叛国罪被执行死刑

1860 年　林肯当选美国总统,并限制奴隶制扩展;南方各州开始退出联盟

1861 年　哈丽雅特·雅各布斯发表《女奴生平》,系首部由女性书写的奴隶叙事

1861—1865 年　美国内战

1863 年　林肯总统公布《解放黑人奴隶宣言》,解放了所有奴隶

1865 年　美国《宪法》第 13 条修正案生效,正式结束了美国的奴隶制

1901 年　布克·T.华盛顿发表自传《超越奴役》

1936 年　联邦作家计划开启,这一项目通过两年的时间采访、记录了逾 2 000 名曾经的奴隶的故事

1967 年　威廉·斯泰隆的《纳特·特纳的自白》获普利策奖

1969 年　《总统的女儿》首次在美国出版

1976 年　亚历克斯·黑利的《根》获普利策奖和美国国家图书奖

1987 年　托妮·莫里森的《宠儿》获普利策奖

1990 年　查尔斯·R.约翰逊出版《中间航道》,同年这部小说获美国国家图书奖

2004 年　爱德华·P.琼斯的《已知的世界》获普利策奖

2013 年　由奴隶叙事改编的电影《为奴十二年》在美国上映

2014 年   电影《为奴十二年》获美国奥斯卡最佳影片奖

2016 年   科尔森·怀特黑德出版《地下铁道》，同年该书获美国国

家图书奖

2017 年   《地下铁道》获普利策奖